CEMITÉRIO DE LUNÁTICOS

CEMITÉRIO
DE
SUÂTICS

CEMITÉRIO DE LUNÁTICOS

RAY BRADBURY

tradução:
Érico Assis

BIBLIOTECA AZUL

Copyright © 1990 by Ray Bradbury
Copyright da tradução © 2024 by Editora Globo s.a

Publicado em acordo com Casanovas & Lynch Literary Agency S.L.
Publicado originalmente nos Estados Unidos em 1990
por Alfred A. Knopf, Inc.

Todos os direitos reservados. Nenhuma parte desta edição pode ser utilizada ou reproduzida – em qualquer meio ou forma, seja mecânico ou eletrônico, fotocópia, gravação etc. – nem apropriada ou estocada em sistema de bancos de dados, sem a expressa autorização da editora.

Título original: *A Graveyard for Lunatics*

Texto fixado conforme as regras do novo Acordo Ortográfico da Língua Portuguesa (Decreto Legislativo nº 54, de 1995).

Editora responsável: Amanda Orlando
Assistente editorial: Jaciara Lima
Preparação: Santiago Santos
Revisão: Maria da Anunciação Rodrigues
Capa: Studio Del Rey
Diagramação: João Motta Jr.

CIP-BRASIL. CATALOGAÇÃO NA PUBLICAÇÃO
SINDICATO NACIONAL DOS EDITORES DE LIVROS, RJ

B79c

Bradbury, Ray, 1920-2012
　　Cemitério de lunáticos / Ray Bradbury ; tradução Érico Assis. - [2. ed.]. - Rio de Janeiro : Biblioteca Azul, 2024.
　　424 p. ; 21 cm..

Tradução de: A graveyard for lunatics
ISBN 978-65-5830-209-4

1. Ficção americana. I. Assis, Érico. II. Título.

24-88154　　　　　　　　　　　CDD: 813
　　　　　　　　　　　　　　　　CDU: 82-3(73)

Meri Gleice Rodrigues de Souza - Bibliotecária - CRB-7/6439

1ª edição, Best seller, 1990
2ª edição, 2024

Direitos de edição em língua portuguesa para o Brasil
adquiridos por Editora Globo S. A.
Rua Marquês de Pombal, 25 – 20230-240 – Rio de Janeiro – rj
www.globolivros.com.br

Com todo amor, aos vivos:
SID STEBEL,
que me mostrou como resolver meu próprio mistério;
ALEXANDRA, minha filha,
que arrumou nossa bagunça.

E aos mortos:
FEDERICO FELLINI,
ROUBEN MAMOULIAN,
GEORGE CUKOR,
JOHN HUSTON,
BILL SKALL,
FRITZ LANG,
JAMES WONG HOWE
e GEORGE BURNS,
que me disse que eu era escritor aos catorze anos.

E a
RAY HARRYHAUSEN,
por motivos óbvios.

1.

Era uma vez duas cidades dentro de uma só. Uma era iluminada, a outra era escura. Uma passava o dia movimentando-se de maneira impaciente, enquanto a outra nem se mexia. Uma era quente e suas luzes viviam mudando. A outra era fria e suas pedras a prendiam ao chão. E quando o sol se punha ao fim de tarde na Maximus Films, a cidade dos vivos, ela começava a parecer o cemitério Green Glades do outro lado da rua, que era a cidade dos mortos.

Quando as luzes se apagavam e a movimentação parava e o vento que soprava pelas esquinas dos prédios do estúdio esfriava, era como se uma melancolia incrível atravessasse o portão dos vivos, corresse pelas avenidas do crepúsculo e chegasse àquele muro de tijolos que separava as duas cidades dentro de uma só. E de repente as ruas eram tomadas por uma coisa que se podia chamar apenas de memória. Pois, embora as pessoas houvessem partido, elas deixavam para trás arquiteturas assombradas pelos fantasmas de acontecimentos fantásticos.

O fato é que era a cidade mais escandalosa do mundo, onde tudo podia acontecer e tudo sempre acontecia. Dez mil mortes haviam acontecido ali, sendo que depois das mortes as pessoas levantavam, riam e saíam andando. Quadras inteiras de cortiço tinham sido incendiadas e não queimaram. Sirenes berravam e viaturas chegavam derrapando pelas esquinas, só para que os policiais tirassem a farda azul, passassem hidratante por cima da maquiagem laranja e voltassem para seus lares em quadras residenciais naquele grande mundo geralmente sem graça.

Dinossauros rondavam este lugar, num instante em miniatura, no outro pairando quinze metros acima de virgens seminuas que gritavam com afinação perfeita. Daqui partiram várias Cruzadas para pendurar suas armaduras e depositar suas lanças na Western Costume,* descendo a rua. Daqui, Henrique VIII deixou cabeças rolarem. Daqui, Drácula caminhou como carne para voltar a ser pó. Aqui também estavam a Via Sacra e uma trilha de sangue sempre reabastecido conforme roteiristas resmungavam Calvário acima carregando uma pilha de revisões e detonando suas costas, perseguidos por diretores com açoites e montadores de negativo com facas afiadas como navalhas. Era destas torres que os fiéis muçulmanos eram convocados a fazer sua veneração todo dia ao pôr do sol, enquanto as limusines passavam como um sussurro carregando potentados sem rosto atrás de cada janela. E camponeses evitavam o olhar destes potentados, temendo ficar cegos.

Por isso ser fato, maior era o motivo para crer que, quando o sol desaparecia, os velhos redutos ressurgiam, de modo que a cidade quente esfriava e começava a parecer as trilhas de pomar de mármore do outro lado do muro. À meia-noite, naquela estranha paz provocada pela temperatura e pelo vento, assim como pela voz de um relógio de igreja muito distante, as duas cidades finalmente eram uma só. E o vigia noturno era a única movimentação esgueirando-se da Índia à França, das pradarias do Kansas às casas geminadas de tijolinhos vermelhos de Nova York, da rua Piccadilly à escadaria da praça da Espanha, percorrendo mais de trinta mil quilômetros de incredibilidade territorial em

---

* A *Western Costume* (Figurinos do Oeste) é um armazém que existe desde 1912 em Hollywood e aluga figurinos para produções cinematográficas. (N. E.)

vinte breves minutos. Tudo enquanto sua versão do outro lado do muro batia os relógios de ponto entre os monumentos, jogava a luz da lanterna em vários anjos do Ártico, lia os nomes nas lápides como se fossem créditos e sentava-se para o chá da meia-noite com tudo o que restava de algum Keystone Kop.* Às quatro da manhã, enquanto os vigias dormiam, as duas cidades, dobradas e guardadas, esperavam o sol nascer sobre as flores murchas, os túmulos gastos e a Índia elefântica a postos para a superpopulação caso assim decretasse o Deus Diretor e assim entregasse a Agência de Elenco.

E assim foi na véspera do Dia de Todos os Santos, 1954.

Dia das Bruxas.

A noite que eu mais gosto do ano.

Se não fosse, eu não teria corrido para começar esta nova História das Duas Cidades.

Como eu ia resistir a um convite cinzelado no formão?

Como eu não ia me ajoelhar, respirar fundo e soprar o pó do mármore?

---

* Os Guardas Keystone foram personagens policiais incompetentes de vários filmes mudos de comédia pastelão da década de 1910, incluindo os de Charles Chaplin, empregados por Mack Sennett na Keystone Studios. (N. E.)

2.

O PRIMEIRO A CHEGAR...

Naquela manhã de Dia das Bruxas, eu havia chegado ao estúdio às sete horas.

O último a sair...

Eram quase dez da noite e eu fazia minha última ronda do turno, absorvendo o fato tão simples quanto incrível de que finalmente eu trabalhava em um lugar onde tudo era definido com exatidão. Aqui, os inícios eram bastante nítidos e os finais eram ordeiros, irreversíveis. Lá fora, além dos galpões de gravação, eu não era muito de confiar na vida, com suas surpresas horríveis e tramas decrépitas. Aqui, caminhando pelos becos à alvorada ou ao crepúsculo, eu conseguia me imaginar abrindo e depois fechando o estúdio. Ele era meu porque eu dizia que assim era.

Então eu percorria um perímetro de oitocentos metros de largura por um quilômetro e meio de comprimento, entre catorze galpões de gravação e dez sets ao ar livre, vítima do meu próprio romantismo e devoção insana por filmes que controlavam a vida quando ela saía do controle do lado de lá dos portões de ferro fundido em estilo espanhol.

Era tarde, mas muitos filmes haviam organizado o cronograma para fechar as gravações na véspera do Dia de Todos os Santos, de modo que as festas de encerramento, ou farras de despedida, iam coincidir em vários sets. De três galpões, com as gigantescas portas de correr escancaradas, fluíam jazz dançante e risos, explodiam rolhas de champanhe e cantoria. Dentro, turbas de figurino cinematográfico recebiam as turbas de fora nos trajes de Dia das Bruxas.

Eu não entrava em nenhum, satisfeito em sorrir pouco ou muito enquanto passava. Afinal, já que eu imaginava que o estúdio era meu, podia ficar ou partir como bem entendesse.

Mas, enquanto voltava às sombras, senti um certo tremor em meu corpo. Meu amor pelos filmes perdurava há muitos anos. Era como se eu tivesse um caso com Kong, que tinha caído em cima de mim quando eu tinha treze anos; nunca consegui sair de baixo da sua carcaça de coração pulsante.

O estúdio caía sobre mim toda manhã quando eu chegava. Levava horas para me livrar do seu encanto, respirar normalmente e mostrar serviço. Ao fim da tarde, o encanto voltava; minha respiração sofria. Eu sabia que um dia, em breve, teria que fugir, sair correndo, ir para não voltar, ou, tal como Kong, que sempre cai e sempre aterrissa, que um dia aquilo ia me matar.

Passei pelo galpão final, onde um último estouro de regozijo e de jazz percussivo sacudia as paredes. Um dos assistentes de câmera passou de bicicleta, com o cesto carregado de película — a caminho da autópsia sob a navalha de um montador, que ia guardar ou enterrar aquilo para todo o sempre. Que depois chegaria aos cinemas, ou seria condenada às prateleiras onde ficam os filmes mortos, onde apenas a poeira, não a putrefação, os acolheria.

Um relógio de igreja no alto das colinas de Hollywood bateu dez horas. Dei meia-volta e retornei ao meu cárcere no prédio dos roteiristas.

O convite para fazer papel de bobo me aguardava no escritório.

Não cinzelado em placa de mármore, não, mas cuidadosamente datilografado em um fino papel de carta.

Lendo-o, me afundei na cadeira do escritório, o rosto gelado, minha mão tentada a fazer uma bolinha com o convite e jogá-lo fora.

Ele dizia:

PARQUE GREEN GLADES. Dia das Bruxas.

Hoje, meia-noite.

Muro central, fundos.

P. S.: Uma grande revelação o aguarda. Matéria-prima para um best-seller ou para um roteiro soberbo. Não perca!

Eu, no caso, não sou um homem corajoso. Nunca aprendi a dirigir. Não pego avião. Tive medo das mulheres até completar vinte e cinco anos. Odeio lugares altos; para mim, o Empire State é puro terror. Elevadores me deixam nervoso. Escadas rolantes mordem. Sou chato com comida. Só comi um bife aos vinte e quatro anos, tendo subsistido a infância toda à base de hambúrguer, sanduíche de presunto com picles, ovo e sopa de tomate.

— Parque Green Glades! — falei em voz alta.

Jesus, pensei. À meia-noite? Eu, o cara que no meio da adolescência ainda era atacado pelos valentões? O garoto que se escondeu no sovaco do irmão na primeira vez que assistiu a *O fantasma da Ópera?*

Sim, aquele garoto.

— Que burro! — berrei.

E fui ao cemitério.

À meia-noite.

3.

Na saída do estúdio, dei uma guinada na direção do sanitário masculino, não muito longe do portão principal, depois guinei para longe. Era um lugar do qual eu tinha aprendido a manter distância, uma gruta subterrânea na qual se ouvia o escorrer de águas ocultas e, quando você tocava na porta e começava a abrir, um barulhinho que lembrava um lagostim em disparada. Há muito tempo eu havia aprendido a parar, soltar um pigarro e abrir a porta bem devagar. Pois aí diversas portas no interior do sanitário masculino fechavam-se ou com baques ou com muita delicadeza ou, às vezes, com o estrondo de um tiro de fuzil, conforme as criaturas que passavam o dia na gruta, ou mesmo agora, tarde da noite, por conta das festas nos galpões, retiravam-se em pânico, e você adentrava o silêncio da porcelana fria e das correntezas subterrâneas, resolvia seu problema de encanamento o mais rápido possível e saía correndo sem lavar as mãos, para ouvir, quando chegava lá fora, o redespertar lento e maroto dos lagostins, as portas escancarando-se aos sussurros e o emergir das criaturas da gruta em vários estágios de exaltação e desarranjo.

Dei uma guinada para longe dele, como já disse, gritei para saber se estava vazio e me enfiei no sanitário feminino do outro lado, um espaço de cerâmica branca, limpa e fria, sem gruta escura, sem criaturinhas corredias, e entrei e saí rapidinho, bem a tempo de ver um regimento da guarda prussiana marchar na direção da festa do Galpão 10 e seu capitão abandonar as fileiras. Era um homem belo, de cabelos nórdicos e olhões inocentes, que entrou desavisado no sanitário masculino.

Nunca mais será visto, pensei. E corri pelas ruas que beiravam a meia-noite.

Meu táxi — que eu não tinha como pagar, mas não era louco de chegar perto do cemitério sozinho — parou na frente dos portões três minutos antes da hora.

Passei dois longos minutos contando todas as criptas e monumentos onde o parque Green Glades empregava por volta de nove mil mortos em tempo integral.

Faz cinquenta anos que eles batem ponto ali. Desde que os construtores, Sam Green e Ralph Glade, foram obrigados a entrar em falência e nivelaram os cascalhos e plantaram as lápides.

Percebendo que haviam tirado a sorte nos sobrenomes, os endividados construtores de quadras residenciais simplesmente transformaram o local no parque Green Glades,* onde se enterravam todos os esqueletos dos armários do estúdio no outro lado da rua.

Acreditava-se que gente do cinema envolvida no esquema imobiliário deles tinha tolerado isso para que os dois ficassem de bico calado. Enterrou-se muita fofoca, boataria, culpa e criminalidade mal-ajambrada naquela primeira cova.

E agora lá estava eu, sentado, agarrando os joelhos e rangendo os dentes, de olho no muro ao longe atrás do qual eu contava seis galpões seguros, quentinhos e bonitos, onde as últimas folias do Dia das Bruxas chegavam ao fim, as últimas festas de encerramento se encerravam, as músicas cessavam e gente certa ia para casa com gente errada.

Vendo os feixes dos faróis dos automóveis passando pelas paredes dos enormes galpões, imaginando todos os até-as-pró-

---

* Junção dos sobrenomes dos fundadores, mas também parque "Clareira na Floresta", em tradução literal. (N. T.)

ximas e boas-noites, de repente eu quis estar lá com eles, certos ou errados, indo a lugar nenhum, pois lugar nenhum era melhor do que aqui.

Do lado de cá, um relógio de cemitério bateu a meia-noite.

— Então? — alguém perguntou.

Senti meus olhos pularem do muro do estúdio ao longe e fixarem-se no cabelo do motorista.

Ele ficou encarando lá dentro por trás da grade de ferro, sugando todo o sabor de seus dentes do tamanho de chicletes. O portão retinia ao vento, conforme os ecos do grande relógio esvaneciam.

— Quem — disse o motorista — vai abrir o portão?

— *Eu!?* — perguntei, apavorado.

— Você *dá conta* — disse o taxista.

Passado um longo minuto, me obriguei a digladiar com os portões e me surpreendi ao ver que estavam destrancados. Abri tudo que podia.

Conduzi o táxi para dentro, como um velho comandando um pangaré cansado e acabrunhado. O táxi continuou resmungando baixinho, o que não ajudou, enquanto o taxista cochichava:

— Cacete, cacete. Se alguma coisa começar a correr na direção da gente, nem pensar que eu fico aqui.

— Não, nem pensar que eu vou ficar — falei. — Venha!

Havia várias formas brancas de cada lado da trilha de cascalho. Ouvi um fantasma suspirar não sei onde, mas eram apenas meus pulmões bombeando ar como um fole, tentando acender algum tipo de fogueira no meu peito.

Algumas gotas de chuva caíram na minha cabeça.

— Meu Deus — sussurrei. — E eu sem guarda-chuva.

Que merda eu estava fazendo ali?, pensei.

Toda vez que assistia filme de terror antigo, eu ria do cara que saía tarde da noite quando devia ter ficado em casa. Ou da mulher que faz a mesma coisa, piscando seus grandes olhos inocentes e usando salto agulha só para tropeçar na hora de correr. Mas aqui estava *eu*, tudo por culpa de uma carta promissora para lá de boba.

CEMITÉRIO DE LUNÁTICOS 17

— Então tá — bradou o taxista. — *Daqui* eu não passo!

— Covarde! — gritei.

— Sou mesmo! — ele disse. — Espero *aqui!*

Eu já estava a meio caminho do muro dos fundos agora e a chuva caía em lençóis finos que lavavam meu rosto e poupavam os xingamentos na minha garganta.

Havia luz suficiente dos faróis do táxi para ver uma escada encostada no muro dos fundos do cemitério, o que dava para o pátio cenográfico da Maximus Films.

Do pé da escada, ergui o olhar no meio da garoa fria.

No alto da escada, parecia que um homem tentava escalar o muro.

Mas ele estava congelado, como se um raio houvesse tirado sua foto, fixando-o para sempre numa emulsão branco-azul cegante: sua cabeça estava projetada para a frente como a de uma estrela do atletismo em pleno voo, e seu corpo curvado como se fosse se jogar para o outro lado e cair na Maximus Films.

Porém, tal qual uma estátua grotesca, ele continuava congelado.

Comecei a chamar quando percebi o porquê do silêncio, o porquê de ele não se mexer.

O homem estava morto ou morrendo.

Ele havia vindo aqui, perseguido pelas trevas, subido a escada e congelado ao ver... *o quê?* Algo do lado de cá o havia deixado pasmo de medo? Ou haveria algo do lado de lá, no escuro do estúdio, que era pior?

A chuva lavava as lápides brancas.

Dei uma leve sacudida na escada.

— Meu Deus! — berrei.

Pois o velho desabou do alto da escada.

Eu me joguei para o lado.

Ele caiu entre as lápides como um meteoro de dez toneladas. Levantei e fiquei diante dele, sem conseguir escutar nada devido ao trovão no meu peito e à chuva que sussurrava nas pedras e o encharcava.

Fiquei olhando a cara do morto.

Ele me olhou de volta com olhos de ostra.

Por que você está me olhando?, ele me perguntou em silêncio.

Porque, pensei, eu te *conheço!*

Seu rosto era uma pedra branca.

James Charles Arbuthnot, ex-diretor da Maximus Films, raciocinei.

Sim, ele cochichou.

Mas, mas, gritei em silêncio, da última vez que vi o senhor, eu tinha treze anos e estava andando de patins na frente da Maximus Films, na semana em que o senhor morreu, há vinte anos, e por vários dias apareceram trocentas fotos dos dois carros batidos contra o poste, os destroços, o sangue no asfalto, os corpos esmagados, e mais dois dias de centenas de fotos com milhares de enlutados no seu funeral e o milhão de flores e os diretores dos estúdios de Nova York chorando lágrimas de verdade e os olhos úmidos por trás de duzentos óculos escuros conforme os atores saíam sem sorrir. Muito lamentou-se pelo senhor. E algumas últimas fotos dos carros detonados no bulevar Santa Monica, pois levou semanas para os jornais esquecerem, e para as rádios pararem com os louvores e perdoarem o rei por sua morte eterna. Tudo isso, James Charles Arbuthnot, foi o senhor.

Não pode ser! É impossível!, quase berrei. O senhor, hoje, aqui, no muro? Quem o colocou ali? O senhor não pode morrer de novo, *pode?*

Um raio caiu. O trovão pareceu uma grande porta batendo. A chuva banhou o rosto do morto para criar lágrimas nos seus olhos. A água encheu a boca escancarada.

Dei meia-volta, gritei e fugi.

Quando cheguei ao táxi, eu soube que havia deixado meu coração lá atrás, com o corpo.

Ele estava correndo atrás de mim. Me atingiu como um tiro de fuzil no tórax e me nocauteou contra o táxi.

O taxista olhava para a pista de cascalho à minha frente, castigada pela chuva.

— Tem alguém *ali?* — berrei.

— Não!

— Graças a Deus. Saia daqui!

O motor morreu.

Nós dois gememos de desespero.

O motor reviveu, submisso ao susto.

Não é fácil dar ré a cem por hora.

Conseguimos.

4.

PASSEI METADE DA NOITE de pé, passeando os olhos pela minha sala de estar comum com móveis comuns na minha segura casinha de quadra residencial numa rua normal em uma parte tranquila da cidade. Tomei três xícaras de chocolate quente, mas continuava enregelado, jogando imagens nas paredes e tremendo.

Ninguém morre *duas vezes!*, pensei. Não podia ser James Charles Arbuthnot naquela escada, escalando no vento da noite. Corpos se decompõem. Corpos *somem.*

Lembrei de um dia, em 1934, quando J. C. Arbuthnot saiu da limusine na frente do estúdio enquanto eu passava de patins, e tropecei e caí nos seus braços. Rindo, ele me equilibrou, autografou meu caderno, beliscou minha bochecha e sumiu estúdio adentro.

E agora, meu Jesus, aquele homem, há muito perdido no tempo, no alto da chuva fria, estava caído na grama do cemitério.

Ouvi vozes e vi manchetes:

J. C. ARBUTHNOT MORTO, MAS RESSUSCITADO

— Não! — falei ao teto branco onde a chuva sussurrava, e o homem caiu. — Não era *ele*. É *mentira*!

Espere até amanhecer, disse uma voz.

5.

A alvorada não ajudou.

Os noticiários do rádio e da TV não encontraram cadáveres.

O jornal estava cheio de acidentes de carro e batidas de drogas. Mas nada de J. C. Arbuthnot.

Saí da minha casa e fui à garagem, cheia de brinquedos, revistas antigas de ciências e invenções, zero carros e minha bicicleta de segunda mão.

Pedalei meio caminho até o estúdio antes de me dar conta de que não lembrava de nenhum cruzamento em que houvesse parado para olhar. Atordoado, caí da bicicleta, trêmulo.

Um conversível vermelho-fogo queimou borracha e parou paralelo a mim.

O homem ao volante, usando um boné para trás, acelerou no ponto morto. Ele ficou olhando pelo para-brisa, um olho azul-claro e destapado, o outro mascarado por um monóculo que havia sido martelado até encaixar ali e disparava rajadas de fogo solar.

— Olá, seu canalha burro filho de uma puta — ele berrou, com uma voz que se demorava nas vogais alemãs.

A bicicleta quase caiu da minha mão. Eu havia visto aquele perfil estampado em moedas antigas quando tinha doze anos. O homem era ou um César ressuscitado ou o sumo pontífice alemão do Sacro Império Romano. Meu coração expulsou todo o ar dos pulmões.

— Quê? — berrou o motorista. — Fala mais alto!

— Olá — me ouvi dizendo —, seu canalha burro filho de uma puta. Fritz Wong, não é? Nascido em Xangai de pai chinês e mãe austríaca, criado em Hong Kong, Bombaim, Londres e uma dúzia de cidadezinhas na Alemanha. Office boy, depois montador, depois roteirista, depois diretor de fotografia da UFA,* depois diretor mundo afora. Fritz Wong, o magnífico diretor que fez o grande filme mudo *O encantamento Cavalcanti*. O cara que dominou o cinema de Hollywood de 1925 a 1927 e foi chutado por causa da cena num filme na qual você mesmo se dirigiu como um general prussiano inalando as roupas íntimas de Gerta Froelich. O diretor internacional que voltou correndo para Berlim e depois escapuliu antes de Hitler, o diretor de *Louco amor, Delirium, A volta da Lua...*

A cada enunciação a cabeça dele girava meio centímetro, ao mesmo tempo em que sua boca se enrugava em um sorriso do teatro de marionetes. Seu monóculo piscava um código Morse.

Por trás do monóculo havia a mais leve espreitadela de um olho oriental. Imaginei que o olho esquerdo fosse Pequim e o direito fosse Berlim, mas não. Era a ampliação do monóculo que focava o Oriente. Seu cenho e suas bochechas eram uma fortaleza de arrogância teutônica, construída para durar dois mil anos ou até seu contrato ser cancelado.

— Do *que* você me chamou? — ele perguntou, com imensa cortesia.

— Do que *você me* chamou — falei com a voz baixa. — Um canalha burro — cochichei — filho de uma puta.

Ele assentiu. Ele sorriu. Ele escancarou a porta do carro.

— Entre!

— Mas você não...

---

* A Universum-Film Aktiengesellchaft (UFA) foi a principal companhia produtora de cinema na Alemanha até o fim da Segunda Guerra Mundial. (N. E.)

— ...te conheço? Acha que eu saio por aí dando carona pra qualquer panaca de bicicleta? Acha que eu não vi você se entocando pelas esquinas do estúdio, fingindo ser o Coelho Branco na cantina? Você é aquele — ele estalou os dedos — filho bastardo de Edgar Rice Burroughs e *O comandante de Marte*. A prole ilegítima de H. G. Wells, saído de Júlio Verne. Bote essa bicicleta aqui dentro. Estamos *atrasados*!

Joguei minha bicicleta no banco traseiro e entrei no carro logo antes de ele acelerar até oitenta.

— Quem vai dizer? — Fritz Wong falava gritando para ganhar do escapamento. — Nós dois somos insanos de trabalhar onde trabalhamos. Mas você tem sorte, porque ainda *ama* aquilo.

— E você *não*? — perguntei.

— Que Cristo me acuda — ele resmungou. — *Amo!*

Eu não conseguia tirar os olhos de Fritz Wong, que se inclinava sobre o volante para deixar o vento roçar seu rosto.

— Você é o que eu já vi de mais burro na vida! — ele berrou. — Quer se matar? Qual é o problema? Nunca aprendeu a dirigir? Que tipo de bicicleta é essa? Esse é seu *primeiro* trabalho nas telas? Como é que você escreve essas porquarias? Por que não lê um Thomas Mann, um Goethe?

— Thomas Mann e Goethe — eu falei, baixinho — não saberiam escrever um roteiro que valesse a pena. *Morte em Veneza*, claro. *Fausto*? Pode crer. Mas um *roteiro* bom? Ou um conto que nem os meus, em que se pousa na Lua e você *acredita*? De jeito nenhum. Como é que você dirige com esse monóculo?

— Não é da sua conta, caramba! É melhor ser cego. Se você olha o motorista da frente muito de perto, dá vontade de engavetar o carro na bunda do cara! Deixa eu ver seu rosto. Você me *aprova*?

— Eu te acho engraçado!

— Jesus! Era para você aceitar tudo que o magnífico Wong diz como se fosse decreto divino. Como é que você não *dirige*?

Nós dois gritávamos contra o vento que assolava nossos olhos e bocas.

CEMITÉRIO DE LUNÁTICOS 25

— Roteirista não tem *dinheiro* pra ter carro! E eu vi cinco pessoas mortas, em pedaços, quando tinha quinze anos. Um carro bateu num poste.

Fritz olhou minha cara empalidecida pela memória.

— Foi como numa guerra, *sim?* Você não é tão burro. Ouvi dizer que ganhou um projeto novo com Roy Holdstrom? Efeitos especiais? Genial. *Odeio* ter que reconhecer isso.

— Somos amigos desde o colégio. Eu o assistia montar suas miniaturas de dinossauro na garagem. Juramos que íamos crescer e fazer monstros juntos.

— Não — Fritz Wong berrou contra o vento —, você está *trabalhando* para os monstros. Manny Leiber? Ele é como um monstro-de-gila que sonha com uma aranha. Cuidado! Lá ficam os animais!

Ele fez sinal para os colecionadores de autógrafos diante dos portões do estúdio, na calçada do outro lado da rua.

Olhei de relance para eles. Minha alma imediatamente saltou do meu corpo e retrocedeu. Era 1934 e eu estava amassado entre a multidão voraz, abanando cadernetas e canetas, em polvorosa nas noites de première sob os holofotes ou perseguindo Marlene Dietrich cabeleireiro adentro ou correndo atrás de Cary Grant nas lutas de boxe das sextas-feiras no estádio Legion, esperando na frente dos restaurantes onde Jean Harlow fazia um almoço de três horas ou de onde Claudette Colbert saía aos risos à meia-noite.

Meus olhos tocaram a multidão insana e vi de novo os rostos buldogues, pequineses, pálidos e míopes de amigos sem nome perdidos no passado, esperando diante da fachada do grande Museu do Prado no Maximus, onde os portões com nove metros de altura de ferro trabalhado se abriam e se fechavam com força atrás dos mais famosos que a fama. Eu me vi perdido naquele ninho de pássaros faminos de boca aberta esperando o alimento do breve contato, da fotografia com flash, das cadernetas assinadas a tinta. E conforme o sol sumia e a lua subia na memória, me vi percorrendo quinze quilômetros de patins até minha casa, pelas calçadas vazias, sonhando um dia ser o maior autor do mundo ou um escritor picareta na Fundo de Quintal Filmes.

— Os animais? — balbuciei. — É *assim* que você chama eles?

— E aqui — disse Fritz Wong — é o *zoológico* desses bichos!

Passamos às sacudidas pela entrada do estúdio, percorrendo as vielas cheias de gente recém-chegada, figurantes e executivos. Fritz Wong enfiou o carro na zona que dizia ESTACIONAMENTO PROIBIDO.

Desci e perguntei:

— Qual é a diferença entre um grupo de animais e um zoológico?

— Aqui, no zoológico, ficamos atrás das grades por dinheiro. Lá, aqueles animais imbecis ficam enjaulados em sonhos tolos.

— Eu já fui um deles. Sonhava em pular o muro do estúdio.

— Burro. *Agora* nunca vai fugir.

— Vou, sim. Terminei outro livro de contos e uma peça. Meu nome vai ser lembrado!

O monóculo de Fritz cintilou. — Você não devia me contar esse tipo de coisa. Pode ser que eu perca meu desprezo.

— Se eu conheço Fritz Wong, volta em trinta segundos.

Fritz ficou assistindo enquanto eu tirava minha bicicleta do carro.

— Você é quase alemão, eu diria.

Subi na minha bicicleta. — Fiquei ofendido.

— Você fala com *todo mundo* desse jeito?

— Não. Apenas com Frederico, o Grande, cuja educação eu deploro, mas cujos filmes adoro.

Fritz Wong desatarraxou o monóculo do olho e guardou no bolso da camisa. Era como se estivesse inserindo uma moeda para ativar alguma máquina interna.

— Tenho observado você há dias — ele proferiu. — Quando tenho acessos de insanidade, leio seus contos. Não lhe falta talento, que eu podia refinar. Que Deus me ajude, mas estou trabalhando em um filme impossível sobre Cristo, Herodes Antipas e todos aqueles santos de cabeça dura. O filme começou nove milhões no vermelho por causa de um diretor dipsomaníaco que não dava conta nem do trânsito na frente de um jardim de infância. Fui eleito para enterrar o cadáver. Que tipo de cristão você é?

— Desgarrado.

— Ótimo! Não vá se surpreender caso eu mande te demitirem do seu épico imbecil dos dinossauros. Se me ajudar a embalsamar esse filme de terror de Cristo, sobe um degrau. O princípio de Lázaro! Se você trabalha numa bomba e não deixa ela cair no arquivo morto, você ganha pontos. Deixa eu te assistir e ler por mais uns dias. Apareça na cantina hoje à uma em ponto. Coma o que eu comer, fale só quando falarem com você, sim? Seu canalhinha talentoso.

— Sim, senhor *Unterseeboot Kapitän*,* seu *canalhão*.

Quando saí pedalando, ele me deu um empurrão. Mas não foi um empurrão para machucar, apenas o levíssimo empurrão do velho filósofo, para me ajudar na partida.

Não olhei para trás.

Tinha medo *dele* me devolvendo o olhar.

---

* Capitão do submarino, em alemão (N. E.)

6.

— MEU DEUS! — falei. — Ele fez eu *esquecer!*

Ontem à noite. A chuva gelada. O muro alto. O corpo.

Estacionei minha bicicleta em frente ao Galpão 13.

Um policial do estúdio passou e perguntou:

— Você tem *autorização* para estacionar aqui? Essa vaga é do Sam Shoenbroder. Ligue para a portaria.

— Uma autorização! — berrei. — Pelas barbas do profeta! Pra uma *bicicleta?*

Bati a bicicleta contra as enormes portas acústicas para adentrar as trevas.

— Roy?! — gritei. Silêncio.

Olhei em volta pelas belas trevas, procurando o ferro-velho de brinquedos de Roy Holdstrom.

Eu tinha um igual, só que menor, na minha garagem.

Espalhados pelo Galpão 13, viam-se os brinquedos do Roy de três anos, os livros dos seus cinco anos, os kits de mágico de quando tinha oito, os kits de química e de experimentos elétricos de quando tinha nove e dez, as coleções de tiras de jornal dominicais de quando tinha onze e os modelos em duplicata de King

Kong de quando fez treze em 1933 e viu o gorilão cinquenta vezes em duas semanas.

Minhas patas coçavam. Ali se viam ímãs, giroscópios, trenzinhos de ferro e kits de mágica de lojinhas de bugiganga que fariam crianças rangerem os dentes e sonharem com furtos. Meu próprio rosto estava ali, um molde facial de quando Roy passou vaselina na minha cara e tapou com gesso. Também se via, por todo lado, uma dúzia de moldes do perfil falconídeo do próprio Roy, além de crânios e esqueletos inteiros jogados nos cantos ou sentados em cadeiras de armar; qualquer coisa que fizesse Roy se sentir em casa em um galpão tão grande que daria para enfiar o *Titanic* pelos portões de hangar espacial e ainda sobraria espaço pro USS *Constitution*.

Roy havia tapado uma das paredes com anúncios do tamanho de outdoors e cartazes de *O mundo perdido, King Kong* e *O filho de King Kong,* assim como de *Drácula* e *Frankenstein.* Em caixas laranja no centro deste bazar de quinquilharia de garagem se viam esculturas de Karloff e de Lugosi. Na mesa dele havia três dinossauros articulados, que ganhou de presente dos criadores de *O mundo perdido,* a pele emborrachada dos bichos antigos há muito derretida, soltando-se dos ossos de metal.

O Galpão 13 era, na época, uma loja de brinquedos, um baú mágico, um tesouro de feiticeiro, uma fábrica de truques e um hangar aéreo dos sonhos no centro do qual Roy ficava todos os dias, agitando seus longos dedos de piano para fazer feras míticas se remexerem, aos sussurros, no seu sono de dez bilhões de anos.

Foi para entrar neste ferro-velho, nesta pilha de lixo da avareza mecânica, da cobiça pelos brinquedos e do amor pelos grandes monstros vorazes, cabeças guilhotinadas e corpos de alcatrão desenfaixados do rei Tut que abri caminho.

Por todo lado via-se vastas tendas baixas de plástico cobrindo criações que Roy só revelaria no tempo certo. Eu não me atrevia a espiar.

No meio de tudo, um esqueleto de puro osso trazia um bilhete, congelado no ar. Ele dizia:

CARL DENHAM!

Era o nome do produtor de *King Kong*.

AS CIDADES DO MUNDO, RECÉM-CRIADAS, JAZEM AQUI
SOB LONAS AGUARDANDO A DESCOBERTA. NÃO TOQUE.
VENHA ME ENCONTRAR.

THOMAS WOLFE ESTAVA ERRADO. VOCÊ *PODE* VOLTAR
PARA CASA. É SÓ DOBRAR À ESQUERDA NO BARRACÃO DOS
CARPINTEIROS, SEGUNDO SET À DIREITA. SEUS AVÓS O
AGUARDAM LÁ! VENHA VER! ROY.

Olhei as lonas em volta. A inauguração! Isso!

Corri, pensando: O que ele quer dizer? Meus avós? Esperando? Diminuí o passo. Comecei a respirar fundo o ar fresco que cheirava a carvalhos, olmeiros e bordos.

Porque Roy tinha razão.

Você pode voltar para casa.

Uma placa na frente do set ao ar livre número 2 dizia: PLANÍCIES FLORESTAIS, mas era Green Town, onde nasci e fui criado com o pão que passava o inverno todo fermentando atrás do fogão de ferro redondo e com o vinho que fermentava no mesmo lugar no fim do verão e os fragmentos de carvão que caíam naquele mesmo fogão como dentes de ferro muito antes da primavera.

Eu não caminhava nas calçadas, eu caminhava nos gramados, feliz por ter um amigo como Roy que conhecia meu antigo sonho e me chamou para ver.

Passei por três casas brancas onde meus amigos viviam em 1931, dobrei uma esquina e travei, em choque.

O velho Buick 1929 do meu pai estava estacionado na poeira da rua de tijolinhos, esperando para partir rumo ao Oeste em 1933. Ele estava parado, enferrujando em silêncio, os faróis amassados, a tampa do radiador descascada, o radiador em si coberto com papel-colmeia e mariposas presas, asas de borboleta azuis e amarelas, um mosaico capturado no fluxo de verões perdidos.

Me curvei para passar a mão, trêmulo, pela penugem áspera dos assentos traseiros, onde meu irmão e eu havíamos duelado com os cotovelos e gritado um com o outro enquanto viajávamos por Missouri, Kansas, Oklahoma e...

Não era o carro do meu pai. Mas *era*.

Deixei meus olhos vagarem para cima até descobrirem a nona maravilha do mundo:

A casa do meu avô e minha avó, com a varanda e o balanço da varanda e os gerânios em vasinhos rosa sobre a grade, e samambaias que pareciam fontes de aspersão de água verde por todo lado, e um gramado vasto como o pelo de um gato verde, com trevos e dentes-de-leão cravejando a grama em tal profusão que você tinha uma ânsia de arrancar os sapatos e correr por toda a tapeçaria descalço. E...

Uma janela de cúpula alta onde eu havia dormido para acordar e observar a terra verde e o mundo verde.

No balanço da varanda, velejando para a frente e para trás, suave, seus dedos compridos sobre o colo, estava meu melhor amigo...

Roy Holdstrom.

Ele planava em silêncio, perdido como eu me perdi em um verão de muito tempo atrás.

Roy me viu e ergueu seus longos braços de garça para fazer um sinal à direita e à esquerda, para a grama, as árvores, para si, para mim.

— Meu Deus — ele bradou. — Nós não somos... uns *sortudos?*

7.

ROY HOLDSTROM CONSTRUÍA DINOSSAUROS na garagem de casa desde os doze anos. Os dinossauros caçaram seu pai pelo quintal, em película de oito milímetros, depois o devoraram. Mais tarde, quando Roy tinha vinte anos, levou seus dinossauros para estudiozinhos de fundo de quintal e começou a fazer filmecos baratos sobre o mundo perdido que lhe renderam fama. Seus dinossauros preenchiam tanto sua vida que amigos ficaram preocupados e tentaram lhe encontrar uma garota querida que aceitasse suas Feras. Continuavam à procura.

Subi os degraus da varanda lembrando de uma noite especial em que Roy havia me levado a uma apresentação de *Siegfried* no auditório Shrine. "Quem vai *cantar?*", perguntei naquele dia. "A cantoria que vá pro inferno!", Roy berrou. "A gente vai ver o Dragão!" Bem, a música era triunfal. Mas o Dragão? Que matem o tenor. Que apaguem as luzes.

Nossos lugares eram tão longe que — meu Deus! — eu só via a *narina* esquerda do Dragão Fafner! Roy não via nada além de fumaça das chamas que saíam em jatos do nariz da fera invisível para chamuscar Siegfried.

"Caramba!", Roy cochichou.

E Fafner morreu, com a espada mágica trespassando o coração. Siegfried berrou de triunfo. Roy se pôs de pé com um salto, xingou o palco e saiu correndo.

Eu o encontrei no lobby, resmungando sozinho. "Que *Fafner!* Jesus! Meu Deus! Você viu?!"

Quando saímos noite afora, Siegfried continuava berrando sobre a vida, o amor e a carnificina.

"Coitado desse público canalha", disse Roy. "Encurralados aí mais duas *horas* sem *Fafner!*"

E lá estava ele agora, oscilando tranquilo no balanço de uma varanda perdida no tempo, mas recuperada através dos anos.

— Ei! — ele me chamou, contente. — O que foi que eu te *disse?* A casa dos meus avós!

— Não, dos *meus!*

— Dos dois!

Roy riu, contente de verdade, e mostrou um exemplar grosso do *Não se pode voltar para casa.**

— Ele estava errado — Roy falou baixinho.

— Sim — eu falei —, olha onde *estamos,* meu Deus!

Parei. Pois logo além do prado dos sets, vi o muro alto do cemitério/estúdio. Estava lá o fantasma de um corpo numa escada, mas eu ainda não estava pronto para tocar no assunto. Então falei:

— Como vai sua Fera? Já *encontrou?*

— Porra, cadê a *sua* Fera?

Era assim que as coisas estavam há muitos dias.

Roy e eu havíamos sido convocados a projetar e construir feras, fazer meteoros caírem do espaço sideral e criaturas humanoides saírem de lagoas negras, pingando clichês de piche dos seus dentes de loja de bugiganga.

Haviam contratado Roy primeiro, porque ele tinha mais experiência na parte técnica. Seus pterodátilos voavam de verdade nos

---

* Tradução literal do romance póstumo *You Can't Go Home Again* (1940), do autor estadunidense Thomas Wolfe, inédito no Brasil. (N. E.)

céus primordiais. Seus brontossauros eram montanhas a caminho de Maomé.

E aí alguém tinha lido vinte ou trinta dos meus contos na revista *Weird Tales*, histórias que eu escrevia desde que tinha doze anos e vendia pras *pulps* desde os vinte e um, e me contratou pra "bolar um drama" para as feras de Roy, o que me deixou estupefato, porque eu tinha pagado ou entrado de fininho para assistir a uns nove mil filmes e vinha esperando uma meia-vida para que alguém disparasse o tiro de largada que me faria correr às cegas entre as películas.

— Eu quero uma coisa que nunca se *viu*! — Manny Leiber disse naquele primeiro dia. — Em três dimensões, nós disparamos uma *coisa* na Terra. Um meteoro cai...

— Perto da cratera do Meteoro no Arizona... — completei.

— Que está ali há um milhão de anos. Ótimo lugar para *outro* meteoro cair e...

— De lá sai nosso *novo* terror — Manny bradou.

— E dá pra *ver*? — perguntei.

— Como *assim*? Nós *temos* que ver!

— Claro, mas pense em um filme como *O homem-leopardo*! O susto vem das sombras na noite, das coisas que não se vê. E *A ilha dos mortos*, quando a morta catatônica acorda e está presa dentro do caixão?

— Radionovelas!! — Manny Leiber berrou. — Porra, o povo quer ver o que assusta...

— Não vou discutir...

— Não discuta! — Manny me encarou. — Quero dez páginas que arranquem minhas tripas de susto! Você — apontando para Roy —, o que ele escrever, você cola com cocô de dino! E xô daqui! Vão fazer careta pro espelho às três da manhã!

— Senhor! — bradamos.

A porta bateu.

Do lado de fora, ao sol, Roy e eu piscamos um para o outro.

— Mais uma bela confusão em que você nos meteu, hein, Stanley!

Ainda berrando de tanto dar gargalhada, fomos trabalhar.

Escrevi dez páginas, deixando espaço para os monstros. Roy jogou quinze quilos de argila úmida na mesa e dançou em volta, batendo e moldando, torcendo para que o monstro surgisse como uma bolha do caldo pré-histórico e colapsasse com um silvo de vapor sulfuroso e deixasse o terror de verdade emergir.

Roy leu minhas páginas.

— Cadê sua Fera? — ele gritou.

Olhei para as mãos dele, vazias, mas cobertas de argila vermelho-sangue.

— Cadê a sua? — perguntei.

E aqui estávamos, três semanas depois.

— Ei — disse Roy —, como é que você está aí parado, só olhando pra mim? Pegue uma rosquinha, sente-se, fale. — Subi, peguei a rosquinha que ele me ofereceu e sentei no balanço da varanda, alternando movimentos de avanço ao futuro e volta ao passado. À frente: foguetes e Marte. Para trás: dinossauros e poços de piche.

E Feras sem rosto por todos os lados.

— Para alguém que costuma falar a cento e cinquenta por hora — disse Roy Holdstrom —, você está muito quieto.

— Estou com medo — enfim falei.

— Caramba — Roy parou nossa máquina do tempo. — Fale, ó poderoso.

Falei.

Eu construí o muro, carreguei a escada, levantei o corpo, trouxe a chuva gelada, depois ataquei com o raio para fazer o corpo cair. Quando terminei e a chuva tinha secado na minha testa, entreguei a Roy o convite datilografado do Dia das Bruxas.

Roy passou os olhos, depois jogou no chão da varanda e botou o pé em cima.

— Alguém está de brincadeira!

— Pode ser. Mas… eu tive que ir para casa e queimei minhas cuecas.

Roy pegou aquilo e leu de novo, depois olhou para o muro do cemitério.

— Por que *alguém* ia mandar uma coisa dessas?

— Pois é. Já que a maioria do pessoal do estúdio nem sabe que eu *existo*!

— Mas, caramba, ontem à noite *era* Dia das Bruxas. Ainda assim... que piada complicada, botar um corpo no alto da escada. Peraí: e se disseram para *você* comparecer à meia-noite, mas a *outras* pessoas para irem às oito, nove, dez e onze? Assustar uma de cada vez! Faria sentido!

— Só se o plano fosse *seu*!

Roy se virou na hora. — Você não acha mesmo que...?

— Não. Sim. Não.

— *Qual* vai ser?

— Lembra daquele Dia das Bruxas quando tínhamos dezenove anos e fomos ao cinema Paramount ver Bob Hope em *O gato e o canário* e a garota na nossa frente deu um berro e olhei em volta e vi você, usando uma máscara de borracha de espectro maligno?

— Lembro. — Roy riu.

— Lembra daquela vez que você ligou e disse que o velho Ralph Courtney, nosso melhor amigo, tinha morrido e que era para eu passar na sua casa, que ele estava estendido no chão, mas era tudo uma piada, você tinha planejado com o Ralph de ele passar pó branco no rosto e ficar deitado e se fingir de morto e levantar quando eu entrasse. Lembra?

— Aham. — Roy riu de novo.

— Mas aí eu encontrei o Ralph na rua e estraguei sua piada?

— Claro. — Roy balançou a cabeça à menção das próprias pegadinhas.

— Bom. Então. Não é por nada que eu acho que você botou esse maldito corpo no muro e me mandou a carta.

— Só tem uma coisa errada aí — disse Roy. — Você quase nunca falou do Arbuthnot pra mim. Se eu tivesse feito o corpo, como eu ia sacar que você ia identificar o infeliz? Teria que ser alguém que sabia que você viu o Arbuthnot há tantos e tantos anos, né?

— Olha...

— Um corpo na chuva não faz sentido, se você não sabe pro que diabos tá olhando. Você me contou sobre um monte de gente que conheceu quando era garoto e ficava no entorno dos estúdios. Se *eu* tivesse feito um corpo, seria Rudolph Valentino ou Lon Chaney, pra ter certeza que você ia reconhecer. Correto?

— Correto — falei, sem muita vontade. Analisei o rosto de Roy e logo olhei para o lado. — Desculpe. Mas, que inferno, *era* o Arbuthnot. Eu o vi mais de vinte vezes nos anos 30. Nas estreias. Na frente do estúdio, aqui. Ele e seus carros esportivos, uma dúzia e todos diferentes, e limusines, três. E mulheres, algumas dúzias, sempre rindo, e quando ele dava autógrafos, enfiava uma moedinha no livro de autógrafos antes de te devolver. Vinte e cinco centavos! Em 1934! Uma moeda dessas comprava um leite maltado, uma barra de chocolate e um ingresso pro cinema.

— Esse era o tipo de cara que ele era, então? Não é à toa que você lembra. Quanto ele te deu?

— Teve um mês que ele me deu um e vinte e cinco. Fiquei *rico*. E agora ele está enterrado do outro lado daquele muro onde eu estava ontem à noite, não é? Por que alguém ia querer que eu pensasse que ele foi exumado e escorado numa escada? Por que se dar ao trabalho? O corpo aterrissou como um cofre de ferro. Precisaria de pelo menos dois homens pra botar lá em cima. Por quê?

Roy deu uma mordida em outra rosquinha. — É, por quê? A não ser que alguém esteja usando *você* para contar pro mundo. Você *ia* contar pra *mais* alguém, não ia?

— Talvez...

— Não conte. Você está com cara de susto.

— Mas por que eu estaria? Fora que tenho essa sensação de que é mais do que uma piada, que tem algum *outro* sentido.

Roy ficou olhando para o muro, mastigando em silêncio. — Putz — ele finalmente falou. — Você voltou ao cemitério hoje cedo para ver se o corpo *continua* no chão? Por que não vai ver?

— Não!

— Está dia claro. Você é cagão?

— Não, mas...

— Ei! — berrou uma voz indignada. — O que os patetas tão *fazendo* aí em cima!?

Roy e eu olhamos da varanda lá para baixo.

Manny Leiber estava no meio do gramado. Seu Rolls-Royce estava estacionado, o motor rodando suave e grave, nem uma vibração sequer no chassi.

— E então? — Manny berrou.

— Estamos em *reunião!* — Roy falou, tranquilo. — Queremos nos *mudar* pra cá!

— Querem o *quê?* — Manny encarou a velha casa vitoriana.

— É um ótimo lugar pra trabalhar — Roy respondeu depressa. — Tem escritório bem na frente, tem varanda, boto uma mesa de carteado, uma máquina de escrever.

— Vocês *têm* um escritório!

— Escritórios não me inspiram. Isso aqui... — eu fiz sinal para tudo, tomando o bastão de Roy — ...inspira. Você devia tirar *todos* os roteiristas do Prédio do Roteiro! Instale o Steve Longstreet naquela mansão de Nova Orleans e deixe que ele escreva lá o filme da Guerra de Secessão. E aquela padaria francesa logo ali? Melhor lugar para o Marcel Dementhon terminar sua revolução, não é? Mais à frente, Piccadilly: caramba, bote todos aqueles roteiristas ingleses novatos para trabalhar em Piccadilly!

Manny subiu devagar na varanda, seu rosto de um vermelho confuso. Ele olhou em volta pelo estúdio, seu Rolls, e depois para nós, como se tivesse encontrado os dois nus e fumando atrás do celeiro.

— Jesus, já não basta tudo ter ido pro inferno no café da manhã. Ainda tenho dois frescalhões que querem transformar a cabana da Lydia Pinkham em uma catedral de escritores!

— Isso mesmo! — disse Roy. — Foi exatamente nessa varanda que concebi o set miniatura mais assustador da história!

— Chega de hipérboles. — Manny recuou. — Quero ver o *material*!

— Podemos usar seu Rolls? — Roy disse.

Usamos o Rolls.

A caminho do Galpão 13, Manny Leiber ficou olhando para a frente e disse:

— Estou tentando coordenar um hospício e vocês ficam pelas varandas jogando conversa fora. Cadê a minha Fera, inferno!? Esperei três *semanas*...

— Que inferno — falei em tom sensato. — Leva tempo até que uma coisa nova surja no meio da noite. Dê um espaço pra gente respirar, tempo pro eu oculto se convencer a sair na rua. Não se preocupe. O Roy aqui vai trabalhar na argila. As coisas vão sair *dali*. Por enquanto, deixamos os Monstros nas sombras, entende...

— Desculpas! — disse Manny, só encarando à sua frente. — Eu não entendo. Dou mais três dias! *Quero* ver o Monstro!

— E se — soltei de repente — o Monstro vir *você?* Meu Deus! E se fizermos tudo do ponto de vista do Monstro, de dentro para fora!? A câmera abre e *é* o Monstro, e as pessoas têm medo da câmera e...

Manny piscou para mim, fechou um olho e resmungou:

— Nada mal. A *Câmera*, é?

— Isso! A Câmera sai rastejando do meteoro. A Câmera, sendo o Monstro, irrompe pelo deserto, assustando monstros-de-gila, cobras, urubus, remexendo a poeira...

— Puta merda — Manny Leiber ficou olhando o deserto imaginário.

— Puta merda — Roy gritou, encantado.

— Botamos uma lente lambuzada de óleo na Câmera — continuei —, acrescentamos vapor, música de dar medo, sombras, e o Herói olhando *para* a Câmera e aí...

— E *aí?*

— Se eu ficar *falando,* não *escrevo.*

— Escreva, *escreva!*

Paramos no Galpão 13. Saltei do carro, ainda tagarelando. — Ah, sim. Acho que eu devia fazer *duas* versões do roteiro. Uma pra você. Uma pra mim.

— Duas? — Manny berrou. — Por quê?

— No fim da semana eu entrego as *duas.* Você escolhe qual é a certa.

Manny me encarou, desconfiado, ainda meio dentro e meio fora do Rolls.

— Merda nenhuma! Você vai dar o seu *melhor* na *sua* ideia!

— Não. Eu vou fazer o meu melhor pra você. Mas também vou fazer o meu melhor pra *mim.* Fechado?

— *Dois* Monstros pelo preço de um? Só faça! Vamos!

Roy parou, dramático, na frente da porta. — Estão *prontos?* Preparem suas mentes e almas. — Ele ergueu duas belas mãos de artista, como um padre.

— Eu estou preparado, cacete. Abra!

Roy abriu toda a porta externa e depois a interna e entramos na treva total.

— Luzes, cacete! — disse Manny.

— Espere... — Roy sussurrou.

Ouvimos Roy se movimentar no escuro, pisando com cuidado em objetos invisíveis.

Manny se remexeu de nervoso.

— Quase pronto — Roy entoou de dentro do território noturno. — Agora...

Roy ligou uma máquina de vento na intensidade baixa. Primeiro se ouviu um sussurro que lembrava uma tempestade gigante, que trouxe junto o clima dos Andes, a neve murmurando nas encostas do Himalaia, a chuva em Sumatra, um vento da selva a caminho do Kilimanjaro, o farfalhar das saias da maré nos Açores, um berro de aves primitivas, um alçar de asas de morcego, tudo misturado para causar arrepios e fazer sua mente despencar por alçapões até...

— Luz! — Roy gritou.

E a luz se acendeu sobre as paisagens de Roy Holdstrom, em panoramas tão alienígenas e belos que partiam o coração e remendavam seu terror e aí te sacudiam de novo quando sombras corriam como tropas de lemingues apressados sobre as dunas microscópicas, morros minúsculos e montanhas em miniatura, fugindo de uma desgraça que já era prometida, mas ainda não havia chegado.

Olhei em volta, encantado. Roy havia lido minha mente de novo. Tudo de iluminado e trevoso que eu lançava nas telas da meia-noite dentro da *camera obscura* da minha cabeça, ele tinha roubado e projetado e construído antes de eu deixar escapulir pela boca. Agora, por outro lado, eu usaria suas realidades em miniatura para dar corpo ao meu roteiro mais peculiar e esquisito. Meu herói mal podia esperar para se lançar nessa terra minúscula.

Manny Leiber apenas olhava, estupefato.

A terra dos dinossauros de Roy era um país de fantasmas revelado por uma alvorada antiga e artificial.

Envolvendo este mundo perdido havia grandes placas de vidro nas quais Roy tinha pintado cenas da selva primordial, pântanos de piche nos quais suas criaturas afundavam sob céus tão flamejantes e amargos quanto pores do sol marcianos, ardendo em mil tons de vermelho.

Senti a mesma emoção que havia sentido no colégio, quando Roy me levou para casa e senti um nó na garganta quando ele abriu as portas da garagem para mostrar, não carros, mas criaturas guiadas por necessidades primitivas de se erguer, mostrar as garras, mastigar, voar, gritar e morrer ao longo de todas as nossas noites de infância.

E aqui, agora, no Galpão 13, o rosto de Roy ardia acima de todo um continente em miniatura onde Manny e eu estávamos ilhados.

Atravessei ele na ponta dos pés, temendo destruir qualquer coisa minúscula. Cheguei a uma plataforma com uma única escultura coberta e esperei.

Com certeza esta era sua grande Fera, a coisa que ele havia se decidido a criar quando tínhamos vinte anos e visitamos os corredores primais do nosso museu de história natural. Era certo que, em algum ponto do mundo, esta Fera havia se escondido na poeira, pisado em solo escaldante, se perdido nas minas de carvão de Deus sob nossos próprios pés! Escute! Ó, escute esse som do subterrâneo, seu coração primitivo, seus pulmões vulcânicos berrando porque querem se libertar! E teria Roy o libertado?

— Puta merda. — Manny Leiber se inclinou na direção do monstro oculto. — É *agora* que a gente vai ver?

— Sim — Roy respondeu. — É agora.

Manny tocou na cobertura.

— Espere — disse Roy. — Preciso de mais um dia.

— Mentiroso! — disse Manny. — Eu não acredito que você tenha merda nenhuma de nada debaixo desse pano!

Manny deu dois passos. Roy pulou três.

Naquele instante, o telefone do Galpão 13 tocou.

Antes que eu pudesse me mexer, Manny o pegou.

— Então? — ele berrou.

Seu rosto se alterou. Talvez tenha ficado pálido, talvez não, mas se alterou.

— Eu sei. — Ele respirou fundo. — Também sei. — Mais uma respiração; agora seu rosto estava ficando vermelho. — Eu sabia *disso* há meia hora! Ora, vá pro inferno. *Quem* é que tá falando!?

Uma vespa zumbiu do outro lado da linha. O telefone tinha sido desligado.

— Filho da puta!

Manny arremessou o telefone e eu peguei.

— Que alguém me enrole num lençol molhado, porque isso aqui é um hospício! Onde foi que eu parei? Vocês!

Ele apontou para nós dois.

— Dois dias, não três. É bom que vocês me tirem essa Fera da caixa de areia e a deem à luz, senão...

Naquele momento, a porta externa se abriu. Um nanico de terno preto, um dos motoristas do estúdio, ficou parado em um foco de luz.

— E agora, o que é? — Manny gritou.

— Trouxemos até aqui, mas o motor morreu. Acabamos de arrumar.

— Então saia daqui, pelo amor de Deus!

Manny foi para cima dele com um punho em riste, mas a porta bateu, o nanico sumiu, então Manny teve que se virar e direcionar sua explosão contra nós.

— Vou preencher seus últimos cheques, estarão prontos na sexta-feira à tarde. Entreguem o prometido ou vocês nunca mais vão trabalhar. Nenhum dos dois.

Roy falou baixinho:

— A gente pode ficar? Nosso escritório em Green Town, Illinois? Agora que você *viu* os resultados que consegue desses frescalhões?

Manny fez uma pausa longa o suficiente para olhar de volta pro país perdido e estranho como uma criança numa fábrica de fogos de artifício.

— Jesus — ele suspirou, esquecendo seus problemas por um instante —, eu tenho que admitir que vocês *conseguiram*. — Ele fez uma pausa, furioso com o próprio elogio, depois trocou de marcha. — Agora chega de palhaçada e mãos à obra!

E aí... *pam*! Ele também sumiu.

Parados no meio da nossa antiga paisagem, perdidos no tempo, Roy e eu ficamos nos olhando.

— Cada vez mais curioso — disse Roy. Depois: — Você vai mesmo? Vai escrever duas versões do roteiro? Uma pra ele, uma pra *nós*?

— Sim! Claro.

— Como se *faz* uma coisa dessas?

— Caramba — falei —, estou treinando para isso há quinze anos. Escrevi cem contos pras *pulps*, um por semana, em cem semanas. Dois argumentos em dois dias? Os *dois* geniais? *Confie* em mim.

— Ok, confio, confio. — Houve uma pausa comprida, depois ele disse: — Vamos *conferir*?

— Conferir? Conferir *o quê*?

— Aquele funeral que você viu. Na chuva. Ontem à noite. Do outro lado do muro. Espere.

Roy andou até a grande porta acústica. Segui. Ele abriu a porta. Olhamos para fora.

Um rabecão preto com ornamentos entalhados e janelas de cristal estava saindo do beco do estúdio, fazendo um barulhão de motor capenga.

— Aposto que eu sei aonde vai — disse Roy.

8.

DEMOS UMA VOLTA PELA rua Gower na lata velha ano 1927 do Roy.

Não vimos o rabecão preto entrar no cemitério, mas quando chegamos na frente e estacionamos, o rabecão vinha rodando por entre as pedras.

Passou por nós, carregando um caixão até a luz plena da rua.

Viramos para assistir à limusine preta sair chiando do portão, fazendo tanto barulho quanto a exalação polar das banquisas árticas.

— É a primeira vez que vejo um caixão *sair* do cemitério em um carro de funerária. Chegamos tarde demais!

Girei para ver a traseira da limusine rumando para o leste, de volta ao estúdio.

— Tarde demais pra quê?

— Para o morto, burrão! Venha!

Estávamos quase no muro dos fundos do cemitério quando Roy parou.

— Deus do céu, ali está o túmulo dele.

Olhei o que Roy estava olhando, uns dez metros acima de nós, em mármore:

J. C. Arbuthnot, 1884–1934 r. i. p.

Era um daqueles mausoléus de templo grego em que enterram gente fabulosa, com um portão de ferro de treliça trancado sobre uma porta interna pesada de madeira e bronze.

— Ele não ia ter como sair dali, *ia*?

— Não, mas alguma coisa subiu naquela escada e eu conhecia o rosto. E outra pessoa *sabia* que eu ia reconhecer o rosto, por isso fui convidado pra vir aqui ver.

— Calado. Venha.

Seguimos pela trilha.

— Cuidado. Não queremos que nos vejam caindo nesse joguinho bobo.

Chegamos ao muro. Não havia nada ali, é claro.

— Como eu disse, se o corpo estava mesmo aqui, chegamos tarde demais. — Roy soltou o ar e olhou em volta.

— Não, olhe. Ali.

Apontei o alto do muro.

Havia as marcas, duas, de um objeto que tinha encostado na borda superior.

— A escada?

— E aqui *embaixo*.

A grama na base do muro, de mais ou menos um metro e meio, em ângulo próprio, tinha duas reentrâncias de escada de um centímetro e pouco.

— E aqui. Viu?

Eu lhe mostrei uma depressão comprida onde a grama tinha sido amassada por alguma coisa em queda.

— Ora, ora — balbuciou Roy. — Parece que o Dia das Bruxas vai começar de novo.

Roy se ajoelhou na grama e colocou os dedos ossudos e compridos a traçar a marca do corpo pesado que havia deitado ali, na chuva gelada, há coisa de doze horas.

Eu me ajoelhei com Roy, encarando a longa reentrância, e tiritei.

— Eu... — falei, mas parei.

Pois uma sombra passou entre a gente.

— Dia!

O guarda diurno do cemitério estava em cima de nós dois.

Olhei para o Roy, rápido. — Essa é a lápide certa? Já tem anos. É...

A lápide reta seguinte estava coberta de folhas. Varri o pó com a mão. Havia um nome meio oculto. SMYTHE. NASC. 1875 – FALEC. 1928.

— Claro! Meu vovô! — Roy berrou. — Pobrezinho. Morreu de pneumonia. — Roy me ajudou a limpar a poeira. — Eu amava ele tanto. Ele...

— Cadê suas flores? — disse a voz pesada, acima de nós.

Roy e eu travamos.

— A mãe tá trazendo — Roy disse. — A gente veio na frente pra encontrar a pedra. — Roy olhou por cima do ombro. — Ela tá vindo ali.

O vigia diurno do cemitério, um homem de idade avançada e desconfiança profunda, com um rosto que lembrava uma lápide gasta, olhou para o portão.

Uma mulher, carregando flores, vinha subindo a rua, à distância, perto do bulevar Santa Monica.

Graças a Deus, pensei.

O vigia bufou, mastigou as gengivas, deu um giro e saiu andando entre os túmulos. Bem na hora, pois a mulher tinha parado e virado pra outro lado, tomando distância de nós.

Demos um pulo. Roy pegou as flores de um túmulo próximo.

— Não!

— Não é o cacete! — Roy enfiou as flores na pedra do vovô Smythe. — É pro caso do cara voltar e ficar se perguntando por que não tem flores depois da sua lorota. Venha!

Andamos uns cinquenta metros e esperamos, fingindo que conversávamos, mas falando pouco. No fim, Roy tocou no meu cotovelo. — Cuidado — ele sussurrou. — Só olhares de canto. Não olhe reto. Ele voltou.

E, de fato, o velho vigia tinha chegado ao ponto perto do muro onde ainda havia as marcas compridas do corpo caído.

Ele levantou o olhar e nos viu. Com pressa, botei meu braço sobre o ombro de Roy para acalmar sua tristeza.

Aí o velho se curvou. Com dedos espalmados, revolveu a grama. Em seguida não se viam traços de nada pesado que pudesse ter caído do céu na noite passada, durante uma chuva terrível.

— Agora você acredita? — falei.

— Eu queria saber — disse Roy — aonde foi parar aquele rabecão.

9.

QUANDO ESTÁVAMOS ENTRANDO DE novo pelo portão principal do estúdio, o rabecão passou fazendo um sussurro. Vazio. Como um vento comprido do outono, ele saiu, deu sua volta e regressou ao país da Morte.

— Jesus Cristo! Como eu havia imaginado! — Roy girou o volante, mas ficou olhando para a rua vazia. — Estou começando a curtir esse esquema!

Seguimos pela rua na direção de onde o rabecão havia vindo.

Fritz Wong marchava pela viela à nossa frente, liderando ou conduzindo uma tropa militar invisível, resmungando e xingando sozinho, seu perfil afiado cortando o ar em duas metades. Ele usava uma boina preta, o único homem em Hollywood que usava boina e desafiava alguém a dizer que ele estava de boina!

— Fritz! — chamei. — Pare, Roy!

Fritz veio a trote encostar-se no carro e nos dar sua saudação, agora familiar.

— Olá, canalha marciano ciclista! Quem é esse símio esquisito na direção?

— Olá, Fritz, seu canalha... — Eu vacilei e depois falei, acanhado. — Roy Holdstrom, maior inventor, construtor e piloto de dinossauros do mundo!

O monóculo de Fritz Wong cintilou fogo. Ele fitou Roy com seu olhar teuto-oriental, depois fez um aceno preciso.

— Todo amigo do *Pithecanthropus erectus* é amigo meu!

Roy agarrou o aperto de mão do outro. — Gostei do seu último filme.

— *Gostou!* — Fritz Wong berrou.

— *Amei!*

— Ótimo. — Fritz olhou para mim. — O que há de novo desde o café da manhã?

— Algo de *engraçado* acontecendo por aqui no momento?

— Uma falange romana com quarenta homens acabou de passar em marcha. Um gorila correu pro Galpão 10 carregando a própria cabeça. Um diretor de arte homossexual foi expulso do sanitário masculino. Judas está de greve porque quer mais prata na Galileia. Não, não. Eu não diria que notei nada de engraçado.

— E alguma coisa que passou por aqui? — propôs Roy. — Algum funeral?

— Funerais! Vocês acham que eu não notaria? Esperem! — Ele voltou seu monóculo para o portão e depois para o pátio cenográfico. — Que boboca. Sim. Eu estava torcendo para que fosse o rabecão de DeMille e pudéssemos festejar. Ele foi por *ali*!

— Estão filmando um enterro aqui hoje?

— Em todos os galpões: presuntos, atores catatônicos, agentes funerários ingleses cujas patas pesadas matariam uma baleia no parto! O Dia das Bruxas foi ontem, não? E hoje é o genuíno Dia dos Mortos mexicano, 1° de novembro. Então por que seria diferente na Maximus Films? Onde você encontrou este desastre automobilístico, sr. Holdstrom?

— Este — Roy disse, tal como Edgar Kennedy em lenta combustão numa comédia antiga de Hal Roach — é o carro em que o Gordo e o Magro venderam peixe naquele curta de 1930.

Me custou cinquenta pratas, mais setenta para pintar. Para trás, senhor!

Fritz Wong, encantado com Roy, deu um pulo para trás. — Em uma hora, marciano. Na cantina! *Esteja* lá!

Seguimos adiante em meio ao tropel do meio-dia. Roy nos guiou por uma esquina que levou a Springfield, Illinois, zona sul de Manhattan e Piccadilly.

— Você sabe aonde está indo? — perguntei.

— Oras, um estúdio é ótimo para esconder um corpo. Quem ia notar? Em um pátio cenográfico cheio de abissínios, gregos, mafiosos de Chicago, você podia marchar para dentro de seis dúzias de guerras de gangue com quarenta bandas marciais e ninguém ia mexer um dedo! Esse corpo, meu chapa, deve estar bem aqui!

E levantamos poeira para dobrar a última esquina e chegar a Tombstone,* Arizona.

— Belo nome para uma cidade — disse Roy.

---

* Literalmente, "lápide". (N. T.)

10.

A QUIETUDE ERA CALOROSA. Era meio-dia em ponto. Estávamos cercados por mil pegadas na poeira do pátio cenográfico. Algumas das pegadas eram de Tom Mix, Hoot Gibson e Ken Maynard, de muito tempo atrás. Deixei o vento soprar a memória, erguendo a poeira quente. É claro que as pegadas não haviam permanecido, pois a poeira não para, e até os grandes passos de John Wayne haviam sido cobertos há muito tempo, tal como as marcas das sandálias de Mateus, Marcos, Lucas e João haviam sumido da costa do mar da Galileia a uns cem metros dali, no Lote 12. Mesmo assim, o cheiro de cavalos se mantinha, a diligência já estava para chegar com um novo carregamento de roteiros e uma fornada de caubóis com espingardas a tiracolo. Eu não ia recusar a alegria tranquila de ficar ali sentado no velho calhambeque do Gordo e o Magro, olhando a locomotiva da Guerra de Secessão que era abastecida duas vezes por ano e virava o trem das 9h10 de Galveston, ou o trem da morte de Lincoln levando-o para casa, ó Senhor, levando-o para casa.

Mas enfim eu falei:

— O que lhe garante que o corpo está aqui?

— Inferno. — Roy chutou as tábuas do chão como Gary Cooper já tinha chutado bosta de vaca. — Olhe esses prédios de perto.

Olhei.

Por trás das fachadas fajutas aqui no território do Oeste havia oficinas de soldagem, museus de carros antigos, depósitos de cenário falso e...

— A carpintaria? — perguntei.

Roy concordou e nos calhambecou até deixar o bicho morrer na esquina, longe da vista.

— Aqui eles constroem caixões, então o corpo está aqui. — Roy saiu do calhambeque uma longa tábua por vez. — O caixão foi *devolvido* aqui porque foi feito aqui. *Venha,* antes que os Índios cheguem!

Alcancei ele em uma gruta fresca onde o mobiliário do império napoleônico estava empilhado em prateleiras e o trono de Júlio César aguardava seu traseiro há muito sumido.

Olhei em volta.

Nada morre *para sempre,* pensei. Sempre volta. Se você *quiser,* no caso.

E onde a coisa se esconde para esperar? Onde renasce? Aqui, pensei. Ah, sim, *aqui.*

Nas mentes de homens que chegam com marmitas, com cara de operários, e partem com cara de maridos ou amantes improváveis.

Mas entre um e outro?

Construa o *Mississippi Belle* se você quer atracar de barco a vapor em Nova Orleans, ou erga as colunas de Bernini lá onde Judas perdeu as botas. Ou reconstrua o Empire State e depois faça um gorilão gigante a vapor escalar o prédio.

Seu sonho é o projeto *deles,* e estes são todos os filhos dos filhos de Michelangelo e Da Vinci, os pais de ontem que viraram filhos no amanhã.

E nesse momento meu amigo Roy se inclinou na caverna escura atrás de um saloon de faroeste e me puxou para seguir em frente, entre as fachadas armazenadas de Bagdá e de Upper Sandusky.

Silêncio. Todo mundo tinha ido almoçar.

Roy farejou o ar e riu baixinho.

— Meu Deus, sim! Sinta esse *cheiro*! A serragem! Foi isso que me atraiu pra oficina de marcenaria do colégio com você. E os sons das serras de fita. Barulho de gente *fazendo* coisas. Fazia minhas mãos sacudirem. Dá uma olhadinha. — Roy parou ao lado de uma grande caixa de vidro e contemplou a beleza abaixo.

O *Bounty* estava ali, em miniatura, com cinquenta centímetros de comprimento e totalmente equipado, navegando por mares imaginários, dois séculos atrás.

— Pode tocar — Roy falou baixinho. — Com delicadeza.

Eu toquei, fiquei maravilhado e esqueci por que estávamos ali e quis ficar para sempre. Mas Roy, por fim, me puxou.

— Aí, campeão — ele cochichou. — Pode escolher.

Estávamos olhando para um grande mostruário de caixões uns quinze metros adiante, nas trevas cálidas.

— Por que tantos? — perguntei, enquanto subíamos.

— Para enterrar todas as bombas que o estúdio vai fazer entre hoje e o dia de Ação de Graças.

Chegamos à linha de montagem do funeral.

— Todo seu — disse Roy. — Pode escolher.

— Não pode ser o de cima. Muito alto. E as pessoas são preguiçosas. Então… esse.

Cutuquei o caixão mais próximo com o meu sapato.

— Pode abrir — insistiu Roy, rindo da minha hesitação. — *Abra.*

— Você.

Roy se abaixou e tentou puxar a tampa.

— Droga!

O caixão estava fechado a prego.

Uma corneta soou em algum lugar. Olhamos para fora.

Na rua de Tombstone, um carro estacionou.

— Rápido! — Roy correu até uma mesa, tateou tudo, frenético, e encontrou um martelo e um pé de cabra para puxar os pregos.

— Ahmeudeus — falei, sem fôlego.

O Rolls-Royce de Manny Leiber estava levantando poeira no estábulo ao sol do meio-dia.

— Vamos *lá*!

— Só depois de ver se... *pronto!*

O último prego voou.

Roy agarrou a tampa, respirou fundo e abriu o caixão.

Vozes soaram no pátio do Oeste, lá no sol quente.

— Jesus, abra os olhos — Roy falou. — Veja!

Eu havia fechado os olhos, não querendo sentir a chuva de novo no rosto. Abri.

— *Então?* — disse Roy.

O corpo estava ali, deitado de costas, os olhos arregalados, as narinas abertas, a boca escancarada. Mas nenhuma chuva caía para transbordar e escorrer pelas bochechas e pelo queixo.

— Arbuthnot — falei.

— Pois é — arfou Roy. — Agora eu lembro das fotos. Deus do céu, lembra muito. Mas por que alguém ia botar isso aqui, seja lá o que for, no alto de uma escada, e pra quê?

Ouvi uma porta bater. A cem metros, na poeira quente, Manny Leiber havia saído do seu Rolls e estava piscando na penumbra, em volta, perto, acima de nós.

Eu titubeei.

— Só um minuto... — Roy disse. Ele bufou e esticou a mão para baixo.

— Não!

— Espere — ele disse, e tocou no corpo.

— Pelo amor de Deus, rápido!

— Mas dá uma olhadinha — disse Roy.

— Ele pegou o corpo e levantou.

— Gah! — falei, e me detive.

Pois o corpo se ergueu fácil como um saco de flocos de milho.

— Não!

— É, com certeza. — Roy sacudiu o corpo. Chacoalhava como um espantalho.

— Maldição! E olha só, no fundo do caixão: chumbadas para dar peso quando subissem com ele na escada! E quando caísse, como você falou, o baque seria forte. Olhe só! Lá vêm as barracudas!

Roy semicerrou os olhos ao brilho do meio-dia para ver as figuras distantes saindo dos carros, reunindo-se em volta de Manny.

— Ok. Vamos.

Roy largou o corpo, bateu a tampa e correu.

Eu o segui entrando e saindo de um labirinto de mobiliário, pilares e fachadas falsas.

Já distantes, atravessadas três dúzias de portas e meio lance de uma escadaria renascentista, Roy e eu paramos, olhamos para trás, dobramos o pescoço até doer e ficamos ouvindo. Ao longe, a uns vinte e cinco ou trinta metros, Manny Leiber chegou ao local onde estávamos há um minuto. A voz de Manny atravessou todo o resto. Ele, imaginei, mandou todos calarem a boca. Silêncio. Estavam abrindo o caixão com o corpo facsimilar dentro.

Roy olhou para mim, sobrancelhas erguidas. Devolvi o olhar, sem respirar.

Houve um rebuliço, uma espécie de clamor, gente xingando. Manny xingava mais alto que todos. Depois um balbucio, mais conversas, Manny berrando de novo e o último baque da tampa do caixão.

Foi esse o tiro que arremeteu eu e Roy para fora daquele lugar. Descemos a escadaria com o mínimo de barulho, corremos por mais uma dúzia de portas e saímos pelos fundos da oficina de carpintaria.

— Ouviu alguma coisa? — Roy falou, ofegante e olhando para trás.

— Não. Ouviu?

— Nadica. Mas eles estavam estourados. Não foi uma, foram três vezes. Manny, o pior de todos! Meu Deus, o que está rolando? Por que tanto rebuliço por um maldito de um boneco de cera que eu podia montar gastando duas pratas de borracha, cera e gesso em meia hora!?

— Calma lá, Roy — eu disse. — Não queremos que nos vejam correndo.

Roy diminuiu o ritmo, mas continuou dando grandes passadas de garça.

— Meu Deus, Roy! — falei. — Se soubessem que *estávamos* lá!

— Não sabem. Ei, está divertido assim.

Ora, pensei, *alguma vez* eu tinha apresentado meu amigo a um morto?

Um minuto depois chegamos ao calhambeque do Gordo e o Magro atrás da oficina.

Roy sentou-se no banco da frente, com um sorriso deveras profano, apreciando o céu e cada nuvem.

— Pode subir — ele disse.

Dentro do galpão, vozes se erguiam em um alvoroço de fim de tarde. Alguém em algum lugar rogava uma praga. Outro ralhava. Alguém dizia sim. Muitos outros diziam não enquanto a pequena trupe fervia à luz quente do meio-dia, como um enxame de abelhas furiosas.

Um instante depois, o Rolls-Royce de Manny Leiber passou suave como uma tempestade sem voz.

Dentro, vi três rostos de puxa-sacos pálidos como ostras.

E o rosto de Manny Leiber, vermelho-sangue de raiva.

Ele nos viu enquanto o Rolls passava a toda.

Roy acenou e berrou um olá alegre.

— Roy! — berrei.

Roy deu uma gargalhada.

— O que foi que me *deu?* — e saiu dirigindo.

Olhei para Roy e quase explodi. Sorvendo o vento, ele soprou pela boca com gosto.

60 *Ray Bradbury*

— Você é doido! — falei. — Não tem um neurônio nessa cabeça?

— Por que eu teria medo — Roy considerou em tom amigável — de um protótipo de papel machê? Poxa, eu me sinto até bem com os ataques do Manny. Já ouvi muita besteira dele esse mês. E agora alguém soltou uma bomba dentro da calça *dele*? *Maravilha!*

— Foi *você*? — estourei de repente.

Roy ficou surpreso. — Vai embarcar nessa *de novo*? Por que eu ia serrar e colar um espantalho estúpido e subir escadas à meia--noite?

— Pelos motivos que acabou de dizer. Cura do tédio. Enfiar bombas na calça dos outros.

— Não. Até queria ficar com o crédito. No momento, mal consigo esperar pelo almoço. Quando o Manny aparecer, ele vai estar com uma tromba daquelas.

— Acha que alguém nos viu ali?

— Jesus, não. Por isso que eu acenei! Para mostrar como somos burros e inocentes! Tem *alguma coisa* rolando. Temos que agir *naturalmente*.

— Quando foi a última vez que fizemos *isso*?

Roy riu.

Demos a volta por trás das oficinas, passando por Madri, Roma e Calcutá, e agora estacionávamos em uma casa de tijolo à vista em algum canto do Bronx.

Roy olhou seu relógio.

— Você tem hora marcada. Fritz Wong. Vá. Temos que ser vistos em *qualquer lugar* na próxima hora, fora *lá*. — Ele acenou para Tombstone, duzentos metros para trás.

— Quando é que — eu perguntei — você vai começar a ficar com medo?

Roy tocou os ossos da perna com uma mão.

— Por enquanto não — ele disse.

Roy me largou na frente da cantina. Saí e fiquei olhando seu rosto ora sério, ora contente.

— Vai entrar? — perguntei.

— Daqui a pouco. Tenho que fazer umas coisas.

— Roy, você não vai fazer nenhuma maluquice, vai? Você está com aquele olhar distante, de maluco.

Roy disse:

— Andei pensando. Quando o Arbuthnot morreu?

— Esta semana faz vinte anos. Acidente com dois carros, três mortos. Arbuthnot e Sloane, o contador do estúdio dele, mais a esposa de Sloane. Foi manchete vários dias. O funeral foi maior que o do Valentino. Eu estava na frente do cemitério com meus amigos. Tinha flores suficientes para fazer um Desfile do Torneio das Rosas no ano novo. Mil pessoas saíram da cerimônia, os olhos escorrendo por trás dos óculos escuros. Meu Deus, uma *desgraça*. Arbuthnot era amado desse tanto.

— Acidente de carro, foi?

— Sem testemunhas. De repente foi um muito perto do outro, voltando para casa bêbados depois de uma festa no estúdio.

— Talvez. — Roy puxou o lábio inferior, semicerrando um olho na minha direção. — Mas e se tiver algo mais por trás disso? De repente, a essa altura, alguém descobriu alguma coisa sobre esse acidente e está ameaçando abrir o bico. Se não, por que o corpo no muro? Por que o pânico? Por que abafar se não tem nada para esconder? Deus, você ouviu as vozes deles lá atrás, agorinha? Como um morto que não é um morto, um corpo que não é um corpo, mexe tanto com os executivos?

— Deve ter tido mais de uma carta — eu disse. — A que eu recebi e outras. Mas eu fui o único burro de ir lá e conferir. E como não espalhei a notícia, não pus a boca no trombone hoje, quem colocou o corpo no muro teve que escrever ou ligar para deflagrar o pânico e mandar o rabecão. E o cara que fez o corpo e mandou o bilhete está aqui, agora, assistindo à diversão. Por quê… por quê… por quê…?

— Silêncio — disse Roy, baixinho. — Silêncio. — Ele ligou o motor. — Vamos resolver esse mistério de meia-tigela na hora do almoço. Vista a cara de inocente. Banque o ingênuo durante a sopa de feijão Louis B. Mayer.* Eu tenho que conferir minhas maquetes. Tem uma última ruazinha para botar no lugar. — Ele olhou o relógio. — Em duas horas, meu país dos dinossauros vai estar pronto para a filmagem. Depois, só precisamos de nossa grande e gloriosa Fera.

Olhei no rosto de Roy, que ainda fulgurava.

— Você *não* vai roubar o corpo e colocar de volta no muro, vai?

— Nem passou pela minha cabeça — disse Roy, e saiu dirigindo.

---

* Louis B. Mayer (1884–1957) foi um magnata do cinema e um dos fundadores do estúdio Metro-Goldwyn-Mayer (MGM), onde fazia questão de servir na cantina uma sopa de galinha que era receita da sua mãe. (N. E.)

11.

No MEIO DO EXTREMO leste da cantina havia uma pequena plataforma, com não mais do que trinta centímetros de altura, sobre a qual ficava uma única mesa com duas cadeiras. Eu costumava imaginar um capataz comandando escravos em um trirreme romano, batendo uma marreta e depois outra para dar o ritmo aos remadores suados amarrados aos remos, obedientes porque aterrorizados, rumo a um distante corredor de sala de cinema, perseguidos por projecionistas enlouquecidos, recebidos em terra por turbas de clientes indignados.

Mas nunca havia um timoneiro de galera romana na mesa, ditando o ritmo.

Era a mesa de Manny Leiber. Ele ficava ali, cismado, sozinho, remexendo a comida como se fossem as entranhas arrancadas dos pombos da vidente de César, garfando o baço, ignorando o coração, prevendo futuros. Tinha dias em que ele ficava ali jogado com o doutor Phillips, o médico do estúdio, testando novas poções e amavios com água da torneira. Em outros dias, ele jantava as tripas de diretores ou roteiristas que o confrontavam taciturnos, concordando, sim, sim, o filme estava atrasado!, sim, sim, eles iam se apressar!

Ninguém queria sentar àquela mesa. Geralmente, um bilhete rosa chegava no lugar da conta.

Hoje, enquanto eu me abaixava e encolhia uns centímetros andando por entre as mesas, a pequena plataforma de Manny estava vazia. Parei. Era a primeira vez que eu não via nada de pratos, nada de talheres, nem mesmo flores na mesa. Manny ainda estava lá fora, em algum lugar, berrando com o sol porque o sol o tinha ofendido.

Mas, agora, a maior mesa da cantina esperava, cheia até a metade e ainda enchendo.

Eu nunca tinha chegado perto dela em todas as semanas nas quais trabalhei no estúdio. Como acontece com muitos neófitos, eu temia o contato com os brilhantíssimos e os famosíssimos. H. G. Wells havia palestrado em Los Angeles quando eu era garoto, e não fui atrás de autógrafo. A tempestade de alegria ao ver o homem teria me matado. Era a mesma coisa na mesa da cantina, onde os melhores diretores, montadores e roteiristas ficavam sentados numa Última Ceia eterna aguardando um Cristo atrasado. Ao ver a mesa de novo, perdi a coragem.

Fugi às escondidas, dando uma guinada para o outro extremo, onde Roy e eu costumávamos devorar sanduíches e sopa.

— Ah, não vai *não* — berrou uma voz.

Minha cabeça afundou no pescoço, tal como um periscópio, oleoso de suor, para dentro da gola da minha jaqueta.

Fritz Wong gritou:

— Seu compromisso é *aqui*. *Em marcha!*

Ricocheteei entre as mesas até encarar meus pés ao lado de Fritz Wong. Senti sua mão no meu ombro, pronta para arrancar minhas dragonas.

— Este — anunciou Fritz — é nosso visitante de outro mundo, vindo do outro lado da cantina. Eu vou guiá-lo até o assento.

Com as mãos nos meus ombros, ele gentilmente me obrigou a sentar.

Enfim ergui os olhos e olhei pela mesa para as doze pessoas me observando.

— Agora — anunciou Fritz — ele vai nos contar sobre sua Busca pela Fera!

A Fera.

Desde que se anunciou que Roy e eu íamos escrever, construir e dar à luz o animal mais incrivelmente horrendo da história de Hollywood, milhares nos ajudavam nesta busca. Era de se pensar que estávamos procurando Scarlett O'Hara ou Anna Karenina. Mas não... a Fera, assim como a dita competição para encontrar a Fera, saíram na *Variety* e na *Hollywood Reporter*. O meu nome e o de Roy estavam em todas as matérias. Eu recortei e guardei cada notinha boba, cada minifracasso. Começaram a chover fotos de outros estúdios, agentes e do público em geral. Quasímodos Números 2 e 3 apareceram no portão do estúdio, assim como quatro Fantasmas da Ópera. Lobisomens abundaram. Primos de primeiro e segundo grau de Lugosi e Karloff entraram de fininho no nosso Galpão 13 e foram expulsos do estúdio.

Roy e eu começamos a sentir que estávamos julgando um concurso de beleza em Atlantic City que tinha ido parar na Transilvânia. Os semianimais que aguardavam na frente dos galpões toda noite eram uma coisa; as fotografias eram piores. Por fim, queimamos todas as fotografias e saímos do estúdio por uma porta lateral.

E assim tinha sido a busca pela Fera o mês todo.

E agora Fritz Wong repetia:

— Ok. A Fera? *Explique!*

12.

OLHEI PARA TODOS AQUELES rostos e falei:

— Não. Não, por favor. Roy e eu vamos aprontar tudo em breve, mas no momento... — Tomei um gole rápido da péssima água de torneira de Hollywood. — Tenho observado essa mesa há três semanas. Todo mundo senta sempre no mesmo lugar. O fulano aqui, o sicrano do lado de lá. Aposto que os caras de lá nem conhecem os caras daqui. Por que não se misturam? Deixem umas cadeiras vagas e a cada meia hora rola uma dança das cadeiras, todo mundo troca, conhece gente nova, não fica a mesma bobagem de sempre com o rosto conhecido. Desculpem.

— Desculpem!? — Fritz me pegou pelos ombros e me sacudiu com a própria risada. — Ok, pessoal! Dança das cadeiras! *Allez-oop!*

Aplausos. Vivas.

Tal foi o regozijo conforme todos davam tapinhas nas costas, apertavam as mãos, procuravam cadeiras novas, reassentavam-se. O que só me levou a mais embaraço e confusão com mais berros de riso. Mais aplausos.

— Teremos que sentar este maestro aqui todo dia para nos ensinar a socializar e viver — bradou Fritz. — Então, compatriotas

— berrou Fritz. — À sua esquerda, jovem maestro, está Maggie Botwin, a melhor montadora/editora de negativos da história do cinema!

— O cacete! — Maggie Botwin fez sinal para mim e voltou à omelete que havia trazido consigo.

Maggie Botwin.

Uma dama, empertigada e silenciosa como um piano vertical, que parecia mais alta do que era por causa do jeito como se sentava, levantava-se e caminhava, e pelo jeito como deixava as mãos no colo e pelo jeito como arrumava o cabelo bem no alto da cabeça, seguindo a moda lá dos tempos da Primeira Guerra.

Uma vez a ouvi em um programa de rádio e ela se descreveu como uma encantadora de serpentes.

Aquele monte de película sibilando pelas suas mãos, escorregando pelos dedos, ondulante, veloz.

Aquele tempo todo passando, mas para passar e repassar de novo.

Não era tão diferente, ela disse, da vida em si.

O futuro vinha correndo na sua direção. Você tinha só um instante, no momento em que ele piscava, para transformá-lo em um passado afável, identificável, decente. Instante a instante, o amanhã piscava na sua mão. Se você não o tomasse sem agarrar, moldasse sem quebrar, aquela continuidade de instantes não deixaria nada para trás. A sua meta, a meta dela, as metas de *todos* nós eram nos moldar e nos imprimir nestes pedacinhos de futuro que, ao tocar, envelheciam até virar ontens que sumiam depressa.

Com a película, era a mesma coisa.

Com uma diferença: você tinha como vivenciá-la de novo, com a frequência que precisasse. Colocar o futuro para passar, torná-lo o agora, torná-lo o ontem, depois recomeçar com o amanhã.

Que grande profissão esta, ficar encarregada de três percursos do tempo: os vastos e invisíveis amanhãs; o foco estreito no agora; o grande cemitério dos segundos, minutos, horas, anos, milênios que brotavam como uma sementeira para manter os outros dois.

E se você não gostasse de nenhuma dessas três correntezas do tempo?

Pegue a tesoura. *Plic.* Pronto! E agora, *tudo bem?*

E ali estava ela, com as mãos cruzadas no colo em um instante e no seguinte levantando uma pequena câmera oito milímetros para fazer uma panorâmica dos rostos na mesa, cara por cara, suas mãos com a tranquilidade da eficiência, até que a câmera parou e se fixou em mim.

Olhei de volta e lembrei de um dia em 1934 quando a vi na frente do estúdio, filmando todos os bobos, os nerds, os maníacos por autógrafos, eu mesmo ali no meio.

Eu queria perguntar: Você se lembra? Mas como ela ia lembrar?

Baixei minha cabeça. A câmera dela zumbiu.

Foi naquele exato momento que Roy Holdstrom chegou.

Ele parou na porta da cantina, procurando alguma coisa. Ao me encontrar, não acenou, mas sacudiu a cabeça com fúria. Depois, se virou e saiu. Dei um pulo e saí correndo antes que Fritz Wong pudesse me encurralar.

Vi Roy desaparecer no sanitário masculino do lado de fora e o encontrei de pé no altar de porcelana branca, venerando as *Fontes de Roma* de Respighi. Fiquei ao lado dele, empacado, a tubulação velha congelada no inverno.

— Olha só. Acabei de encontrar isso aqui no Galpão 13.

Roy enfiou uma página datilografada na prateleira de porcelana à minha frente.

A Fera Enfim Nasceu!

No Brown Derby, Hoje!

Rua Vine. Vinte e duas horas.

Esteja lá! Ou perca *tudo!*

— Você não acredita, né? — falei, com um nó na garganta.

— Tanto quanto você acreditou no *seu* bilhete e foi ao maldito cemitério. — Roy ficou olhando a parede à sua frente. — É o *mesmo* papel e letra do *seu* bilhete? Se eu vou ao Brown Derby hoje à noite? Oras, por que não? Corpos em cima de muros, escadas sumidas, marcas na grama que foram apagadas, cadáveres de papel machê e Manny Leiber gritando. Fiquei pensando, há cinco minutos, se Manny e os outros ficaram incomodados com o espantalho. E se ele sumisse de uma hora para outra? E aí?

— Você não…? — perguntei.

— Não? — disse Roy.

Roy enfiou o bilhete no bolso. Depois pegou uma caixinha na mesa do canto e me entregou. — Tem alguém nos usando. Resolvi que vou usar também. Pegue. Entre na cabine. Abra.

Foi o que eu fiz.

Fechei a porta.

— Não fique parado — Roy gritou. — *Abra!*

— Estou abrindo, estou abrindo.

Abri a caixa e olhei dentro.

— Meu Deus! — berrei.

— O que você vê? — Roy perguntou.

— Arbuthnot!

— Encaixa muito bem nessa caixinha, hein? — disse Roy.

13.

— O que levou você a *fazer* isso?

— Gatos são curiosos. Eu sou um gato — disse Roy, se apressando.

Estávamos voltando para a cantina.

Roy estava com a caixa debaixo do braço e um vasto sorriso de triunfo no rosto.

— Veja só — ele disse. — Alguém manda um bilhete pra *você*. Você vai a um cemitério, encontra um corpo, mas não avisa ninguém, estragando qualquer plano que estivessem armando. Telefonemas acontecem, o estúdio manda buscar o corpo e entra em pânico quando para pra inspecionar. De que outro jeito eu vou ficar se não com uma curiosidade desvairada? Que tipo de plano é esse?, eu pergunto. Só consigo descobrir fazendo um contramovimento da peça do xadrez, não é? Vimos e ouvimos como Manny e seus chapas reagiram uma hora atrás. Fiquei pensando: como eles iam reagir, vamos considerar, se, depois de encontrar um corpo, eles o perdessem de novo, e fossem à loucura se perguntando quem ficou com ele? *Eu!*

Paramos na frente da porta da cantina.

— Você não vai entrar com isso aí! — exclamei.

— É o lugar mais seguro do mundo. Ninguém ia suspeitar de uma caixa que eu carrego pro meio do estúdio. Mas tenha cuidado, meu chapa, estão nos observando neste momento.

— Onde?! — berrei, e dei meia-volta rápido.

— Se eu soubesse, tudo já teria acabado. Venha.

— Não estou com fome.

— Que estranho — disse Roy. — Por que será que estou tão varado de fome?

14.

No nosso caminho de volta à cantina, vi que a mesa de Manny continuava vazia, à espera. Congelei, olhando para o lugar dele.

— Palerma — cochichei.

Roy, atrás de mim, chacoalhou a caixa. Ela fez barulho.

— Sou mesmo — ele disse, contente. — Ande.

Andei até meu lugar.

Roy botou sua caixinha especial no chão, piscou para mim e sentou-se na outra ponta da mesa, sorrindo o sorriso dos inocentes e perfeitos.

Fritz me encarou como se minha ausência tivesse sido uma ofensa pessoal.

— Prestem atenção! — Fritz estalou os dedos. — As apresentações vão continuar! — Ele apontou para o resto da mesa. — A seguir vem Stanislau Groc, o maquiador do próprio Nikolai Lenin, o homem que preparou o corpo de Lenin, encerou seu rosto, parafinou o cadáver para jazer naquele estado esses anos todos no muro do Kremlin em Moscou, na Rússia soviética!

— O *maquiador* de Lenin? — perguntei.

— Cosmetólogo. — Stanislau Groc acenou com sua mãozinha acima da cabecinha acima do seu corpinho.

Ele era pouco maior que um dos Anões da trupe de Singer que interpretaram os Munchkins em *O mágico de Oz*.

— Curvem-se até o chão diante de mim — ele bradou. — Você *escreve* monstros. Roy Holdstrom *constrói* eles. Mas eu pintei, encerei e poli um monstrão comunista que já estava morto!

— Ignore o escandaloso canalha russo — disse Fritz. — Observe a cadeira do lado!

Um lugar vazio.

— Para quem? — perguntei.

Alguém tossiu. Cabeças se viraram.

Tranquei a respiração.

E aconteceu a Chegada.

15.

O ÚLTIMO A CHEGAR era um homem tão pálido que sua pele parecia brilhar com uma luz que vinha de dentro. Ele era alto, eu diria um metro e noventa, e seu cabelo era comprido e sua barba bem aparada e amoldada, e seus olhos eram de uma clareza tão marcante que você sentia que ele enxergava seus ossos atrás da pele e sua alma dentro dos ossos. Enquanto passava por cada mesa, os garfos e facas hesitavam no caminho às bocas entreabertas. Depois que passava, deixando um rastro de silêncio, a vida recomeçava. Ele tinha um passo bem medido, como se usasse mantos em vez de um casaco esfarrapado e calças sujas. Fazia um gesto de bênção no ar enquanto passava de mesa em mesa, mas seus olhos estavam voltados para a frente, como se vissem um mundo além, não o nosso. Estava olhando para mim, e me encolhi, pois não conseguia imaginar por que ele ia me procurar, em meio a tantos talentos já aceitos e consagrados. E enfim ele assomava sobre mim, a gravidade da sua atitude tal que me ergueu como um ímã.

Fez-se um longo silêncio enquanto o homem do rosto bonito esticava o braço esquálido, de pulso fino, e na ponta havia uma mão com os dedos mais primorosamente compridos que eu já tinha visto.

Estiquei a mão para apertar a dele. Sua mão virou e vi a marca da estaca atravessada no meio do pulso. Ele virou a outra mão, para que eu pudesse ver a cicatriz similar no meio do pulso esquerdo. Ele sorriu, leu minha mente e explicou com toda tranquilidade:

— A maioria das pessoas acha que os pregos atravessaram as palmas das mãos. Não. As palmas não aguentariam o peso de um corpo. Os pulsos, pregados, *aguentam*. Os pulsos, pregados, *sim*. Os pulsos.

Então ele girou as duas mãos para eu ver o outro lado, por onde os pregos tinham saído.

— J. C. — disse Fritz Wong —, este é o nosso visitante de outro mundo, nosso jovem escritor de ficção científica...

— Eu sei. — O belo estranho fez um meneio e depois apontou para si.

— Jesus Cristo — ele disse.

Dei licença para ele se sentar, depois voltei à minha cadeira. Fritz Wong passou um pequeno cesto cheio de pão.

— Por favor — ele exclamou — transforme eles em peixes!

Fiquei boquiaberto.

Mas J. C., com um movimento mínimo dos dedos, tirou um peixe prateado do meio do pão e jogou alto. Fritz, encantado, o pegou ouvindo risos e aplausos.

A garçonete chegou com garrafas e mais garrafas de birita chinfrim, o que rendeu mais gritos e aplausos.

— Este vinho — disse J. C. — era água há dez segundos. Por favor!

O vinho foi servido e saboreado.

— É claro que... — gaguejei.

Toda a mesa se virou.

— Ele quer saber — Fritz gritou — se o seu nome é mesmo o que você diz ser.

Com uma elegância séria, o homem alto se aproximou e mostrou sua carteira de motorista. Ela dizia:

"Jesus Cristo. Avenida Beachwood, 911. Hollywood."

Ele botou de volta no bolso, esperou a mesa ficar em silêncio e disse:

— Cheguei a este estúdio em 1927, quando fizeram *Jesus, o Rei*. Eu era carpinteiro ali naqueles galpões. Cortei e poli as três cruzes do Calvário, que ainda estão de pé. Houve uma competição em todo porão batista e pocilga católica deste país. Encontrem Cristo! Ele *foi* encontrado *aqui*. O diretor perguntou onde eu trabalhava. Na oficina de *carpintaria*. Meu Deus, ele gritou, deixe eu *ver* esse rosto! Vá botar uma *barba*! Faça eu parecer o Jesus sagrado, avisei ao maquiador. Voltei, vestindo mantos e espinhos, todo aquele rebuliço santificado. O diretor dançou no Monte e lavou meus pés. De repente, os batistas estavam fazendo fila nos festivais de torta de Iowa quando eu chegava no meu calhambeque de latão com os cartazes "O REI ESTÁ CHEGANDO", "DA DIVINA LUZ".

"Cruzando o país em hotéis de beira de estrada, fiz uma grande turnê de dez anos do Messias, até que o *vino* e a venalidade esfarraparam minha túnica. Ninguém quer um Salvador mulherengo. Não era como se eu chutasse gatos e desse corda nas mulheres dos outros como se fossem reloginhos de loja de bugiganga, não. É que eu era Ele, me entende?

— Acho que entendo — respondi com delicadeza.

J. C. botou os pulsos compridos e as mãos compridas e os dedos compridos à sua frente, como os gatos costumam sentar, esperando que o mundo viesse venerá-lo.

— As mulheres sentiam que era blasfêmia eu sequer respirar o mesmo ar. Tocar era terrível. Beijar, pecado mortal. O ato em si? Seria melhor saltar no poço das chamas com uma eternidade de gosma até os ouvidos. Católicas, não. Metodistas, pior. Consegui cama e café da manhã com uma ou duas antes de me *conhecerem*, quando viajei o país anonimamente. Depois de um mês contendo o desejo por mulheres acrobatas, passei o rodo.

CEMITÉRIO DE LUNÁTICOS 79

Fiz a barba e me mandei pelo país, enterrando o cajado em solo nativo, espremendo damas a torto e a direito. Estirei mais mocinhas do que um rolo compressor passando por banhistas batistas peladas no lago. Corri rápido, torcendo para que os pastores com seus trabucos não contassem himens e hinários e me mandassem chumbo grosso. Torci para que as moças nunca supusessem que tinham "se ajoelhado para rezar" com o Convidado-Mor da Última Ceia. Depois que eu chupava até a espiga e bebia até o estupor, o estúdio vinha para juntar meus restos, pagar os xerifes, aplacar os padres de Cloaca do Norte, Nebraska, com novas fontes batismais para o nascimento dos meus filhos subsequentes, e me carregava para casa até uma cela no pátio cenográfico, onde eu era mantido como João Batista, ameaçado de perder minhas duas cabeças até eles terminarem uma última fritada de peixe na Galileia e mais uma turnê misteriosa Calvário acima. Só a idade e um bilau decadente me detiveram. Fui despachado para os times de várzea. O que foi ótimo, porque é da várzea peluda que eu gosto. Nunca houve homem mais devotado às mulheres do que esta alma perdida diante de vocês. Eu não era digno de interpretar J. C. quando, em milhares de cinemas país afora, eu salvava almas e cobiçava a sobremesa. Há muitos anos tenho me consolado não com corpos, mas com garrafas. Tenho a sorte de Fritz ter me renovado para este novo filme, com planos gerais, com toneladas de maquiagem. É isso. Todos os versículos. *Fade out.*

Aplausos. A mesa inteira bateu palmas e soltou vivas.

De olhos fechados, J. C. baixou a cabeça para a esquerda e depois para a direita.

— Que história — balbuciei.

— Não acredite em uma palavra sequer — J. C. disse.

Os aplausos cessaram. Outra pessoa tinha chegado.

O doutor Phillips estava parado na outra ponta da mesa.

— Meu Deus — disse J. C. com voz forte e clara. — Eis Judas *agora*!

Mas, se o médico do estúdio ouviu, não deixou transparecer.

Ele se demorou, analisando o lugar com desgosto, temendo os encontros. Ele lembrava um desses lagartos que se vê na beira de uma floresta primeva, os olhos cintilando, terrivelmente apreensivo, farejando, tocando o vento com garras exploratórias, açoitando com o rabo em pequenas contrações, a perdição por todos os lados, esperança nenhuma, apenas reações nervosas, de prontidão para girar, disparar, correr. Seu olhar encontrou Roy e por algum motivo se fixou nele. Roy se endireitou na cadeira, travou e sorriu um fraco sorriso para o médico.

Meu Deus, pensei. Alguém viu o Roy roubando a caixa. Alguém...

— Poderia fazer a oração? — chamou Fritz. — A Oração do Cirurgião... Ó Senhor, livrai-nos dos médicos!

O doutor Phillips desviou o olhar como se uma mera mosca houvesse tocado sua pele. Roy desabou na cadeira.

O médico havia vindo por hábito. Além da cantina, lá no sol forte do meio-dia, Manny e outras pulgas davam cambalhotas de raiva e frustração. E o médico havia vindo aqui para fugir daquilo ou procurar suspeitos, eu não sabia dizer o quê.

Mas lá estava ele, o doutor Phillips, o fabuloso clínico geral de todos os estúdios desde as câmeras a manivela até o advento dos gritos e berros na chegada do som até este almoço em que a terra tremia. Se Groc era o sempre alegre Mr. Punch das marionetes, o doutor Phillips era o curandeiro taciturno dos egos incuráveis, uma sombra na parede, uma carranca temida no fundo das exibições prévias, diagnosticando filmes doentes. Ele era como um desses técnicos de futebol americano que ficam no cantinho do banco dos times campeões, que se recusam a mostrar os dentes uma vez que seja para dar um aval. Ele falava não em parágrafos nem frases, mas em trechos e cortes de palavras de prescrição taquigráfica. Entre seus sins e nãos jazia silêncio.

Ele estava lá, no décimo oitavo buraco, quando o diretor do Skylark Studios acertou seu último *putt* e caiu morto. Havia rumores de que ele navegava pela costa da Califórnia quando aquele famoso editor de livros jogou um diretor de cinema igualmente famoso ao mar para se afogar "acidentalmente". Eu havia visto fotos dele ao pé da urna funerária de Valentino, no quarto de hospital de Jeanne Eagels, em alguma corrida de iates em San Diego onde foi levado como proteção contra a insolação por uma dúzia de magnatas do cinema de Nova York. Dizia-se que ele havia drogado todo um elenco de estrelas do estúdio e depois curado todo mundo no seu santuário oculto em algum canto do Arizona, perto de Needles. A ironia no nome da cidade não deixou de ser apontada.* Ele raramente comia na cantina; seu olhar estragava a comida. Cães latiam para ele como se fosse um carteiro do inferno. Bebês mordiam seus cotovelos e sofriam cólicas estomacais.

Todos vacilaram e se encolheram à sua chegada.

O doutor Phillips fixava seu olhar aqui e ali no nosso grupo. Em questão de instantes, alguns poucos desenvolveram tiques.

Fritz se virou para mim. — O trabalho dele nunca acaba. Bebês demais nascendo prematuros atrás do Galpão 5. Ataques cardíacos no escritório de Nova York. Ou aquele ator em Mônaco é pego no flagra com seu namorado doido e histriônico. Ele...

O médico irascível passou por trás de nossas cadeiras, cochichou com Stanislau Groc, depois virou-se depressa e foi embora.

Fritz fez uma careta para a saída na outra ponta e depois se virou para me queimar com seu monóculo.

— Ó mestre futurista que tudo vê, diga-nos: que diabos *está* acontecendo?

O sangue ardeu nas minhas bochechas. Minha língua estava travada com culpa na minha boca. Baixei a cabeça.

— Dança das cadeiras — alguém berrou.

Groc, de pé, disse de novo, seus olhos em mim:

— Cadeiras. Cadeiras!

Todos riram. Todos se mexeram, o que disfarçou meu desnorteamento.

---

* *Needles* = agulhas. (N. T.)

Quando acabaram com o vira e remexe para todos os lados, encontrei Stanislau Groc, o homem que havia polido o cenho de Lenin e aprumado seu cavanhaque para a eternidade, exatamente na minha frente, e Roy do meu lado.

Groc sorriu um grande sorriso, o amigo de toda uma vida.

Eu disse:

— Por que a pressa do doutor? O que está havendo?

— Não dê bola. — Groc olhou tranquilamente para as portas da cantina. — Eu senti um arrepio hoje às onze da manhã, como se o fundo do estúdio houvesse batido num iceberg. Loucos estão correndo por aí desde então, abandonando o navio. Eu fico contente de ver tanta gente incomodada. Faz eu esquecer do meu trabalho melancólico de transformar patinhos feios do Bronx em cisnes do Brooklyn. — Ele parou para uma garfada de sua salada de frutas. — O que você diria? Em que iceberg nosso querido *Titanic* bateu?

Roy recostou-se na cadeira e disse:

— Aconteceu alguma calamidade na oficina de carpintaria e objetos de cena.

Fiz uma careta para Roy. Stanislau Groc se empertigou.

— Ah, sim — ele disse devagar. — Um probleminha com o peixe-boi, a figura da mulher entalhada em madeira, que vai ficar no *Bounty*.

Eu chutei Roy por baixo da mesa, mas ele se curvou para a frente:

— Não seria esse o iceberg de que você falou?

— Ah, não — disse Groc, rindo. — Não uma colisão ártica, mas uma corrida de balões de ar quente. Todos os produtores falastrões e os capachos do estúdio estão sendo chamados ao escritório de Manny. Alguém vai ser demitido. E então é só... — Groc fez gestos para o teto com suas mãozinhas de boneco — cair para cima!

— Como é?

— Quando um homem é despedido da Warner, ele cai para cima na MGM. Quando um homem da MGM é despedido, ele cai para cima na 20th. Cair *para cima*! A lei *inversa* de Isaac Newton! — Groc fez uma pausa para rir da própria sagacidade. — Ah, mas você, pobre roteirista, nunca será capaz, quando demitido, de cair para cima, apenas para baixo. Eu...

Ele parou, porque...

Eu o analisava como devo ter analisado meu avô, morto desde sempre, em seu quarto no andar de cima, trinta anos atrás. A barba por fazer na pele de cera do meu avô, as pálpebras que ameaçavam rachar e me fitar com o olhar furioso que havia congelado vovó como uma rainha da neve na sala por uma vida inteira, tudo, tudo límpido e claro como este momento com o necrólogo/cosmetólogo de Lenin sentado à minha frente como um boneco articulado, mordiscando sua salada de frutas.

— Você está — ele perguntou, educadamente — procurando por cicatrizes de pontos nas minhas orelhas?

— Não, não!

— Sim, sim! — ele respondeu, entretido. — Todo mundo olha! E daí! — Ele se curvou para a frente, virando a cabeça para esquerda e direita, passando a mão na linha do cabelo e depois nas têmporas.

— Senhor — falei —, que belo trabalho.

— Não. Perfeito!

Pois as linhas finas eram meras sombras e, se haviam restado pontinhos das cicatrizes dos pontos, desde então eles haviam curado.

— Você...? — falei.

— Se eu me operei? Cortei meu próprio apêndice? Talvez eu seja como aquela mulher que fugiu de Shangri-La e murchou até virar uma ameixa seca mongol!

Groc riu, e fiquei fascinado com a risada. Não havia minuto em que ele não estivesse alegre. Era como se, caso parasse de rir, fosse engasgar e cair morto. Sempre o latido contente, o olhar fixo.

— Sim? — ele perguntou, vendo que eu analisava seus dentes, seus lábios.

— O que há de tão engraçado para rir — falei — sempre?

— Tudo! Já viu um filme com Conrad Veidt...?

— *O homem que ri?*

Isso deteve Groc no meio do caminho. — Impossível! Você está mentindo!

— Minha mãe era maníaca por cinema. Depois do colégio, na primeira, segunda, terceira série, ela me buscava para assistir Pickford, Chaney, Chaplin e... Conrad Veidt! Os ciganos cortaram a boca do homem para ele rir o resto da vida, e ele se apaixona por uma menina cega que não consegue enxergar o sorriso terrível e é infiel com ela. Desprezado por uma princesa, acaba se arrastando de volta para a cega, chorando, e é aconchegado pelas suas mãos que não enxergam. E você fica lá no seu assento de corredor no escuro do cinema Elite e chora. Fim.

— Meu Deus! — bradou Groc, e quase sem rir. — Que criança deslumbrante, você. Sim! — Ele sorriu. — *Eu* sou este personagem de Veidt, mas não tive um sorriso entalhado por ciganos. Foram os suicídios, os homicídios, as execuções que o fizeram. Quando você está preso numa vala comum com dez mil cadáveres e luta nauseado para conseguir chegar lá em cima e respirar, alvejado para matar, mas sem morrer. Desde então eu não toco em carne, pois ela tem cheiro daquele poço de calcário, das carcaças e da matança insepulta. Então — ele apontou — frutas. Saladas. Pão, manteiga fresquinha e vinho. E, ao longo do caminho, costurei este sorriso. Eu luto com o mundo genuíno usando uma boca falsa. Diante da morte, por que não estes dentes, a língua lasciva e a risada? Enfim, *eu* sou responsável por *você*!

— Por mim?

— Eu disse a Manny Leiber para contratar o Roy, seu amigo tiranossauro. E falei que precisávamos de alguém que escrevesse tão bem quanto Roy sonhava. *Voilà! Você!*

— Obrigado — falei, devagar.

Groc futricava sua comida, feliz que eu olhava seu queixo, sua boca, seu cenho.

— Você podia ganhar uma fortuna... — falei.

— Já ganhei. — Ele cortou uma fatia de abacaxi. — O estúdio me paga mais do que devia. As estrelas deles estão sempre ganhando rugas precoces por causa da bebida, ou enfiando as cabeças pelas janelas dos carros. A Maximus Films vive com medo de que eu vá embora. Que absurdo! Eu vou ficar. E ficar mais novo a cada ano, conforme corto e remendo, e remendo de novo, até que minha pele fique tão curtida que meus olhos pipoquem quando eu sorrir! Assim! — Ele demonstrou. — Pois eu nunca poderei voltar. Lenin me expulsou da Rússia.

— Um morto o expulsou?

Fritz Wong curvou-se para a frente, escutando, agradadíssimo.

— Groc — ele disse, delicadamente —, explique. Lenin com novos tons de rosa nas bochechas. Lenin com dentes novinhos em folha, um sorriso atrás da boca. Lenin com novos globos oculares, de cristal, sob as pálpebras. Lenin sem sua verruga e com o cavanhaque aparado. Lenin, Lenin. Diga.

— Muito simples — disse Groc. — Lenin seria um santo milagroso, imortal em sua tumba de cristal.

— Mas Groc? Quem era ele? Teria Groc avermelhado o sorriso de Lenin, avivado sua compleição? Não! Lenin, mesmo na morte, *se* melhorou! Então? Que matem Groc!

— Então Groc fugiu! E Groc hoje está onde? Caindo para cima... com *você*.

Na outra ponta da mesa comprida, o doutor Phillips havia voltado. Ele não avançou mais, mas, com uma sacudida forte da cabeça, sugeriu que queria que Groc fosse atrás.

Groc gastou tempo com batidinhas do guardanapo no seu sorrisinho de botão de rosa, tomou mais um gole de leite gelado, cruzou faca e garfo no prato e engatinhou pra fora da cadeira. Ele fez uma pausa, pensou, depois disse:

— Não o *Titanic*, está mais para Ozymândias! — e saiu correndo.

— Por que — disse Roy, depois de um instante — ele inventou aquela bobagem toda com peixe-boi e entalhes na madeira?

— Ele é bom — disse Fritz Wong. — Conrad Veidt em miniatura. Eu vou usar esse filhinho da mãe no meu próximo filme.

— O que ele quis dizer com Ozymândias? — perguntei.

16.

ROY PASSOU O RESTO da tarde enfiando a cabeça no meu escritório, mostrando seus dedos cobertos de argila.

— Nada! — ele gritava. — Sem Fera!

Eu arrancava papel da minha máquina de escrever. — Nada! Também sem Fera!

Mas, finalmente, às dez horas daquela noite, Roy nos levou ao Brown Derby.

A caminho, li em voz alta a primeira metade de "Ozymândias".

> Encontrei um viajante de antiga terra:
> Que disse: Duas pernas no deserto
> Despontam, gigantescas, e bem perto
> Um rosto destroçado a areia soterra,
> Cujo lábio firme e olhar de poderio
> Atestam que o escultor leu as paixões
> Que subsistem, no pétreo, às elaborações,
> A mão que fez e o coração que nutriu.

Sombras cruzaram o rosto de Roy.

— Leia o resto — ele disse.

Eu li:

"Meu nome é Ozymândias, rei dos reis:
Desesperai quando minhas obras contemplarem!"
Diz uma inscrição no pedestal.
Mas o que resta é a decadência, a soprar
Um mar de areia, que se projeta
E circunda o destroço colossal.

Quando terminei, Roy deixou passarem duas ou três longas quadras no escuro.

— Dê meia-volta, vamos para casa — falei.

— Por quê?

— Este poema tem a cara do estúdio *e* do cemitério. Já viu aquelas bolas de cristal que você sacode e a neve dentro vira nevasca? É assim que estão meus ossos.

— Que bobajada — foi o comentário de Roy.

Eu me voltei para seu perfil falconídeo, que fendia o ar noturno, carregado do otimismo que apenas artesãos parecem ter no que tange a conseguir fazer um mundo bem do jeito que querem, aconteça o que acontecer.

Lembrei de quando tínhamos treze anos e King Kong caiu do Empire State em cima de nós. Quando nos levantamos, nunca mais fomos os mesmos. Um disse ao outro que um dia escreveríamos e comandaríamos uma Fera tão grande, tão magnânima e tão bonita quanto Kong, ou simplesmente morreríamos.

— Fera — sussurrou Roy. — Aqui *estamos*.

E paramos perto do Brown Derby, um restaurante que não tinha um chapéu-coco marrom gigante no alto*, tal qual um estabelecimento parecido no bulevar Wilshire, oito quilômetros para o lado de lá da cidade, encimado por um domo de chapéu tão largo que caberia Deus na Páscoa, ou qualquer figurão de estúdio

---

* *Brown derby* = chapéu-coco marrom. (N. T.)

numa sexta-feira à tarde. O único jeito de você saber que esse Brown Derby era importante eram os novecentos e noventa e nove retratos em caricatura em cada parede lá dentro. Por fora, era um nada em estilo semiespanhol. Desbravamos o nada para entrar e encarar os novecentos e noventa e nove.

O maître do Brown Derby ergueu a sobrancelha esquerda quando chegamos. Um ex-apaixonado por cachorros, agora ele só amava gatos. Estávamos com um cheiro esquisito.

— É evidente que não têm reservas — ele observou, lânguido.

— Quanto a *esse* lugar? — disse Roy. — Muitas.

Aquilo eriçou os pelos no pescoço do maître, mas ele nos deixou entrar mesmo assim.

O restaurante estava quase vazio. Havia gente em poucas mesas, terminando a sobremesa e o conhaque. Os garçons já haviam começado a reguardanapar e retalheirar algumas das mesas.

Ouviu-se um som de risada à frente, e vimos três mulheres em pé perto de uma mesa, curvando-se para um homem que estava claramente fisgando notas para pagar a conta da noite. As meninas riam, dizendo que estariam lá fora olhando as vitrines enquanto ele pagava e, com um floreio de perfume, viraram-se e passaram correndo por mim e por Roy, que ficou firme no seu lugar, olhando o homem na cabine.

Stanislau Groc.

— Deus — Roy gritou. — *Você!*

— *Eu?!*

A chama eterna de Groc se fechou abruptamente.

— O que vocês estão fazendo aqui? — ele exclamou.

— Fomos convidados.

— Estávamos procurando uma pessoa — falei.

— Aí me encontraram e sentiram uma decepção tremenda — Groc observou.

Roy estava recuando, sofrendo da sua síndrome de Siegfried, lembrada com carinho. Prometeram-lhe um dragão, mas ele contemplava um mosquito. Ele não conseguia tirar os olhos de Groc.

— Por que vocês me olham assim? — vociferou o homenzinho.

— Roy — alertei.

Pois eu via que Roy estava pensando o que eu pensava. Era tudo uma piada. Alguém, sabendo que Groc jantava ali algumas noites, havia nos despachado a um mato sem coelho. Para nos fazer passar vergonha, e Groc também. Ainda assim, Roy estava de olho nas orelhas, nariz e queixo do homenzinho.

— Não, não — disse Roy — você não *serve*.

— Para o *quê*? Calma aí! Sim! É a *Busca*? — Uma leve metralhadorazinha de risada começou em seu peito e enfim irrompeu dos lábios finos.

— Mas por que o Brown Derby? O povo que vem aqui não é o seu tipo de assombração. Pesadelos, sim. E eu, esta pata de macaco remendada? Quem é que *eu* ia assustar?

— Não se preocupe — disse Roy. — O susto vai vir depois, quando eu pensar em você às três da manhã.

Aquilo o pegou de surpresa. Groc soltou a maior risada de todas e nos fez sinal para entrar na cabine.

— Já que sua noite está arruinada, bebam!

Roy e eu olhamos pelo restaurante, nervosos.

Nada de Fera.

Com o champanhe servido, Groc nos fez um brinde.

— Que vocês nunca tenham que encaracolar os cílios de um morto, limpar os dentes de um morto, encerar sua barba ou reagrupar seus lábios sifilíticos.

Groc se levantou e olhou para a porta pela qual suas mulheres haviam corrido.

— Viram as caras delas? — Groc sorriu para os dois. — Minhas! Sabe por que essas meninas ficam loucas de amor por mim e nunca vão me deixar? Eu sou o sumo lama do Vale da Lua Azul. Caso elas partam, uma porta se bateria, a minha, e os rostos delas cairiam. Também avisei a elas que prendi arames bem fininhos sob os queixos e os olhos. Caso desgastem demais até a ponta do arame... a carne se desfiaria. E em vez de ficarem com 30 anos, ficariam com 42!

— Fafner — grunhiu Roy. Seus dedos agarraram a mesa como se ele fosse pular.

— O que foi?

— Um amigo — eu disse. — Achamos que podíamos encontrá-lo hoje.

— A noite já acabou — disse Groc. — Mas fiquem. Terminem meu champanhe. Peçam mais, podem cobrar de mim. Gostariam de uma salada antes que a cozinha feche?

— Não estou com fome — disse Roy, com aquele olhar louco e decepcionado pela ópera *Siegfried* no auditório Shrine.

— Quero! — falei.

— Duas saladas — Groc disse ao garçom. — Molho *blue cheese*?

Roy fechou os olhos. — Sim! — falei.

Groc virou-se para o garçom e enfiou uma gorjeta desnecessariamente gorda na sua mão.

— Pode mimar os meus amigos — ele disse, sorrindo. Depois, olhando a porta por onde suas mulheres haviam saído a trote com cascos de pônei, ele fez um não com a cabeça. — Tenho que ir. Está chovendo. Aquele balde de água nos rostos das minhas meninas. Vão derreter! Até mais. *Arrivederci!*

E ele se foi. As portas da frente fizeram um silvo ao fechar.

— Vamos embora. Eu me sinto um idiota! — disse Roy.

Ele se mexeu e derramou o champanhe. Praguejou e limpou. Eu lhe servi mais um e assisti ele tomar devagar até se acalmar.

Cinco minutos depois, nos fundos do restaurante, aconteceu.

O garçom-chefe estava abrindo um biombo em volta da mesa mais distante. Ele o havia deixado escorregar e o biombo quase se dobrou todo de volta, fazendo um estalo. O garçom falou alguma coisa sozinho. E então se viu um movimento na entrada da cozinha, onde notei que um homem e uma mulher estavam parados há alguns segundos. Enquanto o garçom realinhava o biombo, eles saíram na luz e correram, olhando apenas à frente, para o biombo, na direção da mesa.

— Ahmeudeus — soltei um sussurro rouco. — Roy?

Roy ergueu o olhar.

— Fafner! — eu sussurrei.

— Não. — Roy parou, olhou, recostou-se, assistindo à dupla se mover com pressa. — Sim.

Mas não foi Fafner, não o dragão mitológico, a temível serpente, que se aligeirou da cozinha à mesa, segurando a mão da sua donzela e puxando-a consigo.

Era o que estávamos procurando há muitas semanas longas e dias árduos. Era o que eu podia ter rabiscado num papel ou datilografado numa página, com o gelo subindo pelo meu braço até congelar o pescoço.

Era o que Roy vinha procurando toda vez que enfiava os dedos compridos na argila. Era uma bolha vermelho-sangue que se erguia, vaporosa, de um pote de barro primevo e amoldava-se em um rosto.

E este rosto eram todos os rostos mutilados, cicatrizados e funéreos dos feridos, alvejados e enterrados em dez mil guerras desde o início das guerras.

Era Quasímodo já idoso, perdido em um sobrevoo de câncer e um prolongamento de lepra.

E por trás daquele rosto havia uma alma que teria que viver ali para sempre.

Para sempre!, pensei. Ele *nunca* vai fugir!

Era a nossa Fera.

Acabou em um segundo.

Mas eu tirei uma foto com flash da criatura, fechei os olhos e vi seu rosto temível queimado na minha retina; queimado tão forte que lágrimas transbordaram dos meus olhos e um som involuntário irrompeu da minha garganta.

Era um rosto no qual dois olhos terrivelmente líquidos se afogavam. Um rosto no qual estes olhos, nadando no delírio, não encontravam margem, nem descanso, nem resgate. E ao ver que não havia nada para tocar que não fosse condenável, os olhos, brilhando de desespero, nadavam sem sair do lugar, sustentavam-se na superfície de um tumulto de carne, recusavam-se a afundar, ceder e sumir. Havia uma centelha de última esperança que, ao girar para lá ou para cá, eles pudessem avistar um resgate periférico, algum toque de beleza própria, alguma revelação de que não era tudo tão ruim quanto parecia. Então os olhos boiavam, ancorados na lava ardente da carne aniquilada, em um derretimento da genética do qual nenhuma alma, por mais corajosa que fosse, podia sobreviver. E ao mesmo tempo as narinas inalavam e a ferida que era a boca gritava Destruição, em silêncio, e exalava.

Naquele instante eu vi Roy se balançar para a frente, depois voltar, como se tivesse levado um tiro, e o movimento veloz e involuntário de sua mão até o bolso.

Então, o homem estranho e devastado se foi, o biombo no lugar, e a mão de Roy saiu do bolso com seu bloquinho de desenho e lápis e, ainda olhando o biombo como se pudesse ver em raio X através dele, nunca olhando para a mão enquanto desenhava, Roy delineou o terror, o pesadelo, a carne crua da destruição e do desespero.

Assim como Doré, muito tempo antes, Roy tinha a exatidão veloz, em seus dedos viajantes, correntes, rabiscantes e entintantes, que só exigia um olhar de relance pelas multidões de Londres e então a torneira se abria, o funil de vidro da memória de ponta-cabeça, jorrando de suas unhas e brilhando do seu lápis conforme cada olho, cada narina, cada boca, cada queixo, cada rosto era impresso fresquinho e completo como se saído de uma prensa. Em dez segundos, a mão de Roy, como uma aranha mergulhada na água fervente, dançava e estrebuchava em epilepsias de recordação e rabisco. Em um instante, o bloco estava vazio. No seguinte, a Fera, não toda, não, mas boa parte, estava ali!

— Caramba! — balbuciou Roy, e largou o lápis.

Olhei para o biombo oriental e depois para aquele retrato rápido na nossa mesa.

O que havia ali estava perto de ser uma garatuja meio positiva, meio negativa de um horror que se entrevira muito rápido.

Eu não conseguia tirar os olhos do esboço de Roy, agora que a Fera estava escondida e o maître estava anotando os pedidos feitos atrás do biombo.

— Quase — sussurrou Roy. — Mas ainda não é. Nossa busca acabou, júnior.

— Não.

— Sim.

Por algum motivo me pus de pé. — Boa noite.

— Aonde você vai? — Roy estava atordoado.

— Para casa.

— Como você vai chegar lá? Vai passar uma hora no ônibus? Sente-se. — A mão de Roy passou pelo bloquinho.

— Pare com isso — falei.

Era como se eu tivesse disparado uma pistola no rosto dele.

— Depois de semanas de espera? Vá se catar. O que foi que te deu?

— Eu vou vomitar.

— Eu também. Acha que eu gosto disso? — Ele ficou pensando. — Sim. Vou passar mal, mas isso vem primeiro. — Ele acrescentou mais pesadelo e sublinhou o terror. — Então?

— Agora eu estou com medo mesmo.

— Você acha que ele vai sair de trás do biombo e te pegar?

— Acho!

— Sente-se e coma sua salada. Lembra do que o Hitchcock diz, que quando o primeiro artista termina de desenhar a cenografia das cenas para ele, o filme acabou? Nosso filme acabou. *Esse aqui* é o fim. Passamos a régua.

— Por que eu me sinto envergonhado? — Sentei de novo, pesado, sem querer olhar o bloquinho de Roy.

— Porque você não é ele e ele não é você. Agradeça a Deus pelas bênçãos que tem. E se eu rasgar tudo e formos embora? Quantos meses mais continuaremos procurando até encontrar uma coisa tão triste e terrível quanto essa?

Eu engoli em seco. — Nunca.

— Exatamente. Esta noite não vai acontecer de novo. Agora só fique quieto, sentado, coma e espere.

— Eu vou esperar, mas não vou ficar parado e vou ficar muito triste.

Roy olhou para mim, olhos nos olhos. — Está vendo estes olhos?

— Sim.

— O que você enxerga?

— Lágrimas.

— O que prova que eu me importo tanto quanto você, mas não consigo me controlar. Esfrie a cabeça. Beba.

Ele serviu mais champanhe.

— Que gosto horrível — falei.

Roy desenhou e ali estava o rosto. Era um rosto em estado total de colapso; como se o ocupante, a mente por trás da aparição, houvesse corrido e nadado mil quilômetros e agora estivesse se afundando para morrer. Se havia ossos por trás da carne, eles tinham sido estilhaçados e remontados em formas insetoides, fachadas alienígenas mascaradas em ruína. Se havia uma mente por trás do osso, rondando cavernas de retina e tímpano, ela sinalizava insanamente a partir dos olhos giratórios.

E ainda assim, quando a comida chegou à mesa e o champanhe aos copos, Roy e eu ficamos ali, sentados, dilacerados pelos estouros de risadas incríveis que ribombavam das paredes atrás do biombo. De início a mulher não respondia, mas, conforme a hora passou, seu entretimento tímido cresceu quase a ponto de se equiparar ao dele. Mas a risada dele enfim me soava genuína como um sino, enquanto a dela arriscava a histeria.

Bebi muito para me manter no lugar. Quando a garrafa de champanhe esvaziou, o maître trouxe outra e me fez sinal para afastar a mão enquanto eu tateava minha carteira vazia.

— Groc — ele disse, mas Roy não ouviu. Ele estava enchendo páginas e mais páginas do bloquinho e, conforme o tempo passava e a risada aumentava, seus esboços ficavam mais grotescos, como se os gritos de pura emoção guiassem sua recordação e enchessem a página. Mas, por fim, a risada se aquietou. Houve um leve alvoroço de preparativos para a partida por trás do biombo e o maître parou na nossa mesa.

— Por obséquio — ele balbuciou. — Temos que fechar. Se importariam? — Ele fez sinal para a porta e ficou de lado, puxando a mesa para fora. Roy se levantou. Ele olhou para o biombo oriental.

— Não — disse o maître. — A ordem correta é que vocês saiam antes.

Eu já estava a meio caminho da porta e tive que voltar. — Roy? — chamei. E Roy foi atrás, dando ré como se estivesse saindo de um teatro e a peça ainda não tivesse acabado.

Quando Roy e eu saímos, um táxi estava parando no meio-fio. A rua estava vazia à exceção de um homem médio-alto usando um longo casaco de lã de camelo, de costas para nós, perto do meio-fio. A pasta que carregava embaixo do braço esquerdo o denunciava. Eu tinha visto aquela pasta dia sim e dia também nos verões da minha meninice e rapazice na frente dos estúdios Columbia, Paramount, MGM e todos os outros. Aquela pasta estava cheia de lindos retratos desenhados de Garbo, Colman, Gable, Harlow e, aqui e ali, mil outros, todos assinados com tinta roxa. Todos guardados por um colecionador de autógrafos louco, agora idoso. Hesitei, depois parei.

— Clarence? — chamei.

O homem se encolheu, como se não quisesse que o identificassem.

— É você, não é? — chamei, baixinho, e toquei no seu cotovelo. — Clarence, certo?

O homem recuou, mas enfim virou a cabeça. O rosto era o mesmo, com as linhas cinzentas e a palidez óssea que o deixavam mais velho.

— Que foi? — ele disse.

— Lembra de mim? — perguntei. — Claro que lembra. Eu costumava rodar por Hollywood com aquelas três irmãs doidas.

Uma delas fazia as camisetas havaianas floridas que o Bing Crosby vestiu nos primeiros filmes. Eu ficava na frente do Maximus sempre ao meio-dia no verão de 1934. Você estava lá. Como que eu ia esquecer? Você tinha o único desenho da Garbo que eu já vi, autografado...

Minha ladainha só piorava a situação. A cada palavra, Clarence se encolhia mais dentro de seu grande casaco de lã de camelo.

Ele assentiu, nervoso. Ele olhou de relance a porta do Brown Derby, nervoso.

— O que você está fazendo aqui a essa hora? — perguntei. — Todo mundo já foi para casa.

— Nunca se sabe. Eu não tenho mais o que fazer... — disse Clarence.

Nunca se sabe. Douglas Fairbanks, revivido, podia estar dando um passeio pelo bulevar, bem melhor do que Brando. Fred Allen e Jack Benny e George Burns podiam dobrar a esquina vindos do estádio Legion, onde as lutas de boxe tinham acabado de terminar, e as multidões estavam contentes, tal como nos velhos tempos, que eram mais lindos do que essa noite ou do que todas as noites por vir.

Eu não tenho mais o que fazer. Sim.

— Pois é — falei. — Nunca se sabe. Não lembra mesmo de mim? O doido? O superdoido? O marciano?

Os olhos de Clarence ficaram pulando do meu cenho pro meu nariz e pro meu queixo, mas nunca para os meus olhos.

— N-não — ele disse.

— Boa noite — falei.

— Adeus — disse Clarence.

Roy me conduziu até sua lata velha e entramos, Roy suspirando de impaciência. Assim que entrou, ele pegou seu bloquinho e lápis e ficou esperando.

Clarence continuava no meio-fio, virado para uma ponta do táxi, quando as portas do Brown Derby se abriram e a Fera saiu com sua Bela.

Era uma bonita e rara noite quente, ou o que aconteceu a seguir talvez não tivesse acontecido.

A Fera inalava grandes tragos de ar, obviamente entupida de champanhe e desmemória. Se sabia que tinha o rosto saído de alguma antiga guerra esquecida, não dava sinal. Segurou as mãos da sua moça e a conduziu até o táxi, tagarelando e rindo. Foi então que notei, pelo jeito como ela caminhava e olhava para o nada, que...

— Ela é cega — eu disse.

— Quê? — perguntou Roy.

— Ela é cega. Ela não consegue ver o cara. Não é à toa que são amigos! Ele a leva para jantar e nunca conta como ele é de verdade!

Roy curvou-se para a frente e analisou a mulher.

— Meu Deus — ele disse. — Você tem razão. É cega.

E o homem rindo e a mulher captando e imitando a risada, como um papagaio atordoado.

Naquele instante, Clarence, de costas, tendo ouvido a risada e a arremetida de palavras, virou-se lentamente para observar a dupla. Com os olhos semicerrados, ele escutou de novo, atentamente, e depois uma expressão de incrível surpresa cruzou seu rosto. Uma palavra explodiu da sua boca.

A Fera cessou a risada.

Clarence deu um passo à frente e disse alguma coisa ao homem. A mulher também parou de rir. Clarence perguntou outra coisa. Neste momento, a Fera fechou as mãos em punhos, gritou e ergueu os braços no ar como se fosse socar Clarence, esmagá-lo contra a calçada.

Clarence caiu com um joelho no chão, balindo.

A Fera assomou sobre ele, seus punhos tremendo, seu corpo balançando para a frente e para trás, controlando e se descontrolando.

Clarence gritou e a cega, estendendo a mão no ar, em dúvida, disse uma coisa, e a Fera fechou os olhos e deixou os braços caírem. Instantaneamente, Clarence deu um pulo e saiu correndo pelo escuro. Quase saltei para ir atrás dele, mas por qual motivo eu não sabia. No instante seguinte, a Fera ajudou a amiga cega a entrar no táxi e o táxi disparou.

Roy girou a ignição e disparamos atrás.

O táxi dobrou à direita no bulevar Hollywood, e o sinal vermelho mais alguns pedestres nos detiveram. Roy continuou acelerando no ponto morto como se quisesse abrir caminho, xingou e, por fim, quando a faixa de pedestres estava vazia, cruzou no sinal vermelho.

— Roy!

— Pare de gritar meu nome. Ninguém nos viu. Não *podemos* perder ele de vista! Poxa, eu *preciso* dele! Temos que ver *aonde* ele vai! *Quem* ele é! Ali!

Mais à frente, vimos o táxi dobrar à direita na Gower. Mais à frente, também, Clarence continuava correndo, mas não nos viu passando.

Suas mãos estavam vazias. Ele havia largado a pasta na frente do Derby. Fiquei pensando quanto tempo ia levar para dar falta.

— Coitado do Clarence.

— Por que *coitado*? — Roy perguntou.

— Ele também está nessa. Se não, por que estava na frente do Brown Derby? Coincidência? Coincidência o cacete. Alguém disse para ele aparecer. Poxa, agora ele perdeu aquele monte de retratos excepcionais. Roy, temos que voltar lá e resgatar eles.

— Nós — disse Roy — temos que seguir em frente.

— Eu queria saber — falei — como era o bilhete que o Clarence recebeu. O que disseram pra *ele*?

— O que *o quê* dizia? — Roy perguntou.

Roy cruzou outro sinal vermelho no Sunset para alcançar o táxi, que estava a meio caminho do bulevar Santa Monica.

— Estão indo para o estúdio — disse Roy. — Não.

Pois o táxi, quando entrou no Santa Monica, havia dobrado à esquerda passando o cemitério.

Até que chegamos em St. Sebastian, provavelmente a igreja católica menos importante de L. A. De repente, o táxi pegou a esquerda em uma ruazinha logo depois da igreja.

Cemitério de lunáticos *101*

O táxi parou uns cem metros para dentro dessa ruazinha. Roy freou e encostou. Vimos a Fera levar a mulher para um pequeno prédio branco ofuscado pela noite. Ele desapareceu apenas por um instante. Uma porta se abriu e fechou em algum lugar, e a Fera voltou ao táxi, que então planou até a próxima esquina, fez uma meia-volta rápida e voltou na nossa direção. Por sorte, estávamos com os faróis apagados. O táxi passou correndo. Roy praguejou, espancou a ignição, acelerou o motor, fez por sua vez uma meia-volta calamitosa enquanto eu só berrava, e voltamos ao bulevar Santa Monica a tempo de ver o táxi estacionar na frente da St. Sebastian e desembarcar o passageiro, que então correu até a entrada iluminada da igreja sem olhar para trás. O táxi foi embora.

Roy deslizou nosso carro, faróis apagados, até outra vaga escura debaixo de uma árvore. — Roy, o que você...?

— Silêncio — Roy sibilou. — Palpite. Palpite é tudo. Aquele cara tem tanto a ver com uma igreja à meia-noite quanto eu tenho a ver com as dançarinas burlescas...

Minutos se passaram. As luzes da igreja não se apagaram.

— Vá *dar uma olhada* — Roy sugeriu.

— Vá *o quê?*

— Ok, *eu* vou!

Roy saiu do carro, tirando os sapatos.

— Volta *aqui!* — eu berrei.

Mas Roy já tinha ido, de meias. Saltei do carro, me livrei dos meus sapatos e fui atrás. Roy chegou à porta da igreja em dez segundos, eu atrás, e nos achatamos contra uma parede externa. Ficamos na escuta. Ouvimos uma voz subindo, baixando, subindo.

A voz da Fera! Ditando calamidades com urgência, feitos temíveis, erros pavorosos, pecados mais sinistros do que o céu de mármore acima e abaixo.

A voz do padre dava respostas rápidas e igualmente urgentes de perdão, previsões de alguma vida melhor, em que a Fera, se não renascesse como Bela, talvez encontrasse pequenas alegrias através da penitência.

Cochicho, cochicho, nas profundezas da noite.

Fechei os olhos e *chegava a me doer* de tanto que queria escutar.

Cochicho, cochicho. Então... travei, incrédulo.

Choro. Um lamento que seguia e seguia e talvez nunca terminasse.

O homem sozinho dentro da igreja, o homem com o rosto pavoroso e a alma perdida logo trás, libertou sua tristeza terrível para abalar o confessionário, a igreja e *eu*. Chorando, soluçando, mas para chorar de novo.

Minhas pálpebras estouraram com o som. Então, o silêncio e... *algo se mexeu*. Passos.

Saímos correndo.

Chegamos ao carro, pulamos para dentro.

— Pelo amor de Deus — Roy sibilou.

Enfiando minha cabeça para baixo, ele se agachou. A Fera havia saído, correndo sozinha pela rua vazia.

Quando chegou ao portão do cemitério, se virou. Um carro que passava focou a luz nela como se fosse um holofote de teatro. Ela congelou, aguardou, depois desapareceu dentro do cemitério.

Bem longe dali, atrás das portas da igreja, uma sombra se mexeu, as velas se apagaram e as portas se fecharam.

Roy e eu nos olhamos.

— Meu Deus — falei. — Que pecados seriam tão *gigantes* que alguém viria confessar a *esta* hora da noite? E o *choro*! Você *ouviu*? Acha... que ele vem perdoar Deus, por lhe dar aquele rosto?

— Aquele rosto. Sim, ah, sim — Roy disse. — Eu *preciso* saber o que ele está tramando. Não posso *perder* ele de vista.

E Roy estava fora do carro de novo.

— Roy!

— Não está vendo, seu pateta? — Roy gritou. — Ele é nosso filme, nosso monstro! Se ele fugir?! *Meu Deus!*

E Roy atravessou a rua correndo.

Imbecil!, pensei. O que está *fazendo*?

Mas eu tinha medo de gritar em plena madrugada. Roy pulou o portão do cemitério e afundou nas sombras como alguém se afogando. Me aprumei no meu banco tão rápido que bati a cabeça no teto do carro e desabei, xingando; Roy, cacete. Cacete, Roy.

E se uma viatura aparece agora, pensei, e me pergunta: O que você está fazendo? Minha resposta? Esperando o Roy. Ele está no cemitério, sai a qualquer segundo. *Vai* sair, não vai? Claro, é só *esperar!*

Esperei. Cinco minutos. Dez.

E então, o mais incrível, Roy apareceu de novo, mas caminhando como se tivesse levado um choque elétrico.

Ele caminhava devagar, um sonâmbulo atravessando a rua. Não via nem a própria mão na maçaneta do carro, girando para deixá-lo entrar. Sentou no banco da frente, olhando para o cemitério.

— Roy?

Ele não escutou.

— O que foi que você acabou de ver por lá?

Ele não respondeu.

— Ele, aquilo, a *coisa,* vai sair?

Silêncio.

— Roy! — bati no seu cotovelo. — *Fale!* O que há!

— Ele — disse Roy.

— Sim?

— É inacreditável — Roy disse.

— *Eu* acredito.

— Não. Silêncio. Agora ele é meu. E, meu Deus, que monstro que nós teremos, júnior. — Ele finalmente se virou para olhar para mim, seus olhos como lanternas, a alma escorrendo pelas bochechas e colorindo seus lábios. — Que filme que vamos ter, meu chapa.

— Vamos?

— Ah — ele bradou, o rosto fulgurando de revelação. — Vamos!

— É só isso que você tem a dizer? Não o que se *passou* no cemitério, nem o que viu? Só "ah, vamos"?

— Ah — Roy disse, virando-se e olhando mais uma vez para o cemitério. — Vamos.

As luzes da igreja no pátio de ladrilhos se apagaram. A igreja ficou no escuro. A rua ficou no escuro. As luzes no rosto do meu amigo se foram. O cemitério foi tomado pela noite lançando sombras até a alvorada.

— Vamos — Roy sussurrou.

E nos levou para casa.

— Mal posso esperar para chegar à minha argila — ele disse.

— Não!

Chocado, Roy se virou para me olhar. Rios de luz dos postes corriam pelo seu rosto. Ele parecia alguém debaixo d'água, que não pudesse ser tocado, alcançado, salvo.

— Você vai me dizer, com segurança, que eu *não posso* usar aquele rosto no nosso filme?

— Não é só o rosto. Eu tenho essa sensação de que... se você usar, nós morremos. Poxa, Roy, estou com muito medo. Alguém te mandou um bilhete para encontrá-lo hoje, não se esqueça. Alguém queria que você visse o cara. Alguém disse a Clarence para vir aqui também, esta noite! As coisas estão acontecendo muito rápido. Imagine que nunca tivéssemos passado no Brown Derby.

— Como — Roy perguntou — eu poderia fazer uma coisa dessas?

Ele acelerou.

O vento ondulava pelas janelas, irrompia em meu cabelo, minhas pálpebras, meus lábios.

Sombras corriam pelo cenho de Roy e passavam pelo seu grande nariz aquilino, sobre sua boca triunfante. Parecia a boca de Groc, ou a do Homem Que Ri.

Roy me percebeu olhando para ele e disse:

— Muito ocupado me odiando?

— Não. Pensando em como eu te conheço há tantos anos e ainda assim não te conheço.

Roy levantou a mão esquerda cheia dos desenhos do Brown Derby. Eles se agitaram e sacudiram ao vento que entrava pela janela.

— Posso soltar?

— Você sabe e eu sei que você tem uma minicâmera fotográfica na cabeça. Se deixar esses desenhos voarem, tem um rolo novinho, esperando, atrás do globo ocular esquerdo.

Roy abanou eles. — Isso. A próxima leva será dez vezes melhor. — As páginas do bloquinho voaram pela noite às nossas costas.

— Não faz eu me sentir nem um pouco melhor — falei.

— A mim faz. Agora a Fera é nossa. Somos os donos.

— É, mas quem a deu para nós? Quem nos mandou ver? Quem nos observa observando a Fera?

Roy esticou a mão para desenhar um rosto meio apavorante na umidade interna da janela.

— No momento, apenas minha Musa.

Nada mais foi dito. Seguimos em um silêncio gélido por todo o caminho até chegar a casa.

17.

O TELEFONE TOCOU ÀS duas da manhã.

Era Peg, ligando de Connecticut pouco antes da alvorada.

— Você já teve uma esposa chamada Peg — ela gritou — que há dez dias viajou para um congresso de professores em Hartford? Por que você não *ligou*?

— Eu liguei. Mas você não estava no quarto. Deixei meu nome. Jesus, como eu queria que você estivesse em casa.

— Ah, coitadinho — ela falou devagar, sílaba por sílaba.

— Eu saio da cidade e você já se jogou na granola. Quer que a mamãe vá pra casa?

— Sim. Não. São só as porqueiras normais do estúdio. — Hesitei.

— Por que você está contando até dez? — ela perguntou.

— Meu Deus — falei.

— Não há como fugir Dele nem de mim. Você anda seguindo a dieta como um garoto comportado? Vá botar uma moedinha nessas balanças que imprimem o seu peso em tinta roxa, me mande pelo correio. Ei — ela acrescentou —, é sério. Quer que eu pegue um avião? Amanhã?

— Eu te amo, Peg — falei. — Volte para casa conforme planejou.

— Mas e se você não estiver aí quando eu chegar? Ainda é Dia das Bruxas?

As mulheres e sua intuição!

— Prolongaram por mais uma semana.

— Eu vi na sua voz. Fique longe dos cemitérios.

— Por que você disse *isso*!?

Meu coração deu um pulinho de coelho.

— Você botou flores nos túmulos dos seus pais?

— Esqueci.

— Mas *como*?

— Enfim, o cemitério em que eles estão é um melhor.

— Melhor do que o quê?

— Do que qualquer outro, porque eles estão lá.

— Deixe uma flor por mim — ela disse. — Te amo. Tchau!

E ela saiu da linha com um zumbido, um rugido baixinho e sumiu.

Às cinco da manhã, sem sol à vista, e com o tapete de nuvens do Pacífico em posição permanente sobre meu telhado, pisquei para o teto, me levantei e abri caminho, sem os óculos, até a máquina de escrever.

Sentei no escuro antes do amanhecer e escrevi: "O retorno da fera".

Mas teria ela ido embora?

Ela não esteve sempre à minha frente na vida, me chamando com seus sussurros?

Datilografei: "Capítulo Um".

"O que há de tão bonito em uma Fera perfeita? Por que meninos e homens reagem a ela?

"O que há que nos deixa febris por metade da vida por Criaturas, Grotescos, Monstros, Aberrações?

"E agora, o desejo louco de perseguir e prender o rosto mais terrível do mundo!"

108   *Ray Bradbury*

Respirei fundo e disquei o número de Roy. Sua voz estava abafada, distante. Falei:

— Está tudo bem. Como *você* quiser, Roy. Tudo bem.

E desliguei e caí na cama de novo.

NA MANHÃ SEGUINTE EU estava na frente do Galpão 13 de Roy Holdstrom e li a placa que ele havia pintado.

CUIDADO. ROBÔS RADIOATIVOS.
CÃES RAIVOSOS. DOENÇAS CONTAGIOSAS.

Botei a orelha na porta do Galpão 13 e o imaginei naquela escuridão vasta de catedral muda, dedilhando sua argila como uma aranha desajeitada, presa no próprio amor e nos partos de seu amor.

— Vai lá, Roy — cochichei. — Vai lá, Fera.

E, ENQUANTO ESPERAVA, CAMINHEI pelas cidades do mundo.

18.

E CAMINHANDO, PENSEI: MEU Deus, Roy está fazendo o parto de uma Fera que eu temo. Como paro de tremer e aceito o delírio de Roy? Como passo isso para o roteiro? Onde a *situo*? Em que povoado, que cidade, em que lugar do mundo?

Meu Deus, pensei, caminhando, agora eu sei por que escreveram tão poucos mistérios que se passam nos Estados Unidos. A Inglaterra tem suas neblinas, chuvas, pântanos, casas antigas, fantasmas de Londres, Jack, o Estripador? Sim!

Mas os Estados Unidos? Não há história genuína de assombrações e cães gigantes. Nova Orleans, quem sabe, que tem neblinas, chuvas e mansões no pântano suficientes para provocar suor frio e cavar covas, enquanto os Santos saem em marcha eterna. E São Francisco, onde as buzinas de nevoeiro acordam e morrem toda noite.

Los Angeles, quem sabe. Terra de Chandler e de Cain. Mas...

Tinha um só lugar de verdade em todos os Estados Unidos no qual se podia esconder um assassino ou perder uma vida.

A Maximus Films!

Rindo, dobrei em uma viela e caminhei por uma dúzia de sets do pátio cenográfico, fazendo anotações.

A Inglaterra se escondia aqui, assim como o distante País de Gales, a pantanosa Escócia e a chuvosa Éire, e as ruínas de castelos antigos, e as tumbas nas quais filmes sinistros eram arquivados e fantasmas corriam em riachos a noite inteira pelas paredes das salas de projeção, balbuciando pelas matracas enquanto vigias noturnos passavam cantando hinos fúnebres, conduzindo velhas carruagens de DeMille com corcéis emplumados de fumaça.

Assim seria hoje à noite, quando os figurantes fantasmas batessem o ponto para sair e a neblina do cemitério transpusesse o muro, vinda dos aspersores do gramado lançando gotículas geladas nos túmulos ainda quentes do dia. A qualquer noite aqui você podia atravessar Londres para conhecer o maquinista Fantasma, cuja lanterna disparava a locomotiva que guinchava com ele como um forte de ferro e se chocava contra o Galpão 12 para derreter nas páginas de uma velha edição de outubro da revista *Silver Screen*.

Então fiquei perambulando pelas vielas, esperando o sol afundar e Roy dar as caras, as mãos ensanguentadas de argila vermelha, para berrar que nasceu!

Às quatro horas ouvi, ao longe, um tiro de fuzil.

Os tiros eram Roy golpeando uma bola de croqué para lá e para cá sobre um prado no pátio cenográfico número 7. Ele bateu na bola várias vezes e congelou, sentindo meu olhar. Ergueu a cabeça para piscar para mim. Seu olhar não era aquele do obstetra, mas o de um animal carnívoro que havia acabado de matar e se banqueteado.

— Meu Deus, consegui! — ele gritou. — Ela foi capturada! Nossa Fera, sua Fera, *minha*! Hoje, a argila; amanhã, a película! As pessoas vão perguntar: Quem *fez* isso! Nós, meu filho, nós!

Roy cerrou os dedos ossudos e compridos no ar.

Segui em frente, devagar, tonto.

— Capturada? Meu Deus, Roy, você ainda não me *contou*. O que você viu quando correu atrás dela aquela noite!?

— Ainda vou contar, meu chapa. Veja: terminei faz meia hora. Uma olhada e você vai massacrar sua máquina de escrever. Liguei para o Manny! Ele vem nos ver em vinte minutos. Fiquei maluco esperando. Tive que vir aqui espancar as bolas. Ali! — Ele deu mais um golpe forte e uma bola de croqué voou. — Alguém me pare antes que eu mate!

— Roy, acalme-se.

— Não, eu *nunca* vou me acalmar. Vamos fazer o maior filme de terror da história. O Manny vai...

Uma voz gritou:

— Ei, o que vocês dois estão fazendo *aqui?*

O Rolls-Royce de Manny, um teatro branco itinerante, passou planando e ronronando baixinho. O rosto do nosso chefe nos fuzilou com o olhar por uma janelinha do teatro.

— Temos uma reunião ou *não temos?*!

— Vamos caminhando ou de carro? — Roy perguntou.

— Caminhando!

O Rolls saiu planando.

19.

ANDAMOS SEM PRESSA até o Galpão 13.

Eu ficava olhando para o Roy para ver se conseguia uma dica da coisa em que estivera metido naquela longa noite. Mesmo quando éramos garotos, ele raramente mostrava o que sentia de verdade. Ele escancarava todas as portas da garagem para me mostrar seu dinossauro mais recente. Era só quando meu fôlego explodia que ele se permitia um berro. Se eu amasse sua criação, o que os outros diziam não fazia diferença.

— Roy — falei, caminhando. — Tudo *bem*?

Encontramos Manny Leiber possesso na frente do Galpão 13.

— Por onde vocês *andaram*, inferno!? — ele berrou.

Roy abriu a porta do Galpão 13, entrou planando, e deixou a porta pesada bater.

Manny ficou me encarando. Dei um pulo para a frente e puxei a porta para ele entrar.

Adentramos a noite.

Havia trevas, à exceção de uma única lâmpada, pendurada sobre o suporte armado de modelar argila de Roy, dezoito metros para dentro de um piso desértico, uma paisagem semimarciana, perto da sombreada cratera do Meteoro.

Roy arrancou os sapatos e saiu correndo pela paisagem como um mestre do balé, temendo esmagar uma árvore do tamanho de uma unha aqui, um carro do tamanho de um dedal ali.

— Tire os sapatos! — ele gritou.

— Vou tirar o *cacete*!

Mas Manny arrancou os sapatos e foi na ponta dos pés pelo mundo em miniatura. Muito havia sido acrescentado desde o amanhecer: montanhas novas, árvores novas, além do que quer que estivesse à espera atrás do pano molhado sob a luz.

Nós dois chegamos, com nossos pés de meias, ao suporte armado. — Prontos? — Roy analisou nossos rostos com seus olhos de farol.

— Pelo inferno, *sim!* — Manny agarrou a toalha úmida.

Roy deu um tapa na mão dele.

— Não — ele disse. — *Eu!*

Manny recuou, corando de raiva.

Roy ergueu a toalha úmida como se estivesse levantando a cortina do maior espetáculo da Terra.

— Não mais a Bela e a Fera — ele bradou —, mas a Fera que é Bela!

Manny Leiber e eu perdemos o fôlego.

Roy não tinha mentido. Era o melhor trabalho que ele já havia feito, algo apropriado para descer planando de uma nave distante que tivesse viajado anos-luz, um caçador de trilhas da meia-noite pelas estrelas, um sonhador solitário por trás de sua máscara terrível, horrenda, a coisa mais pavorosamente assustadora.

A Fera.

Aquele homem solitário atrás do biombo oriental do Brown Derby, rindo, como se tivesse acontecido cem noites atrás.

A criatura que havia corrido pelas ruas à meia-noite e entrado em um cemitério para ficar entre os túmulos brancos.

— Ah, meu Deus, Roy. — Meus olhos se encheram de lágrimas liberadas pelo choque do impacto, tão fresco e novo quanto quando a Fera apareceu e ergueu seu rosto dilacerado no ar da noite. — Ah, Deus...

Roy observava seu magnífico trabalho com louco amor. Foi aos poucos que ele se virou para observar Manny Leiber. O que ele viu deixou nós dois atônitos.

O rosto de Manny tinha virado queijo branco. Seus olhos giravam nas fossas oculares. Sua garganta rangia como se um fio esgoelasse seu pescoço. Suas mãos agarravam o peito como se o coração tivesse parado.

— O que vocês *fizeram*! — ele guinchou. — Jesus! Meu Deus, meu Cristo! O que é isso? Um truque? Uma piada? Pode cobrir! Está demitido!

Manny atirou a toalha úmida na Fera de argila.

— Que porcaria!

Com movimentos duros, mecânicos, Roy cobriu a cabeça de argila. — Eu não fiz...

— Mas *fez*! Você quer *isso* na tela? Pervertido! Pode juntar suas coisas! *Saia* daqui! — Manny fechou os olhos e ficou tremendo. — *Agora*!

— Você que mandou! — Roy disse.

— Pois agora eu mando que destrua!

— O melhor, meu maior trabalho! Olhe, maldito! É lindo! É *meu*!

— Não! É do estúdio! Pode jogar fora! O filme vai ser riscado do mapa. Os *dois* estão demitidos. Quero esse lugar vazio em uma hora. Andem!

— Por que — Roy perguntou, baixinho — esse exagero?

— Exagero?

E Manny abriu caminho rastelando até a outra ponta do galpão, com os sapatos embaixo do braço, esmagando casinhas em miniatura e espalhando caminhões de brinquedo a cada passo.

Parou na porta mais distante, engoliu o ar e me encarou.

— *Você* não está demitido. Você vai ter outro serviço. Mas *aquele* filho da puta? *Pra fora*!

A porta se abriu, deixou entrar um grande borrifo de luz à la catedral gótica e bateu, me deixando ali para avaliar o colapso e a derrota de Roy.

— Meu Deus, o que nós *fizemos*! Que merda foi essa? — gritei para Roy, para mim, para o busto de argila vermelha do Monstro, a Fera descoberta e revelada. — *O quê!?*

Roy tremia. — Jesus. Eu trabalho metade da minha vida para fazer uma coisa boa. Me capacito, espero, vejo, finalmente *vejo* de fato. E a coisa sai das pontas dos meus dedos, meu Deus, como saiu! O que é essa coisa nesta argila maldita? Como é que ela nasce e *eu* morro?

Roy tremia. Ele ergueu os punhos, mas não havia quem acertar. Olhou os animais pré-históricos e fez um gesto que englobava tudo, como se quisesse abraçá-los e protegê-los.

— Eu *vou voltar!* — berrou, rouco, para todos eles e saiu andando.

— Roy!

Eu o segui enquanto ele cambaleava até a luz do dia. Do lado de fora, o sol do fim de tarde estava escaldante, e andávamos em um rio de fogo. — Aonde você vai?

— Só Deus sabe! Fique aqui. Não tem sentido você ser dispensado! É o seu primeiro emprego. Você me alertou ontem à noite. Agora eu sei que foi doentio, mas por quê? Vou me esconder em algum lugar desse estúdio para que hoje à noite eu consiga dar um jeito de tirar uns amigos de lá! — Ele olhou com saudade para a porta fechada, atrás da qual viviam suas queridas feras.

— Eu ajudo — falei.

— Não. Que não te vejam comigo. Vão achar que você armou para me colocar aqui.

— Roy! O Manny fez uma cara de quem ia te matar! Eu vou chamar meu chapa que é detetive, o Crumley. De repente ele consegue ajudar! Esse é o telefone do Crumley. — Escrevi rapidinho num papel amassado. — Esconda. Me ligue hoje à noite.

Roy Holdstrom saltou no seu calhambeque de Gordo e Magro e foi fumegando pátio cenográfico adentro a vinte por hora.

— Parabéns — alguém disse —, seu burro maldito filho de uma puta!

Virei. Fritz Wong estava no meio da viela mais próxima.

— Berrei com eles e finalmente você foi convocado para reescrever meu filmeco *Deus e a Galileia*. Manny acabou de me atropelar com o Rolls. Ele berrou seu novo emprego pra mim. Então...

— Tem algum monstro no roteiro? — Minha voz fraquejou.

— Apenas Herodes Antipas. Leiber quer te ver.

E ele foi me empurrando até o escritório de Leiber.

— Espere — falei.

Pois eu estava olhando por cima do ombro de Fritz para a outra ponta da viela do estúdio e a rua fora do estúdio, onde a multidão, a turba, os animais se reuniam todos os dias, para sempre.

— Idiota! — disse Fritz. — Aonde você vai?

— Acabei de ver o Roy ser demitido — falei, caminhando. — Agora preciso que ele seja recontratado!

— *Dummkopf*. — Fritz veio a passos largos atrás de mim. — Manny quer você *agora*!

— Agora mais cinco minutos.

Saindo do portão do estúdio, olhei para o outro lado da rua.

Você está aí, Clarence?, me perguntei.

20.

E LÁ ESTAVAM ELES, de fato.

Os doidos. Os babacas. Os imbecis.

Aquela turba de amantes venerando no altar do estúdio.

Muito parecidos com os viajantes de tarde da noite que já tinham me empurrado para assombrar as lutas de boxe do estádio Hollywood Legion só para ver Cary Grant passar correndo, ou Mae West ondular pela multidão como um boá invertebrado de pena, ou Groucho às voltas com Johnny Weissmuller, que arrastava Lupe Vélez atrás dele como uma pele de leopardo.

Os tontos, eu entre eles, com grandes álbuns de fotos, mãos manchadas e cartõezinhos rabiscados. Os pirados que ficavam contentes de tomar chuva na première de *Mulheres e música* ou de *Miss Generala,* enquanto a Depressão seguia sem fim, mesmo que Roosevelt dissesse que não ia durar para sempre e que os Dias Felizes iam voltar.

As górgonas, os chacais, os demônios, os diabos, os tristes, os perdidos.

Eu já fora um deles, certa vez.

Agora, estavam ali. Minha família.

Ainda sobravam alguns rostos da época em que eu me escondia à sombra deles.

Vinte anos depois, meu Deus, lá estavam Charlotte e sua mamã! Elas haviam enterrado o pai de Charlotte em 1930 e fincado raiz na frente de seis estúdios e dez restaurantes. Agora, uma vida depois, lá estava a Mamã, oitenta e tantos anos, robusta e prática como uma sombrinha, e Charlotte, cinquenta, a flor frágil que sempre foi. As duas eram fraudes. As duas escondiam chapas de caldeira por trás dos sorrisos marfilenos de rinoceronte.

Procurei por Clarence naquele estranho buquê funéreo. Pois Clarence era o mais louco: ele arrastava pastas de fotos de dez quilos, de estúdio em estúdio. A de couro vermelho era da Paramount, a preta da RKO, a verde da Warner Brothers.

Clarence, verão e inverno, enrolado no seu casaco de lã de camelo de tamanho avantajado, no qual guardava canetas, bloquinhos e câmeras em miniatura. Só nos dias mais quentes o casacão sumia. Então Clarence lembrava uma tartaruga arrancada do casco e em pânico com a vida.

Atravessei a rua para parar na frente da turba.

— Olá, Charlotte — falei. — Upa, Mamã.

As duas mulheres ficaram me olhando algo chocadas.

— Sou eu — eu disse. — Lembram? Vinte anos atrás. Eu estava aqui. Espaço. Foguetes. O tempo…?

Charlotte arquejou e jogou a mão na arcada superior. Ela curvou-se para a frente como se fosse cair do meio-fio.

— Mamã — ela gritou —, ora… é o… é o *Maluco*!

— O Maluco. — Eu ri baixinho.

Uma luz ardeu nos olhos da Mãe. — Pelo amor da terra. — Ela tocou no meu cotovelo. — *Pobrezinho*. O que está fazendo *aqui*? Continua *colecionando…*?

— Não — respondi com relutância. — Eu trabalho aqui.

— Onde?

Apontei por cima do ombro.

— Ali? — Charlotte exclamou, sem acreditar.

— Na correspondência? — Mamã perguntou.

— Não. — Meu rosto ardia. — Dá pra dizer... no departamento de roteiros.

— Você *mimeografa* os roteiros?

— Ah, pelo amor de Deus, Mamã. — O rosto de Charlotte estourava de luz. — Ele está falando que *escreve*, né? Roteiros?!

E aí foi uma verdadeira revelação. Todos os rostos em torno de Charlotte e Mamã pegaram fogo.

— Ahmeudeus — a mamã de Charlotte bradou. — Não pode *ser*!

— Mas é — saiu quase em um sussurro. — Estou fazendo um filme com Fritz Wong. *César e Cristo*.

Pairou um longo silêncio de puro atordoamento. Os pés se arrastaram. As bocas se mexeram.

— Podemos... — disse alguém — pedir...

Mas foi Charlotte quem terminou a frase. — Seu autógrafo. *Por favor?*

— Eu...

Mas todas as mãos já estavam esticadas, com canetas e cartões em branco.

Encabulado, peguei o de Charlotte e escrevi meu nome. Mamã apertou os olhos para enxergar, de cabeça para baixo.

— Escreva o nome do filme em que você está trabalhando — disse Mamã. — *Cristo e César*.

— Ponha "O Maluco" depois do seu nome — Charlotte sugeriu.

Escrevi "O Maluco".

Sentindo-me o perfeito idiota, fiquei na sarjeta enquanto todas as cabeças se viravam, e todos os estranhos, tristes e perdidos apertavam os olhos para tentar deduzir minha identidade.

Para ocultar minha vergonha, falei:

— Onde está o Clarence?

Charlotte e Mamã abriram a boca.

— Você lembra *dele*?

— Quem esqueceria de Clarence, das suas pastas, do seu casaco? — falei enquanto rabiscava.

— Ele ainda não ligou — ralhou Mamã.

— Ligou? — levantei o olhar.

— Ele liga naquele telefone do outro lado da rua, perto dessa hora, para saber se fulano ou sicrano apareceram, se saíram, tal e tal — Charlotte disse. — Poupa tempo. Ele dorme até tarde, porque normalmente fica na frente dos restaurantes à meia-noite.

— Eu sei. — Terminei o último autógrafo, brilhando com uma euforia inadmissível. Eu ainda não conseguia olhar meus novos admiradores nos olhos, e eles sorriam para mim como se eu houvesse acabado de saltar a Galileia de um pulo só.

Do outro lado da rua, o telefone na cabine soou.

— Agora é o Clarence! — disse Mamã.

— Com licença... — Charlotte começou a dizer.

— Por favor — toquei no ombro dela. — Faz tantos anos. Uma surpresa? — Passei os olhos de Charlotte para Mamã e voltei. — *Sim?*

— Ah, pode ser — resmungou Mamã.

— Vá em frente — Charlotte disse.

O telefone tocava. Corri para tirar do gancho.

— Clarence? — perguntei.

— Quem *é!?* — ele esbravejou, instantaneamente desconfiado.

Tentei explicar com detalhes, mas acabei na velha metáfora:

— O Maluco.

Nenhuma ficha caiu para Clarence. — Cadê a Charlotte ou a Mamã? Estou mal.

Mal, fiquei pensando, ou como Roy, com um medo repentino.

— Clarence — falei — onde você mora?

— Por quê?

— Me passe o número do seu telefone, pelo menos...

— Ninguém tem! *Assaltariam* minha casa! Minhas fotos. Meus *tesouros!*

— Clarence — implorei. — Eu estava no Brown Derby ontem à noite.

Silêncio.

— Clarence? — chamei. — Preciso da sua ajuda para identificar uma pessoa.

Eu juro que consegui ouvir seu coração de coelhinho acelerar do outro lado da linha. Eu ouvia seus olhinhos albinos pularem nas órbitas.

— Clarence — falei — por favor! Anote meu nome e meus telefones. — Passei. — Pode ligar ou escrever para o estúdio. Eu vi que aquele homem quase bateu em você ontem à noite. Por quê? Quem...?

Clic. Tuuu.

Clarence, onde quer que estivesse, se foi.

Atravessei a rua como um sonâmbulo.

— Clarence não vem.

— Comassim? — Charlotte repreendeu. — Ele está sempre aqui!

— O que foi que você *falou*!? — A Mamã de Charlotte me mostrou seu olho esquerdo, o maligno.

— Está mal.

Mal como o Roy, pensei. Mal como eu.

— Alguém sabe onde ele mora?

Todos balançaram a cabeça.

— Acho que daria pra *seguir* o Clarence e descobrir! — Charlotte parou e riu sozinha. — É que...

Outra pessoa falou:

— Eu já vi ele descendo a Beachwood uma vez. Numa dessas quadras residenciais...

— Ele tem sobrenome?

Não. Assim como todo mundo, em todos os anos. Nada de sobrenome.

— Droga — sussurrei.

— Falando nisso... — a Mamã de Charlotte encarou o cartão que eu tinha autografado. — Qual é a *sua* alcunha?

Soletrei para ela.

— Vai trabalhar nos filmes — fungou Mamã —, tinha que arranjar um nome *novo*.

— Pode me chamar de Maluco. — Saí andando. — Charlotte. Mamã.

— Maluco — as duas disseram. — Até.

21.

Fritz estava me esperando no andar de cima, na frente do escritório de Manny Leiber.

— Estão em rebuliço ali dentro — ele exclamou. — Qual é o seu *problema?*

— Eu fui conversar com as gárgulas.

— Que foi, elas desceram da Notre Dame *de novo? Entre* aqui!

— Por quê? Há uma hora, eu e o Roy estávamos no Everest. Agora ele foi para o inferno e eu me afundei com você na Galileia. Explique.

— Você e seu jeitinho que conquista — disse Fritz. — Vai saber? A mãe de Manny morreu. Ou a amante foi ciscar no terreiro errado. Constipado? Enema? Você decide. Roy foi demitido. Então eu e você vamos passar seis anos fazendo comédias dos Batutinhas.* *Entra!*

Entramos no escritório de Manny Leiber.

---

* Referência à série de curtas-metragens idealizada por Hal Roach e produzida entre 1922 e 1944, protagonizada por um grupo de crianças pobres. (N. E.)

A nuca de Manny Leiber nos observava.

Ele estava no meio de uma sala grande, totalmente branca, com paredes brancas, tapete branco, móveis brancos e uma imensa mesa cem por cento branca que não tinha nada em cima, fora um telefone branco. Uma nevasca de inspiração pelas mãos de um artista cegado pela neve lá da Cenografia.

Por trás da mesa havia um espelho de um e oitenta por um e vinte que, quando você olhava sobre o ombro, se via trabalhando. Havia apenas uma janela na sala. Ela dava para o muro dos fundos do estúdio, a menos de dez metros, e para uma vista panorâmica do cemitério. Eu não conseguia tirar os olhos.

Mas Manny Leiber soltou um pigarro. Ainda de costas, ele disse:

— *Ele* já foi?

Assenti em silêncio para seus ombros duros.

Manny sentiu eu assentir e soltou o ar.

— O nome dele não voltará a ser mencionado aqui. Nunca foi.

Esperei Manny virar e andar à minha volta, amenizando um arrebatamento que ele não podia explodir. Seu rosto era uma maçaroca de tiques. Seus olhos não se mexiam junto com as sobrancelhas nem as sobrancelhas com a boca nem a cabeça girava no pescoço. Ele parecia perigosamente desequilibrado enquanto caminhava; a qualquer momento podia desmoronar, lançando pedaços desembestados para todo lado. Aí notou Fritz Wong observando nós dois e foi ficar perto de Fritz como se quisesse provocá-lo até enfurecê-lo.

Fritz, inteligente, fez a única coisa que eu o percebia fazer com frequência quando o mundo dele ficava real demais. Tirou o monóculo e enfiou no bolso do peito. Era como um desmantelar refinado da atenção, uma rejeição sutil. Ele enfiou Manny no bolso com o monóculo.

Manny Leiber conversava e caminhava. Eu semissussurrei:

— Sim, mas o que fazemos com a *cratera* do Meteoro?

Fritz me alertou com um meneio: *Cale-se.*

— Então! — Manny fingiu que não tinha ouvido. — Nosso próximo problema, nosso problema *principal* é... não temos *final* para *Cristo e Galileia*.

— Pode *repetir*? — perguntou Fritz, com educação mortal.

— Não tem final! — esbravejei. — Já tentou a Bíblia?

— Nós *temos* Bíblias! Mas o nosso roteirista não consegue ler nem as letrinhas miúdas de um copinho de papel. Eu vi aquela sua história na *Esquire*. Foi como o Eclesiastes.

— Jó — resmunguei.

— Calado. O que nós precisamos é...

— Mateus, Marcos, Lucas e *eu*!

Manny Leiber bufou. — Desde quando um escritor iniciante recusa o maior emprego do século? Precisamos para ontem, e aí Fritz pode voltar a filmar. Escreva direito e um dia você vai ser dono de tudo *isso*!

Ele mostrou com as mãos.

Olhei para o cemitério lá fora. Era um dia claro, mas a chuva invisível lavava as lápides.

— Deus — falei baixinho. — Espero que não.

Foi a gota d'água. Manny Leiber ficou branco. Ele estava de volta ao Galpão 13, no escuro, comigo, Roy e a Fera de argila.

Em silêncio, ele correu ao banheiro. A porta bateu.

Fritz e eu trocamos olhares. Manny estava passando mal do outro lado da porta.

— *Gott* — Fritz suspirou. — Eu devia ter ouvido Göring!

Manny Leiber voltou cambaleando um instante depois, olhou em volta como se estivesse surpreso que as coisas continuassem no lugar, conseguiu chegar ao telefone, discou, disse: "Entre aqui!" e foi saindo.

Eu o detive na porta.

— Quanto ao Galpão 13...

Manny estava com a mão sobre a boca, como se fosse passar mal de novo. Seus olhos se alargaram.

— Eu sei que você vai fazer uma faxina geral — falei apressado. — Mas eu tenho muita coisa naquele galpão. E quero passar o resto do dia conversando com o Fritz aqui sobre Galileia e Herodes. Poderia deixar toda a porqueira lá e amanhã de manhã eu venho pegar meus trecos? *Depois* você faz a faxina.

Os olhos de Manny giraram, pensando. Então, com a mão sobre a boca, ele fez um sim com a cabeça e virou-se para encontrar um homem magro e alto e pálido que vinha entrando. Eles cochicharam e, sem se despedir, Manny partiu. O homem alto e pálido era I. W. W. Hope, um dos analistas de custos de produção.

Ele olhou para mim, parou e, com certo acanhamento, disse:

— Parece que, ah, não temos um final para o seu filme.

— Já tentaram na *Bíblia?* — Fritz e eu dissemos.

22.

Os ANIMAIS JÁ TINHAM ido, o meio-fio na frente do estúdio estava vazio. Charlotte, Mamã e os outros haviam partido para outros estúdios, outros restaurantes. Devia ter umas três dúzias deles espalhados por Hollywood. Alguém com certeza ia saber o sobrenome de Clarence.

Fritz me levou para casa.

No caminho ele disse:

— Procure no porta-luvas. A caixinha de vidro. Abra.

Abri a pequena caixinha preta. Havia seis monóculos de cristal polido aninhados em seis elegantes compartimentos de veludo vermelho.

— Minha bagagem — Fritz disse. — Tudo que eu guardei para trazer à América quando fugi com meus culhões vorazes e meu talento.

— Que era imenso.

— Pare. — Fritz me deu uns cascudos na cabeça. — Só ofereça ofensas, minha criança bastarda. Eu lhe mostro isso — ele cutucou os monóculos — para provar que nem tudo está perdido. Todos os gatos, e Roy, caem de pé. O que mais tem no porta--luvas?

Encontrei um roteiro grosso, mimeografado.

— Leia isso sem vomitar e você vai ser um homem, meu filho. Kipling. Vá. Volte amanhã, duas e meia, na cantina. Conversamos. Depois, vamos lhe mostrar o primeiro corte de *Jesus no seguro-desemprego* ou *Pai, por que me abandonastes. Ja?*

Desci do carro dele na frente da minha casa.

— *Sieg Heil* — falei.

— *Assim* que eu gosto! — Fritz seguiu adiante, deixando-me em uma casa tão vazia e silenciosa que eu pensei: Crumley.

Pouco depois do pôr do sol, pedalei até Venice.

23.

Eu odeio pedalar à noite, mas queria ter certeza de que ninguém me seguia.

Além disso, eu queria tempo para pensar no que ia dizer ao meu amigo detetive. Alguma coisa do tipo: Socorro! Salve o Roy! Faça contratarem ele de novo. Resolva a charada da Fera.

Aquilo quase me fez dar meia-volta.

Eu já conseguia ouvir Crumley soltando grandes suspiros enquanto eu tecia minha história impossível, jogando as mãos para cima, emborcando a cerveja para afogar o desprezo pela minha falta de fatos verídicos de aço sueco martelados e cravejados.

Estacionei minha bicicleta na frente da sua casinha de safári escondida atrás dos espinheiros a um quilômetro e meio do oceano e abri caminho por um bosque de lilases africanos, seguindo uma trilha que parecia ter sido varrida por um bando de ocapis no dia anterior.

Quando levantei a mão para bater na porta, ela se abriu com tudo.

Um punho surgiu do escuro, segurando uma lata de cerveja às borbulhas. Eu não enxergava o homem que a segurava. Arranquei a lata dele. A mão desapareceu. Ouvi passos sumirem casa adentro.

Tomei três goles para ganhar força para entrar.

A casa estava vazia.

O jardim, não.

Elmo Crumley estava sentado sob um espinheiro, usando seu chapéu de vendedor de banana, de olho na cerveja que segurava na mão queimada do sol, bebendo em silêncio.

Havia um telefone com extensão sobre uma mesinha de vime perto do seu cotovelo. Olhando fixamente, exaustivamente, na minha direção por debaixo do seu capacete safári de caçador branco, Crumley discou um número.

Alguém atendeu. Crumley disse:

— Mais uma dor de cabeça. Vou pedir licença de saúde. A gente se vê em três dias, ok? Ok. — E desligou.

— Eu acho — falei — que essa dor de cabeça sou eu.

— Sempre que você aparece... setenta e duas horas de licença.

Ele fez um meneio. Eu sentei. Ele foi parar na beira da sua própria selva particular, onde elefantes corneteavam e revoadas invisíveis de abelhões gigantes, colibris e flamingos morreram muito antes de qualquer ecologista do futuro os declarar mortos.

— Por onde — disse Crumley — *diabos* você andava?

— Casado — falei.

Crumley ficou pensando, bufou, chegou mais perto, colocou o braço ao redor do meu ombro e me deu um beijo no cocuruto.

— Aceito!

E, rindo, ele foi pegar uma caixa inteira de cerveja.

Ficamos sentados comendo cachorro-quente no gazebinho de vime no fundo de seu jardim.

— Ok, filho — ele disse, finalmente. — Seu velho papai estava com saudade. Mas um jovem entre as cobertas não tem ouvidos. Antigo provérbio japonês. Eu sabia que um dia você ia voltar.

— Você me perdoa? — falei, transbordando.

134   *Ray Bradbury*

— Amigos não perdoam, eles esquecem. Limpe sua garganta com isto aqui. Peg é uma ótima esposa?

— Casados há um ano e nossa primeira briga por dinheiro ainda não aconteceu. — Fiquei vermelho. — Ela que ganha mais. Mas meu salário do estúdio subiu: cento e cinquenta por semana.

— Eita! Dá dez a mais do que *eu*!

— *Só* por seis semanas. Daqui a pouco eu volto a escrever contos pra *Dime Mystery*.

— E a escrever maravilhas. Continuei acompanhando, apesar do silêncio...

— Recebeu o cartão de Dia dos Pais que eu mandei? — perguntei com pressa.

Ele abaixou a cabeça e abriu um sorrisão. — É. Cacete. — Ele se aprumou. — Mas o que te trouxe aqui foram mais do que emoções familiares, *né*?

— Tem gente morrendo, Crumley.

— *De novo* não! — ele berrou.

— Bom, quase morrendo — falei. — Ou voltaram do túmulo menos vivos, bonecos de papel machê...

— Segura a onda, Newt! — Crumley disparou para dentro de casa e voltou correndo com um cantil de gim, que derramou na cerveja conforme eu apressava minha história. O sistema de irrigação se ativou no Quênia tropical que era seu quintal, assim como se ativaram os gritos de animais da savana e dos pássaros da selva profunda. Por fim consegui terminar todas as horas do Dia das Bruxas até agora. Caí no silêncio.

Crumley soltou um suspiro de dor.

— Então Roy Holdstrom foi demitido por fazer um busto de argila. O rosto da Fera era *tão* horrível assim?

— Era!

— Estética. Aí esse velho detetive não tem como ajudar!

— Mas precisa. Neste momento Roy *ainda* está no estúdio, esperando uma chance de sair de fininho com todas suas maquetes pré-históricas. Que valem não sei quantos mil. Mas Roy está lá ilegalmente. Você me ajuda a descobrir que diabos isso tudo quer *dizer*? Ajuda o Roy a conseguir o emprego dele de volta?

— Jesus — Crumley suspirou.

— Pois é — falei. — Se pegarem o Roy tentando tirar as coisas de lá, *Senhor!*

— Caramba — disse Crumley. Ele serviu mais gim na cerveja. — Sabe quem era aquele cara no Brown Derby?

— Não.

— Tem alguma noção de quem *pode* saber?

— O padre da St. Sebastian.

Contei a Crumley da confissão à meia-noite, da voz que falava, do choro e da resposta baixinha do padre na igreja.

— Não tem como. Sem chance. — Crumley negou com a cabeça. — Padres não sabem ou não falam nomes. Se eu entrasse perguntando, eu ia levar um pé na bunda em dois minutos. Próximo.

— O maître do Derby, talvez. E ele foi reconhecido por alguém fora do Derby naquela noite. Alguém que eu conhecia quando era garoto e andava de patins. Clarence. Andei perguntando pelo sobrenome dele.

— Continue perguntando. Se ele sabe quem é a Fera, teríamos alguma coisa para nos basear. Jesus, que burrice. Roy demitido, você enfiado nesse serviço novo, tudo por causa de um busto de argila. Exagero. Tumultos. E por que todo esse alvoroço por conta de um boneco numa escada?

— Exatamente.

— E eu pensei — Crumley deu um suspiro —, quando te vi parado na porta, que ia ficar contente com você voltando à minha vida.

— E não *ficou?*

— Não, cacete. — Ele amansou a voz. — Sim, inferno. Mas eu queria que você tivesse deixado essa pilha de bosta de cavalo do lado de fora.

Ele franziu os olhos para a lua nascendo sobre o jardim e disse:

— Ih, garoto… Você me deixou muito *curioso*. — E complementou: — Tem cheiro de chantagem!

— Chantagem!?

— Por que se dar ao trabalho de mandar bilhetes, provocar inocentes como você e o Roy, escorar corpo falso em escada, fazer você reproduzir a Criatura, se não *levasse* a alguma coisa? De que adianta o pânico se você não tirar uma grana? Deve ter mais bilhetes, mais cartas, não?

— Não vi nenhuma.

— É, mas você foi o instrumento, o meio, para a coisa andar. Você não entregou o jogo. Foi outra pessoa. Aposto que tem um bilhete de chantagista rodando por aí essa noite, que diz: "Duzentos mil em notas de cinquenta não sequenciais e você não vai ter mais cadáveres renascendo nos muros". Então… me conte do estúdio — Crumley finalmente falou.

— Maximus? O estúdio de maior sucesso da história. Ainda é. A *Variety* deu manchete para o lucro deles no mês passado. Quarenta milhões líquido. Não tem outro estúdio que chegue perto.

— São números *honestos*?

— Se você deduzir uns cinco milhões, ainda é um estúdio rico pra cacete.

— Algum grande problema recente, tumulto, mudança radical, encrencas? Sabe, outras pessoas demitidas, filmes cancelados?

— Está tudo estável e tranquilo há meses.

— Então deve ser isso. Os lucros!, no caso. Tudo vai muito bem e tranquilo, aí acontece algo que não parece grande coisa, assusta todo mundo. Alguém pensa: meu Deus, *um homem no muro*, é o fim da paróquia! Tem que ter alguma coisa embaixo do tapete por aí, alguma coisa enterrada… — Crumley riu. — Enterrada, isso mesmo. O Arbuthnot? Você acha que alguém desencavou algum escândalo antigo, feio pra valer, coisa que nunca se ouviu falar, e está ameaçando o estúdio, sem sutileza nenhuma, de levar essa sujeira a público?

— Que tipo de escândalo, com vinte anos de idade, ia fazer um estúdio pensar que seria aniquilado se viesse a público?

— Se entrarmos bem fundo no esgoto, nós vamos descobrir. O problema é que pular no esgoto nunca foi meu hobby. Arbuthnot, quando era vivo, tudo limpo?

— Comparado a outros chefes de estúdio? Claro. Era solteiro e tinha namoradas, mas é o que se espera de qualquer solteirão, e todas eram equitadoras de Santa Barbara, beldades típicas da revista *Town and Country*, lindas e espertas, dois banhos por dia. Nada sujo.

Crumley suspirou de novo, como se alguém houvesse lhe dado as cartas erradas e ele estivesse pronto para largar a rodada e sumir. — E aquele acidente de carro com Arbuthnot? *Foi* acidente?

— Eu vi as fotos na imprensa.

— Fotos, o cacete! — Crumley olhou para sua selva caseira e conferiu as sombras. — E se o acidente *não foi* acidente? E se foi, vá lá, homicídio culposo? E se todos estivessem mortos de tanto beber e, depois, só mortos?

— Eles haviam acabado de sair de uma festa de arromba no estúdio. Isso saiu nos jornais.

— Pense o seguinte — ponderou Crumley. — Figurão do estúdio, rico como Creso, com bilheterias campeãs pra Maximus, tresloucado de birita, tirando um racha com o outro carro, Sloane na direção, ricocheteia nele e todo mundo bate no poste. Não é o tipo de notícia que você quer na primeira página. As ações afundam. Os investidores somem. Filmes morrem. O garoto do cabelo prateado cai do pedestal, et cetera, et cetera, e aí abafam tudo. Agora, passado um tempo, alguém que estava lá, ou que desvendou a verdade este ano, botou pressão no estúdio, ameaçando contar mais do que fotos e marcas de pneu. E se...?

— E se?

— Não tiver sido um acidente e não foi bebedeira boba que levou eles a baterem e se ferrarem? E se alguém fez isso com eles de propósito?

— Assassinato!? — perguntei.

— Por que não? Chefes de estúdio tão altos, tão grandões, tão vastos, fazem muitos inimigos. Todos os puxa-sacos ao redor deles acabam pensando em sacanagem e más intenções. Quem era o próximo na fila para assumir a Maximus naquele ano?

— Manny Leiber? Mas ele não mataria uma mosca. Ele é o puro late, mas não morde!

— Ele merece o benefício da dúvida de uma mosca e de um cachorro que late. Agora ele é o chefe do estúdio, não é? Então! Rasga uns pneus ali, afrouxa uns parafusos acolá e *blam*! O estúdio inteiro cai no seu colo pelo resto da vida!

— Tudo isso me parece lógico.

— Mas se pudéssemos encontrar o cara que fez isso, ele ia provar *para* nós. Ok, amigão, e agora?

— Acho que conferir os velhos jornais locais de vinte anos atrás para ver o que está faltando. E se você pudesse meio que rondar o estúdio. Sem dar na vista, no caso.

— Com meus pés chatos? Acho que conheço o guarda do portão do estúdio. Trabalhou na prefeitura faz uns anos. Ele me deixa entrar e fica de bico fechado. Que mais?

Passei uma lista. A oficina de carpintaria. O muro do cemitério. E a casa de Green Town onde Roy e eu havíamos *planejado* trabalhar, e onde Roy devia estar agora.

— O Roy continua lá, esperando para roubar suas feras de volta. E Crum, se o que você está dizendo é verdade, se rolou racha no meio da noite, homicídio, assassinato, temos que arrancar o Roy de lá agora mesmo. Se o povo do estúdio entrar no Galpão 13 hoje à noite e encontrar a caixa em que o Roy escondeu aquele corpo de papel machê depois de roubá-lo, o que é que *não vão* fazer com ele?!

Crumley resmungou. — Você está pedindo não só que eu faça o Roy ser contratado de novo, mas que o ajude a continuar vivo, é isso?

— Não *fale* assim!

— Por que não? Você está querendo ocupar o campo todo, arremessando e rebatendo errado e deixando a bola escapar da luva. Como é que eu vou encontrar o Roy? Fico andando pelos sets com uma rede de pegar borboleta e comida de gato? Seus amigos de estúdio conhecem o Roy, *eu* não. Eles podem esmagar o homem muito antes de eu sair da baia. Me dá só *um* fato pra começar!

— A Fera. Se descobrirmos quem *ele* é, talvez descubramos por que Roy foi demitido por fazer aquele busto de argila.

— Aham, aham. O que mais? Sobre a Fera...

— Nós vimos ele entrando no cemitério. O Roy foi atrás, mas não quis me contar o que viu, o que a Fera estava aprontando. Talvez... talvez tenha sido a Fera que colocou a duplicata em papel machê de Arbuthnot no muro do cemitério... e que mandou os bilhetes para chantagear as pessoas!

— Agora a coisa andou! — Crumley coçou sua cabeça calva com as duas mãos, com pressa. — Identifique a Fera, pergunte onde ela pegou aquela escada e como fez o sósia do cadáver de Arbuthnot em papel machê! Ora! *Ora!* — Crumley sorriu.

Ele correu à cozinha para pegar mais cerveja.

Bebemos e ele ficou me encarando com afeto paterno. — Eu estava pensando... como é bom ter você em casa.

Falei:

— Poxa, eu nem lhe perguntei sobre seu romance...

— *Vento a favor da morte?*

— Não foi *esse* o título que eu lhe passei!

— O *seu* título era bom demais. Estou devolvendo. *Vento a favor da morte* vai ser publicado na semana que vem.

Dei um pulo para agarrar as mãos de Crumley.

— Crumb! Meu Deus! Você *conseguiu!* Tem um *champanhe?* Nós dois fomos espiar a geladeira.

— Se você bate cerveja e gim num liquidificador, *vira* champanhe?

— Por que a gente não *tenta?*

Tentamos.

24.

E O TELEFONE TOCOU.

— É para você — disse Crumley.

— Graças a Deus! — Peguei o telefone. — Roy!

Roy disse:

— Eu não quero mais viver. Meu Deus, que horror. Venha pra cá antes que eu fique louco. Galpão 13!

E desligou.

— Crumley! — falei.

Crumley me levou ao seu carro.

Cruzamos a cidade. Eu não conseguia descerrar os dentes para falar. Me agarrei aos joelhos com tanta força que a circulação parou.

No portão do estúdio, falei a Crumley:

— Não espere. Eu ligo daqui a uma hora e aviso...

Saí andando e dei de cara com o portão. Encontrei uma cabine telefônica perto do Galpão 13 e pedi um táxi para esperar na frente do Galpão 9, a uns bons cem metros de distância. Então entrei pelas portas do Galpão 13.

Adentrei as trevas e o caos.

25.

Vi trocentas coisas que devastaram minha alma.

Por perto, as máscaras, caveiras, fêmures de vareta, costelas flutuantes e crânios do Fantasma haviam sido arrancados e jogados pelo galpão em um frenesi.

Mais adiante, uma guerra, uma aniquilação, havia acabado de cair nas próprias cinzas.

As cidadezinhas de aranhas e as metrópoles de besouros de Roy estavam pisoteadas. Suas feras tinham sido estripadas, decapitadas, explodidas e enterradas nas próprias peles de plástico.

Avancei pelas ruínas, espalhadas como se um bombardeio noturno houvesse feito a destruição total chover nos telhados e torreões em miniatura e nas estatuetas liliputianas. Roma havia sido esmagada por um Átila colossal. A grande biblioteca de Alexandria não estava incendiada; seus minúsculos livretinhos, como asas de colibris, se espalhavam sobre as dunas. Paris ardia. Londres estava desentranhada. Um Napoleão gigante havia pisoteado Moscou até deixá-la aplainada para sempre. No somatório, cinco anos de trabalho, catorze horas por dia, sete dias por semana, haviam sido jogados fora em... o quê? Cinco minutos!

Roy!, pensei. Que você nunca veja isso!

Mas ele tinha visto.

Enquanto eu andava pelos campos de batalha perdidos e vilarejos espalhados, vi uma sombra na parede oposta.

Era uma sombra do longa-metragem *O fantasma da Ópera* quando eu tinha cinco anos. Naquele filme, bailarinas, rodopiando nos bastidores, haviam congelado, encarado, gritado e fugido. Pois ali, pendurado como um contrapeso das bambolinas, elas viram o corpo do vigia noturno, balançando de leve, no alto das bambolinas do palco. A lembrança daquele filme, daquela cena, as bailarinas, o morto pendurado no alto das sombras, nunca havia me deixado. E agora, na ponta norte deste galpão, um objeto flutuava em uma longa teia de aranha. Ele projetava uma sombra imensa, de seis metros, na parede nua, como uma cena daquele filme antigo e assustador.

Ah, não, sussurrei. Não *pode* ser!

Era.

Imaginei a chegada de Roy, seu choque, seu grito, seu desespero sufocante, depois sua fúria, com novas aflições a afogar e superar depois que ele me ligou. Então sua busca desesperada por cordas, barbantes, arames e, enfim: a paz suspensa e flutuante. Ele não conseguiria viver sem seus fabulosos mosquitos e ácaros, seus camaradas, seus queridos. Ele era muito velho para reconstruir aquilo tudo.

— Roy — sussurrei —, não *pode* ser você! Você sempre quis *viver*.

Mas o corpo de Roy virou devagar, sombreado e alto. *Minhas Feras morreram,* dizia.

Elas nunca *viveram*!

Então, Roy sussurrou, eu nunca vivi.

— Roy — falei —, você me deixaria *sozinho* no mundo!?

Talvez.

— Mas você não ia deixar alguém te enforcar!?

Quem sabe.

E, se foi assim, como é que você continua aqui? Como é que não te *tiraram*?

E isso quer dizer...?

Você acabou de morrer. Você não foi encontrado. Sou o primeiro a ver!

Eu ansiava por tocar seu pé, sua perna, para ter *certeza* de que era Roy! Lembranças do homem de papel machê no caixão correram pela minha cabeça.

Estiquei minha mão para tocar... mas então...

Sobre a mesa dele havia a plataforma de escultura na qual estava escondida sua última e maior obra, a Fera, o Monstro do Derby à meia-noite, a Criatura que entrava em igrejas além do muro e do outro lado da rua.

Alguém havia usado um martelo bola para lhe dar uma dúzia de golpes. O rosto, a cabeça, o crânio, estavam golpeados e esmagados até só restar um monte disforme.

Jesus Cristo, sussurrei.

Teria sido este o crime final que fez Roy se autodestruir?

Ou teria o destruidor, aguardando nas sombras, atacado Roy desprevenido em meio às cidadezinhas arruinadas, e pendurado ele no ar?

Tremi. Parei.

Pois ouvi a porta do galpão se escancarar.

Tirei meus sapatos e corri, em silêncio, para me esconder.

26.

Era o cirurgião-médico-doutor, o abortista do meio-dia, o médico bota-agulha sumo sacerdote excomungado.

O doutor Phillips planou para dentro da luz no outro lado do galpão, olhando ao redor, conferindo a destruição, depois encontrando o corpo pendurado acima. Fez um meneio, como se essa morte fosse mais uma calamidade cotidiana. Deu um passo à frente, chutou as cidades destruídas como se fossem mero lixo e refugo irrelevante.

Ao ver isto, tossi uma praga. Bati a mão na boca e recuei para as sombras.

Espiei por uma rachadura na parede do set.

O médico havia congelado. Como um cervo numa clareira da floresta, ele espiou os arredores pelos seus óculos com aro de aço, usando tanto o nariz quanto os olhos. Suas orelhas pareciam se contorcer nas laterais do crânio rapado. Ele balançou a cabeça. Ele se arrastou, empurrando Paris, derrubando Londres, chegando para tocar e examinar a coisa horrível pendurada no ar...

Um bisturi brilhou na sua mão. Ele agarrou um baú objeto de cena, abriu, enfiou embaixo do corpo pendurado, pegou uma cadeira, subiu nela e cortou a corda em cima do pescoço de Roy.

Houve um estrondo pavoroso quando Roy atingiu o fundo do baú.

Tossi meu luto. Congelei, certo de que desta vez ele tinha ouvido e viria, um sorriso de aço gelado na mão. Tranquei minha respiração com força.

Pulando para o chão, o médico se curvou para examinar o corpo.

A porta de fora se abriu com uma batida. Pés e vozes ecoaram.

Os homens da limpeza tinham chegado, e se este era o horário normal deles ou se ele os havia convocado para o serviço, eu não sabia.

O doutor bateu a tampa com força.

Mordi minhas juntas dos dedos e os enfiei na boca para abafar minhas terríveis irrupções de desespero.

A fechadura do baú travou. O médico gesticulou.

Eu me encolhi enquanto a equipe de operários cruzava o galpão com vassouras e pás para derrubar e descartar as pedras de Atenas, os muros de Alhambra, as bibliotecas de Alexandria e os santuários de Krishna em Bombaim numa lixeira.

Levou vinte minutos para limpar e levar para fora a obra da vida de Roy Holdstrom, levando junto, em um carrinho rangente, o baú no qual, amassado e invisível, estava o corpo do meu amigo.

Quando a porta bateu pela última vez, dei um grito de agonia, de luto contra a noite, a morte, o médico maldito, os homens sumidos. Corri com os punhos para atingir o ar e parei, cegado pelas lágrimas. Só depois de ficar tremendo e chorando por muito tempo foi que eu parei e vi algo incrível.

Havia uma pilha de fachadas cenográficas de entradas interligadas, encostadas na parede norte do galpão, como as soleiras e portas pelas quais Roy e eu havíamos nos enfiado um dia antes.

No centro da primeira entrada havia uma caixa pequena e familiar. Parecia que tinha sido deixada por acidente. Eu sabia que estava ali de presente.

Roy!

Arremeti para ficar de pé diante da caixa, olhando para baixo, e *tocá-la. Sussurro... toc.*

O que quer que estivesse ali dentro se *remexeu.*

Você está *aí* dentro, corpo da escada no muro sob a chuva? *Sussurro-toc-balbucio.*

Maldição! Pensei: será que *nunca* vou me livrar de *você*!?

Agarrei a caixa e saí correndo.

Cheguei à porta da rua e vomitei.

De olhos fechados, limpei a boca, depois abri a porta devagar. Bem longe, na viela, os operários dobraram uma esquina na direção da oficina de carpintaria e do grande incinerador de ferro.

O doutor Phillips, atrás deles, dava orientações em silêncio.

Eu tremi. Se tivesse chegado cinco minutos depois, talvez entrasse no exato instante em que *ele* havia encontrado o corpo de Roy e as cidades do mundo arrasadas. Meu corpo teria entrado no baú junto com o de Roy!

Meu táxi esperava atrás do Galpão 9.

Ali perto havia uma cabine telefônica. Tropecei pra dentro, botei uma moeda, liguei para a polícia. Uma voz surgiu e disse:

— Sim? Alô, sim, alô, sim!

Balancei na cabine, inebriado, olhando para o telefone como se fosse uma cobra morta.

O que eu podia dizer? Que um galpão do estúdio estava vazio, que tinham feito uma faxina? Que um incinerador provavelmente estava queimando tudo naquele momento, muito antes das viaturas e das sirenes poderem fazer alguma coisa?

E depois? Eu, sozinho ali, sem proteção, sem armas, sem provas?

Eu demitido e quem sabe morto e do outro lado do muro, de empréstimo permanente para os túmulos?

Não!

Dei um berro. Alguém me atacou com um martelo até meu crânio virar argila vermelha, rasgado como a pele da Fera. Cambaleando para conseguir sair, fui puxado para sufocar no meu próprio medo em um caixão trancado, por mais que eu batesse no vidro.

A porta da cabine se abriu com tudo.

— Você estava empurrando pro lado *errado!* — meu taxista disse.

Dei uma espécie de risada louca e deixei ele me guiar.

— Você esqueceu uma coisa.

Ele me trouxe a caixa, que havia caído na cabine.

Sussurro-remexe-toc.

— Ah, sim — falei. — *Ele.*

Na saída do estúdio, me deitei no banco de trás. Quando chegamos à primeira esquina do lado de fora, o taxista disse:

— Pra onde eu dobro?

— Esquerda. — Mordi a parte de trás do punho. O motorista ficou olhando pelo retrovisor.

— Jesus — ele disse. — Você tá horrível. Vai vomitar?

Fiz que não.

— Alguém morreu? — ele adivinhou.

— Sim, morreu.

— Aqui estamos. Avenida Western. Sigo pro norte?

— Sul. — Para o apartamento de Roy na 54. E depois? Assim que eu entrasse, será que não sentiria o cheiro da colônia do bom doutor pairando no saguão, como uma cortina invisível? E seus operários num corredor escuro, carregando coisas, esperando para me arrastar como um pedaço de mobília detonada?

Eu tremi e segui viagem, me perguntando se e quando eu ia crescer algum dia. Ouvi minhas entranhas e escutei:

O som de vidro se quebrando.

Meus pais haviam morrido há muito tempo e suas mortes pareciam fáceis.

Mas o Roy? Eu nunca poderia ter imaginado uma tempestade de medo como essa, tanto luto que daria para se afogar.

Agora eu tinha medo de voltar ao estúdio. A arquitetura louca de todos aqueles países unidos a prego, agora caindo para me esmagar. Imaginei cada lavoura do sul, cada sótão do Illinois lotado de parentes maníacos e espelhos quebrados, cada armário cheio de amigos pendurados em ganchos.

O presente da meia-noite, a caixa de brinquedo com a pele de papel machê e o rosto enlouquecido pela morte, caído no chão do táxi.

Remexe-toc-sussurro.

Um trovão abalou meu peito.

— Não, motorista! — falei. — Dobre *aqui*. Para o oceano. Para o mar.

Quando Crumley abriu a porta da frente, ele analisou meu rosto e foi até o telefone.

— Pode botar *cinco* dias de licença — ele falou.

Ele voltou com um copo cheio de vodca e me encontrou sentado no jardim, respirando fundo o bom ar salgado, tentando ver as estrelas, mas tinha neblina demais chegando ao continente. Ele olhou a caixa no meu colo, pegou minha mão, colocou a vodca nela e a guiou até minha boca.

— Beba isso — ele falou em voz baixa —, e depois botamos você na cama. Conversamos de manhã. O que é isso?

— Esconda — falei. — Se alguém souber que esteve aqui, talvez deem um sumiço em nós dois.

— Mas o que é?

— A morte, eu acho.

Crumley pegou a caixa de papelão. Ela se mexeu, se remexeu e sussurrou.

Crumley levantou a tampa da caixa e espiou lá dentro. Uma coisa estranha de papel machê olhou de volta.

Crumley disse:

— Então este é o ex-chefe da Maximus Studios, é?

— Sim — falei.

Crumley analisou o rosto por mais um instante e assentiu em silêncio. — Isso é a morte, com certeza.

Ele fechou a tampa. O peso dentro da caixa variou e sussurrou alguma coisa como "durma" enquanto se remexia.

Não!, pensei, não me *obrigue*!

CEMITÉRIO DE LUNÁTICOS 151

27.

CONVERSAMOS DE MANHÃ.

28.

Ao MEIO-DIA, CRUMLEY ME largou na frente do apartamento de Roy na Western com a 54. Ele analisou meu rosto com atenção.

— Como você se chama?

— Eu me recuso a me identificar.

— Quer que eu espere?

— Pode ir. Quanto antes você caminhar pelo estúdio e conferir as coisas, melhor. Não deviam nos ver juntos, de qualquer forma. Tem minha lista dos pontos de inspeção e o mapa?

— Bem aqui. — Crumley bateu na testa.

— Esteja lá em uma hora. Casa da minha avó. Andar de cima.

— A boa e velha vovó.

— Crumley?

— Sim?

— Eu te amo.

— Não é assim que você vai pro céu.

— Não — falei. — Mas foi assim que eu aguentei essa noite.

— O cacete — disse Crumley, e foi embora.

Entrei.

Minha suspeita da noite anterior estava certa.

Se as cidades em miniatura de Roy tinham sido devastadas, e sua Fera esmagada até voltar a ser uma argila sangrenta...

Havia um cheiro de colônia de médico no saguão...

A porta do apartamento de Roy estava entreaberta.

Haviam arrancado as tripas do seu apartamento.

— Meu Deus — sussurrei, parado no meio dos aposentos, olhando em volta. — A Rússia soviética. A história reescrita.

Pois Roy havia se tornado uma pessoa sem identidade. Nas bibliotecas, hoje à noite, livros seriam rasgados e recosturados, para que o nome de Roy Holdstrom sumisse para todo sempre, um rumor triste perdido, um arremedo da imaginação. Não mais.

Não restava nenhum livro, nenhuma foto, nenhuma mesa, nenhum papel na lixeira. Até o rolo de papel higiênico do banheiro tinha sido arrancado. O armarinho de remédios estava completamente vazio. Nenhum sapato embaixo da cama. Nem cama. Nem máquina de escrever. Armários vazios. Nenhum dinossauro. Nenhum desenho de dinossauro.

Horas antes, o apartamento tinha sido aspirado, escovado, depois polido com cera de alta qualidade.

Uma fúria tempestuosa havia incendiado o galpão para derrubar sua Babilônia, sua Assíria, sua Abu Simbel.

Aqui, uma fúria higiênica havia aspirado até a última poeira da memória, o mínimo sopro de vida.

— Meu Deus, que horrível, não é? — A voz falou atrás de mim.

Havia um jovem parado na porta. Ele vestia um avental de pintor, bem usado, e seus dedos estavam manchados de cor, assim como o lado esquerdo do rosto. Seu cabelo parecia despenteado e seus olhos tinham uma espécie de selvageria animal, como uma criatura que trabalha no escuro e só uma vez ou outra sai ao amanhecer.

— É melhor você não ficar aqui. Eles podem voltar.

— Espere aí — falei. — Eu te conheço, não? O amigo do Roy... Tom...

— Shipway. É melhor você sair. Tinham uns doidos. Venha.

Segui Tom Shipway pra fora do apartamento vazio.

Ele destrancou a própria porta com dois molhos de chaves.

— Pronto? Preparar! Vai!

Pulei para dentro.

Ele bateu a porta e se encostou nela. — A senhoria! Não posso deixar que ela veja!

— Veja?! — Olhei em volta.

Estávamos no apartamento do Capitão Nemo sob o mar, com suas cabines submarinas e salas de máquinas.

— Bom Deus! — berrei.

Tom Shipway sorriu. — Legal, né?

— Legal? Nossa, é incrível!

— Sabia que você ia gostar. Roy me passou seus contos. Marte. Atlântida. E aquela coisa que você escreveu sobre Júlio Verne. Ótimo, hein?

Ele fez um gesto e eu caminhei, vi e toquei. As grandes poltronas vitorianas estofadas com veludo vermelho, tachonadas com latão e parafusadas no piso do barco. O periscópio de latão reluzindo lá no teto. O imenso órgão de tubos canelados no centro do palco. E, logo depois, uma janela que havia sido convertida em uma portinhola de submarino oval, atrás da qual nadavam peixes tropicais de vários tamanhos e cores.

— Veja! — disse Tom Shipway. — Ande!

Eu me curvei para espiar pelo periscópio.

— Funciona! — falei. — Estamos debaixo d'água! Ou é o que parece! Você que fez tudo? Você é um gênio.

— Pois é.

— A sua... a sua senhoria sabe que você fez isso no apartamento dela?

— Se ela soubesse, me matava. Nunca deixei ela *entrar*.

Shipway tocou um botão na parede.

Sombras se mexeram além do mar verde.

A projeção de uma aranha gigante pairou, gesticulando.

— A Lula! A antagonista de Nemo! Estou pasmo!

— Ora, *claro!* Sente-se. O que está acontecendo? Cadê o Roy? Por que esses vagabundos entraram que nem dingos e saíram como umas hienas?

— O Roy? Ah, sim. — O peso daquilo me arrebatou. Eu sentei, pesado. — Pois é. Jesus. O Roy. O que aconteceu aqui ontem à noite?

Shipway ficou andando pela sala em silêncio, imitando o que lembrava.

— Já viu Rick Orsatti andando por L. A., anos atrás? O escroque?

— Ele andava com uma gangue...

— Pois é. Uma vez, anos atrás, ao entardecer, no centro, saindo de um beco, eu vi seis carinhas vestidos de preto, um no comando, e eles andavam como ratos chiques com roupa de couro ou de seda, tudo em cores fúnebres, aquele cabelo oleoso pra trás, os rostos de um branco pastoso. Não, estavam mais pra lontras, fuinhas pretas. Em silêncio, se esgueirando, como cobras, perigosas, hostis, como nuvens negras saindo de uma chaminé. Bom, isso foi ontem à noite. Senti um cheiro de perfume tão forte que passou por baixo da porta.

O doutor Phillips!

— ...aí eu olhei pra fora e essas ratazanas de esgoto, pretas, gigantes, estavam descendo o corredor carregando pastas, dinossauros, fotos, bustos, estátuas, fotografias. Eles me olhavam pelo canto dos seus olhos pequenos. Fechei a porta e assisti pelo olho mágico quando passaram correndo com tênis pretos de borracha. Consegui ouvir eles rondando por uma meia hora. Aí os cochichos pararam. Abri a porta, vi o corredor vazio e um tsunami daquela colônia maldita. Esses caras mataram o Roy?

Eu me remexi. — Por que você diz *isso*?

— É que pareciam agentes funerários, só por isso. E se eles mataram o apartamento do Roy, bom, por que não dar um fim no Roy? Ei — Shipway parou, olhando meu rosto. — Eu não queria... mas bem, o Roy...?

— Morreu? Sim. Não. Talvez. Alguém tão vivo como o Roy simplesmente não pode morrer!

Eu lhe contei do Galpão 13, das cidades destruídas, do corpo enforcado.

— O Roy não faria isso.

— Talvez alguém tenha feito *com* ele.

— O Roy não iria ficar parado pra *nenhum* filho da puta. Inferno. — E uma lágrima escorreu de um dos olhos de Tom Shipway. — Eu *conheço* o Roy! Ele me ajudou a construir meu primeiro submarino. *Aquele!*

Na parede havia um *Nautilus* em miniatura, uns 75 centímetros de comprimento, o sonho de um aluno de artes no colegial.

— O Roy não pode ter morrido, não é?!

Então um telefone tocou em algum lugar das cabines subaquáticas de Nemo.

Shipway pegou uma grande concha de molusco. Eu ri, depois parei de rir.

— Sim? — ele falou no telefone, e depois: — Quem *é?*

Eu praticamente arranquei o telefone da mão dele. Berrei pra dentro do aparelho; um grito para a vida. Fiquei ouvindo alguém respirando, lá longe.

— Roy!

Clic. Silêncio. *Tuuuuuu.*

Eu sacudi o telefone como um louco, esbaforido.

— O Roy? — perguntou Shipway.

— Era a respiração dele.

— Porra! Não dá pra reconhecer a *respiração!* De onde?

Bati o telefone e fiquei parado diante dele, de olhos fechados. Então o peguei de novo e tentei discar no lado errado do molusco. — Como é que funciona esse troço? — berrei.

— Pra quem está ligando?

— Um táxi.

— Pra ir aonde? *Eu* te levo!

— Illinois, cacete! Green Town!

CEMITÉRIO DE LUNÁTICOS *159*

— Mas isso dá três mil quilômetros!

— Então — falei, atordoado, soltando a concha — é bom a gente sair de uma vez.

29.

Tom Shipway me deixou no estúdio.

Corri por Green Town pouco depois das duas. A cidade inteira estava recém-pintada de branco, esperando eu chegar para bater nas portas ou espiar pelas janelas com cortinas de renda. O pólen das flores cirandava no vento quando apareci na calçada da casa de meus avós que tinham ido embora há tanto tempo. Passarinhos voaram do telhado quando subi a escada.

Lágrimas se avolumaram nos meus olhos quando bati na porta com os vitrais.

Houve um longo silêncio. Percebi que tinha feito a coisa errada. Meninos, quando chamam meninos para brincar, não batem na porta. Dei a ré para o quintal, encontrei uma pedrinha e joguei forte contra a lateral da casa.

Silêncio. A casa estava quieta ao sol de novembro.

— Que foi? — perguntei à janela mais alta. — Morreu *mesmo?*

Aí a porta da frente se abriu. Havia uma sombra olhando para a rua.

— Mesmo!? — eu berrei. Fui tropeçando pela varanda enquanto a porta de tela se abria. Berrei de novo. — Foi mesmo?

— E caí nos braços de Elmo Crumley.

— Foi — ele disse, me segurando. — Se sou eu que você procura.

Emiti sons inarticulados enquanto ele me puxava e fechava a porta.

— Ei, calma aí. — Ele me sacudiu pelos ombros.

Eu mal conseguia vê-lo por causa do vapor nos meus óculos.

— O que você está fazendo *aqui?*

— Você que mandou. Dê uma volta, olhe, depois encontro você aqui, certo? Não, você não lembra. Jesus, aqui tem algo que preste pra comer?

Crumley vasculhou a geladeira e me trouxe um biscoito de manteiga de amendoim e um copo de leite. Fiquei sentado, mastigando e engolindo e repetindo sem parar: — Obrigado por ter vindo.

— Cala a boca — Crumley disse. — Eu vi que você está um caco. Que diabos a gente faz agora? Finge que está tudo bem. Ninguém sabe que você viu o corpo do Roy, ou o que você achou que fosse o corpo, né? Como está sua agenda?

— Eu tinha que entregar um projeto novo agora. Fui transferido. Não tem mais filme da Fera. Vou trabalhar com Fritz e Jesus.

Crumley riu. — É assim que deviam chamar o filme. Quer que eu ande mais por aí, como se fosse um maldito turista?

— Encontre ele, Crumley. Se eu me deixar acreditar que o Roy se foi, eu piro! Se o Roy *não* morreu, ele está escondido, assustado. Você tem que assustá-lo ainda mais, tirá-lo do esconderijo antes que ele seja morto de uma vez. Ou, ou... ele morreu *mesmo* agora, então alguém o matou, certo? Ele não ia se enforcar, nunca. Então o assassino dele também está aqui. Então encontre o assassino. O cara que destruiu a cabeça de argila da Fera, esmagou o crânio de argila vermelha, depois topou com o Roy e o içou para a morte. Seja como for, Crumley, encontre o Roy antes que ele seja morto. Ou, se o Roy morreu, encontre o canalha do assassino.

— Que opções de merda.

162 *Ray Bradbury*

— Tente nessas agências de colecionador de autógrafos, sabe? Quem sabe uma conhece o Clarence, o sobrenome dele, o endereço. Clarence. E depois tente o Brown Derby. O maître não conversa com gente que nem eu. Ele *deve* saber quem é a Fera. Entre ele e Clarence, nós podemos resolver o assassinato, ou o assassinato que *pode* acontecer a qualquer minuto!

— Pelo menos temos pistas. — Crumley baixou a voz, torcendo que eu fosse baixar a minha.

— Veja bem — eu falei. — Este lugar está em uso desde ontem. Tem lixo que nenhum de nós jogou no chão quando eu e Roy trabalhamos aqui. — Abri a porta do frigobar. — Barras de chocolate. Quem mais ia colocar chocolate na geladeira?

— Você! — Crumley bufou.

Tive que rir. Fechei a porta do frigobar.

— É, pois é, eu. Mas ele disse que ia se esconder. De repente, quem sabe, talvez tenha se escondido. E então?

— Ok. — Crumley foi até a porta de tela. — O que eu procuro?

— Uma garça grandona e desengonçada, de um metro e noventa, com braços compridos, longos dedos finos e um grande nariz de falcão, com calvície precoce e gravatas que não combinam com as camisas e camisas que não combinam com as calças e… — Parei.

— Desculpe a pergunta. — Crumley me entregou um lenço. — Assoe o nariz.

30.

Um minuto mais tarde, parti da área rural ao norte de Illinois, saindo da casa dos meus avós.

No caminho, passei pelo Galpão 13. Estava trancado e lacrado com três cadeados. Ali parado, imaginei como deve ter sido para Roy entrar e descobrir que um maníaco havia destruído seu motivo para viver.

Roy, pensei: volte, faça mais Feras lindas, viva para sempre.

Naquele momento, uma falange romana passou correndo a toda velocidade, contando a cadência, rindo. Eles fluíram velozes, um belo rio de capacetes com penachos de ouro e escarlate. A guarda de César nunca foi mais bonita, nunca foi tão rápida. Enquanto corriam, meu olho se fixou no último guarda da comitiva. Suas pernas compridas tremiam. Seus cotovelos se agitavam. E o que parecia um bico de águia lavrava o vento. Dei um grito abafado.

As tropas dobraram uma esquina.

Corri até o cruzamento.

Roy?!, pensei.

Mas eu não podia gritar e deixar as pessoas saberem que um idiota se escondia e corria entre eles.

— Palerma — falei, sem força. — Burro — resmunguei, entrando pela porta da cantina.

— Estúpido — falei a Fritz, que estava sentado, tomando seis xícaras de café na mesa onde fazia suas conferências.

— Chega de bajulação! — ele gritou. — Sente-se! Nosso primeiro problema é que Judas Iscariotes será *cortado* do nosso filme!

— Judas? Ele foi demitido?

— A última notícia que tive foi que ele estava em La Jolla bêbado e voando de asa-delta.

— Ahmeudeus.

Aí eu estourei mesmo. Grandes terremotos de riso irromperam dos meus pulmões.

Vi Judas planar pelos ventos salgados, Roy correndo na falange romana, eu mesmo encharcado pela chuva quando o corpo caiu do muro, e de novo Judas, muito acima de La Jolla, bêbado no vento, voando.

Minha gargalhada de latido alarmou Fritz. Pensando que eu tinha engasgado com minha golfada desnorteada, ele bateu nas minhas costas.

— Qual é o *problema*?

— Nada. — Eu arquejei. — Tudo!

O último dos meus gritos esvaneceu.

Cristo em pessoa havia chegado, seus mantos farfalhando.

— Ah, Herodes Antipas — ele disse a Fritz —, você me convocou ao julgamento?

O ator, tão alto quanto um quadro de El Greco, igualmente assombrado por relâmpagos sulfurosos e nuvens de tempestade que se remexiam em sua pele pálida, lentamente se afundou numa poltrona, sem parar pra ver se ela estava lá. Ele sentar-se foi um ato de fé. Quando seu corpo invisível tocou o assento, ele sorriu de orgulho com a precisão da sua mira.

Uma garçonete instantaneamente pôs diante dele um pequeno prato de salmão sem molho e um copo de vinho tinto.

J. C., de olhos fechados, mastigou um pouco de peixe.

— Diretor velho, roteirista *novo* — ele falou enfim. — Você me chamou para uma consulta sobre a Bíblia? Pergunte. Eu sei *tudo.*

— Graças a Deus que *alguém* sabe — disse Fritz. — A maior parte do nosso filme foi gravada no exterior por um diretor com hiperflatulência que não conseguia levantar nem com um guindaste. Maggie Botwin está na Sala de Projeção 4. Esteja lá em uma hora — ele acenou para mim com seu monóculo — para ver toda a lambança. Cristo caminhou sobre as águas, mas e sobre a merda funda? J. C., derrame um óleo doce no ouvido ímpio deste garoto. — Ele tocou no meu ombro. — E você, criança, resolva o problema do Judas faltante, escreva um final para o filme que impeça as turbas de se rebelarem para pegar o dinheiro de volta.

Uma porta bateu.

E eu estava só, analisado pelo olhar de céus azuis sobre Jerusalém de J. C.

Ele mastigava o peixe com toda calma.

— Eu percebi — ele disse — que você está se perguntando por que estou aqui. Eu sou *o* Cristão. *Eu?* Eu sou um sapato velho. À vontade com Moisés, Maomé e os Profetas. Eu não penso a respeito, eu *sou.*

— Então você sempre foi Cristo?

J. C. viu que eu era sincero e mastigou mais um pouco. — Eu *sou* O Cristo? Bom, é como colocar um manto confortável pelo resto da vida, não ter que se enfeitar, sempre tranquilo. Quando olho para meus estigmas, penso: *é isso.* Quando não faço a barba de manhã, minha barba é uma afirmação. Eu não consigo imaginar outra vida. Ah, há muitos anos, claro, eu era curioso. — Ele mastigou mais uma mordida. — Tentei de tudo. Fui na reverenda Violet Greener no bulevar Crenshaw. O templo Agabeg?

— *Eu* já fui lá!

— Eles dão um espetáculo, né? Falam com espíritos, tocam tamborim. Nunca *pegou.* Fui ao Norvell. Ele ainda está por aí?

— Claro! Com seus grandes olhos piscantes de ruminante e seus namorados bonitinhos implorando por dinheiro nos tamborins?

— Você parece *comigo*! Astrologia? Numerologia? Crentes fanáticos? Que diversão.

— Eu também fui nos crentes fanáticos.

— Gostou da luta na lama deles, a glossolalia?

— Sim! Mas e quanto à Igreja Batista Negra na avenida Central? O coral Hall Johnson pula e canta aos domingos. Terremotos!

— Puxa, garoto, você segue meus *passos*! Como é que *você* esteve em *todos* esses lugares?

— Eu queria respostas!

— Você leu o Talmude? O Corão?

— Chegaram tarde demais na minha vida.

— Deixa eu lhe dizer o que chegou tarde *mesmo*...

Eu bufei. — O Livro de Mórmon!?

— Minha nossa, isso!

— Eu era de um grupinho de teatro mórmon quando tinha vinte anos. O Anjo Morôni me dava sono!

J. C. rugiu e bateu nos seus estigmas.

— Chato! E quanto à Aimee Semple McPherson!?*

— Meus amigos de colégio me desafiaram a subir no palco para ser "salvo". Corri e me ajoelhei. Ela colocou a mão na minha cabeça. Senhor, salve o pecador, ela gritou. Glória, Aleluia! Cambaleei para baixo e caí nos braços dos meus amigos!

— Que inferno — disse J. C. — Aimee me salvou duas vezes! Depois foi enterrada. Verão de 44? Naquele caixãozão de bronze? Precisaram de dezesseis cavalos e uma escavadeira para puxar aquilo morro do cemitério acima. Nossa, a Aimee botou umas asas falsas, pareciam naturais. Ainda visito o templo dela, só pela nostalgia. Nossa, que saudade. Ela me tocou como Jesus, em adornos pentecostais. Que barato!

* Fundadora da Igreja do Evangelho Quadrangular. (N. T.)

— E agora você está aqui — falei. — Cristo em tempo integral no Maximus. Desde os dias dourados com Arbuthnot.

— Arbuthnot? — O rosto de J. C. ficou sombrio com a lembrança. Ele empurrou o prato para longe. — Vamos lá. Me teste. Pergunte! Antigo Testamento. Novo.

— O Livro de Rute.

Ele recitou dois minutos de Rute.

— Eclesiastes?

— Eu recito inteiro! — E recitou.

— João?

— Sensacional! A Última Ceia depois da Última Ceia!

— Como é? — perguntei, incrédulo.

— Cristão ruim de memória! A Última Ceia *não foi* a Última Ceia. Foi a *Penúltima* Ceia! Dias depois da Crucificação e do sepultamento, Simão chamou Pedro no mar de Tiberíades, com os outros discípulos, e testemunhou o milagre dos peixes. Na praia, testemunharam uma luz fraca. Ao se aproximarem, viram um homem de pé ao lado da brasa queimando no chão, e peixe. Eles falaram com o homem e souberam que era Cristo, que fez um gesto e disse: "Tomai deste peixe e alimentai vossos irmãos. Aceitai minha mensagem e percorrei as cidades do mundo e lá orai pelo perdão dos pecados."

— Cacete — sussurrei.

— Encantador, não? — disse J. C. — Primeiro a Penúltima Ceia, a ceia de Da Vinci, depois a Última-Última Ceia Final--Final, a dos peixes assados no braseiro nas areias próximas ao mar de Tiberíades, depois do que Cristo partiu para ficar para sempre no sangue, coração, mente e alma deles. Finis.

J. C. baixou a cabeça, depois acrescentou:

— Vá reescrever os livros, mas principalmente João! Não cabe a mim conceder, mas a vocês tomarem! Vá logo, antes que eu revogue minha bênção!

— Você *me* abençoou?

— Enquanto nós conversávamos, meu filho. Esse tempo todo. Vá.

31.

Enfiei minha cabeça na Sala de Projeção 4 e falei:

— Cadê o Judas?

— Essa é a senha! — Fritz Wong gritou. — Temos três martínis aqui. Beba!

— Eu odeio martíni. Além do mais, primeiro, tenho que colocar algo pra fora. Senhorita Botwin — falei.

— Maggie — ela disse, discretamente entretida, com a câmera no colo.

— Ouvi falar da senhorita durante anos, eu a admiro há uma vida. Só tenho que dizer que estou feliz por essa chance de trabalhar...

— Sim, sim — ela disse, delicada. — Mas você está errado. Eu não sou uma gênia. Eu sou... como se chamam aquelas coisas que patinam nos lagos procurando insetos?

— Aranhas d'água?

— Aranhas d'água! Você presume que os danadinhos dos insetos vão afundar, mas eles caminham sobre uma película finíssima em cima da água. Tensão superficial. Eles distribuem o peso, esticam os braços e as pernas de um jeito que nunca rompe essa película. Bom, se isso não sou eu, o que é? Eu só distribuo meu peso, estico as quatro patas para não romper a película sobre a qual patino. Ainda não afundei e sumi de vista. Mas não sou a melhor e isso não é milagre. É só sorte, simples, boba e precoce. Mas obrigado pelo elogio, meu jovem. Levante essa cabeça e faça o que o Fritz manda. Os martínis. Logo você vai ver que eu não fiz nenhuma maravilha no que vem a seguir. — Ela virou seu perfil esguio para dar um aviso baixinho à sala de projeção. — Jimmy? *Solta.*

As luzes diminuíram, a tela zumbiu, as cortinas se abriram. O primeiro corte brilhou na tela, com uma trilha musical parcialmente acabada por Miklos Rozsa. *Dela* eu gostei.

Conforme o filme avançava, eu dava olhadelas em Fritz e Maggie. Parecia que eles davam pinotes em um cavalo xucro. Fiz a mesma coisa, pressionado contra meu assento por um tsunami de imagens.

Minha mão roubou um dos martínis.

— Ah, garoto — Fritz cochichou.

Quando o filme terminou, ficamos em silêncio até as luzes se acenderem.

— Por que — falei enfim — você filmou tanta cena nova ao entardecer ou à noite?

— Eu não suporto a realidade. — O monóculo de Fritz piscou enquanto ele fitava a tela vazia. — Metade do cronograma deste filme agora é no poente. Depois, a espinha do dia se parte. Ao pôr do sol, dou grandes suspiros: vivi mais um dia! Trabalho até as duas horas toda madrugada, sem olhar para gente de verdade, luz de verdade. Há dois anos, mandei fazer umas lentes de contato. Joguei elas pela janela! Por quê? Eu via poros no rosto dos outros, no meu rosto. Crateras lunares. Cicatrizes da catapora. Inferno! Veja meus últimos filmes. Não tem gente no sol. *Dama da meia-noite. O longo escuro. Três assassinatos na madrugada. A morte antecede a alvorada.* Agora, criança, e quanto a essa bomba galileia maldita, *Jesus no jardim, César em cima da árvore!*?

Maggie Botwin se remexeu nas sombras, descorçoada, e tirou sua câmera de mão do estojo.

Soltei um pigarro.

— É pra minha narração cobrir todos os buracos no roteiro?

— Cobrir a bunda de César? Sim! — Fritz Wong riu e serviu mais drinques.

Maggie Botwin complementou:

— E estamos mandando você para discutir sobre Judas com Manny Leiber.

— Por quê!!?

— O Leão Judeu — disse Fritz — talvez goste de devorar um batista de Illinois. Talvez ele escute enquanto arranca suas pernas.

Emborquei meu segundo drinque.

— Olha — suspirei. — Isso não é nada mau.

Ouvi um zumbido.

A câmera de Maggie Botwin estava focada para captar meu momento de embriaguez incipiente.

— Você leva sua câmera pra todo lado?

— Sim — ela respondeu. — Em quarenta anos, não houve dia em que não encurralei os ratos no meio dos todo-poderosos. Eles não ousam me demitir. Eu montaria nove horas de patetas desfilando e faria a première no cinema Grauman's Chinese. Curioso? Venha *ver*.

Fritz encheu meu copo.

— Estou pronto para meu close-up. — Bebi.

A câmera zumbiu.

32.

MANNY LEIBER ESTAVA SENTADO na beira da sua mesa, guilhotinando um charutão com um desses cortadores de charuto de ouro da Dunhill de cem dólares. Ele fez uma carranca quando entrei e dei uma volta pelo escritório, analisando os sofás baixos.

— Qual é o problema?

— Estes sofás — falei. — Tão baixos que não dá pra levantar depois. — Sentei. Eu estava a uns trinta centímetros do chão, olhando Manny Leiber de baixo, que assomava como César montado no mundo.

Gemi para me levantar e fui recolher almofadas. Coloquei três, uma em cima da outra, e sentei.

— Que merda você está *fazendo?* — Manny escapuliu da sua mesa.

— Quero olhar você no olho quando eu falo. Odeio forçar o pescoço lá dos porões.

Manny Leiber ficou possesso, mordeu o charuto e subiu de novo na beirada da mesa. — Então? — ele bradou.

Falei:

— Fritz acabou de me mostrar um primeiro corte do filme. Judas Iscariotes não aparece. Quem o matou?

— Como é que é?

— Não se tem Cristo sem Judas. Por que Judas de repente virou o discípulo invisível?

Foi a primeira vez que vi o traseirinho de Manny Leiber se contorcer na mesa com tampo de vidro. Ele chupou o charuto apagado, me encarou e soprou.

— Mandei cortarem Judas! Eu não queria fazer um filme antissemita!

— O quê! — explodi, dando um salto. — O filme vai ser lançado na próxima Páscoa, não vai? Nessa semana, um milhão de batistas vão assistir. Dois milhões de luteranos?

— Claro.

— Dez milhões de católicos?

— Sim!

— *Dois* unitários?

— Dois...?

— E quando todos eles aparecerem cambaleando no Domingo de Páscoa e perguntarem: "*Quem* cortou Judas Iscariotes do filme?", como é que a resposta vai ser: *Manny Leiber*!

Houve um silêncio longo. Manny Leiber jogou longe seu charuto apagado. Me congelando onde eu estava, ele deixou a mão se arrastar até o telefone branco.

Ele discou três dígitos do estúdio, esperou e disse:

— Bill?

Ele respirou fundo.

— ... *recontrate* Judas Iscariotes.

Com ódio, ele me assistiu devolver as três almofadas às três poltronas. — Você só veio falar disso?

— Por enquanto. — Girei a maçaneta.

— O que você ouviu do seu amigo Roy Holdstrom? — ele disse, de repente.

— Achei que você sabia! — falei, depois parei.

Cuidado, pensei.

— O imbecil simplesmente fugiu — falei, depressa. — Tirou tudo do apartamento, saiu da cidade. Um burro. Agora não é amigo meu. Nem ele nem aquela maldita Fera de argila que ele fez.

Manny Leiber me analisou com atenção. — Já vai tarde. Você vai gostar mais de trabalhar com o Wong.

— Claro. Fritz e Jesus.

— O quê?

— Jesus e Fritz.

E saí.

33.

Fᴜɪ ᴄᴀᴍɪɴʜᴀɴᴅᴏ ᴅᴇᴠᴀɢᴀʀ ᴀᴛᴇ́ a casa dos meus avós em algum ponto do passado.

— Tem certeza de que foi o Roy que passou aqui há uma hora? — Crumley perguntou.

— Não sei, inferno. Sim, não, talvez. Não estou coerente. Martínis, no meio do dia, não são pra mim. E também... — Levantei o roteiro. — Tenho que cortar um quilo disso aqui e acrescentar cem gramas. Socorro!

Olhei o bloco que Crumley tinha na mão.

— O que foi?

— Liguei para três agências de autógrafos. Todas conheciam o Clarence...

— Ótimo!

— Nem tanto. Todas disseram a mesma coisa. Paranoico. Não tem sobrenome, telefone ou endereço. Falei para todas que ele estava apavorado. Não de ser assaltado, não. De ser assassinado. *Depois* assaltado. Cinco mil fotos, seis mil autógrafos, seus pés de meia. Vai que ele não reconheceu a Fera na outra noite, mas ficou com medo de que a Fera o reconhecesse, soubesse onde morava e viesse atrás dele.

— Não, não, isso não se encaixa.

— Segundo o pessoal da agência, Clarence seja-lá-do-quê sempre recebia em espécie, pagava em espécie. Nada de cheque, nenhum jeito de rastrear. Nunca fez nada pelo correio. Aparecia, com frequência, para fazer negócio, depois passava semanas sumido. Fim da linha. Fim da linha também no Brown Derby. Eu fui suave e complacente, mas o maître desligou na minha cara. Desculpe, garoto. Ei...

Bem naquele momento, seguindo o cronograma, a falange romana ressurgiu, à distância, em alta velocidade. Com gritos de disposição e soltando pragas, foram chegando mais perto.

Me inclinei loucamente para fora, trancando a respiração.

Crumley falou:

— Essa é a turma que você falou, a que o Roy estava junto?

— Isso.

— Ele está junto *agora*?

— Não consigo *ver*...

Crumley explodiu.

— Cacete, o que diabo esse babaca estúpido tá fazendo dando volta no estúdio, hein? Por que ele não se manda, não foge, cacete?! Por que ele continua aí? Pra morrer?! Ele teve a chance de fugir, mas vai botar você *e* eu em maus lençóis. Por quê!?

— Vingança — falei. — Por todos os assassinatos.

— *Quais* assassinatos?

— De todas as criaturas dele, dos seus amigos mais queridos.

— Porra.

— Me ouça, Crum. Há quanto tempo você tem a sua casa em Venice? Vinte, vinte e cinco anos. Plantou cada cerca viva, cada moita, semeou o gramado, construiu o gazebo de vime nos fundos, botou o equipamento de som, os aspersores, acrescentou o bambu e as orquídeas, os pessegueiros, os limoeiros, os damasqueiros. E se eu invadisse lá uma noite dessas e destruísse tudo, derrubasse as árvores, esmagasse as rosas, queimasse a cabana, jogasse o aparelho de som no meio da rua, o que você ia fazer?

Crumley parou para pensar e seu rosto ficou vermelho-fogo.

— Exatamente — falei baixinho. — Não sei se o Roy vai casar um dia. No momento, os filhos dele, a vida inteira dele foi pisoteada até virar pó. Tudo que ele já amou foi assassinado. De repente ele está aqui agora, solucionando essas mortes, tentando, assim como nós, encontrar a Fera e matá-la. De repente o Roy se foi pra sempre. Mas, se eu fosse o Roy, sim, eu ficaria aqui, me esconderia, e continuaria procurando até enterrar o assassino com os assassinados.

— Meus limoeiros, é? — disse Crumley, olhando para o mar. — Minhas orquídeas, minha floresta tropical? Destruída por alguém? Olha...

A falange passou correndo sob a luz solar tardia e penetrou nas sombras azuladas ao longe.

Não havia nenhum soldado que lembrasse uma garça desengonçada ali no meio.

Os passos e berros esvaneceram.

— Vamos para casa — disse Crumley.

À MEIA-NOITE, UM VENTO repentino soprou pelo jardim africano de Crumley. Todas as árvores da vizinhança se remexeram no sono.

Crumley ficou me analisando. — Eu sinto que vem coisa aí.

E veio.

— O Brown Derby — falei, atordoado. — Meu Deus, por que não pensei nisso antes!? Na noite em que Clarence saiu correndo em pânico. Ele deixou a pasta cair, deixou ela largada na calçada perto da entrada do Brown Derby! Alguém deve ter pegado. Talvez ainda esteja lá, esperando Clarence se acalmar e se atrever a voltar sorrateiro para buscar. O endereço dele *tem* que estar nela.

— Boa pista. — Crumley assentiu. — Vou atrás.

O vento da noite soprou de novo, um suspiro de grande melancolia pelas laranjeiras e limoeiros.

— E...

— E?

— O Brown Derby de novo. O maître não quer conversar *conosco,* mas eu conheço uma pessoa que comia lá toda semana durante anos, quando eu era garoto...

— Ah, Deus — Crumley suspirou. — A Rattigan. Ela vai te devorar vivo.

— Meu amor vai me proteger!

— Meu Deus, bote isso num saco que vamos adubar o vale de San Fernando.

— A amizade protege. Você não ia me machucar, ia?

— Não conte com isso.

— Temos que fazer alguma coisa. O Roy está se escondendo. Se eles, sejam quem forem, encontrarem o Roy, ele morre.

— Você também — disse Crumley —, se você bancar o detetive amador. Está tarde. Meia-noite.

— A hora que Constance acorda.

— Hora da Transilvânia? Que inferno. — Crumley respirou fundo. — Eu te levo?

Um pêssego solitário caiu de uma árvore escondida no jardim. Fez um baque surdo.

— Sim! — falei.

34.

— SE VOCÊ ESTIVER falando fino quando amanhecer — disse Crumley —, não ligue.

E ele foi embora.

A casa de Constance estava, como antes, uma perfeição, um santuário branco feito para brilhar na costa. Todas as portas e janelas estavam abertas. Tocava música dentro da enorme sala de estar toda branca: um bom e velho Benny Goodman.

Caminhei pela praia como havia caminhado mil noites atrás, conferindo o oceano. Ela estava por ali, em algum lugar, apostando corrida com os botos, fazendo eco com as focas.

Olhei para o chão da sala lá dentro, coberto por quatro dúzias de almofadas com cores brilhantes de circo, e as paredes brancas e limpas onde, dos fins de noite à alvorada, os espetáculos de sombra passavam, seus velhos filmes projetados dos anos antes de eu nascer.

Eu me virei porque uma onda, mais pesada que as outras, havia batido na praia...

Para entregar, como se do tapete jogado aos pés de César...

Constance Rattigan.

Ela saiu da onda como uma foca galopante, com o cabelo quase da mesma cor, castanho lustroso e penteado pelo mar, e seu pequeno corpo polvilhado de noz-moscada e embebido em óleo de canela. Cada matiz do outono era dela em pernas ágeis e braços, pulsos e mãos selvagens. Seus olhos eram marrons como os de uma criaturinha alegre, sábia e perversa. Sua boca risonha parecia manchada por suco de nozes. Era uma criaturinha traquinas na rebentação de novembro, saída do mar gelado, mas quente ao toque como castanhas assadas.

— Filho da puta — ela gritou. — Você!

— Filha do Nilo! Você!

Ela se atirou em mim como um cão que quer passar toda a umidade para outra pessoa. Agarrou minhas orelhas, beijou minha testa, nariz e boca, depois se virou em círculo para mostrar todos os lados.

— Estou nua, como sempre.

— Percebi, Constance.

— Você não mudou nada; fica olhando para as minhas sobrancelhas em vez de olhar pros meus peitos.

— Você não mudou. Os peitos parecem firmes.

— Nada mal pra ex-rainha do cinema de 56 anos que nada na madrugada, né? Venha!

Ela correu pela areia. Quando cheguei à sua piscina a céu aberto ela havia trazido queijo, bolachas e champanhe.

— Meu Deus. — Ela sacou a rolha. — Faz cem anos. Mas eu sabia que um dia você ia voltar. Parou de pensar em casamento? Pronto para uma amante?

— Nem. Obrigado.

Bebemos.

— Viu o Crumley nas últimas oito horas?

— Crumley?

— Tá na sua cara. Quem morreu?

— Alguém, vinte anos atrás, na Maximus Films.

— Arbuthnot! — Constance gritou em um lampejo de intuição.

Uma sombra cruzou seu rosto. Ela pegou um roupão, se vestiu, e de repente era muito pequena, uma garotinha virando-se para olhar a praia como se ela não fosse areia e ondas, mas sim os próprios anos.

— Arbuthnot — balbuciou. — Jesus, que beleza! Que criador. — Ela fez uma pausa. — Ainda bem que morreu — complementou.

— Não muito — parei.

Pois Constance tinha dado um rodopio, como se tivesse levado um tiro.

— Não! — ela gritou.

— Não, uma coisa parecida com ele. Uma coisa escorada num muro para me assustar, e agora para assustar você!

Lágrimas de alívio brotaram dos seus olhos. Ela arquejou como se tivesse levado um soco na barriga.

— Maldito seja! Entre — ela disse. — Traga a vodca.

Eu trouxe a vodca e um copo. Vi Constance emborcar duas doses. De repente fiquei sóbrio para sempre, cansado de ver gente beber, cansado de ter medo da noite chegar.

Eu não conseguia pensar em mais nada para dizer, então fui à beira da piscina dela, tirei meus sapatos e meias, enrolei as pernas da calça e enfiei meus pés na água, olhando para baixo, esperando.

Por fim, Constance veio e sentou-se do meu lado.

— Você voltou — falei.

— Desculpe — ela disse. — Memória antiga não morre.

— Pode ter certeza que morre — falei, agora eu olhando para a linha costeira. — No estúdio esta semana, ataques de pânico. Por que todo mundo iria se incomodar tanto com um boneco de cera na chuva que parecia com Arbuthnot?

— Foi *isso* que aconteceu?

Eu contei o resto a ela, como tinha contado a Crumley, terminando com o Brown Derby, e como eu precisava que ela fosse lá comigo. Quando encerrei, Constance, mais pálida ainda, matou mais uma vodca.

— Queria poder saber do que devo ter medo! — falei. — Quem escreveu aquele bilhete para que eu fosse ao cemitério, para que apresentasse um Arbuthnot falso a um mundo na expectativa. Mas eu não contei ao estúdio que tinha encontrado o boneco, então *eles* encontraram e tentaram esconder, quase descontrolados de medo. Será que a memória de Arbuthnot continua tão terrível tanto tempo depois da sua morte?

— Sim. — Constance colocou a mão trêmula sobre meu pulso. — Ah, sim.

— E agora? Chantagem? Alguém vai se corresponder com Manny Leiber e exigir dinheiro ou mais bilhetes vão revelar o passado do estúdio, a vida de Arbuthnot? Revelar o quê? Um rolo de filme perdido, talvez de uns vinte anos atrás, na noite em que Arbuthnot morreu. Um filme da cena do acidente, quem sabe? Que, se for mostrado, ia deixar Constantinopla, Tóquio, Berlim, talvez o pátio cenográfico inteiro em chamas?

— Sim! — A voz de Constance estava longe, em algum outro ano. — Fuja. Agora. Corra. Você já sonhou que um buldogue preto e gigante de duas toneladas aparece no meio da noite e te come vivo? Um amigo meu teve esse sonho. E o buldogue preto e gigante comeu ele. Nós o chamamos de Segunda Guerra Mundial. Ele se foi, para sempre. Não quero que *você* se vá.

— Constance, eu não posso parar. Se o Roy está vivo...

— Você não *sabe* se ele está.

— ... e vou tirar ele de lá e ajudar a ele conseguir o emprego de volta porque é a coisa certa a se fazer. Eu preciso. É muita injustiça.

— Entre na água, negocie com os tubarões, você vai sair com um acordo melhor. Você quer mesmo voltar ao estúdio Maximus depois do que acabou de me dizer? Meu Deus. Sabe qual foi o *último* dia que eu passei lá? A tarde do funeral de Arbuthnot.

Ela deixou aquilo afundar na minha cabeça. Depois jogou a âncora.

— Era o fim do mundo. Eu nunca vi tanta gente doente e às portas da morte num lugar só. Era como assistir à Estátua da

186   *Ray Bradbury*

Liberdade rachar e desabar. Porra. Ele era o monte Rushmore depois de um terremoto. Quarenta vezes maior, mais forte, mais importante do que Cohn, Zanuck, Warner e Thalberg enrolados em um *knish* só. Quando bateram a tampa do caixão naquele túmulo do outro lado do muro, rachaduras correram morro acima até onde a placa de Hollywoodland caiu. Era o Roosevelt, morrendo muito antes da sua morte.

Constance parou, porque conseguia ouvir minha respiração inquieta. Então ela disse:

— Olha só, tem um cérebro na minha cabeça? Sabia que Shakespeare e Cervantes morreram no mesmo dia? Pense! É como se cortassem todas as sequoias do mundo para que o estrondo da derrubada nunca acabasse. A Antártida derrete em lágrimas. Cristo escancara suas feridas. Deus tranca a respiração. As legiões, os fantasmas, os dez milhões de César se erguem, com amazonas ensanguentadas como olhos. Escrevi isso aí quando eu tinha dezesseis anos e era uma imbecil, quando descobri que Julieta e Dom Quixote caíram mortos no mesmo dia, e chorei a noite inteira. Você é a única pessoa que já ouviu essa besteirada. Bom, foi assim quando Arbuthnot morreu. Eu voltei a ter dezesseis e não conseguia parar de chorar nem de escrever porcaria. Lá se foram a lua, os planetas, Sancho Pança, Rocinante e Ofélia. Metade das mulheres no funeral dele eram amantes das antigas. Um fã-clube entre os lençóis, mais as sobrinhas, as primas e as tias doidas. Quando abrimos nossos olhos naquele dia, foi o segundo dilúvio de Johnstown. Jesus, eu não consigo parar. Me contaram que a cadeira de Arbuthnot continua no antigo escritório dele? Alguém sentou nela desde então, com uma bunda grande o suficiente e um cérebro que combina com a bunda?

Pensei no traseiro de Manny Leiber. Constance disse:

— Sabe lá Deus como o estúdio sobreviveu. De repente com um tabuleiro Ouija, com conselhos dos mortos. Não ria. Isso é Hollywood, ler as previsões de Leão-Virgem-Touro, não pisar nas rachaduras entre cada tomada. O estúdio? Vai ter que me levar num *grand tour*. Deixar a vovó cheirar os quatro ventos nas cinquenta e cinco cidades, medir a temperatura dos maníacos no comando, depois vamos pro maître do Brown Derby. Fui pra cama com ele uma vez, há noventa anos. Será que ele vai lembrar da bruxa velha da praia de Venice e nos deixar sentar durante o chá com sua Fera?

— E dizer o quê?

Uma onda comprida rebentou. Uma onda menor farfalhou na praia.

— Eu vou dizer — ela fechou os olhos —, pare de assustar meu filho bastardo honorário que escreve o futuro e ama dinossauros.

— Sim — eu falei —, por favor.

35.

No princípio havia a neblina.

Como a Grande Muralha da China, ela passou sobre a praia e o continente e as montanhas às seis da manhã.

Minhas vozes da manhã se pronunciaram.

Fiquei andando pela sala de Constance, tateando até encontrar meus óculos em algum lugar sob a manada elefântica de travesseiros, mas desisti e saí cambaleando à deriva até achar uma máquina de escrever portátil. Sentei, martelando cegamente as palavras para dar um fim a *Antipas e o Messias*.

E foi, de fato, Um Milagre dos Peixes.

E Simão chamou Pedro quando aportou à praia para encontrar o Espírito ao lado do braseiro e os peixes assados para serem oferecidos como presentes, junto da palavra como livramento para uma ventura final, e os discípulos dispersos pela multidão gentil e a última hora se avizinhando e a Ascensão iminente e as despedidas que perdurariam por mais de dois mil anos para serem lembradas em Marte e despachadas para Alfa Centauri.

E quando as Palavras brotaram da minha máquina eu não consegui vê-las, e as segurei coladas aos olhos úmidos e cegos enquanto Constance golfinhava para fora de uma onda, outro milagre enroupado em carne rara, para ler por sobre meu ombro e dar um chorinho contente-triste e me sacudir como um cachorrinho, feliz com meu triunfo.

Liguei para Fritz.

— Onde você está, inferno! — ele gritou.

— Calado — falei, delicadamente.

E li em voz alta.

E os peixes foram dispostos para assar nos carvões que sopravam ao vento enquanto pirilampos de faísca eram carregados pelas areias e Cristo falou e os discípulos ouviram e quando a alvorada ergueu as pegadas de Cristo, tal qual as faíscas brilhantes, elas foram sopradas das areias e ele havia partido e os discípulos caminharam em todas as direções e o vento soprou os trajetos *deles* e as pegadas *deles* deixaram de existir e um Novo Dia começava de fato quando o filme terminava.

À distância, Fritz estava muito quieto.

Ele enfim cochichou:

— Seu... filho... de... uma... puta.

E depois:

— Quando você *entrega?*

— Daqui a três horas.

— Que seja em *duas* — berrou Fritz —, e eu te beijo nas quatro bochechas. Agora vou lá emascular o Manny e ser mais Herodes que Herodes!

Desliguei e o telefone tocou.

Era Crumley.

— Seu Balzac continua *Honoré?* — ele disse. — Ou você é o grande Hemingway morto como um peixe no píer, toda carne dos ossos já bicada?

— Crum — suspirei.

— Fiz mais ligações. Mas e se a gente conseguir todos os dados que você procura, encontrar o Clarence, identificar o cara do rosto terrível no Brown Derby, como avisamos seu amiguinho albatroz Roy, que parece estar correndo pelo estúdio vestindo togas de segunda mão, como avisamos ele e o arrancamos dessa? Eu uso uma daquelas redes de caçar borboleta tamanho gigante?

— Crum — falei.

— Ok, ok. Tem boas notícias e tem ruins. Fiquei pensando naquela pasta que você me falou que seu velho chapa Clarence deixou cair na frente do Brown Derby. Liguei pro Derby, falei que tinha perdido uma pasta. É claro, sr. Sopwith, disse a moça, está aqui!

Sopwith! Então esse era o sobrenome de Clarence.

— Eu estava com receio, falei, de não ter colocado meu endereço na pasta. Está aqui, disse a moça. Beachwood, 1788? Isso, falei. Já passo aí pra buscar.

— Crumley! Você é um gênio!

— Nem tanto. Estou falando da cabine telefônica do Brown Derby *agora*.

— E? — Senti meu coração pular.

— A pasta sumiu. Alguém teve a mesma ideia brilhante. Alguém chegou aqui antes de mim. A moça me descreveu a pessoa. Não era o Clarence, pelo jeito que você pintou. Quando a moça pediu identificação, o cara simplesmente saiu com a pasta. A moça ficou chateada, mas não muito.

— Ahmeudeus — eu disse. — Quer dizer que *eles* sabem o endereço do Clarence.

— Quer que eu vá lá e conte tudo isso pra ele?

— Não, não. Ele ia ter um ataque cardíaco. Ele tem medo de mim, mas eu vou. Avisá-lo pra se esconder. Jesus, pode acontecer de tudo. Beachwood, 1788?

— Isso mesmo.

— Crum, você é do balacobaco.

— Sempre fui — ele disse —, sempre fui. O estranho é te informar que o pessoal da delegacia lá em Venice está esperando que eu volte ao trabalho uma hora atrás. O legista ligou pra dizer que um cliente dele não vai durar. Enquanto estou no serviço, você ajuda. Quem mais no estúdio pode saber o que precisamos saber? Quer dizer, alguém em quem você possa confiar? Alguém que viveu a história do estúdio?

— Botwin — falei no mesmo instante, e pisquei, surpreso com a minha resposta.

Maggie, com sua câmera em miniatura sibilante, captando o mundo dia a dia, ano a ano, conforme ela bobinava.

— Botwin? — Crumley perguntou. — Vá perguntar. Enquanto isso, campeão...

— Sim?

— Proteja a retaguarda.

— Protegida.

Desliguei e falei:

— Rattigan?

— Já liguei o carro — ela disse. — Está esperando no meio--fio.

36.

Badernamos rumo ao estúdio no fim de tarde. Com três garrafas de champanhe enfiadas no seu conversível, Constance xingava com toda alegria em cada cruzamento, se curvando sobre o volante como aqueles cachorros que amam um vento.

— Sai da frente! — ela berrava.

Fomos rugindo pelo meio do bulevar Larchmont, cruzando a divisa.

— O que — eu berrei — você está *fazendo*?!

— Antes tinha trilhos de bonde dos dois lados da rua. Pelo meio havia uma fileira bem comprida de postes. Harold Lloyd ia pra lá e pra cá, de zigue-zague entre os postes. *Assim!*

Constance deu uma guinada para a esquerda.

— E *assim*! E *assim*!

Guinamos ao redor de meia dúzia de fantasmas de postes há muito retirados, como se perseguidos por um bonde espectral.

— Rattigan — falei.

Ela viu meu rosto sério.

— Avenida Beachwood? — ela disse.

Eram quatro da tarde. A última correspondência do dia estava rumando ao norte pela avenida. Fiz sinal para Constance.

Ela estacionou logo à frente do carteiro, que se arrastava sob o sol ainda quente. Ele me cumprimentou como um colega turista de Iowa, muito alegre, considerando o monte de propaganda lixo que largava em cada porta.

Eu só queria conferir o nome e o endereço de Clarence antes de bater na porta. Mas o carteiro era um tagarela que não parava nunca. Falou de como Clarence caminhava e corria, como era ao redor da boca dele: tremedeira. Orelhas nervosas que se coçavam subindo e descendo o crânio. Os olhos quase totalmente brancos.

O carteiro bateu no meu cotovelo com as cartas, rindo. — Um cabeça de melão, vencido há dez anos! Chega à porta da sua casinha com um desses casacões de lã de camelo, enrolado como Adolphe Menjou em 1927, quando a gente, garotada, corria pelos corredores para mijar e fugir das cenas de *bate-beiço*. *Claro*. O velho Clarence. Uma vez falei *Bu!* e ele bateu a porta. Aposto que toma banho com aquele casaco, tem medo de se ver pelado. Clarence, o Assustadinho? Não bata muito forte...

Mas eu já tinha ido. Fiz uma curva rápida no Villa Vista Courts e fui caminhando até o número 1788.

Não bati à porta. Arranhei os pequenos painéis de vidro com a unha. Havia nove deles. Não tentei em todos. A cortina estava fechada por trás, por isso não consegui olhar dentro. Como não ouvi resposta, bati com o dedo indicador, um pouco mais alto.

Imaginei que tinha ouvido o coração de coelho de Clarence batendo lá dentro, atrás do vidro.

— Clarence! — chamei. E esperei. — Eu sei que você está aí!

Mais uma vez, achei que tinha ouvido sua pulsação acelerada.

— Me liga, cacete! — finalmente gritei. — Antes que seja tarde demais! Você sabe quem é. É o estúdio, porra! Clarence, se *eu* consigo te encontrar, *eles* também conseguem!

Eles? Quem eu quis dizer com "eles"?

Soquei a porta com os dois punhos. Um dos vidros rachou.

— Clarence! A sua pasta! Estava lá no Brown Derby!

Funcionou. Parei de bater porque ouvi um barulho que podia ser um balido ou um gritinho abafado. A tranca retiniu. Outra tranca retiniu e, depois, mais uma.

Finalmente a porta entreabriu, segurada por uma corrente de latão interna.

O rosto assombrado de Clarence me olhou através de um túnel comprido de anos, próximo mas tão distante que quase achei que sua voz ecoava. — Onde? — ele implorou. — *Onde?*

— No Brown Derby — falei, envergonhado. — E alguém a roubou.

— Roubou? — Lágrimas brotaram daqueles olhos. — A minha pasta!? Ah, meu Deus — ele se lamuriou. — Você que fez isso comigo.

— Não, não, me escute...

— Se tentarem arrombar, eu me mato. Eles não podem pegar!

E ele, lacrimoso, olhou por cima do ombro para todos os arquivos de ferro que vi amontoados no fundo, mais as estantes de livros e as paredes cheias de retratos autografados.

Minhas Feras, Roy havia dito no próprio funeral, minhas queridas, minhas amadas.

Minhas beldades, Clarence estava dizendo, minha alma, minha vida!

— Eu não quero morrer — lamentou Clarence, e fechou a porta.

— Clarence! — tentei pela última vez. — Quem são *eles?* Se eu soubesse, podia te salvar! Clarence!

Uma cortina subiu do outro lado da quadra.

Uma porta abriu até a metade em outra casinha.

Tudo que consegui dizer então, exausto, foi, em um quase sussurro:

— Adeus...

Voltei ao conversível. Constance estava sentada lá, olhando para as montanhas de Hollywood Hills, tentando curtir o clima.

CEMITÉRIO DE LUNÁTICOS 195

— O que foi *aquilo*? — ela disse.

— Um doido, o Clarence. E outro, o Roy. — Eu me larguei no assento do passageiro. — Ok, me leve à fábrica de doidos.

Constance nos disparou até o portão do estúdio.

— Deus — Constance suspirou, olhando para cima —, como eu odeio hospital.

— Hospital?!

— Aquelas salas estão cheias de gente sem diagnóstico. Mil bebês foram concebidos ou nasceram nessa pocilga. É uma casinha aconchegante onde os sem espírito ganham transfusões de cobiça. Aquele brasão em cima do portão? Um leão descontrolado com a coluna quebrada. A seguir: um bode cego sem bolas. Depois: Salomão cortando um bebê vivo ao meio. Bem-vindo ao necrotério de Green Glades!

Aquilo fez um riacho de água gelada correr pelo meu pescoço.

Meu cartão nos autorizou no portão da frente. Nada de confete. Nada de banda marcial.

— Você devia ter contado àquele policial quem você era!

— Viu a cara dele? *Nascido* no dia que fugi do estúdio para o meu convento. É só falar "Rattigan" que a trilha sonora morre. Veja!

Ela apontou para os depósitos de filmes enquanto passávamos. — Minha tumba! Vinte latas em uma cripta! Filmes que morreram em Pasadena, despachados de volta com etiquetas nos dedões. É isso!

Brecamos no meio de Green Town, Illinois.

Pulei os degraus da frente e estiquei a mão. — A casa dos meus avós. Bem-vinda!

Constance me deixou conduzi-la pelos degraus e sentou no balanço da varanda, sentindo o movimento.

— Meu Deus — ela suspirou —, faz anos que não subo num desses! Seu filho da puta — ela sussurrou —, o que você está fazendo com essa velha?

— Puxa. Eu não sabia que crocodilos choravam.

Ela me olhou com firmeza.

— Você é uma figura. Você acredita nessas merdas que escreve? Marte em 2001. Illinois em 28?

— Sim.

— Jesus. Que sorte estar na sua pele, com essa ingenuidade maldita. Nunca deixe de ser assim. — Constance agarrou minha mão. — Nós, os apocalípticos, os cínicos, os monstros burros e danados, nós rimos, mas precisamos de vocês. Caso contrário, Merlin morre, ou um carpinteiro que conserta a Távola Redonda serra ela torta, ou o cara que passa óleo na armadura usa mijo de gato. Viva pra sempre. Promete?

Lá dentro, o telefone tocou.

Constance e eu pulamos. Corri para pegar o fone. — Sim? — Fiquei esperando. — Alô?!

Mas ouvia-se apenas o som do vento soprando em um lugar que parecia alto. A pele da minha nuca rastejou pra cima e pra baixo como uma lagarta.

— Roy?

Dentro do telefone, o vento soprou e, em algum lugar, madeira rangeu.

Meus olhos se ergueram até o céu por instinto.

Cem metros de distância. Notre Dame. Com suas torres gêmeas, suas estátuas de santos, suas gárgulas.

Havia vento no alto das torres de catedral. Poeira soprando alta, e uma bandeira vermelha dos operários.

— Essa linha é do estúdio? — perguntei. — Você é quem eu acho que é?

Bem no alto, lá em cima, achei que eu tinha visto uma gárgula... se mexer.

Ah, Roy, pensei. Se for você, esqueça a vingança. Vá embora.

Mas o vento parou e a respiração parou e a linha ficou muda.

Larguei o telefone e fiquei olhando para o alto lá fora, para as torres. Constance se virou e vasculhou as mesmas torres, onde um vento novo lançou hostes de redemoinhos de poeira para baixo e para longe.

— Ok, chega de besteira!

Constance voltou a passos largos até a varanda e levantou o rosto para a Notre Dame.

— O que diabos está *acontecendo* aqui! — ela berrou.

— Shh! — falei.

37.

FRITZ ESTAVA MUITO LONGE, no meio de um tumulto de figurantes, berrando, apontando, batendo o pé. Ele tinha até um chicote de montaria debaixo do braço, mas nunca o vi usar. Câmeras, tinha três delas, que estavam praticamente prontas, e os diretores assistentes reorganizavam os figurantes ao longo da rua estreita que levava a uma praça onde Cristo poderia aparecer em algum momento entre agora e a alvorada. No meio do alvoroço, Fritz viu eu e Constance, recém-chegados, fez sinal pra seu secretário. Ele veio correndo, eu lhe entreguei cinco páginas de roteiro e o secretário voltou correndo pela multidão.

Fiquei assistindo Fritz folhear minha cena, de costas para mim. Vi sua cabeça de repente agachar no pescoço. Levou um longo instante para Fritz se virar e, sem me olhar no olho, pegar um megafone. Ele berrou. Foi silêncio instantâneo.

— Vocês todos parem. Quem puder sentar, sente-se. Os outros, em pé e à vontade. Até amanhã, Cristo terá vindo e ido embora. E é assim que o veremos quando tivermos acabado e formos para casa. Escutem.

E ele leu as páginas da minha última cena, palavra por palavra, página por página, com uma voz tranquila mas clara, e nenhuma cabeça se virou, nenhum pé se mexeu. Eu não acreditava no que estava acontecendo. Todas as minhas palavras sobre o mar da aurora e o milagre dos peixes e o estranho espírito pálido de Cristo na praia e a cama de peixes assando no braseiro, que soprava em faíscas quentes no vento, e os discípulos ali em silêncio, todo ouvidos, de olhos fechados, e o sangue do Salvador, enquanto ele murmurava suas despedidas, caindo devido às feridas em seus pulsos sobre os carvões que assavam a Ceia que veio depois da Última Ceia.

E enfim Fritz Wong disse minhas últimas palavras.

E houve um minimíssimo sussurro da tropa, da multidão, da falange, e no meio deste silêncio Fritz finalmente caminhou pelas pessoas até chegar ao meu lado, momento em que fiquei quase cego de emoção.

Fritz olhou com surpresa para Constance, lhe dirigiu um aceno, e depois parou por um instante e finalmente ergueu a mão, tirou o monóculo do olho, pegou minha mão direita e depositou a lente, como um prêmio, uma medalha, na minha palma. Ele fechou meus dedos sobre ela.

— Depois desta noite — ele falou baixinho — você verá por mim.

Foi uma ordem, um comando, uma bênção.

Então ele saiu pisando duro. Fiquei olhando para ele, seu monóculo apertado no meu punho trêmulo. Quando ele chegou ao centro da multidão em silêncio, agarrou o megafone e berrou:

— Então tá, se *mexam*!

Ele não me olhou mais.

Constance pegou meu braço e me tirou dali.

38.

A CAMINHO DO BROWN Derby, Constance, dirigindo devagar, olhou para as ruas do crepúsculo à sua frente e disse:

— Meu Deus, mas você acredita em tudo, hein? Como? Por quê?

— Simples — falei. — É só não fazer nada que eu odeie ou em que não acredito. Se você me oferecesse um trabalho para escrever, digamos, um filme sobre prostituição ou alcoolismo, eu não ia dar conta. Eu não ia pagar uma prostituta e não entendo os bêbados. Eu faço o que eu amo. No momento, graças a Deus, é Cristo na Galileia durante sua alvorada de despedida e suas pegadas pela praia. Eu sou um cristão periclitante, mas quando encontrei aquela cena em João, ou quando J. C. a encontrou para mim, eu estava perdido. Como que eu *não* ia escrever?

— Pois é. — Constance ficou me encarando, então tive que esquivar minha cabeça e lembrá-la, apontando para a frente, que ela ainda estava no volante.

— Puxa vida, Constance, eu não estou atrás de dinheiro. Se você me oferecesse *Guerra e paz*, eu ia recusar. Tolstói é ruim? Não. Eu só não entendo Tolstói. *Eu* sou o pobre. Mas pelo menos eu *sei* que não consigo fazer o roteiro, porque não estou apaixonado. Você ia perder dinheiro se me contratasse. Fim do sermão. E é aqui — falei, quando passamos batido e tivemos que dar meia-volta — que fica o Brown Derby!

Era uma noite das tranquilas. O Brown Derby estava quase vazio e não havia biombo oriental armado nos fundos.

— Droga — resmunguei.

Pois meus olhos tinham vagado até uma alcova à minha esquerda. Na alcova ficava um cubículo menor com telefone onde eles recebiam as ligações das reservas. Havia uma pequena luminária de leitura acesa sobre um púlpito, no qual, há questão de poucas horas, o álbum de fotos de Clarence Sopwith provavelmente tinha repousado.

Repousando ali, esperando que alguém o roubasse, encontrasse o endereço de Clarence e...

Meu Deus, pensei, *não*!

— Criança — disse Constance —, vamos pegar um drinque pra você!

O maître estava levando a conta aos seus últimos clientes. O olho que tinha na nuca nos analisou e ele se virou. Seu rosto explodiu de alegria quando viu Constance. A luz se apagou quase de instantâneo, porém, quando me viu. Afinal, eu era má notícia. Eu estivera na frente do restaurante na noite em que a Fera foi abordada por Clarence.

O maître sorriu de novo e atravessou a sala para me desconcentrar, e beijou cada um dos dedos de Constance com voracidade. Constance jogou a cabeça para trás e riu.

— Não adianta, Ricardo. Eu vendi meus anéis há anos!

— Você lembra de mim? — ele perguntou, espantado.

— Ricardo Lopez, também conhecido como Sam Kahn?

— Mas, então, *quem* era Constance Rattigan?

— Queimei minha certidão de nascimento quando queimei minhas calcinhas. — Constance me apontou. — Esse é o...

— Eu sei, eu sei. — Lopez me ignorou.

Constance riu de novo, pois ele continuava segurando a mão dela. — Nosso Ricardo aqui era salva-vidas da piscina da MGM.

Cento e vinte meninas se afogavam todo dia para ele fazer respiração boca a boca. Ricardo, nos guie.

Fomos acomodados. Eu não conseguia tirar os olhos da parede do fundo do restaurante. Lopez percebeu isso e deu uma torcida perversa na rolha do vinho.

— Eu era só plateia — falei baixinho.

— Sim, sim — ele resmungou enquanto servia para Constance provar. — Foi aquele outro imbecil.

— O vinho está lindo — Constance bebericou —, como você. — Ricardo Lopez veio abaixo. Uma risada louca quase escapou da sua boca.

— E quem era aquele outro imbecil? — Constance interveio, vendo que estava em vantagem.

— Não foi nada. — Lopez buscou recobrar-se de sua antiga dispepsia. — Gritos e quase golpes. Meu melhor cliente e um pedinte na rua.

Ah, Deus, pensei. Pobre Clarence, implorando por holofotes e fama a vida inteira.

— Seu *melhor* cliente, meu caro Ricardo? — disse Constance, piscando.

Ricardo virou seu olhar para a parede dos fundos, onde repousava o biombo oriental, dobrado.

— Estou arrasado. As lágrimas custam a sair. Tivemos tanto cuidado. Durante anos. Ele sempre chegava tarde. Esperava na cozinha até eu conferir se tinha alguém aqui que ele conhecia. Difícil, não? Afinal, eu não conheço todo mundo que ele conhece, não é? Mas agora, por conta de uma mancada, de uma burrice, de um reles idiota de passagem, meu Ó Grande provavelmente nunca vai voltar. Ele vai encontrar outro restaurante, mais tarde, mais vazio.

— Esse tal de Ó Grande... — Constance empurrou uma taça extra de vinho para Ricardo e fez sinal para que ele a enchesse para si — tem nome?

— Nenhum. — Ricardo serviu, ainda deixando minha taça vazia. — E eu *nunca* perguntei. Ele veio aqui muitos anos, pelo menos uma noite por mês, pagava em espécie pelos melhores pratos, os melhores vinhos. Mas, nesses anos todos, nós trocamos no máximo três dúzias de palavras por noite. Ele lia o cardápio em silêncio, apontava o que queria, por trás do biombo. Depois, ele e sua dama conversavam, bebiam, riam. Se uma dama estivesse com ele, no caso. Damas estranhas. Damas solitárias...

— Cegas — falei.

Lopez me disparou um olhar.

— Talvez. Ou coisa pior.

— O que seria pior?

Lopez olhou seu vinho e a cadeira vazia próxima.

— Sente-se — disse Constance.

Lopez olhou com nervosismo para o restaurante vazio. Por fim, sentou-se, tomou uma prova demorada do vinho e fez um meneio.

— Sofridas, seria a melhor descrição — ele disse. — As mulheres dele. Estranhas. Tristes. *Feridas*? Sim, gente ferida que não conseguia rir. Ele as *fazia* rir. Era como se para curar sua vida silenciosa e terrível tivesse que animar as outras até que alcançassem um tipo peculiar de alegria. Ele provava que a vida era uma piada! Imagine! *Provar* uma coisa dessas. E então as risadas e ele saindo para a noite com sua mulher sem olhos ou sem boca ou sem mente... embora imaginasse que elas conhecessem a alegria... para entrar em táxis numa noite, noutra limusines, sempre de empresas diferentes, tudo pago em espécie, sem crédito, sem identificação, e assim partiam em silêncio. Nunca ouvi nada do que diziam. Se ele olhasse de lado e me visse a cinco metros do biombo: *calamidade*! Minha gorjeta? Uma única moedinha de dez centavos! Na vez seguinte, eu ficava a dez metros. A gorjeta? Duzentos dólares. Ah, enfim. Um brinde ao homem triste.

Uma repentina rajada de vento agitou as portas do restaurante que davam para a rua. Congelamos. As portas se escancararam, se abriram, se acomodaram.

A espinha de Ricardo se enrijeceu. Ele passou os olhos da porta para mim, como se eu fosse responsável pelo vazio e apenas pelo vento noturno.

— Ah, droga, droga, que maldição infernal — ele disse, baixinho. — Ele foi se esconder.

— A Fera?

Ricardo ficou me encarando. — É *assim* que vocês o chamam? Bom... — Constance fez um meneio para minha taça. Ricardo deu de ombros e me serviu mais ou menos dois dedos. — Por que esse aí é tão importante que você o traz aqui para destruir minha vida? Até esta semana, eu era rico.

Constance imediatamente vasculhou a bolsa no seu colo. Sua mão, tal como um rato, rastejou pelo assento do seu lado direito e deixou uma coisinha ali. Ricardo sentiu e balançou a cabeça.

— Ah, não, de você não, cara Constance. Sim, *ele* me fez rico. Mas uma vez, anos atrás, você me fez o homem mais feliz do mundo.

A mão de Constance afagou a dele e os olhos dela cintilaram. Lopez levantou-se e caminhou de volta à cozinha por uns dois minutos. Bebemos nosso vinho e esperamos, observando a porta da frente abrir com o vento e fechar-se com um sussurro na noite. Quando Lopez voltou, ele olhou as mesas e cadeiras vazias à sua volta, como se pudessem criticar seus maus modos ao sentar-se. Com todo cuidado, ele colocou uma pequena foto na nossa frente. Enquanto olhávamos, ele terminou o vinho.

— Foi tirada com uma câmera Land* no ano passado. Um dos nossos auxiliares estúpidos da cozinha queria entreter os amigos, sabe? Duas fotos tiradas em três segundos. Caíram no chão. A Fera, como vocês o chamam, destruiu a câmera, rasgou uma foto, achando que só havia uma, e espancou nosso garçom, que eu demiti na hora. Não cobramos a conta e oferecemos a última garrafa do nosso melhor vinho. Tudo voltou ao equilíbrio. Depois eu encontrei a segunda foto sob uma mesa, para onde

---

* Primeira câmera instantânea da Polaroid, fabricada entre 1948 e 1983, criada por Edwin Land. (N. E.)

tinha sido chutada quando o homem veio rugindo e golpeando. Não é uma grande pena?

Constance estava chorando.

— É *assim* que ele se parece?

— Meu Deus — falei. — Sim.

Ricardo assentiu.

— Muitas vezes eu quis perguntar: *Por que* o senhor vive? O senhor tem pesadelos em que é lindo? Quem é sua mulher? O que faz da vida, e se pode chamar de vida? Nunca perguntei. Eu só olhava para as suas mãos, lhe dava pão, servia vinho. Mas em algumas noites ele me obrigava a olhar no seu rosto. Quando ele dava a gorjeta, esperava que eu erguesse os olhos. Aí ele dava aquele sorriso que parecia um corte de navalha. Vocês já viram essas lutas em que um homem rasga o outro e a pele se abre como uma boca vermelha? A boca dele, do pobre monstro, me agradecendo pelo vinho e erguendo minha gorjeta bem alto para eu ter que ver seus olhos presos naquele rosto que é um abatedouro, ansiando pela liberdade, afundando no desespero.

Ricardo piscou rápido e enfiou a foto no seu bolso.

Constance ficou olhando o lugar na toalha de mesa onde estava a foto. — Vim ver se eu conhecia o homem. Graças a Deus, não foi o caso. Mas a voz? Quem sabe outra noite...?

Ricardo bufou. — Não, não. Está tudo arruinado. Foi aquele fã imbecil da outra noite, lá na frente. A única vez, em anos, um encontro desses. Geralmente, àquela hora da noite, a rua está vazia. Agora eu tenho certeza de que ele não volta. E eu vou voltar a morar em um apartamentinho. Perdoem o egoísmo. É difícil abrir mão de gorjetas de duzentos dólares.

Constance assoou o nariz, levantou-se, agarrou a mão de Lopez e enfiou alguma coisa nela. — Não relute! — ela disse. — Foi um ótimo ano, 28. É hora de eu pagar meu querido gigolô. Fica! — Pois ele estava tentando empurrar o dinheiro de volta. — Quieto!

Ricardo balançou a cabeça e apertou a mão dela contra sua bochecha.

— Foi em La Jolla, com mar e o clima bom?

— Surfando de peito todo dia!

— Ah, sim, os peitos, as ondas cálidas.

Ricardo beijou cada um dos dedos dela.

Constance disse:

— O sabor começa no cotovelo!

Ricardo latiu uma risada. Constance lhe deu um soquinho no queixo e correu. Deixei ela sair porta afora.

Então me virei e olhei para aquela alcova com a pequena luminária, a mesa e o gaveteiro.

Lopez viu para onde eu olhava e fez a mesma coisa.

Mas a pasta de fotos de Clarence havia sumido, no meio da noite, com as pessoas erradas.

Quem vai proteger Clarence agora, fiquei pensando. Quem vai salvá-lo do escuro e mantê-lo, vivo, até o sol nascer?

Eu? O pobre pateta que perdeu para a prima na queda de braço?

Crumley? Será que eu me atrevia a pedir para ele esperar a noite inteira na frente da quadra residencial de Clarence? Para ir gritar na porta de Clarence? Você está perdido! Corra!

Não liguei para Crumley. Não fui gritar na varanda da casa de Clarence Sopwith. Fiz um meneio para Ricardo Lopez e saí na noite. Constance, do lado de fora, estava chorando. — Vamos dar o fora daqui — ela disse.

Ela limpou os olhos com um lenço de seda inadequado. — Maldito Ricardo. Fez eu me sentir velha. E aquela fotografia do inferno, daquele pobre homem desesperançado.

— Sim, aquele rosto — falei, depois acrescentei: — ... Sopwith.

Pois Constance estava no mesmo lugar que Clarence Sopwith estivera há poucas noites.

— Sopwith? — ela perguntou.

39.

Dirigindo, Constance cortou o vento com sua voz:

— A vida é como a roupa de baixo: você devia trocar duas vezes por dia. Esta noite acabou e decidi que vou esquecê-la.

Ela sacudiu as lágrimas dos olhos e olhou de lado para ver elas escorrerem.

— Eu esqueço, simples assim. Lá se vai minha memória. Viu como é fácil?

— Não.

— Você lembra das *mamacitas* no último andar daquele cortiço em que você morava uns anos atrás? Que depois do festerê de sábado à noite elas jogavam os vestidos novinhos pelo terraço para provar como eram ricas, que não estavam nem aí, que amanhã podiam comprar outros? Que grande mentira; soltavam os vestidos e ficavam lá de bunda gorda ou magrela de fora no terraço das três da madrugada, olhando o jardim de vestidos, como pétalas de seda descendo com o vento para os terrenos baldios, as vielas vazias. Sabe?

— Sei!

— Sou eu. Hoje à noite, o Brown Derby, aquele filho da puta, junto com as minhas lágrimas, eu jogo tudo fora.

— Hoje à noite não acabou. Você não pode esquecer aquele rosto. Você reconheceu ou não a Fera?

— Jesus. Estamos à beira da nossa primeira grande briga peso pesado. Nem vem.

— Você o reconheceu *ou não*?

— Ele não era reconhecível.

— Ele tinha olhos. Olhos não mudam.

— Nem vem! — ela gritou.

— Ok — resmunguei. — Não vou.

— Pronto. — Mais lágrimas escorreram como pequenos cometas. — Eu te amo de novo. — Ela sorriu um sorriso soprado pelo vento, seu cabelo emaranhando e desemaranhando na corrente de ar que nos envolvia em um fluxo gelado sobre o para-brisa.

Todos os ossos do meu corpo vieram abaixo com aquele sorriso. Meu Deus, eu pensei, ela sempre venceu, todos os dias, toda a vida, com essa boca e esses dentes e esses grandes olhos se fingindo de inocentes?

— Sim! — Constance riu, lendo minha mente. — E olhe — ela disse.

Ela freou na frente dos portões do estúdio.Ergueu o olhar por um instante.

— Ah, Deus — ela disse enfim. — Isso não é um hospital. É onde as grandes ideias elefantes vêm para morrer. Um cemitério de lunáticos.

— Isso é do outro lado do muro, Constance.

— Não. Você morre primeiro *aqui* e depois morre *lá*. Entre essas... — Ela agarrou as laterais do crânio como se ele fosse sair voando. — Loucura. Não entre ali, garoto.

— Por quê?

Constance levantou-se devagar para ficar mais alta que o volante e berrar ofensas contra o portão que ainda não estava aberto e contra as janelas da noite lacradas e contra os muros brancos que não estavam nem aí.

— Primeiro, eles te levam à loucura. Depois que te deixam pirada, eles te perseguem por ser a tagarela do meio-dia, a histérica do pôr do sol. O lobisomem sem presas ao nascer da lua.

"Quando você alcança o momento preciso da insanidade, eles te demitem e espalham que você é insensata, que não coopera, que não tem imaginação. Papel higiênico, impresso com o seu nome, é enviado para cada estúdio, de forma que os grandes possam entoar suas iniciais conforme ascendem ao trono papal.

"Quando você morre, eles te sacodem pra te acordar e te matar de novo. Depois penduram sua carcaça em Bad Rock, no O. K. Corral ou em Versalhes, no pátio cenográfico 10, fazem picles de você num pote como um embrião falso em um filmezinho B de circo de horrores, te compram uma cripta barata no vizinho, entalham seu nome, escrito errado, na lápide, choram como crocodilos. Depois, a inglória final: Ninguém lembra do seu nome em todos os filmes que você fez nos anos bons. Quem lembra dos roteiristas de *Rebecca, a mulher inesquecível*? Quem lembra de quem escreveu *E o vento levou*? Quem ajudou Welles a virar Kane? Pergunte a qualquer um na rua. Porra, eles não sabem nem quem foi presidente durante o governo Hoover.

"E aí está. Esquecido no dia seguinte à exibição prévia. Com medo de sair de casa entre os filmes. Quem já ouviu falar de um roteirista de cinema que visitou Paris, Roma ou Londres? Todos cagados de medo de viajar, de que os magnatas esqueçam que eles existem. Esquecer, cacete, eles nunca *souberam* que esses caras existem. Contrate o fulaninho. Me chame o sicraninho. O nome acima do título? O produtor? Claro. O diretor? Talvez. Lembre-se que é *Os dez mandamentos* de DeMille, não de Moisés. Mas *O grande Gatsby* de F. Scott Fitzgerald? Pode ir fumar no sanitário. Pode aspirar tudo com esse seu nariz cheio de úlcera. Quer seu nome em letra garrafal? Mate o amante da sua esposa, caia da escadaria com o corpo dele. Como eu falei, essas são as centelhas, a telona. Lembre-se que você é o espaço em branco entre cada clique do projetor. Já percebeu todas aquelas varas de salto com vara nos fundos do estúdio? São para ajudar os que pulam alto a chegar à pedreira. Os imbecis loucos os contratam e despedem aos montes. Dá pra pegar esses aí, porque *eles* amam os filmes, *nós* não. É o que nos dá poder. Leve eles pra beber, depois pegue a garrafa, contrate o rabecão, pegue uma pá emprestada. Maximus Films, como eu disse. Um cemitério. E, ah sim, dos lunáticos."

Com o discurso encerrado, Constance continuou de pé como se os muros do estúdio fossem um tsunami prestes a rebentar.

— Não entre ali — ela finalizou.

Houve aplausos silenciosos.

O policial noturno, atrás do portão de ferro fundido em estilo espanhol, sorria e batia palmas.

— Vou ficar ali só mais um tempinho, Constance — falei. — Mais um mês ou algo assim, e depois vou para o Sul terminar meu romance.

— Posso ir junto? Mais uma viagem a Mexicali, Calexico, o sul de San Diego, quase até Hermosillo, tomando banho nua ao luar, rá, não, *você* com um calçãozinho esfarrapado.

— Como eu queria. Mas sou eu e Peg, Constance, Peg e eu.

— Ah, sim, que merda. Me beije.

Hesitei, então ela me deu um tapa que podia esvaziar toda a caixa d'água de um prédio e fazer o frio ficar quente.

O portão se abriu.

Dois lunáticos à meia-noite, entramos.

QUANDO PARAMOS PERTO DA grande praça cheia de soldados e comerciantes em movimento, Fritz Wong se aproximou aos saltos.

— Maldição! Tudo pronto para a sua cena. Aquele unitário batista bêbado desapareceu. Sabe onde esse filho da puta se esconde?

— Você chamou a Aimee Semple McPherson?

— Ela morreu!

— Ou os metodistas. Ou os universalistas de Manly P. Hall. Ou...

— Meu Deus — Fritz rugiu. — É meia-noite! Esses lugares estão todos fechados.

212 *Ray Bradbury*

— Conferiu no Calvário? — perguntei. — Ele anda por *lá*.

— O Calvário! — Fritz saiu em fúria. — Confiram o *Calvário*! Getsêmani! — Fritz implorou às estrelas. — Meu Deus, por que este Manischewitz envenenado? Alguém! Aluguem dois milhões de gafanhotos para a praga de amanhã!

Os diversos assistentes correram para todos os lados. Também comecei a correr, quando Constance agarrou meu cotovelo.

Meus olhos passaram pela fachada da Notre Dame.

Constance viu onde eu estava olhando.

— Não suba lá — ela cochichou.

— Um lugar perfeito para J. C.

— Lá em cima é tudo fachada e não tem fundo. Se tropeça numa coisa, você cai como aquelas pedras que o corcunda jogava na multidão.

— Aquilo era um filme, Constance!

— E você acha que isso é *real*?

Constance tremeu. Eu tinha saudade da velha Rattigan que ria o tempo todo. — Acabei de ver uma coisa, no alto da torre do sino.

— Talvez seja o J. C. — falei. — Enquanto os outros estão saqueando o Calvário, quem sabe eu não dou uma olhada?

— Achei que você tivesse medo de altura...

Observei as sombras subirem pela fachada da Notre Dame.

— Imbecil. Vá em frente. Tire Jesus lá de cima — Constance balbuciou — antes que ele vire uma gárgula. Salve Jesus.

— Ele está salvo!

A trinta metros, olhei para trás. Constance já estava aquecendo as mãos em uma lareira dos legionários romanos.

40.

Fiquei esperando na frente da Notre Dame, com medo de duas coisas: de entrar e de subir. Então me virei, chocado, para farejar o ar. Respirei mais fundo e deixei sair. — Nossa! Incenso! E fumaça de velas! Alguém esteve... J. C.?

Passei pela entrada e parei.

Em algum ponto no alto da estrutura, um grande volume se mexeu.

Apertei os olhos para olhar por entre as ripas das lonas, entre as fachadas de compensado, entre as sombras das gárgulas, tentando ver se alguma coisa se mexia lá em cima no escuro da catedral.

Fiquei pensando: quem acendeu o incenso? Há quanto tempo o vento apagou as velas?

O pó se filtrava em poeira fina na atmosfera alta.

J. C.? pensei. Se você cair, quem vai salvar o Salvador?

Silêncio respondeu meu silêncio.

Então...

O covarde número um de Deus teve que se içar, degrau por degrau da escada, subindo pelas trevas, temendo que a qualquer momento os grandes sinos trovejassem e me tirassem o equilíbrio. Espremi bem os olhos e escalei.

No alto da Notre Dame, parei por um longo instante, agarrando minhas mãos conforme minha pulsação, lamentando pra caramba estar lá em cima e querendo descer, onde as grandes massas de romanos, bem iluminados e cheios de cerveja, avançavam pelos becos para sorrir com Rattigan, a rainha visitante.

Se eu morrer agora, pensei, nenhum deles vai ouvir.

— J. C. — chamei, baixinho, nas sombras.

Silêncio.

Dei a volta em uma tábua comprida de compensado. Tinha alguém ali na luz das estrelas, uma forma apagadiça, sentada com as pernas caídas sobre a fachada esculpida da catedral, exatamente onde o sineiro deformado havia sentado uma vida atrás.

A Fera.

Ele estava olhando para a cidade, para o milhão de luzes que se espalhava por seiscentos quilômetros quadrados.

Como você chegou aqui, fiquei pensando. Como você passou pelo guarda do portão ou, não, o quê?, por cima do muro! Sim. Uma escada e o muro do cemitério!

Ouvi um golpe com um martelo de bola. Ouvi um corpo ser arrastado. Uma tampa de porta-malas batida. Um fósforo aceso. Um incinerador rugiu.

Engoli meu suspiro. A Fera se virou para me olhar.

Tropecei e quase caí da beira da catedral. Agarrei uma das gárgulas.

Naquele momento, a Fera ficou de pé num salto.

Sua mão agarrou a minha.

Por uma só respiração, oscilamos na borda da catedral. Li os olhos dele, com medo de mim. Ele leu os meus, com medo dele.

Então ele puxou a mão de volta, como se a tivesse queimado com a surpresa. Recuou com pressa e ficamos semiagachados.

Olhei seu rosto temido, os olhos em pânico, para sempre aprisionados, a boca ferida, e pensei:

Por quê? Por que você não me soltou? Nem me *empurrou*? *Você* é que está com o martelo, não é? Você que veio encontrar e detonar a terrível cabeça de argila do Roy? Ninguém que não você ficaria tão louco! Por que você me salvou? Por que eu *vivo*?

Não haveria resposta. Alguma coisa fez barulho lá embaixo. Alguém estava subindo a escada.

A Fera soltou um sussurro grande e arfado:

— Não!

E saiu correndo pelo terraço. Seus pés batiam nas tábuas soltas. A poeira explodiu pelas trevas da catedral lá embaixo.

Mais sons de gente subindo. Me mexi para seguir a Fera na escada distante. Ele olhou para trás uma última vez. Os olhos dele! O quê? O que tinham os olhos dele?

Eram diferentes e iguais, apavorados e receptivos, em um instante focados, no outro confusos. Sua mão balançou no ar trevoso. Por um instante achei que ele fosse chamar, gritar, berrar comigo. Mas só um estranho suspiro sufocado saiu dos seus lábios. Então ouvi seus pés descerem degrau por degrau até sair do mundo irreal de cima para o mundo muito mais irreal de baixo.

Acompanhei aos tropeços. Meus pés remexeram a poeira e o gesso, que fluía como areia escorrendo por uma ampulheta gigante até se empilhar, bem abaixo, perto da fonte do batistério. As tábuas sob meus pés sacudiam e balançavam. Um vento bateu todas as lonas da catedral à minha volta numa grande migração de asas, e eu estava na escada e descendo aos tropeços, a cada tropeço um grito de alarme ou um xingamento preso nos dentes. Meu Deus, pensei, eu e ele, aquela coisa, na escada, fugindo do *quê*?

Ergui o olhar e vi as gárgulas perdidas da vista e eu estava sozinho, caindo nas trevas, pensando: E se ele esperar por mim, lá embaixo?

Congelei. Olhei para baixo.

Se eu cair, pensei, vou levar um ano para chegar ao chão. Eu só conhecia um santo. Seu nome brotou dos meus lábios: *Crumley*!

Se segure, disse Crumley, muito longe. Respire fundo seis vezes.

Inspirei fundo, mas o ar se recusou a sair da minha boca. Sufocado, olhei para as luzes de Los Angeles espalhadas por um leito de seiscentos quilômetros de lâmpadas dos postes e trânsito, aquele monte de gente multitudinária e linda, e ninguém aqui para me ajudar a descer, e as luzes! Rua a rua, as luzes!

Lá longe, na orla do mundo, achei ter visto uma longa onda escura chegar a uma costa intocável.

Surfando de peito, Constance cochichou.

Foi o gatilho. Segui aos trancos para baixo sem parar, de olhos fechados, sem mais espiadas no abismo, até chegar e ficar de pé, esperando ser agarrado e destruído pela Fera, as mãos esticadas para matar, não salvar.

Mas não havia Fera. Apenas a pia batismal vazia, guardando meio litro de poeira da catedral, mais as velas apagadas e o incenso perdido.

Olhei pela última vez através da fachada pela metade da Notre Dame. Quem quer que estivesse escalando havia chegado ao topo.

A meio continente dali, uma multidão no monte do Calvário se soltou como numa partida de futebol americano no sábado à tarde.

J. C., pensei. Se você não está aqui, onde está?

41.

QUEM QUER QUE TIVESSE sido enviado para vasculhar o Calvário não vasculhou muito bem. A pessoa tinha ido e vindo e o morro continuava vazio à luz das estrelas. Um vento soprava a areia, fazendo ela rodear as bases das três cruzes que, dada sua presença, pareciam ter brotado ali muito antes de construírem o estúdio em volta.

Corri até o pé da cruz. Não consegui ver nada lá do alto, era noite escura. Havia apenas lampejos espasmódicos de luz ao longe, lá onde Antipas governava, Fritz Wong delirava e os romanos marchavam numa grande nuvem de cerveja que ia dos Prédios de Maquiagem à Praça do Tribunal.

Toquei a cruz, balancei e chamei, às cegas:

— J. C.!

Silêncio.

Tentei de novo, com a voz trêmula.

Um minúsculo amaranto-do-deserto passou rodando e sussurrando.

— J. C.! — quase berrei.

E finalmente uma voz desceu do céu.

— Não há ninguém com este nome nesta rua, neste morro, *nesta* cruz — a voz balbuciou, triste.

— Seja você quem for, maldito, *desça!*

Fiquei tateando atrás de degraus, com medo do escuro à minha volta.

— Como você *subiu* aí?

— Tem uma escada e eu não estou pregado. Eu me seguro nos pinos e tem um descansinho para os pés. Aqui em cima é bem pacífico. Às vezes eu fico nove horas jejuando pelos meus pecados.

— J. C. — falei para cima. — Eu não posso ficar. Estou com medo! O que você está fazendo?

— Lembrando de todos os palheiros e penas de galinha em que rolei — disse a voz de J. C., no céu. — Está vendo as penas caindo como flocos de neve? Quando saio daqui eu vou à confissão *todo* dia! Tenho dez mil mulheres para tirar das costas. Dou as medidas exatas, tanto de traseiro, busto, gemido e virilha, até que o padre bota as mãos nas axilas ensopadas! Se não posso escalar uma meia-calça de seda, pelo menos elevo tanto o batimento cardíaco do clérigo que ele abre o colarinho da batina. Enfim, aqui estou, no alto, longe do perigo. Assistindo à noite que me assiste.

— Ela também me assiste, J. C. Eu tenho medo do escuro nos becos e acabei de passar na Notre Dame.

— Não chegue perto de lá — disse J. C., de repente mais ardoroso.

— Por quê? Você viu as torres hoje à noite? Viu alguma coisa?

— Não chegue perto de lá. Só isso. Não é seguro.

Eu sei, pensei. Falei, olhando em volta rápido:

— O que mais você vê, J. C., de noite ou de dia, lá de cima?

J. C. olhou rapidamente para as sombras.

— O que — sua voz era baixa — teria para se ver em um estúdio vazio, tarde da noite?

— Muita coisa!

— Sim! — J. C. virou sua cabeça do sul para o norte e voltou.
— *Muita coisa!*

— Na noite do Dia das Bruxas — mergulhei no assunto —, por acaso você não viu — fiz um meneio para o norte, a uns cinquenta metros dali — uma escada no alto daquele muro? E um homem tentando subir?

J. C. olhou para o muro. — Estava chovendo naquela noite.

— J. C. ergueu o rosto ao céu para sentir a tempestade. — Quem seria doido de subir ali numa tempestade?

— Você.

— Não — disse J. C. — Eu nem estou aqui *agora!*

Ele esticou os braços, agarrou as traves da cruz, curvou a cabeça para a frente e fechou os olhos.

— J. C. — chamei. — Estão esperando você no set número 7!

— Que esperem.

— Jesus chegava na hora, cacete! O mundo chamou. E Ele chegou!

— Você não acredita nessa tapeação, acredita?

— Acredito! — Fiquei pasmo com a veemência com que eu explodi, que foi dos membros dele até a cabeça coroada com espinhos.

— Imbecil.

— Não, não sou!

Tentei pensar no que Fritz diria se estivesse aqui, mas só havia eu, então falei:

— *Nós* chegamos, J. C. Nós, seres humanos, pobres e burros. Mas se fomos nós ou se foi Cristo chegando, dá no mesmo. O mundo, ou Deus, precisava de nós, para ver o mundo, e conhecê-lo. Então chegamos! Mas acabamos nos confundindo, esquecemos como éramos incríveis, e não conseguimos nos perdoar por tanta bagunça. Então Cristo chegou, depois de nós, para dizer aquilo que já devíamos saber: *perdoem*. Sigam no trabalho. Então a chegada de Cristo é apenas *nós*, tudo de novo. E continuamos chegando por dois mil anos, cada vez mais de nós, geralmente precisando perdoar a nós mesmos. Eu ficaria congelado para sempre se não conseguisse me perdoar por tanta coisa burra que fiz na vida. No momento, você está no alto de uma árvore, se odiando, e então fica pregado numa cruz porque é um ator vagabundo, miolo mole, teimoso, frustrado consigo mesmo. Desça logo daí antes que eu suba para morder seus tornozelos encardidos!

O som que se seguiu lembrou uma tropa de focas latindo à noite. J. C., com a cabeça jogada para trás, sugou o ar para recarregar a risada.

— Que belo discurso para um covarde!

— Não tenha medo de mim, senhor! Tenha cuidado consigo, Jesus do Santo Cristo!

Senti um pingo de chuva, só um, tocar minha bochecha.

Não. Toquei na bochecha, provei a ponta do dedo. Era sal.

J. C., do alto, curvou-se, olhando para baixo.

— Meu Deus. — Ele estava atordoado. — Você *se importa*!

— Pode ter certeza. E se *eu* for embora, Fritz Wong vai vir aqui e vai vir com o chicote!

— Não tenho medo da chegada dele. Só de *você* partir.

— Pois *então*! Desça. Por *mim*!

— *Você*!? — ele exclamou, suave.

— Você está no alto. No set número 7, o que se vê?

— Fogo, eu acho. Isso.

— É o braseiro, J. C. — Me estiquei para tocar a base da cruz e falar mais suavemente, para a voz subir toda a sua extensão e alcançar aquela figura com a cabeça erguida. — E a noite quase no fim e o barco chegando à praia depois do milagre dos peixes, e Simão chamou Pedro andando pela areia com Tomé, e chamou Marcos e Lucas e todos os outros ao braseiro, onde os peixes assavam. A...

— ...Ceia depois da Última Ceia — J. C. balbuciou, do alto das constelações de outono. Eu via o ombro de Órion sobre o ombro dele. — Você *conseguiu*!?

Ele se remexeu. Dei continuidade com a voz baixa:

— Consegui *mais*! Agora eu tenho um fim de verdade, para você, que nunca foi filmado. A Ascensão.

— Não tem como fazer — J. C. balbuciou.

— Me escute.

E eu falei:

— Quando chega a hora do Partir, Cristo toca cada um dos seus discípulos. Depois sai caminhando pela praia, tomando distância da câmera. Se você deixar a câmera na areia, no chão, parece que ele está escalando a colina, bem devagar. E, quando o sol nasce, e Cristo toma o rumo do horizonte, a areia queima na ilusão. Como estradas ou desertos, onde o ar se dissolve em miragens, cidades imaginárias erguem-se e caem. Bom, quando Cristo está quase no topo de uma duna, o ar vibra com o calor. Sua forma se desfaz em átomos. E Cristo se foi. As pegadas que deixou na areia são sopradas pelo vento. Eis a sua segunda Ascensão após a Ceia depois da Última Ceia. Os discípulos choram e se dispersam por todas as cidades do mundo, para pregar o perdão do pecado. E quando o novo dia começa, são as pegadas *deles* que o vento da alvorada sopra. THE END.

Aguardei, ouvindo minha própria respiração e coração.

J. C. esperou também. Finalmente falou, maravilhado, com a voz doce:

— Eu vou descer.

42.

HAVIA UM VASTO CLARÃO vindo do set ao ar livre logo à frente, onde os figurantes, a cama de peixes assando no braseiro e Fritz Louco aguardavam.

Uma mulher estava na entrada do beco quando J. C. e eu chegamos. Sua silhueta era recortada contra a luz, apenas uma forma escura.

Ao nos ver, ela correu para a frente, mas parou quando viu J. C.

— Levada da breca! — disse J. C. — É a tal da Rattigan!

Os olhos de Constance passaram de J. C. para mim e voltaram, quase insanos.

— O que eu faço agora? — ela perguntou.

— O que...

— Foi uma noite tão doida. Chorando uma hora atrás por causa de uma foto horrível, e agora... — ela ficou olhando para J. C. e seus olhos escorreram. — Eu quis te conhecer a vida inteira. E aqui está você.

O peso das palavras fez ela cair de joelhos, devagar.

— Abençoa-me, Jesus — ela sussurrou.

J. C. recuou como se convocasse os mortos de suas mortalhas. — Levanta-te, mulher! — ele bradou.

— Abençoa-me, Jesus — Constance disse. E depois, quase falando para si: — Ó Senhor, voltei a ter sete anos e estou no meu vestido da primeira comunhão, é Domingo de Páscoa e o mundo é bom e daqui a pouco vai ficar ruim.

— Levanta-te, jovem mulher — J. C. disse, mais baixo.

Mas ela não se mexeu e fechou os olhos, no aguardo.

Os lábios dela fizeram pantomima: Abençoa-me.

E por fim, J. C. esticou a mão, devagar, forçado a aceitar e aceitando com toda delicadeza botar a mão no alto da cabeça dela. A pressão leve fez mais lágrimas saírem dos olhos de Constance, e sua boca tremeu. Suas mãos se projetaram para cima para segurar e manter o toque dele na cabeça dela por mais um instante.

— Criança — J. C. falou baixinho —, foste abençoada.

E olhando para Constance Rattigan ali, ajoelhada, eu pensei: Ah, as ironias deste mundo perdido. A culpa católica somada às extravagâncias de ator.

Constance se levantou e, de olhos ainda meio fechados, virou-se para a luz e caminhou até o braseiro reluzente, à espera.

Só nos restou ir atrás.

Uma multidão se reuniu. Todos os figurantes que tinham aparecido nas outras cenas do início daquela noite, mais os executivos do estúdio e os parasitas. Conforme nos aproximamos, Constance afastou-se com a graça de alguém que havia acabado de perder vinte quilos. Fiquei pensando por quanto tempo ela ia continuar sendo uma garotinha.

Mas agora eu via, entrando na luz, do outro lado daquele set a céu aberto, além do fosso do braseiro, Manny Leiber, o doutor Phillips e Groc. Seus olhos estavam tão firmes em mim que fiquei para trás, com medo de assumir o crédito por ter encontrado o Messias, salvado o Salvador e podado o orçamento da noite.

Os olhos de Manny estavam carregados de dúvida e desconfiança. Os do doutor, de veneno fervilhante. Os de Groc, de conhaque do bom. Talvez eles tivessem vindo ver o Cristo e eu assando no espeto. De qualquer modo, enquanto J. C. chegava mais perto da beira do fosso flamejante, Fritz, recuperando-se de um piti recente, piscou feito um míope ao vê-lo e berrou:

— Já era hora. Estávamos prestes a cancelar o churrasco. Monóculo!

Ninguém se mexeu. Todos olharam em volta.

— Monóculo! — Fritz falou de novo.

E me dei conta de que ele queria o empréstimo da lente que havia me entregado com tanta grandiosidade há questão de horas.

Saltei à frente, plantei a lente na palma da sua mão aberta, e dei um salto para trás conforme ele a enfiava no olho como se fosse munição. Fritz disparou um olhar para J. C. e soltou todo o ar dos pulmões.

— Vocês chamam isso de Cristo? Está mais para Matusalém. Enfiem uma tonelada de base cor trinta e três e um anzol para puxar a papada. Meu Jesus Cristinho, é hora da pausa do jantar. Mais fracassos, mais atrasos. Como você ousa aparecer tão tarde! Quem diabos você pensa que é?

— Cristo — J. C. falou com a devida modéstia. — E nunca se esqueça.

— Tirem ele daqui! Maquiagem! Pausa para o jantar! Voltamos em uma hora! — Fritz berrou, e praticamente jogou sua lente, a minha medalha, de volta nas minhas mãos, para ficar fitando as brasas incandescentes com amargura, como se fosse pular e ser incinerado.

E, nesse tempo todo, a matilha de lobos continuava do outro lado do braseiro. Manny contando os dólares que perdia conforme cada instante caía feito nevascas de cédulas prontas pro fogo. O bom Doutor coçando o bisturi dentro dos bolsos. O cosmetólogo de Lenin com seu sorriso permanente de Conrad Veidt entalhado na pele de melão fina e pálida perto do queixo. Mas agora o olhar deles tinha se desviado de mim para se fixar, com terrível e inescapável julgamento e condenação, em J. C.

Era como um pelotão de assassinos disparando uma fuzilaria infinita.

J. C. balançava e oscilava como se atingido.

Os assistentes de maquiagem de Groc estavam prestes a tirar J. C. dali quando...

Aconteceu.

Houve um leve sibilar quando algo que parecia um único pingo de chuva atingiu o braseiro ardente.

Todos olhamos para baixo e então para cima...

Para J. C., cujas mãos estavam esticadas sobre as brasas. Ele analisava os próprios pulsos, muito curioso.

Os pulsos estavam sangrando.

— Ahmeudeus — Constance disse. — *Façam* alguma coisa!

— O quê? — Fritz berrou.

J. C. falou com calma: — Filme a cena.

— Não, cacete! — Fritz berrou. — João Batista sem a cabeça parecia melhor do que você!

— Então — J. C. fez um meneio para o outro lado do set, onde estavam Stanislau Groc e o doutor Phillips, como o alegre Mr. Punch e o sinistro Apocalipse —, então — disse J. C. —, deixem eles me costurarem e enrolarem em ataduras até estarmos prontos.

— Como você *faz* isso? — Constance estava olhando para os pulsos dele.

— Vem com o texto.

— Vá ser útil — J. C. me disse.

— E leve essa mulher junto — Fritz ordenou. — Eu não conheço ela!

— Conhece, sim — Constance disse. — Laguna Beach, 4 de julho de 1926.

— Foi em outro país, outra época. — Fritz bateu uma porta invisível.

— Sim. — Constance fez uma pausa. O bolo desandou no fogão. — Sim, foi.

O doutor Phillips chegou ao pulso esquerdo de J. C., Groc chegou ao direito.

J. C. não olhava para eles: fixou o olhar na neblina alta no céu.

228 *Ray Bradbury*

Então virou seus pulsos e os esticou para que pudessem ver sua vida pingando dos estigmas frescos.

— Cuidado — ele disse.

Saí da luz. Uma garotinha me seguiu, virando mulher pelo caminho.

43.

— AONDE VAMOS? — Constance perguntou.

— Eu? Voltar no tempo. E eu sei quem cuida da Moviola* e faz isso acontecer. Você? Bem aqui, café e rosquinha. Sente-se. Eu já volto.

— Se eu não estiver aqui — disse Constance, sentando-se numa mesa de piquenique dos figurantes do lado de fora, com uma rosquinha em punho. —, me procure no ginásio masculino.

Segui sozinho, no escuro. Estava ficando sem ter lugares para ir, lugares onde procurar. Agora eu seguia para um lugar no estúdio onde nunca havia estado. Lá ficavam outros tempos. Lá se escondia o fantasma dos filmes de Arbuthnot e talvez eu mesmo, garoto, vagando pelos territórios do estúdio ao meio-dia.

Continuei caminhando.

E de repente desejei não ter deixado para trás o que restava da risada de Constance Rattigan.

Tarde da noite, um estúdio de cinema fala sozinho. Se você anda pelas vielas escuras, passando os prédios onde as salas de edição nos andares de cima sussurram e balem e rugem e

---

* Aparelho (e nome da marca) que permite a um montador ver o filme enquanto edita. Inventada por Iwan Serrurier em 1924.

fofocam, comendo petiscos até duas ou três ou quatro da manhã, você ouve bigas correndo no ar, ou areia soprando pelo deserto assombrado de Beau Geste, ou o trânsito atravessando a Champs--Élysées toda buzinas francesas e gritos pejorativos, ou o Niágara se derramando das torres do estúdio nos depósitos de filmes, ou Barney Oldfield, em sua última corrida, acelerando o carro em Indianápolis aos gritos de multidões sem rosto, enquanto, mais à frente, conforme você caminha no escuro, alguém solta os cães da guerra e você ouve as feridas de César se abrirem como botões de rosa em seu manto, ou Churchill buldogueando nas ondas do rádio enquanto o Cão de Caça uiva sobre os pântanos e o povo da noite que trabalha nessas horas das sombras porque prefere a companhia de Moviolas e telas de vaga-lume piscando e amantes em close-up ao povo encalhado no meio-dia, atordoado pela realidade além-muros. É uma colisão, muito após a meia-noite, de vozes enterradas e músicas perdidas, captadas em uma nuvem do tempo entre prédios, lançada de portas ou janelas abertas bem no alto, enquanto as sombras dos montadores-cortadores pairam nos tetos pálidos, curvados sobre os encantos. É apenas à alvorada que as vozes se aquietam e as músicas cessam, conforme os sorridentes-com-as-facas partem para casa para evitar o primeiro trânsito dos realistas que chegam às seis da manhã. É apenas ao pôr do sol que as vozes vão recomeçar e as músicas vão se elevar em batidas suaves ou em tumulto, conforme a luz de pirilampo das telas da Moviola lava os rostos dos observadores, dando ignição em seus olhos e incitando as navalhas nos seus dedos em riste.

Era por um beco destes prédios, sons e músicas que eu corria agora, perseguido por nada, olhando para cima, enquanto Hitler delirava no leste e um exército russo cantava aos ventos suaves das altas horas da noite no oeste.

Parei de supetão e fiquei olhando... a sala de edição de Maggie Botwin. A porta estava aberta.

Berrei:

— Maggie!

Silêncio.

Subi as escadas na direção da luz piscante de vaga-lume e da tagarelice gaguejada da Moviola enquanto as sombras piscavam no teto alto.

Fiquei um longo instante parado na noite, fitando o único lugar nesse mundo todo onde a vida era fatiada, montada, depois despedaçada de novo. Onde você ficava refazendo a vida até acertar. Espiando a pequena tela da Moviola, você liga o motorzinho externo e acelera com um estalo feroz quando o filme vai passando pela abertura, congela, delineia e segue. Depois de ficar metade do dia olhando a Moviola, naquele escuro subterrâneo, talvez você acredite que, quando sair para a vida em si, ela vai se remontar, desistir das inconsistências bobas e prometer se comportar. Rodar uma Moviola por algumas horas é um incentivo ao otimismo, pois você pode fazer reprises das suas estupidezes e cortar as pernas delas fora. Mas a tentação, depois de certo tempo, é de nunca mais sair à luz do dia.

E agora, à porta de Maggie Botwin, com a noite atrás de mim e sua caverna gelada a me esperar, eu assisti a esta mulher incrível curvada sobre sua máquina como uma costureira costurando remendos de luzes e sombras enquanto o filme escorria pelos seus dedos finos.

Arranhei sua porta de tela.

Maggie ergueu o olhar de seu poço dos desejos brilhante, fez uma careta para tentar enxergar do outro lado da tela, depois deu um grito de alegria.

— Puta merda! É a primeira vez em quarenta anos que um roteirista aparece aqui. Você poderia pensar que esses patetas teriam curiosidade de saber como eu corto o cabelo ou a bainha das calças deles. Espere aí!

Ela destravou a tela e me puxou para dentro. Como um sonâmbulo, andei até a Moviola e pisquei.

Maggie me testou. — Lembra dele?

— Erich von Stroheim — falei, ofegante. — O filme que foi feito aqui em 21. Perdido.

— Eu encontrei!

— O estúdio sabe?

— Aqueles *f.d.p.s*? Não! Nunca deram valor ao que *tinham*!

— Você tem o filme inteiro?

— Aham! O Museu de Arte Moderna que vai pegar quando eu cair dura. Olha só!

Maggie Botwin tocou um projetor acoplado à sua Moviola para lançar imagens na parede. Von Stroheim caminhava, sacudindo-se e pavoneando-se junto aos lambris.

Maggie cortou Von Stroheim e se preparou para colocar outro rolo.

Enquanto fazia isso, de repente me curvei para a frente e vi uma latinha de filme verde, diferente das outras, jogada no balcão entre mais duas dúzias de latas.

Não havia etiqueta impressa, só um desenho em tinta sumi na frente de um minúsculo dinossaurinho.

Maggie percebeu meu olhar. — O que foi?

— Há quanto tempo você está com esse filme?

— Quer pra você? Foi o teste que seu chapa Roy largou aqui há três dias para revelar.

— Você deu uma olhada?

— Você não deu? O estúdio está doido pra demitir o Roy. O que aconteceu? Ninguém disse. Só tem trinta segundos nessa lata. Mas é o melhor meio minuto que eu já vi. De bater *Drácula* e *Frankenstein*. Mas, poxa, o que que *eu* entendo dessas coisas?

Minha pulsação subiu, sacudindo a lata de película enquanto a enfiava no bolso do casaco.

— Um doce, esse Roy. — Maggie passou uma película nova pela Moviola. — Me dê uma escova que engraxo os sapatos dele. Agora. Quer ver a única cópia *intacta* de *Lírio partido*? As cenas deletadas de *O circo*? O rolo censurado de *Haroldo encrencado*, com o Harold Lloyd? Nossa, tem muito mais. Eu...

Maggie Botwin parou, embriagada com seu passado de cinema e minha atenção plena.

— É, acho que dá pra confiar em você. — E ela parou. — Olha eu, a tagarela. Você não veio aqui para ouvir uma galinha velha botar ovos de quarenta anos de idade. Como é que pode você ser o único roteirista que já subiu essa escada?

Arbuthnot, Clarence, Roy e a Fera, pensei, mas não podia dizer.

— O gato comeu sua língua? Eu espero. Onde eu parei? Ah, sim!

Maggie Botwin abriu a porta de correr de um armário de parede gigante. Havia pelo menos quarenta latas de filme empilhadas em cinco prateleiras, com títulos pintados nas beiradas.

Ela enfiou uma lata nas minhas mãos. Olhei algumas letras gigantes, que diziam: *Jovens loucos*.

— Não! Olhe as letrinhas *pequenas* no rótulo *minúsculo* do lado *plano* — disse Maggie.

— *Intolerância!*

— A minha versão, *sem cortes* — Maggie Botwin disse, rindo. — Eu ajudei o Griffith. Cortaram muita coisa boa. Eu, sozinha, botei de volta o que faltava. Essa é a única versão completa de *Intolerância* que ainda existe! E está *aqui!*

Gargalhando como uma menina na sua festa de aniversário, Maggie arrancou lá de cima e colocou na mesa: *Órfãs da tempestade* e *Vampiros da meia-noite*.

— Fui assistente nesses filmes, ou me chamaram para inserir pequenas refilmagens. Nos fins de noite eu revelava as cenas cortadas só pra mim! Tá pronto? Olhe!

Ela enfiou uma lata com o nome *Ouro e maldição* nas minhas mãos.

— Nem o Von Stroheim tem essa versão de vinte horas!

— Por que os outros editores nunca pensaram em fazer a mesma coisa?

— Porque são umas galinhas e eu sou o cuco — Maggie Botwin se gabou. — No ano que vem, despacho essas latas pro museu, com uma carta de transferência por cessão. Certeza que os estúdios vão abrir processo. Mas daqui a quarenta anos os filmes vão estar a salvo.

Fiquei sentado no escuro, atônito, conforme um rolo atrás do outro passava por mim.

— Meu Deus — eu ficava dizendo. — Como você foi mais esperta que todos esses filhos da puta?

— Fácil! — disse Maggie, com a honestidade cristalina de um general abrindo o jogo com a tropa. — Eles ferraram diretores, roteiristas, todo mundo. Mas precisavam de *uma* pessoa com a pá de catar merda para limpar a casa depois que pisavam num chão de primeira. Então eles nunca tocaram um mindinho sequer em mim enquanto botavam o sonho de todo mundo no lixo. Eles acharam que amor já era suficiente. E, nossa, *como* eles amaram. O Mayer, os Warner, o Goldfish/Goldwyn comiam e dormiam filme. Não era suficiente. Eu argumentei com eles; discuti, briguei, bati porta. Eles correram atrás, sabendo que eu amava mais do que eles. Perdi tantas batalhas quanto ganhei, então resolvi que ia ganhar *todas*. Uma a uma, guardei as cenas perdidas. Não tudo. A maioria dos filmes deveria ganhar prêmios de caixa de areia. Mas, cinco ou seis vezes por ano, um roteirista escrevia ou um Lubitsch dava seu *toque*, e eu escondia aquilo. Aí, com o passar dos anos eu...

— Você salvou obras-primas!

Maggie riu. — Corta a hipérbole. São só filmes decentes, alguns engraçados, alguns de molhar o lencinho. E agora estão todos aqui. Você está cercado por eles — Maggie falou baixinho.

Deixei a presença deles me impregnar, senti seus "fantasmas" e engoli fundo.

— Pode rodar a Moviola — falei. — Eu não quero ir pra casa nunca mais.

— Ok. — Maggie abriu mais portas de correr acima da sua cabeça. — Tá com fome? Coma!

Olhei e vi:

A marcha dos tempos, 21 de junho de 1933.

A marcha dos tempos, 20 de junho de 1930.

A marcha dos tempos, 4 de julho de 1930.

— Não — eu falei.

Maggie parou no meio de um gesto.

— Não teve *A marcha dos tempos* em 1930 — falei.

— Na mosca! O garoto é um perito!

— Esses rolos não são da *Marcha* — complementei. — São pra disfarçar. O quê?

— Meus próprios filminhos caseiros, que filmei com minha câmera oito milímetros, ampliei pra trinta e cinco e escondi em latas de *A marcha dos tempos.*

Tentei não ir com tanta sede ao pote. — Então você tem toda a história do estúdio em película?

— Em 1923, 1927, 1930, o que você quiser! F. Scott Fitzgerald bêbado na cantina. G. B. Shaw no dia em que ele virou a grande estrela do lugar. Lon Chaney no prédio de maquiagem na noite em que mostrou pros irmãos Westmore como trocar de rosto! Morreu um mês depois. Um homem maravilhoso, caloroso. William Faulkner, um roteirista bêbado, mas muito educado e triste, aquele pobre f.d.p. Filmes antigos. História antiga. Pode escolher!

Meus olhos percorreram tudo e pararam. Ouvi o ar esguichar pelas minhas narinas.

Quinze de outubro de 1934. Duas semanas antes de Arbuthnot, o chefe do estúdio, ser morto.

— Este.

Maggie hesitou, puxou, enfiou o rolo na Moviola e ligou a máquina.

Ficamos olhando a entrada da Maximus Films em uma tarde de outubro de 1934. As portas estavam fechadas, mas dava para ver sombras dentro do vidro. Aí as portas se abriram e duas ou três pessoas saíram. No meio havia um homem alto, corpulento, rindo, de olhos fechados, a cabeça virada para o céu, os ombros tremendo de felicidade. Seus olhos eram duas fendas, de tão feliz. Ele puxou fundo o ar, quase seu último fôlego de vida.

— Conhece? — Maggie perguntou.

Olhei fundo naquela caverninha meio escura e meio iluminada na terra.

CEMITÉRIO DE LUNÁTICOS 237

— Arbuthnot.

Toquei no vidro como alguém toca numa bola de cristal, sem ler o futuro, apenas passados com a cor desbotada.

— Arbuthnot. Morreu no mesmo mês em que você filmou isso.

Maggie rebobinou e recomeçou. Os três homens saíram rindo de novo e Arbuthnot acabou fazendo caretas para a câmera dela naquele meio-dia há muito esquecido e incrivelmente feliz.

Maggie viu alguma coisa no meu rosto. — Então? Bota pra fora.

— Eu o vi nesta semana — falei.

— Tá doido. Andou fumando cigarrinho de artista?

Maggie passou mais três frames pela abertura. Arbuthnot ergueu a cabeça mais alto na direção do céu prestes a chover.

E agora Arbuthnot estava chamando e acenando para alguém que não se via.

Arrisquei.

— No cemitério, na noite do Dia das Bruxas, tinha um espantalho numa armação de arame e papel machê com o rosto dele.

Agora o Duesenberg de Arbuthnot estava no meio-fio. Ele apertou a mão de Manny e Groc, prometendo aos dois anos de felicidade. Maggie não olhava pra mim, só para as imagens escuras-claras escuras-claras pulando corda ali embaixo.

— Não acredite em nada no Dia das Bruxas.

— Teve outros que viram. Alguns saíram correndo de medo. Manny e outros estão desviando de minas terrestres há dias.

— Tá doido de novo — Maggie bufou. — Qual é a novidade? Você deve ter notado que eu fico na sala de projeção ou aqui em cima, onde o ar é tão rarefeito que o nariz deles sangra quando sobem. Por isso que eu gosto do Fritz maluquete. Ele filma até a meia-noite, eu edito até o amanhecer. Depois hibernamos. Quando o longo inverno termina, todo dia às cinco, nós levantamos sincronizados com o pôr do sol. Você deve ter notado que, um ou dois dias por semana, fazemos nossa peregrinação para almoçar na cantina só pra provar ao Manny Leiber que estamos vivos.

— É ele mesmo quem manda no estúdio?

— E quem mais?

— Sei lá. Eu tive uma sensação estranha no escritório do Manny. A mobília parece sem uso. A mesa está sempre limpa. Tem um telefone branco gigante no meio, e uma cadeira atrás dela que tem duas vezes o tamanho da bunda do Manny Leiber. Ele ia parecer o Charlie McCarthy se sentasse.

— Ele parece mesmo um empregado, né? É o telefone, eu acho. Todo mundo pensa que os filmes são feitos em Hollywood. Não, não. Aquele telefone tem linha direta com Nova York e com os aranhas. A teia deles atravessa o país e prende as mosquinhas aqui. Os aranhas nunca vêm pro oeste. Eles têm medo de que a gente veja que são todos pigmeus, da altura do Adolph Zukor.

— O problema é que... — falei. — *Eu* estava no pé da escada, no cemitério, com aquele manequim, boneco, o que for, na chuva.

A mão de Maggie Botwin deu um puxão na manivela. Arbuthnot acenou rápido demais do outro lado da rua. A câmera fez uma panorâmica para pegar: as criaturas de outro mundo, a multidão despenteada de colecionadores de autógrafo. A câmera rondando seus rostos.

— Só um minuto! — eu gritei. — *Ali!*

Maggie girou mais dois frames para mostrar o close em um garoto, treze anos, de patins.

Toquei na imagem, um toque amoroso, estranho.

— Não pode ser você — Maggie Botwin disse.

— Euzinho, na velha versão desajeitada e atarracada.

Maggie Botwin deixou os olhos correrem para mim por um instante e depois voltarem vinte anos no tempo até uma tarde de outubro com ameaça de chuva.

Lá estava o bobo de todos os bobos, o doido de todos os doidos, o maluco de todos os malucos, que nunca se equilibrava nos patins, condenado a cair no trânsito que fosse, incluindo o das mulheres pedestres que passavam.

Ela girou a manivela para trás. Arbuthnot voltou a acenar para mim, sem eu ser visto, em uma tarde de outono.

— Arbuthnot — ela falou baixinho — e você... quase juntos?

— O homem na escada na chuva? Ah, sim.

Maggie deu um suspiro e girou a manivela da Moviola. Arbuthnot entrou no carro e saiu dirigindo rumo a um acidente apenas poucas semanas depois.

Fiquei assistindo o carro andar, como meu eu mais novo do outro lado da rua, naquele ano, deve ter assistido.

— Repita comigo — Maggie Botwin falou baixinho. — Não tinha ninguém no alto de escada, não tinha chuva e você nunca esteve lá.

— ... nunca estive lá — balbuciei.

Os olhos de Maggie se estreitaram. — Quem é o nerdzinho engraçado do seu lado, com esse sobretudo de lã de camelo, cabelo todo louco e o álbum de fotos gigante nos braços?

— Clarence — falei, e acrescentei: — Imagino, neste momento, esta noite se... ele ainda está vivo?

O telefone tocou.

Era Fritz nos últimos estágios de histeria.

— Chegue aqui. Os estigmas de J. C. continuam abertos. Temos que terminar antes que ele sangre até a morte!

Fomos de carro ao set.

J. C. estava esperando na beira do grande fosso do braseiro. Quando me viu, fechou os lindos olhos, sorriu e me mostrou os pulsos.

— Esse sangue parece de verdade! — Maggie gritou.

— Dá pra dizer praticamente isso — falei.

Groc havia assumido a função de rebocar o rosto do Messias. J. C. ficou trinta anos mais novo quando Groc deu uma última batidinha com a esponja de maquiagem em suas pálpebras fechadas e recuou para sorrir diante de sua obra-prima, triunfante.

Olhei o rosto de J. C., sereno perto das brasas da fogueira, enquanto um xarope escuro escorregava lentamente dos pulsos até as palmas. Loucura!, pensei. Ele vai morrer gravando!

Mas pra manter o filme dentro do orçamento? Por que não? A multidão estava se reunindo de novo e o doutor Phillips tomou a dianteira para conferir o derramamento sagrado e assentir um sim para Manny. Ainda havia vida nestes membros sagrados, ainda tinham seiva: Pode rodar!

— Pronto? — Fritz berrou.

Groc deu um passo para trás no vento das brasas, entre duas figurantes de virgens vestais. O doutor parou como um lobo sobre as patas traseiras, com a língua nos dentes, seus olhos fervilhando, pululando de um lado a outro.

O Doutor?, pensei. Ou Groc? Eles que são os verdadeiros chefes do estúdio? Eles que se sentam na cadeira do Manny?

Manny ficou olhando o braseiro, ansioso para caminhar sobre ele e se provar o Rei.

J. C. estava sozinho entre nós, distante dentro de si, seu rosto de uma palidez tão linda que abriu uma fenda no meu peito. Seus lábios finos se mexeram, memorizando as lindas palavras que João me deu para dar a ele para pregar naquela noite.

Assim que ia falar, J. C. ergueu seu olhar pelas cidades do mundo do estúdio e pela fachada da Notre Dame, para o ápice das torres. Olhei com ele, depois virei rápido para ver:

Groc paralisado, seus olhos na catedral. O doutor Phillips a mesma coisa. E Manny entre os dois, passando sua atenção de um para o outro, depois para J. C. e, por fim, para onde alguns de nós olhávamos, lá em cima, entre as gárgulas…

Onde nada se mexia.

Ou teria J. C. visto um movimento oculto? Um sinal dado?

J. C. viu algo. Os outros perceberam. Eu vi apenas luz e sombra na fachada de mármore falso.

A Fera continuava lá? Será que ela via o fosso com os carvões em brasa? Será que ouviria as palavras de Cristo e seria convencida a vir e contar o que havia acontecido na semana passada e acalmar nossos corações?

— Silêncio! — Fritz berrou.

Silêncio.

— Ação — Fritz sussurrou.

E, por fim, às cinco e meia da manhã, nos últimos minutos antes da alvorada, filmamos a Última Ceia antes da Última Ceia.

44.

As BRASAS FORAM ABANADAS, os peixes assentados, e quando a primeira luz se ergueu sobre Los Angeles vinda do leste, J. C. abriu lentamente os olhos com um olhar de tamanha compaixão que paralisaria suas amantes e seus traidores e lhes daria sustento enquanto ele escondia suas feridas e caminhava por uma praia que ia ser filmada, alguns dias depois, em alguma outra parte da Califórnia. E o sol se levantou, e a cena foi finalizada sem falhas, e não havia um olho que não estivesse marejado naquele set ao ar livre, apenas silêncio por um longo instante no qual J. C. finalmente se virou e, com lágrimas nos olhos, bradou:

— Ninguém vai gritar *corta!*?

— Corta — disse Fritz Wong, baixinho.

— Você acabou de ganhar um inimigo — Maggie Botwin disse, ao meu lado.

Dei uma olhada pelo set. Manny Leiber estava lá me encarando. Então ele se virou rapidamente e foi embora.

— Cuidado — disse Maggie. — Você cometeu três erros em quarenta e oito horas. Recontratou Judas. Resolveu o final do filme. Encontrou J. C., trouxe ele de volta ao set. Imperdoável.

— Meu Deus — suspirei.

J. C. saiu andando pela multidão de figurantes, sem aguardar elogios. Eu o alcancei.

— Aonde vai? — falei baixinho.

— *Descansar um pouco* — ele disse igualmente em voz baixa. Olhei seus pulsos. O sangramento havia parado.

Quando chegamos a uma encruzilhada do estúdio, J. C. pegou minhas mãos e olhou para algum ponto do pátio cenográfico.

— Júnior…?

— Sim?

— Aquela coisa que conversamos? A chuva? E o homem na escada?

— Sim!?

— Eu o vi — disse J. C.

— Meu Deus, J. C.! Então como que é que ele se *parecia*? O que…

— Shh! — ele acrescentou, o indicador nos lábios serenos.

E voltou ao Calvário.

Constance me levou de volta para casa pouco depois do amanhecer.

Não parecia haver carros estranhos com espiões aguardando dentro deles na minha rua.

Constance fez questão de se jogar em cima de mim na porta da frente.

— Constance! Os vizinhos!

— Vizinhos o meu rabo! — Ela me deu um beijo tão forte que meu relógio parou. — Aposto que sua esposa não beija assim!

— Eu teria morrido há seis *meses*!

— Se segure onde importa enquanto eu bato a porta!

Agarrei e segurei. Ela bateu a porta e foi embora. Quase no mesmo instante fui tomado pela solidão. Era como se o Natal tivesse ido embora para sempre.

Na minha cama, pensei: J. C., maldito! Por que não me falou mais?

E então: Clarence! Me espere!

Eu vou voltar!

Última tentativa!

45.

AO MEIO-DIA, FUI à avenida Beachwood.

Clarence não tinha esperado.

Eu soube disso quando forcei a porta semiaberta da sua casinha na quadra residencial. Nevascas de papel rasgado, livros amassados e fotos picotadas estavam empilhados contra a porta, tal como o massacre do Galpão 13, onde os dinossauros de Roy haviam sido chutados e pisoteados até virar escombros.

— Clarence?

Empurrei mais a porta.

Era o pesadelo de um geólogo.

Havia uma camada de cartas com trinta centímetros de espessura, bilhetes assinados por Robert Taylor e Bessie Love e Ann Harding que iam até 1935, ou antes. Este era o estrato superior.

Mais abaixo, espalhadas em um cobertor brilhoso, havia milhares de fotografias que Clarence tinha tirado de Al Jolson, John Garfield, Lowell Sherman e madame Schumann-Heink. Dez mil rostos me olharam. A maioria estava morta.

Debaixo de outras camadas havia livros de autógrafos, historiografias do cinema, cartazes de trocentos filmes, começando com Bronco Billy Anderson e Chaplin e bulindo por todos aqueles anos em que o buquê de lírios conhecido como as irmãs Gish empalideciam a tela para fazer o coração imigrante chorar. E, por fim, abaixo de *Kong, O mundo perdido, Ridi, pagliacci!* e sob todas as aranhas-rainhas, dançarinas com pé de talco e cidades perdidas, eu vi:

Um sapato.

O sapato pertencia a um pé. O pé, torcido, pertencia a um tornozelo. O tornozelo levava a uma perna. E assim ia subindo por um corpo até eu ver um rosto de histeria terminal. Clarence, jogado e arquivado entre cem mil caligrafias, afogado em enchentes de folhetos ancestrais e paixões ilustradas que podiam tê-lo esmagado e afogado, caso já não estivesse morto.

Pela sua expressão, devia ter morrido de parada cardíaca, o reconhecimento mais simples da morte. Seus olhos estavam abertos como num flash de fotografia, sua boca escancarada e congelada: *O que você está fazendo com minha gravata, minha garganta, meu coração?! Quem é você?*

Eu havia lido em algum lugar que, ao morrer, a retina da vítima fotografa seu assassino. Se aquela retina pudesse ser arrancada e molhada em emulsão, o rosto do matador erguer-se-ia das trevas.

Os olhos insanos de Clarence imploravam que alguém os arrancasse. O rosto de seu aniquilador estava congelado em cada um deles.

Fiquei parado na enchente de lixo, olhando. Era demais! Cada arquivo havia sido remexido, centenas de fotos mastigadas. Cartazes arrancados das paredes, estantes de livros explodidas. Os bolsos de Clarence haviam sido arrancados. Nunca um ladrão havia recorrido a tanta brutalidade.

Clarence, que temia ser morto no trânsito e por isso esperava nos semáforos até o trânsito ficar absolutamente parado para que seus parceiros de verdade, seus queridos álbuns de rostos, pudessem atravessar com segurança.

Clarence.

Dei um giro, torcendo loucamente para encontrar uma única pista para guardar para Crumley.

As gavetas da mesa de Clarence haviam sido arrancadas e o seu conteúdo estripado.

Restavam algumas fotos nas paredes. Meus olhos rodaram e se fixaram em uma.

Jesus Cristo no pátio cenográfico do Calvário.

Estava assinada: "Para Clarence, PAZ do primeiro e único J. C.".

Arranquei da moldura e enfiei no bolso.

Me virei para correr, coração acelerado, quando vi uma última coisa. Peguei.

Uma caixa de fósforos do Brown Derby.

Mais alguma coisa?

Eu, disse Clarence, todo gelado. *Me* ajude.

Ah, Clarence, pensei. Se eu pudesse!

Meu coração estrondou. Com medo de que alguém ouvisse, saí pela porta.

Corri para longe daquela casa geminada.

Não! Parei.

Se virem você correndo, foi *você*! Caminhe devagar, fique calmo. Passe mal. Tentei, mas só senti ânsia e uma memória antiga ressurgindo.

Uma explosão. 1929.

Perto da minha casa, um homem lançado de seu carro batido, berrando: "Eu não quero morrer!".

E eu na varanda da frente, com a minha tia, esmagando minha cabeça contra seu peito para não ouvir.

Ou quando eu tinha quinze anos. Um carro que bateu em um poste e pessoas explodindo contra muros, hidrantes, um quebra-cabeça de corpos despedaçados e carne esparramada...

Ou...

Os destroços de um carro queimado, com um corpo carbonizado sentado de forma grotescamente reta atrás do volante, calmo na sua máscara de carvão, as mãos que lembravam figos murchos derretidas no volante...

Ou...

De repente fui sufocado por livros e fotografias e cartões autografados.

Caminhei às cegas até um muro e fiquei tateando por uma rua vazia, agradecendo a Deus pelo vazio, até que encontrei o que pensei ser uma cabine telefônica e passei dois minutos revirando os bolsos atrás de uma moeda que estava ali o tempo todo. Enfiei na abertura, disquei.

Foi enquanto eu estava discando para Crumley que chegaram os homens com as vassouras. Havia dois furgões do estúdio e um Lincoln detonado que passaram a caminho da avenida Beachwood. Eles viraram na esquina que levava à casa de Clarence. Só a visão deles me fez afundar como uma sanfona dentro da cabine. O homem no Lincoln detonado podia ser o doutor Phillips, mas eu estava tão ocupado em me esconder, caindo de joelhos, que não soube dizer.

— Deixa eu adivinhar — disse a voz de Crumley na linha. — Alguém morreu *mesmo*?

— Como você *sabia*?

— Se acalme. Quando eu chegar aí vai ser tarde demais, toda a evidência destruída? Onde você está? — Eu contei. — Tem um pub irlandês descendo a quadra. Sente-se lá. Não quero você na rua se as coisas estiverem tão ruins quanto está dizendo. Você está bem?

— Estou morrendo.

— Não! Sem você, como eu ia preencher meus dias?

Meia hora depois, Crumley me encontrou meio pra dentro da porta do pub irlandês e me observou com aquele olhar de desespero profundo e afeto paterno que ia e vinha pelo rosto como nuvens numa paisagem de verão.

— Então — ele resmungou —, cadê o corpo?

Na quadra residencial, encontramos a porta da casinha de Clarence entreaberta, como se alguém houvesse deixado destrancada de propósito.

Empurramos.

E paramos no meio da residência de Clarence.

Mas não estava vazia, estripada como haviam feito com o canto do Roy.

Todos os livros estavam nas estantes, o chão estava vazio, não havia cartas rasgadas. Até as fotos emolduradas, a maioria, estavam de volta nas paredes.

— Ok — suspirou Crumley. — Cadê todo o lixaredo de que você falou?

— Espere.

Abri uma gaveta de um arquivo com quatro camadas. Havia fotos, detonadas e rasgadas, enfiadas ali.

Abri seis arquivos para mostrar a Crumley que eu não estivera sonhando.

As cartas pisoteadas haviam sido enfiadas em cada um deles.

Faltava só uma coisa.

Clarence.

Crumley me olhou.

— Não! — eu disse. — Ele estava caído bem aí onde você está.

Crumley passou por cima do corpo invisível. Ele vasculhou os outros arquivos, como eu havia feito, para ver os cartões rasgados, as fotos marteladas e surradas, escondidas longe da vista. Ele soltou um suspiro com o peso de uma bigorna e sacudiu a cabeça.

— Um dia — ele disse — você vai tropeçar em algo que faz sentido. Não tem corpo, então o que *eu* posso fazer? Como sabemos que ele não saiu de férias?

— Ele nunca vai voltar.

— Quem disse? Você quer passar na delegacia mais próxima e registrar queixa? Eles vão vir olhar as coisas rasgadas nos arquivos, dar de ombros, dizer que tem um doido a menos no velho hospício de Hollywood, avisar o senhorio e…

— O senhorio? — disse uma voz atrás de nós.

Tinha um velho parado à porta.

— Cadê o Clarence? — ele perguntou.

Falei rápido. Comecei a delirar, a divagar, e descrevi tudo o que aconteceu em 1934 e 1935 e eu patinando por aí, perseguido por um W. C. Fields maníaco de bengala e ganhando um beijo de Jean Harlow na bochecha na frente do restaurante Vendome. Com aquele beijo, os rolamentos pularam fora dos meus patins. Fui para casa mancando, cego para o trânsito, surdo para meus colegas de escola.

— Tudo bem, tudo bem, já entendi! — O velho ficou olhando ao redor do recinto. — Vocês não têm pinta de gatunos. Mas o Clarence vive como se uma multidão de ladrões de foto estivesse prestes a estuprar ele. Então...

Crumley lhe entregou seu cartão. O velho piscou para o papel e agarrou os dentes falsos com as gengivas.

— Não quero problemas aqui! — ele resmungou.

— Não se preocupe. Clarence nos ligou e estava com medo. Por isso viemos.

Crumley olhou em volta.

— Mande o Sopwith me ligar. Ok?

O velho espremeu os olhos para ver o cartão. — Polícia de *Venice*? Quando eles vão fazer a limpeza?

— O quê?

— Os canais? O lixo. Os canais!

Crumley me levou para fora.

— Eu vou conferir.

— Conferir o quê? — o velho se perguntou.

— Os canais — disse Crumley. — O lixo.

— Ah, sim — disse o velho.

E fomos embora.

46.

PARAMOS NA CALÇADA OBSERVANDO a casinha na quadra residencial como se ela fosse repentinamente descer por uma rampa, tal como um navio entrando no mar.

Crumley não olhou para mim.

— A boa e velha relação assimétrica. Você está acabado porque *viu* um corpo. Eu, porque *não vi*. Porcaria. Imagino que podíamos esperar até o Clarence voltar?

— Morto?

— Quer fazer um boletim de ocorrência, denunciar desaparecimento? O que você tem pra se basear?

— Duas coisas. Alguém pisoteou os bichos em miniatura do Roy e destruiu sua escultura de argila. Outra pessoa foi lá e fez faxina na bagunça. Alguém assustou ou estrangulou Clarence até a morte. *Outra* pessoa fez a faxina. Então, dois grupos ou dois indivíduos: o que destrói tudo; o que traz as caixas, as vassouras e os aspiradores. No momento, tudo que consigo supor é que a Fera pulou o muro, chutou as coisas do Roy até a morte por conta própria, depois foi embora, deixando tudo para ser encontrado, faxinado ou escondido. A mesma coisa aqui. A Fera desceu do topo da Notre Dame...

— Desceu?

— Eu vi ela cara a cara.

Pela primeira vez, Crumley ficou um tanto pálido.

— Você vai se matar, seu maldito. Mantenha distância de lugar alto. Aliás, devíamos ficar aqui à luz do dia, batendo boca? E se esse pessoal da faxina volta?

— Certo. — Comecei a me mexer.

— Quer carona?

— É só uma quadra até o estúdio.

— Estou indo ao centro para ver o arquivo morto do jornal. Deve ter alguma coisa lá sobre Arbuthnot e 1934 que a gente não sabe. Quer que eu procure o Clarence no caminho?

— Ah, Crum — falei, me virando. — Você sabe e eu sei que agora ele já virou cinzas e que já queimaram as cinzas. E como é que a gente entra no incinerador do pátio cenográfico pra sacudir esses resíduos? Estou a caminho do Jardim de Getsêmani.

— É seguro?

— Mais seguro que o Calvário.

— Fique por lá. Ligue para mim.

— Você vai me ouvir do outro lado da cidade — falei —, sem telefone.

47.

Mas, antes, passei no Calvário.

Não havia ninguém nas três cruzes.

— J. C. — sussurrei, tocando sua foto dobrada no meu bolso. De repente me dei conta que uma presença suntuosa vinha me seguindo há algum tempo.

Olhei em volta quando o veleiro-nevoeiro de Manny, seu Rolls-Royce cinza-sombra de velório chinês, apareceu atrás de mim. Ouvi a porta traseira chupar as borrachas de isolamento quando a porta exalou uma rajada fresca de ar refrigerado. Não muito maior do que um picolé, Manny Leiber me espiou de sua elegante geladeira. — Ei, você — ele disse.

Era um dia quente. Enfiei a cabeça na cabine do Rolls-Royce refrigerado e refresquei o rosto enquanto aprimorava minha mente.

— Tenho notícias pra você. — Eu via o hálito de Manny no ar invernal artificial. — Vamos fechar o estúdio por dois dias. Limpeza geral. Repintura. Jogo rápido.

— Como vocês fazem uma coisa dessas? Os gastos...

— Todo mundo vai ser pago integralmente. Era coisa pra ser feita há anos. Então vamos fechar...

Por quê?, eu pensei. Para tirar todo mundo do terreno. Porque eles sabem ou suspeitam que Roy continua vivo, e alguém lhes disse para encontrá-lo e matá-lo?

— É a coisa mais burra que já ouvi na vida — falei.

Eu havia concluído que xingar era a melhor resposta. Ninguém suspeitava de você se você, por sua vez, fosse burro de xingar.

— Quem foi o burro que teve essa ideia burra? — perguntei.

— Como assim? — berrou Manny, voltando para a geladeira. Seu hálito fumegava em jatos de gelo no ar. — Minha!

— Você não é tão burro assim — continuei. — Você não faria uma coisa dessas. É muito chegado em dinheiro. Alguém mandou você fazer isso. Alguém acima de você?

— Não tem ninguém acima de mim! — Mas os olhos dele penderam para o lado, enquanto sua boca hesitava.

— Se você assume todo o crédito por isso, vai te custar coisa de meio milhão por semana?

— Bem… — Manny se encolheu.

— Tem que ser Nova York. — Cortei ele. — Os anõezinhos de Manhattan no telefone. Macacos amalucados. Você está a apenas dois dias de fechar *César e Cristo*. E se o J. C. embarcar em outra farra enquanto você pinta os galpões…?

— A cena do braseiro foi a última com ele. Vamos tirá-lo da nossa Bíblia. *Você* vai tirar. E outra coisa: assim que o estúdio reabrir, você volta para *Os mortos pisam fundo*.

Suas palavras saíram como um sopro para esfriar meu rosto. O frio se espalhou pelas minhas costas.

— Não tem como fazer sem o Roy Holdstrom. — Decidi ser ainda mais brusco e mais ingênuo. — E o Roy morreu.

— O quê? — Manny se curvou para a frente, lutou para se controlar, depois me olhou desconfiado. — Por que você disse isso?

— Ele cometeu suicídio — falei.

Manny ficou ainda mais desconfiado. Imaginei ele ouvindo o relatório do doutor Phillips: Roy enforcado no Galpão 13, desamarrado, transportado, queimado.

Eu continuei do jeito mais ingênuo possível:

— Você ainda está com todos os bichos dele trancados no Galpão 13?

— Hã, sim — Manny mentiu.

— Roy não consegue viver sem suas Feras. E fui no apartamento dele outro dia. Estava vazio. Alguém tinha roubado todas as outras câmeras e miniaturas do Roy. Sem as quais o Roy também não conseguia viver. E ele não ia pegar e fugir. Não sem me contar, depois de vinte anos de amizade. Então, poxa, o Roy morreu.

Manny analisou meu rosto para ver se podia acreditar no que eu dizia. Armei minha expressão mais triste possível.

— Encontre-o — disse Manny, enfim, sem piscar.

— Eu acabei de dizer...

— Encontre-o — disse Manny —, ou você está no olho da rua, e nunca mais vai trabalhar em nenhum outro estúdio pelo resto da vida. O canalha burro não morreu. Ele foi visto no estúdio ontem, quem sabe dando uma volta para arrombar o Galpão 13 e pegar seus malditos monstros. Diga a ele que está tudo perdoado. Ele volta com um aumento no salário. É hora de admitir que estávamos errados e que precisamos dele. Encontre-o e seu salário sobe também. Ok?

— Quer dizer que o Roy pode usar aquele rosto, aquela cabeça que ele fez com argila?

O nível da cor de Manny despencou. — Pelo Cristo! Não! Vai acontecer uma nova busca. Vamos rodar anúncios.

— Eu não acho que o Roy vá voltar se não puder criar a Fera *dele*.

— Se ele sabe o que é bom pra ele, ele volta.

E cai morto uma hora depois que bater o ponto?, pensei.

— Não — eu disse. — Ele morreu mesmo. Para sempre.

Bati todos os pregos no caixão do Roy, torcendo para que Manny acreditasse e não fechasse o estúdio para encerrar a busca. Que ideia burra. Mas gente louca sempre é burra.

— Encontre o homem — disse Manny, que se recostou, congelando o ar com seu silêncio.

Fechei a porta do congelador. O Rolls saiu flutuando sobre seu escapamento sussurrante, como um sorriso gelado sumindo.

Tremendo, fiz o *grand tour*. Cruzei de Green Town à cidade de Nova York à Esfinge Egípcia ao Fórum Romano. Só moscas zumbiam na porta de tela dos meus avós. Só poeira soprava entre as patas da Esfinge.

Parei perto da grande rocha que rolaram até a frente da tumba de Cristo.

Fui até a pedra para esconder o rosto.

— Roy — cochichei.

A pedra tremeu quando a toquei.

E a pedra gritou: Não é um esconderijo.

Nossa, Roy, pensei. Eles *precisam* de você, finalmente precisam, por pelo menos dez segundos antes de te pisotearem até virar suco.

A pedra estava em silêncio. Um redemoinho passou por uma cidadezinha do Nevada de fachada e se deitou como um gato queimado para dormir ao lado do cocho dos cavalos.

Uma voz berrou do céu:

— Você está no lugar errado! É aqui!

Fitei uns cem metros acima de outro morro, que obscurecia o panorama da cidade, uma ondulação suave de relva com grama falsa que era verde em qualquer estação.

Ali, com o vento soprando suas vestes brancas, estava um homem de barba.

— J. C.! — Cambaleei morro acima, arquejando.

— O que está achando? — J. C. me puxou nos últimos metros, estendendo a mão com um sorriso sério, triste. — A Montanha do Sermão. Quer ouvir?

— Não há tempo, J. C.

— Como é que toda aquela gente de dois mil anos atrás ouvia e ficava quieta?

— Eles não tinham relógio, J. C.

— Não. — Ele analisou o céu. — Apenas o sol em lento movimento e todos os dias do mundo para dizer o que é necessário.

Fiz que sim. O nome de Clarence estava travado na minha garganta.

— Sente-se, filho. — Havia um rochedo por perto e J. C. sentou-se e me agachei como um pastor a seus pés. Olhando para mim, quase delicadamente, ele falou. — Hoje eu não tomei nem um drinque.

— Ótimo!

— Tem dias assim. Senhor, eu passei aqui a maior parte do dia, curtindo as nuvens, querendo viver para sempre, por causa da noite passada, das palavras e de você.

Ele deve ter sentido que engoli em seco, pois baixou o olhar e tocou minha cabeça.

— Ah, *ah* — ele disse. — Você vai me contar uma coisa que faz eu voltar a beber?

— Espero que não, J. C. É a respeito do seu amigo Clarence.

Ele puxou a mão como se ela tivesse queimado.

Uma nuvem cobriu o sol e houve um borrifo absurdamente pequeno de chuva, um choque total no meio de um dia ensolarado. Deixei a chuva me tocar sem me mexer, tal como fez J. C., que ergueu o rosto para captar o frescor.

— Clarence — ele balbuciou. — Eu o conheço desde sempre. Ele já existia quando ainda tínhamos índios de verdade. Clarence ficava aí na frente, uma criança com não mais que nove, dez anos, com quatro olhos gigantes, seu cabelo loiro, seu rosto iluminado, seu livrão de desenhos ou fotos para autografar. Ele estava ali ao amanhecer do primeiro dia em que cheguei, à meia-noite quando parti. Eu era um dos Quatro Cavaleiros do Apocalipse!

— Morte?

— Sabichão. — J. C. riu. — Morte. Montado em minha bunda ossuda no meu cavalo-esqueleto.

J. C. e eu olhamos para o céu para ver se a Morte continuava galopando por lá.

A chuva parou. J. C. limpou o rosto e prosseguiu:

— Clarence. Aquele filho de uma puta estúpido, dependente, solitário, apático e solteiro. Sem esposa, amante, garoto, homem, cachorro, porco, sem foto sensual, sem revista de musculação. Zero! Ele não usa nem samba-canção! Só ceroulas, o verão inteiro! Clarence. Meu Deus.

Enfim senti minha boca mexer.

— Você teve notícias do Clarence... recentemente?

— Ele me telefonou ontem...

— Que horas?

— Quatro e meia. Por quê?

Logo depois de eu bater na porta dele, pensei.

— Ele me telefonou, descontrolado. *Acabou!*, disse. *Estão vindo me pegar. Não me dê sermão!*, berrou. Meu sangue congelou. Soava como a demissão de dez mil figurantes, quarenta suicídios de produtores, o estupro de noventa e nove estrelas, olhos fechados, se virando como dava. Suas últimas palavras foram *Me ajude! Me salve!* E lá estava eu, Jesus no fim da linha, Cristo no fim das forças. Como eu ia ajudar quando eu era a causa, não a cura? Falei a Clarence para tomar duas aspirinas e ligar de manhã. Eu devia ter corrido pra lá. Você teria corrido, se estivesse no meu lugar?

Lembrei de Clarence deitado naquele bolo de aniversário gigante, camada sobre camada de livros, cartões, fotos e suor histérico, coladas em pilhas.

J. C. viu minha cabeça sacudir.

— Ele morreu, não foi? Você — ele acrescentou — correu pra lá?

Fiz que sim.

— Não foi morte natural?

Fiz que não.

— Clarence!

Foi um grito tal a ponto de abalar os bichos do campo e os pastores a dormir. Foi o início de um sermão sobre as trevas.

J. C. deu um pulo, jogou a cabeça para trás. Lágrimas escorreram dos olhos.

— ... Clarence...

E ele começou a caminhar, de olhos fechados, Montanha abaixo, para longe dos sermões perdidos, em direção ao outro monte, o do Calvário, onde sua cruz o aguardava. Fui atrás.

A passos largos, J. C. perguntou:

— Imagino que você não tenha nada aí? Destilado, birita. Inferno! Ia ser um dia tão *fofo*! Clarence, seu imbecil!

Chegamos à cruz e J. C. procurou algo atrás dela e resfolegou uma risada amarga de alívio, puxando um saco que fazia sons líquidos.

— O sangue de Cristo em um saco de papel em uma garrafa sem rótulo. A que *ponto* chegou a cerimônia? — Ele bebeu e bebeu de novo. — O que faço agora? Escalo, me prego e espero por eles?

— *Eles?!*

— Por Deus, garoto, agora é questão de tempo! Logo vou ser perfurado pelos pulsos, pendurado pelas bolas! Clarence *morreu*! Como?

— Sufocado sob as fotografias.

J. C. se empertigou. — *Quem* disse?

— *Eu* vi, J. C., mas não contei para ninguém. Ele sabia de alguma coisa e foi morto. Do que *você* sabe?

— De nada! — J. C. sacudiu a cabeça, horrorizado. — Não!

— Clarence, na frente do Brown Derby, duas noites atrás, identificou um homem. O homem ia lhe dar um soco! Clarence *correu*! Por quê?

— Não tente descobrir! — disse J. C. — Largue disso. Não quero que você seja arrastado comigo. Não tem nada que eu possa fazer agora a não ser esperar... — A voz de J. C. falhou. — Com Clarence assassinado, não vai tardar pra acharem que *eu* armei para ele ir ao Brown Derby...

— E *foi* você?

E eu?, pensei. Você que me mandou um bilhete para estar lá também?!

— Quem foi, J. C.? *Eles,* quem são *eles*?! Tem gente morrendo por todo lado. Talvez meu amigo Roy também!

— Roy? — J. C. fez uma pausa, furtivo. — Morto? Ele tem sorte. Foi se esconder? Não adianta! Vão chegar nele. E em mim. Eu soube de muita coisa durante anos.

— Desde quando?

— *Por quê?*

— Talvez eu morra também. Esbarrei numa coisa, mas não tenho a menor ideia do que seja. O Roy esbarrou numa coisa e ele morreu ou está fugindo. Meu Deus, alguém matou o Clarence porque *ele* esbarrou numa coisa. É questão de tempo até que façam a conta: Porra, vai que eu conheço o Clarence bem *demais,* e me matam, só por *segurança.* Cacete, J. C., o Manny vai fechar o estúdio por dois dias. Para fazer faxina, repintar. Meu Deus, não. É para o *Roy*! Pense! Vão jogar dezenas de milhares de dólares pela janela para encontrar um pateta, um doido cujo único crime foi viver dez milhões de anos no passado, que ficou fora de si por conta de uma fera de argila e que tem a cabeça a prêmio. Por que o Roy é tão importante? Por que, como o Clarence, ele tem que morrer? Você. Na outra noite. Você disse que estava no alto do Calvário. Você viu o muro, a escada, o corpo na escada. Você viu o rosto daquele corpo?

— Estava muito longe. — A voz de J. C. tremeu.

— Viu o rosto do homem que botou o corpo *na* escada?

— Estava escuro…

— Foi a Fera?

— A *o quê?*

— O homem com o rosto de cera rosa derretida e com o olho direito tapado pela pele esticada e com uma boca horrível? Foi ele que carregou o corpo falso escada acima para assustar o estúdio, assustar você, me assustar e chantagear todo mundo, sabe-se lá por quê? Se é pra eu morrer, J. C., por que não posso saber o motivo? Dê um nome à Fera, J. C.

— E fazer você morrer *de verdade? Não!*

Um caminhão dobrou a esquina do pátio cenográfico. Passou pelo Calvário, levantando poeira, tocando a buzina.

— Cuidado, imbecil! — berrei.

O caminhão passou a toda.

E J. C. foi junto.

Um homem trinta anos mais velho que eu, com sebo nas canelas. Grotesco! J. C. a todo galope, os mantos esvoaçando no vento empoeirado, como se fosse decolar, voar, gritando baboseiras ao céu.

Não vá à casa de Clarence!, quase berrei.

Burro, pensei. Clarence está muito à frente. Você nunca vai alcançá-lo!!

48.

FRITZ ESPERAVA COM MAGGIE na Sala de Projeção 10.

— Por onde você andou? — ele berrou. — Adivinhe só? Agora não temos o *meio* do filme!

Foi bom conversar sobre algo bobo, fútil, ridículo, uma insanidade para curar minha insanidade cada vez maior. Meu Deus, pensei, filmes são como fazer amor com gárgulas. Você acorda e se vê agarrado à espinha de um pesadelo em mármore e pensa: O que estou *fazendo* aqui? Contando mentiras, fazendo caras. Para fazer um filme ao qual vinte milhões de pessoas vão correr para ver ou do qual vão fugir correndo.

E tudo feito por esquisitões em salas de projeção jogando conversa fora sobre personagens que nunca existiram.

Então, como é bom se esconder aqui com Fritz e Maggie agora, berrando absurdos, nos fazendo de bobos.

Mas o absurdo não ajudou.

Às quatro e meia, pedi licença para correr ao sanitário. Foi ali no vomitório que perdi a cor do meu rosto.

O vomitório. É assim que todos os roteiristas chamam os banheiros depois de ouvir as grandes ideias do produtor.

Tentei restaurar a cor do meu rosto esfregando com água e sabão. Me curvei sobre a pia por cinco minutos, deixando minha tristeza e susto escoarem pelo ralo. Depois de uma última sessão de ânsia, me lavei de novo, e cambaleei de volta para encarar Maggie e Fritz, grato pelo escuro da sala de projeção.

— Você! — disse Fritz. — Mude uma cena e você ferra todo o resto. Mostrei sua última última ceia para o Manny ao meio-dia. Agora, por conta da alta qualidade do seu maldito *finale*, ele, contrariando a própria natureza, diz que temos que regravar cenas do início, ou o filme vai parecer uma cobra morta com a cauda viva. Ele não tinha cara pra te dizer isso por conta própria; parecia que estava comendo as próprias tripas no almoço, ou as suas *tripes en casserole*. Ele te chamou de palavras que não uso, mas finalmente disse bote o canalha para trabalhar nas cenas nove, catorze, dezenove, vinte e cinco e trinta. Reescrever e regravar como num jogo de amarelinha. *Se* regravarmos cena sim, cena não, talvez passemos a perna no público para acharem que fizemos um bom filme meia-boca.

Senti a velha cor quente corar meu rosto.

— É um trabalhão para um roteirista novato! — exclamei. — E o tempo?

— Tudo nos próximos três dias! Seguramos o elenco. Vou ligar pro Alcoólicos Anônimos para ficarem setenta e duas horas na cola do J. C., agora que sabemos onde ele se esconde…

Fiquei olhando, em silêncio, mas não podia contar a eles que havia afugentado J. C. do estúdio.

— Parece que eu sou responsável por muita coisa ruim essa semana — finalmente falei.

— Quieto, Sísifo! — Fritz se inclinou para bater suas mãos nos meus ombros. — É só até eu conseguir uma rocha maior para você empurrar morro acima. Você não é judeu; nem *tente* vir com culpa. — Ele jogou folhas em mim. — Escreva, reescreva. *Re-reescreva!*

— Tem certeza de que o Manny me quer nessa?

— Ele preferia te amarrar entre dois cavalos e disparar uma arma, mas a vida é assim. Odeie um pouquinho. Depois odeie muito.

— E quanto a *Os mortos pisam fundo*? Ele quer que eu volte pra esse!

— Desde quando? — Fritz estava de pé.

— Desde meia hora atrás.

— Mas ele não tem como fazer esse sem...

— Pois é. O Roy. E o Roy se foi. E é para eu encontrar o Roy. E o estúdio vai ser fechado por quarenta e oito horas para reforma, para repintar o que não precisa de repintura.

— Canalhas. Imbecis. Ninguém me conta nada. Bom, não precisamos dessa bosta de estúdio. Podemos reescrever Jesus da minha casa.

O telefone tocou. Fritz praticamente estrangulou o fone no punho, depois enfiou no meu peito.

Era uma ligação do templo Angelus de Aimee Semple McPherson.

— Peço desculpas, senhor — disse uma voz de mulher parcamente contida. — Mas por acaso você conhece um homem que se chama J. C.?

— J. C.?

Fritz agarrou o telefone. Eu agarrei de volta. Dividimos o fone:

— Alega ser o Espírito de Cristo renascido e agora está arrependido...

— Deixa eu falar! — berrou outra voz, de um homem. — Aqui é o reverendo Kempo! Vocês conhecem este pavoroso Anticristo? Íamos ligar para a polícia, mas se os jornais descobrirem que Jesus foi expulso da nossa igreja, ah! Vocês têm trinta minutos para vir salvar este sacripanta da ira de Deus! *E da minha!*

Deixei o telefone cair.

— Cristo — resmunguei para Fritz — ressuscitou.

49.

Meu táxi chegou à frente do templo Angelus assim que os últimos retardatários de algumas aulas bíblicas tardias saíam por uma enormidade de portas.

O reverendo Kempo estava na frente, torcendo as mãos enferrujadas e caminhando como se tivesse uma banana de dinamite enfiada nos fundilhos.

— Graças a Deus! — ele berrou, correndo à frente. Parou, de repente com medo. — Você *é* o jovem amigo daquela criatura lá, não é?

— J. C.?

— J. C.! Que abominação criminosa! *Sim, J. C.!*

— Eu sou amigo dele.

— Que pena. Rápido, venha!

E me carregou pelo cotovelo templo adentro, descendo o corredor do auditório principal. Estava deserto. Do alto veio o som suave de penas, uma revoada de asas de anjo. Alguém testava o sistema de som com murmúrios celestes variados.

— Onde está…? — parei.

Pois ali, no meio do palco, no brilhante trono de Deus de vinte e quatro quilates, estava J. C.

Ele estava sentado, rígido, os olhos mirando à frente, através das paredes da igreja, as mãos com as palmas para cima em cada braço do trono.

— J. C. — fui a trote pelo corredor, mas parei de novo.

Pois tinha sangue fresco pingando de cada uma das *cicatrizes* dos seus pulsos à mostra.

— Não é um ser abominável? Que homem absurdo! Para fora! — berrou o reverendo atrás de mim.

— Esta igreja é cristã? — perguntei.

— Como você *ousa* perguntar?

— Você não acha que, em um momento como esse — fiquei pensando —, o próprio Cristo teria mais piedade?

— Piedade!? — berrou o reverendo. — Ele invadiu nosso culto, berrando: *Eu sou o verdadeiro Cristo! Temo pela minha vida. Abram alas!* Ele correu ao palco para mostrar as feridas. Daria no mesmo que *se expor. Perdoar?* Foi um choque, quase provocou um tumulto. Pode ser que nossa congregação nunca volte aqui. Se eles contarem, se os jornais ligarem, entende? Ele nos transformou em motivo de piada. Seu amigo!

— Meu amigo… — mas faltava à minha voz o lustre enquanto subia para ficar ao lado do canastrão ator shakespeariano.

— J. C. — o chamei, como se do outro lado do abismo.

Os olhos de J. C., fixados na eternidade, piscaram, retomaram o foco.

— Ah, olá, júnior — ele disse. — O que está acontecendo?

— *Acontecendo?!* — berrei. — Você acabou de fazer uma bela duma bagunça!

— Ah, não, não! — J. C. de repente viu onde estava e levantou as mãos. Ficou olhando como se alguém houvesse jogado tarântulas gêmeas em cima dele. — Me flagelaram de novo? Vieram atrás de mim? Estou morto. Me proteja! Trouxe um pileque?

Tateei os bolsos como se sempre carregasse uma garrafinha, depois fiz que não. Virei para olhar o reverendo, que, com um ribombar de injúrias, correu para trás do trono e jogou o vinho tinto para mim.

J. C. saltou para pegar, mas agarrei e segurei como isca.

— Por aqui. A rolha só sai depois.

— Você *ousa* falar com Cristo desse jeito?

— Você ousa ser Cristo? — gritou o reverendo.

J. C. recuou. — Eu não ouso, senhor. Eu *sou*.

Ele se levantou numa tentativa confiante de demonstrar arrogância, mas caiu nos degraus.

O reverendo resmungou, como se um instinto assassino fizesse seu coração mexer seus punhos.

Levantei J. C. e, sacudindo a garrafa, o conduzi com segurança pelo corredor e para fora.

O táxi continuava lá. Antes de entrar, J. C. se virou para olhar o reverendo na entrada, seu rosto ardendo de ódio.

J. C. ergueu as duas patas escarlates.

— Santuário! Sim? *Santuário?*

— O inferno, senhor — berrou o reverendo —, não o aceitaria!

Blam!

Dentro do templo, imaginei mil asas de anjo, liberadas, espalhando-se delicadamente pela atmosfera agora profanada.

J. C. caiu cambaleando para dentro do táxi, pegou o vinho, depois se inclinou para cochichar com o taxista.

— Getsêmani!

Fomos embora. O taxista olhou seu livro de mapas com um olho só.

— Getsêmani — resmungou. — É rua? Avenida? É um *lugar?*

50.

— Nem a cruz está a salvo, nem a cruz está a salvo hoje em dia — J. C. resmungou enquanto cruzávamos a cidade, seus olhos fixos nos pulsos feridos como se não conseguisse acreditar que estavam presos aos braços. — A que ponto chegou o mundo? — J. C. espiou pela janela do táxi, as casas em fluxo.

— Cristo era maníaco-depressivo? Como eu?

— Não — falei, sem jeito. — Não era maluco. Já no seu caso, só falta o uniforme do sanatório. O que você foi fazer no templo?

— Eu estava sendo perseguido. Estão atrás de mim. Eu sou a Luz do Mundo. — Mas a última frase ele disse com ironia pesada. — Pelo Cristo, eu queria não saber tanto.

— Me conte. Desembuche.

— Aí iriam atrás de *você* também! Clarence — ele balbuciou. — Ele não correu rápido o suficiente, não é?

— Eu também conhecia o Clarence — falei. — Anos atrás...

J. C. ficou ainda mais assustado.

— Não conte pra ninguém! Não sou eu que vou contar pra eles.

J. C. bebeu metade da garrafa de vinho de um trago só, depois piscou e disse:

— Bico calado.

— Não, senhor, J. C.! Você tem que me contar, pro caso...

— ... de eu não viver mais que hoje? *Não vou!* Mas não quero nós dois mortos. Você é um mané encantador. Vinde a mim as criancinhas e, por Deus, é *você* quem me aparece!

Ele bebeu e tirou o sorriso do rosto.

Paramos no caminho. J. C. brigou para pular fora e comprar gim. Ameacei bater nele e comprei eu mesmo.

O táxi entrou no estúdio e diminuiu a marcha perto da casa dos meus avós.

— Oras — disse J. C. —, isso parece a Igreja Batista Negra da avenida Central! Ali não posso entrar! Não sou negro nem batista. Só Cristo, e judeu! Diga a ele pra onde *ir*!

O táxi parou no Calvário ao pôr do sol. J. C. ergueu o olhar para o seu velho poleiro. — Essa é a cruz *de verdade*? — Ele deu de ombros. — Tanto quanto eu sou o Jesus de verdade.

Fiquei olhando a cruz. — Você não pode se esconder aí, J. C. Todo mundo sabe que é pra onde você vai, agora. Temos que achar um lugar secreto de verdade para você ficar caso tenha uma chamada de regravação.

— Você não entende — disse J. C. — O céu está fechado, assim como o Inferno. Eles me encontrariam numa toca de rato ou no fiofó de um hipopótamo. Calvário, mais vinho, esse é o único lugar que há. Pode soltar minha toga.

Ele entornou o resto do vinho, depois saiu e subiu o morro.

— Graças a Deus que já terminei todas as minhas cenas grandes — disse J. C. — Acabou tudo, filho. — J. C. tomou minhas mãos nas dele. Ele estava calmíssimo, tendo desviado das alturas para as profundezas, agora firme em algum ponto entre estas e aquelas. — Eu não devia ter fugido. E você não devia ser visto aqui conversando comigo. Eles vão trazer martelos e pregos a mais e você vai fazer o segundo ladrão figurante à minha esquerda. Ou Judas. Eles vão trazer uma corda e de repente você vira Iscariotes.

Ele se virou e botou as mãos na cruz e um pé no pino que tinha na lateral para subir.

— Uma última coisa? — falei. — Você *conhece* a Fera?

— Deus, eu estava lá na noite em que ela *nasceu*!

— Nasceu?

— Nasceu, cacete, o que foi que você ouviu?

— Explique, J. C., eu preciso saber!

— E vai morrer por saber, idiota — ele disse. — Por que você quer morrer? *Jesus* salva, não é? Mas se eu sou Jesus e estou perdido, você está totalmente perdido! Veja o Clarence, aquele pobre canalha. Os caras que pegaram ele estão com medo. E, com medo, eles entram em pânico e, quando entram em pânico, ficam com ódio. Você entende algo de ódio *de verdade*, júnior? É isso, não tem noite para amadores, não tem uma aliviada na pena por bom comportamento. Alguém diz pra matar e matam. E você fica andando por aí com sua estúpida percepção ingênua sobre as pessoas. Meu Deus, você não ia reconhecer uma puta de verdade nem se ela te mordesse, ou um assassino de verdade nem se ele te esfaqueasse. Você ia morrer, e morrendo, diria: Ah, *é assim* que é, mas é tarde demais. Então ouça o velho Jesus, seu bobo.

— Um bobo conveniente, um idiota prestativo. Foi o que Lenin disse.

— Lenin!? Veja só! Numa hora dessas, quando estou gritando: Olha as cataratas do Niágara!, cadê seu barril!?, você salta do penhasco sem paraquedas. Lenin!? Gah! Qual é o caminho do hospício?

J. C. tremeu enquanto terminava o vinho.

— Idiota — engoliu — prestativo. Agora me ouça — ele disse, pois estava sentindo o efeito agora. — Não vou falar de novo. Se você ficar comigo, vai ser esmigalhado. Se soubesse o que eu sei, te enterrariam em dez túmulos diferentes do outro lado do muro. Te cortariam em pedacinhos, ordenadinhos, um para cada cova. Se seu pai e mãe estivessem vivos, botariam fogo. Também na sua esposa...

Abracei meus cotovelos. J. C. recuou.

— Desculpe. Mas você está vulnerável. Meu Deus, eu continuo sóbrio. Falei *nulverável*. Quando a sua esposa volta?

— Em breve.

E foi como um gongo de funeral soando ao meio-dia.

Em breve.

— Então escute o último livro de Jó. Acabou. Eles só vão parar depois que matarem todo mundo. Essa semana as coisas saíram do controle. Aquele corpo que você viu no muro. Ele foi colocado lá para...

— Chantagear o estúdio? — citei Crumley. — Eles têm medo de Arbuthnot, passado tanto tempo assim?

— Medo é apelido! Às vezes os mortos nos túmulos têm mais poder que pessoal vivo do lado de cima. Veja só o Napoleão, que morreu há cento e cinquenta anos, mas continua vivo em duzentos livros! Tem ruas e bebês com o nome dele! Perdeu tudo, ganhou perdendo! Hitler? Vai continuar por aí, dez mil anos. Mussolini? Vai continuar pendurado de cabeça para baixo naquele posto de gasolina, pelo resto das nossas vidas! Até Jesus. — Ele analisou seus estigmas. — Eu não me dei mal. Mas agora tenho que morrer de novo. Mas vou ficar fodido e mal pago se levar um pateta benigno que nem você comigo. Agora, cale a boca. Tem outra garrafa?

Mostrei o gim.

Ele agarrou. — Agora me ajude a subir na cruz e caia fora daqui!

— Não posso deixá-lo aqui, J. C.

— Não tem outro lugar pra me *deixar*.

Ele bebeu a maior parte da garrafa.

— Isso vai te matar! — protestei.

— É analgésico, garoto. Quando vierem me buscar, nem estarei aqui.

J. C. começou a escalar.

Agarrei a madeira gasta da cruz, depois bati nela com os punhos, o rosto virado para cima.

— Cacete, J. C. Que inferno! Se esta *é* a sua última noite na terra... você está *imaculado*?

Ele desacelerou a escalada.

— O quê?

As palavras explodiram da minha boca:

— Quando você se confessou pela última vez!? Quando, *quando*?

A cabeça dele pendeu do sul para o norte, de forma que seu rosto ficou virado para o muro do cemitério e além.

Me surpreendi:

— Onde? *Onde* você se confessou?

Seu rosto estava rígido, travado, hipnotizado, voltado para o norte, o que me fez pular para subir mais, segurando os pinos de escalada, tateando com os pés.

— O que você está *fazendo*? — J. C. berrou. — Essa é a *minha* casa.

— Não mais, ali, ali e *aqui*!

Girei e fiquei às costas dele, então ele teve que se virar para gritar:

— Desça daqui!

— *Onde* você se confessou, J. C.?

Ele me encarava, mas seus olhos deslizaram para o norte. Transferi meu olhar para a grande extensão da barra transversal onde se podia pregar um braço e um pulso e uma mão.

— Meu Deus, sim! — falei.

Pois, alinhado como na mira de uma espingarda estava o muro, e o lugar no muro para onde o boneco de cera e papel machê havia sido içado, e, mais à frente, além de um campo cheio de pedras, a fachada e as portas convidativas da igreja de St. Sebastian!

— Sim! — falei, esbaforido. — Obrigado, J. C.

— Desça!

— Estou descendo. — E tirei meus olhos do muro, mas não antes de ver o rosto dele se voltar de novo para o país dos mortos e a igreja que ficava logo após.

Desci.

— Aonde você vai? — J. C. perguntou.

— Onde eu devia ter ido há dias...

— Cretino imbecil. Não chegue perto dessa igreja! Não é segura!

— Uma igreja que não é segura? — Parei de descer e olhei para cima.

— Não essa igreja, não! Ela fica do outro lado do cemitério e, nos fins de noite, fica aberta para qualquer imbecil que aparecer!

— *Ele* aparece lá, não aparece?

— Ele?

— Que inferno. — Me encolhi. — Antes das noites no cemitério, ele passa primeiro na confissão, não é?

— Maldito! — berrou J. C. — Agora você *está* perdido! — Ele fechou os olhos, resmungou e alcançou a última posição no poste escuro em meio ao crepúsculo e à noite iminente. — Vá em frente! Quer terror? Quer se assustar? Vá ouvir uma confissão de verdade. Esconda-se e, quando ele chegar mais tarde, ah, muito mais tarde, e você ouvir, sua alma simplesmente vai murchar, pegar fogo e morrer!

Aquilo fez eu me agarrar no poste com tanta força que farpas entraram na palma das mãos. — J. C.? Você sabe tudo, não sabe? Conte, em nome de Jesus Cristo, J. C., conte antes que seja tarde. Você sabe por que o corpo foi colocado no muro e talvez a Fera o tenha colocado lá para assustar, e quem exatamente é a Fera? Conte. Me conte.

— Pobre criança inocente, burra e filha da puta. Meu Deus, filho. — J. C. olhou para mim. — Você vai morrer e nem sabe todos os porquês.

Ele esticou as mãos, uma para o norte, uma para o sul, para agarrar a trave como se fosse voar. Em vez disso, uma garrafa vazia caiu e se quebrou aos meus pés.

— Meu pobre e querido filho da puta — ele sussurrou ao céu.

Soltei e caí o último meio metro. Quando atingi o chão, chamei pela última vez, morto de cansaço:

— J. C.?

— Vá pro inferno — ele disse, triste. — Pois eu com certeza não sei onde fica o céu...

Ouvi carros e gente por perto.

— Corra — J. C. sussurrou do céu.

Eu não conseguia correr. Apenas saí andando.

51.

ENCONTREI O DOUTOR PHILLIPS saindo da Notre Dame. Ele carregava um saco plástico e tinha a expressão daqueles homens que ficam pelos parques com espetos para fincar no lixo e jogá-lo dentro de sacos que depois serão incinerados. O doutor parecia assustado, pois eu já estava com um pé no degrau como se fosse para a missa.

— Bom — ele disse, muito rápido e com muito entusiasmo.

— Aqui está o menino prodígio que ensina Jesus a caminhar sobre a água e faz Judas Iscariotes voltar ao paredão dos suspeitos!

— Eu não — protestei. — Os quatro apóstolos. Eu só pego as sandálias deles e vou atrás.

— O que está fazendo aqui? — ele perguntou sem rodeios, seus olhos analisando meu corpo de cima a baixo, seus dedos mexendo no saco de lixo. Senti cheiro de incenso e de sua colônia.

Resolvi ir com tudo.

— Pôr do sol. Melhor hora para ficar rondando por aí. Meu Deus, como eu amo esse lugar. Meu plano é ser dono, um dia. Não se preocupe, eu mantenho você. Quando eu for dono, vou derrubar os escritórios, fazer todo mundo viver a história ao vivo. Vou deixar o Manny trabalhar lá na Décima Avenida, em

Nova York, pronto! Vou botar o Fritz em Berlim, pronto! Eu, em Green Town. O Roy? Se um dia ele voltar, o doido, construo uma fazenda dos dinossauros acolá. Eu ia botar pra quebrar! Em vez de quarenta filmes por ano, eu ia fazer doze, só obras-primas! Colocaria Maggie Botwin de vice-presidente do estúdio, porque ela é brilhante nesse nível, e ia arrancar o Louis B. Mayer da aposentadoria. Eu...

Meu combustível acabou.

O doutor Phillips ficou de boca aberta, como se eu tivesse lhe entregado uma granada fazendo tique-taque.

— Alguém se importa se eu entrar na Notre Dame? Eu queria subir lá e fingir que sou o Quasímodo. É seguro?

— Não — disse o doutor, rápido demais, me circundando como um cachorro circunda um hidrante. — Não é seguro. Estamos em reforma. Estamos pensando em derrubar tudo.

Ele se virou e foi embora.

— Doido. Você é *doido*! — ele berrou e sumiu pela entrada da catedral.

Fiquei parado por uns dez segundos, olhando a porta aberta, depois congelei.

Porque ouvi algo como um resmungo e depois um gemido lá dentro, e então um som que parecia um cabo ou uma corda batendo nas paredes.

— Doutor?!

Dei um passo para dentro, mas não vi nada.

— Doutor?

Uma sombra corria até o topo da catedral. Parecia um saco de areia gigante sendo içado nas sombras.

Me lembrou o corpo de Roy pendurado, balançando no Galpão 13.

— Doutor!?

Ele tinha sumido.

Fiquei olhando a escuridão lá em cima e o que parecia a parte de baixo dos sapatos do doutor, deslizando mais e mais para longe.

— Doutor!

Então aconteceu.

Uma coisa atingiu o piso da catedral.

Um mocassim preto. Um só.

— Cristo! — berrei.

Recuei e vi uma sombra comprida subindo ao céu da catedral.

— Doutor? — perguntei.

52.

— TOMA!

Crumley jogou uma nota de dez dólares para o meu taxista, que buzinou e partiu.

— Igual no cinema! — Crumley disse. — Os caras jogam o dinheiro no táxi e nunca recebem o troco. Diga obrigado!

— Obrigado!

— Cristo! — Crumley analisou meu rosto. — Vem pra dentro. Bota *isso* pra dentro. — Crumley me entregou uma cerveja.

Bebi e contei a Crumley da catedral, do doutor Phillips, de ter ouvido algum tipo de grito e uma sombra deslizando para as sombras acima. E o sapato preto, um só, que caiu no piso empoeirado da catedral.

— Eu vi. Mas quem diria? — Terminei. — O estúdio vai ficar completamente fechado. Achei que o doutor fosse um vilão. Um dos outros vilões deve ter pegado o vilão. A essa altura, já não deve ter corpo. Pobre doutor. O que é que estou falando? Eu nem *gostava* dele!

— Cristo todo-poderoso — disse Crumley. — Você me vem com as palavras cruzadas do *New York Times* quando *sabe* que só sei fazer as do *Daily News*. Você arrasta cadáveres pela minha casa como um gato orgulhoso mostrando a caça, sem pé nem cabeça. Qualquer advogado te jogava pela janela. Qualquer juiz te chapoletava no crânio com o martelinho. Psiquiatras lhe recusariam o privilégio dos choques. Você podia trocar todas essas pistas falsas por moedas e nunca mais precisar trabalhar na vida.

— É — falei, afundando na depressão.

O telefone tocou.

Crumley me entregou.

Uma voz disse:

— Procuram-no aqui, procuram-no lá, procuram o patife em todo lugar. Estará no paraíso, estará no inferno…*

— Esse Pimpinela liso do cacete! — berrei.

Deixei o telefone cair como se uma bomba o houvesse explodido. Então peguei de volta.

— Onde você *está*? — gritei.

Tuuuu. Bzzzz.

Crumley colou o telefone no ouvido, balançou a cabeça.

— Roy? — ele perguntou.

Assenti, titubeante.

Mordi a junta do dedo, tentando construir uma muralha na minha cabeça para o que estava por vir.

As lágrimas vieram.

— Ele está vivo, está *mesmo* vivo!

— Quieto. — Crumley botou outro drinque na minha mão. — Abaixe a cabeça.

Me curvei bastante para que ele pudesse massagear a parte de trás do meu crânio. As lágrimas pingaram do meu nariz. — Está vivo. Graças a Deus.

— Por que ele não ligou antes?

— Talvez estivesse com medo. — Falei às cegas com o chão. — Como eu disse: Estão fechando o cerco, vão fechar o estúdio. De repente ele queria que eu pensasse que está morto

---

* Trecho do romance histórico *Pimpinela Escarlate* (1905), da escritora britânica baronesa Orczy. (N. E.)

para não tocarem em mim. De repente ele sabe mais da Fera do que nós.

Sacudi a cabeça.

— Olhos fechados. — Crumley trabalhava no meu pescoço.

— Bico fechado.

— Meu Deus, ele está preso, não consegue sair. Ou não quer. Está se escondendo. Temos que *resgatá-lo*!

— Resgatá-lo, uma ova — disse Crumley. — Em que cidade ele está? Em Boston ou no pátio cenográfico? Uganda, lá nos cafundós? No Teatro Ford? Vamos levar um tiro. Tem noventa e nove lugares do capeta em que ele pode estar escondido, então penduramos uma melancia no pescoço e saímos por aí cantarolando até ele sair, para ser morto? Faça *você* esse tour pelo estúdio.

— Crum, o Covarde.

— Pode *crer*!

— Vai quebrar meu pescoço!

— Agora você entendeu!

Da cabeça para baixo, eu o deixei esmurrar e dedilhar todos os tendões e músculos até virarem geleia quentinha. Das trevas no meu crânio, falei:

— Então?

— Deixa eu pensar, maldição!

Crumley apertou meu pescoço com força.

— Sem pânico — ele resmungou. — Se o Roy estiver lá, temos que descascar toda a cebola, camada por camada, e encontrá-lo no horário e lugar certos. Sem gritos, senão a avalanche cai em cima de nós.

Agora as mãos de Crumley acariciavam atrás das minhas orelhas, um verdadeiro pai.

— A coisa toda deve ter a ver com o estúdio estar apavorado com Arbuthnot.

— Arbuthnot — Crumley ponderou. — Quero ver o túmulo dele. De repente tem alguma coisa lá, uma pista. Tem certeza que ele está lá?

CEMITÉRIO DE LUNÁTICOS 285

Sentei reto e olhei nos olhos de Crumley.

— Você quis dizer: *Quem* está na tumba de Grant?

— Sim, igual à piada. Como sabemos se o general Grant continua lá?

— *Não* sabemos. Roubaram o corpo do Lincoln duas vezes. Há setenta anos, os ladrões já o tinham carregado até o portão do cemitério quando foram pegos.

— É *mesmo*?

— Talvez.

— Talvez!? — berrou Crumley. — Meu Deus, vou deixar crescer mais cabelo pra poder arrancar! Vamos conferir o túmulo do Arbuthnot?

— Olha...

— Não diga *olha*, maldito! — Crumley coçou sua cabeça careca com fúria, me encarando. — Você anda berrando que o homem na escada sob a chuva era o Arbuthnot. *Talvez!* Por que não alguém que ficou sabendo do homicídio e roubou o corpo para conseguir a prova? Por que não? De repente aquele acidente de carro não aconteceu por ele estar bêbado, e sim por morrer no volante. Então, quem quer que faça a autópsia com vinte anos de atraso consegue provas de homicídio, provas de chantagem, aí fazem o cadáver falso para assustar o estúdio e garfar a grana.

— Crum, que sensacional.

— Não, é suposição, teoria, balela. Só tem um jeito de ter certeza. — Crumley encarou seu relógio. — Hoje à noite. Bata na porta de Arbuthnot. Veja se está em casa, ou se alguém tirou ele dá para ler as tripas em busca de presságios e assustar as legiões miolo mole de César até mijarem sangue.

Pensei no cemitério. Finalmente falei:

— Não tem sentido ir se não podemos levar um detetive de verdade para conferir.

— Detetive de verdade? — Crumley deu um passo para trás.

— Um cão-guia.

— Cão-guia? — Crumley analisou meu rosto. — Esse cão, por acaso, mora na Temple com Figueroa? Terceiro andar?

— Em um cemitério à meia-noite, independentemente do que você vê, é necessário um nariz. Ele *tem* um.

— Henry? O maior cego do mundo?

— Sempre *foi* — falei.

53.

Eu estivera na porta de Crumley e ela se abrira.

Eu estivera na praia de Constance Rattigan e ela saíra do mar.

Agora eu seguia pelo piso sem carpete do antigo cortiço onde havia morado com sonhos para o futuro no teto, nada no bolso e papel em branco esperando na minha Smith-Corona portátil.

Parei na porta de Henry e senti meu coração bater forte, pois logo abaixo ficava o cômodo onde minha querida Fannie havia morrido e era a primeira vez que eu voltava ali desde aqueles longos dias de pesar pelos bons amigos que partem para sempre.

Bati na porta.

Ouvi uma bengala raspando o chão, assim como o pigarro abafado de uma garganta. O chão rangeu.

Ouvi as sobrancelhas negras de Henry tocarem a madeira da porta.

— Conheço essa batida — ele balbuciou.

Bati de novo.

— Puta merda. — A porta se abriu inteira.

Os olhos cegos de Henry fitaram o nada.

— Deixa eu respirar fundo.

Ele inspirou. Eu soltei o ar.

— Santo Deus — a voz de Henry tremeu como uma chama de vela à brisa suave. — Chiclete de hortelã. *Você!*

— Eu, Henry — falei, delicadamente.

Suas mãos se estenderam, à procura. Agarrei as duas.

— Meu Deus, filho, você é *bem-vindo*! — ele bradou.

E me agarrou e me deu um abraço, depois percebeu o que havia feito e recuou. — Desculpe...

— Não, Henry. Pode vir de novo.

E me deu um segundo abraço demorado.

— Por onde você andou, garoto, ah, por onde andou, faz tanto tempo, e Henry aqui nessa casona danada que vão derrubar logo, logo.

Ele se virou e foi andando até uma cadeira e mandou suas mãos encontrarem e analisarem dois copos. — Estão tão limpos quanto eu acho?

Olhei e concordei com a cabeça, aí lembrei e disse:

— Aham.

— Não quero te passar germes, meu filho. Deixa eu ver. Ah, *sim.* — Ele abriu uma gaveta da mesa e tirou de lá uma garrafona de uísque chique. — Toma desse aqui?

— Com você, tomo.

— É pra isso que serve a amizade! — Ele serviu. Entregou o copo para o ar. De algum modo minha mão estava lá.

Acenamos com os drinques um para o outro e lágrimas escorreram por aquelas bochechas negras.

— Acho que você não sabia que crioulo cego chorava, né?

— Agora eu sei, Henry.

— Deixa eu ver. — Ele se curvou para a frente para sentir minha bochecha. Provou o dedo. — Água salgada. Caramba. Você é emotivo igual eu.

— Sempre fui.

— Que nunca supere isso, meu caro. Por onde andou? A vida tem te tratado bem? Por que você veio aqui... — Ele parou. — Ah, *ah*! Encrenca?

— Sim e não.

290 *Ray Bradbury*

— Em termos gerais, sim? Então tudo bem. Eu não imaginei, quando você saiu leve e solto, que fosse voltar tão cedo. Tipo, isso aqui não é bem o paraíso, certo?

— Também não é o inferno.

— Mas estamos quase lá. — Henry riu. — Jesus, como é bom ouvir sua voz, meu filho. Sempre achei seu cheiro bom. Poxa, se botassem inocência num pacote, seria você, mastigando dois chicletes de hortelã de cada vez. Você não está sentado. Senta. Deixa eu te contar o que me preocupa, aí você me conta o que te preocupa. Derrubaram o píer de Venice, arrancaram os trilhos da linha de curta distância do trem em Venice, acabaram com tudo. Na semana que vem vão derrubar este cortiço. Pra onde vão os ratos? Como é que vamos abandonar o navio se não tem bote salva-vidas?

— Tem certeza?

— Eles botaram os cupins pra fazer hora extra lá embaixo. Tem esquadrões com dinamite no teto, esquilos e castores roendo as paredes, e um bando de trompetistas aprendendo *Jericho, Jericho*, praticando ali no beco para fazer isso aqui desabar. E *depois*, a gente vai pra onde? Não sobraram muitos de nós. Sem a Fannie, o Sam morto de tanta birita e o Jimmy afogado na banheira, não demorou até todo mundo se sentir incomodado, cutucado, por assim dizer, pela velha amiga Morte. Essa melancolia insidiosa já é o que basta para esvaziar uma pensão em cinco minutinhos. Deixe um rato doente entrar e pronto, a praga está instalada.

— Está tão ruim assim, Henry?

— De mal a pior, mas tudo bem. Seja como for, é hora de seguir adiante. A cada cinco anos, você pega sua escova de dentes, compra meias novas e se manda, é isso que eu sempre digo. Tem um lugar onde me botar, garoto? Eu sei, eu sei. Lá fora é tudo branco. Mas, diabo, se eu não enxergo, que diferença faz?

— Tenho um cômodo sobrando na minha garagem, onde escrevo. É seu!

— Deus, Jesus e o Espírito Santo vindo com tudo. — Henry se afundou na cadeira, tocando a boca. — Isso é um sorriso ou é um *sorriso*? São só dois dias! — acrescentou, depressa. — O marido lazarento de uma irmã minha tá vindo de Nova Orleans pra me levar pra casa. Aí saio do seu pé...

Ele parou de sorrir e se curvou para a frente.

— Sovacos por aí *de novo*? Nesse mundão afora?

— Não são bem sovacos, Henry. Algo parecido.

— Não muito parecido, espero.

— Mais — falei, depois de dar um tempo. — Pode vir comigo, agora mesmo? Não queria te apressar, Henry. E desculpe te tirar de casa à noite.

— Ora, filho — Henry sorriu, gentil —, noite e dia são só boatos de que ouvi falar uma vez, quando era criança.

Ele levantou-se e tateou ao redor.

— Espere — disse — até eu achar minha bengala. Para enxergar.

54.

CRUMLEY, O CEGO HENRY e eu chegamos perto do cemitério à meia-noite.

Hesitei, olhando o portão.

— Ela está ali dentro. — Fiz um sinal para as lápides. — A Fera correu ali para dentro na outra noite. O que a gente faz se encontrar ela?

— Não tenho a mínima ideia. — Crumley passou pelo portão.

— Diabo — disse Henry. — Por que não?

E me deixou para trás na noite, na calçada vazia.

Alcancei eles.

— Só um pouquinho, deixa eu respirar fundo. — Henry inspirou e soltou. — Aham. É um cemitério, sem dúvida!

— Isso te preocupa, Henry?

— Ô inferno — disse Henry. — Morto não é nada. Vivo é que estraga meu sono. Quer saber como eu sei que isso não é só um jardim? Jardim é uma mistureba de flor, muito aroma. Cemitério? Quase tudo nardo. Dos velórios. Sempre odiei funeral por causa do cheiro. Como que eu tô indo, detetive?

— Supimpa, mas... — Crumley nos tirou da luz. — Se a gente ficar muito tempo por aqui, alguém vai acabar achando que precisamos ser enterrados e vai vir fazer o serviço. Andem logo com isso!

Crumley foi caminhando com pressa por mil lápides brancas como leite.

Fera, eu pensei, cadê você?

Olhei para o carro de Crumley e de repente ele era um amigo querido que eu deixava a mil quilômetros de distância.

— Você ainda não contou — disse Henry. — Por que trouxe um cego a um cemitério? Precisa do meu nariz?

— De você e do Cão dos Baskerville — Crumley disse. — Por aqui.

— Não toque — Henry disse. — Tenho nariz de cachorro, mas meu orgulho é de gato. Se liga, Morte.

E abriu caminho entre as lápides, dando batidinhas em tudo que é lado, como se para desalojar grandes nacos da noite ou riscar faíscas onde faíscas nunca tinham sido riscadas.

— Como eu tô indo? — cochichou.

Fiquei ao lado de Henry no meio de todos os mármores com nomes e datas e a grama crescendo em silêncio entre eles.

Henry deu uma fungada.

— Eu sinto um pedação de *rocha*. Então. Que tipo de braile é *esse*?

Ele transferiu a bengala para a mão esquerda enquanto a direita tateava para sentir o nome entalhado acima da porta da tumba grega.

Seus dedos se agitaram sobre o "A" e congelaram no último "T".

— Conheço esse nome. — Henry girou um Rolodex por trás dos olhos brancos como bolas de bilhar. — Não seria o grande e finadíssimo proprietário do estúdio do outro lado do muro?

— Ele mesmo.

— Aquele homem berrante que se sentava em todas as salas de reunião e não sobrava espaço? O que preparou a própria mamadeira, trocou a própria fralda, comprou a própria caixa de areia quando tinha dois anos e meio, despediu a professora do jardim de infância aos três, mandou dez meninos pra enfermaria aos sete, correu atrás das meninas aos oito, pegou elas aos nove, foi dono de um estacionamento aos dez, e do estúdio ao completar doze, quando o pai morreu e lhe deixou Londres, Roma e Bombaim? *Esse* cara?

— Henry — suspirei —, você é maravilhoso.

— É difícil viver comigo — Henry admitiu, baixinho. — Enfim.

Ele estendeu a mão para tocar o nome de novo e a data abaixo.

— Trinta e um de outubro de 1934. Dia das Bruxas! Já se passaram vinte anos. Queria saber como é ficar tanto tempo morto. Ah, que azar. Vamos perguntar! Alguém lembrou de trazer uma ferramenta?

— Um pé de cabra do carro — Crumley disse.

— Ótimo... — Henry estendeu a mão. — Mas só pra garantir... — Seus dedos tocaram a porta da tumba.

— Sangue de Jesus! — ele exclamou.

A porta deslizou suave nas dobradiças lubrificadas. Ferrugem zero! Rangido zero! Lubrificada!

— Meu Pai Amado! Casa aberta! — Henry se endireitou rápido. — Se não se importam, já que têm todas as faculdades... vocês *primeiro*.

Toquei na porta. Ela deslizou ainda mais sombra adentro.

— Aqui.

Crumley passou na nossa frente, ligou a lanterna e entrou na meia-noite.

Fui atrás.

— Não me deixem aqui fora — Henry disse.

Crumley apontou.

— Feche a porta. Não queremos que ninguém veja nossa lanterna...

Hesitei. Já tinha assistido muito filme em que a porta da cripta bate e as pessoas ficam presas, berrando, para sempre. E se a Fera estivesse lá fora agora...?

Cemitério de lunáticos 295

— Jesus! *Aqui!* — Crumley empurrou a porta, deixando um mero centímetro de fresta para o ar entrar. — Enfim. — Ele se virou.

O recinto estava vazio, fora um grande sarcófago de pedra no centro. Não havia tampa. Dentro do sarcófago devia haver um caixão.

— Inferno! — disse Crumley.

Olhamos para baixo. Não havia caixão.

— Não me diga! — disse Henry. — Deixe eu botar meus óculos escuros que sinto melhor o cheiro! Pronto!

E enquanto olhávamos, Henry se curvou, respirou fundo, pensou a respeito por trás dos óculos escuros, soltou o ar, balançou a cabeça e deu mais uma fungada. Então abriu um sorrisão.

— Poxa. Não tem nada aí! Né?

— É.

— J. C. Arbuthnot — balbuciou Crumley —, *cadê* você?

— Não aqui — falei.

— E nunca *esteve* — Henry complementou.

Olhamos para ele na hora. Ele fez que sim, muito satisfeito consigo mesmo.

— Ninguém com esse nome ou qualquer outro nome, em momento nenhum, já esteve aqui. Se tivesse estado, eu captaria o cheiro, entenderam? Mas não tem sequer um floquinho de caspa, uma unha de dedão, um pelo de narina. Nem um cheirinho de nardo, nem de incenso. Este lugar, meus amigos, nunca foi habitado por um morto, nem por uma hora que seja. Se eu estiver errado, que arranquem meu nariz!

Água gelada desceu pela minha espinha até meus sapatos.

— Jesus — Crumley resmungou —, porque iam construir um mausoléu, botar ninguém, mas fingir que botaram?

— De repente porque nunca teve corpo — disse Henry. — E se o Arbuthnot nunca morreu?

— Não, não — falei. — Saiu em jornal do mundo inteiro, teve cinco mil enlutados. Eu estava lá. Vi o rabecão.

— Então o que fizeram com o corpo? — Crumley perguntou.

— E por quê?

— Eu...

A porta do mausoléu se fechou com um estrondo!

Henry, Crumley e eu gritamos em choque. Me agarrei em Henry, Crumley se agarrou em nós dois. A lanterna caiu. Xingando tudo, nos abaixamos e batemos cabeça, trancamos a respiração, esperamos ouvir a porta se trancar. Nos atrapalhamos, brigando com a lanterna para ela ligar, depois rodopiando o feixe até a porta, querendo vida, luz, o ar noturno para sempre.

Disparamos juntos para cima da porta.

E, por Deus, estava mesmo trancada!

— Jesus! Como é que a gente sai desse lugar?

— Não, não — eu ficava dizendo.

— Calem a boca — disse Crumley. — Deixem eu pensar.

— Pense rápido — Henry disse. — Quem nos fechou aqui foi buscar ajuda.

— De repente foi só o zelador — falei.

Não, pensei. A Fera.

— Não, me dá essa luz. Isso. Inferno. — Crumley voltou o feixe para cima e para o entorno dela. — As dobradiças são por fora, não tem como *chegar* nelas.

— Bom — Henry sugeriu —, não creio que tenha mais de uma porta para entrar aqui, tem?

Crumley jogou a luz no rosto de Henry.

— O que foi que eu *disse?* — Henry perguntou.

Crumley tirou a lanterna do rosto de Henry e iluminou além dele, em torno do sarcófago. Mirou o feixe para cima e para baixo, pelo teto, pelo piso, depois pelas reentrâncias da parede e em torno da janelinha do fundo, tão pequena que nada maior que um gato conseguia passar.

— Será que não dá para gritar da janela?

— Eu não ia querer ninguém que viesse acudir — Henry observou.

Crumley balançava sua luz, girando em círculos.

— Outra porta — ele ficava dizendo. — Deve ter!

CEMITÉRIO DE LUNÁTICOS 297

— Deve! — gritei.

Senti o lacrimejar feroz nos meus olhos e a secura terrível na garganta. Imaginei passos pesados correndo entre as lápides, sombras vindo bater, penumbras correndo para sufocar, me chamando de Clarence, querendo minha morte. Imaginei a porta arrebentando e uma tonelada de livros, fotos autografadas, cartões de autógrafo inundando tudo para nos afogar.

— Crumley! — Peguei a lanterna. — Me dá isso aqui!

Havia apenas mais um lugar para olhar. Espiei dentro do sarcófago. Então espiei mais de perto e soltei o ar.

— Olha aqui! — falei. — Essas coisas aqui — apontei. — Deus, não sei como se chamam, cavidades, reentrâncias, declives, sei lá. Eu nunca vi coisas assim em túmulo. E ali, olha, embaixo da reentrância, não tem uma luz saindo por baixo? Ah, inferno! Olha só!

Pulei na beira do sarcófago, me equilibrei e olhei as formas uniformes e calculadas no fundo.

— Atenção! — Crumley gritou.

— Não, *você* preste atenção!

Desci no fundo do sarcófago.

Ouvi um rangido de maquinário lubrificado. O recinto sacudiu quando algum contrapeso se mexeu lá embaixo.

Afundei conforme o piso do sarcófago afundava. Meus pés derreteram nas trevas. Minhas pernas foram atrás. Eu estava inclinado quando a tampa parou.

— Degraus! — gritei. — Uma escada!

— Como é que é? — Henry foi tateando. — Poxa!

O fundo do sarcófago, na horizontal, parecia uma série de meias-pirâmides. Agora que a tampa estava inclinada, eram degraus perfeitos para um túmulo mais abaixo.

Desci com pressa. — Venham!

— Venham?! — disse Crumley. — Mas que inferno tem aí *embaixo*?

— Qual é o inferno que tá lá *fora*? — Apontei para a porta que fora batida.

— Droga! — Crumley subiu para pegar o Henry. Henry pulou como um gato.

Desci os degraus a passos lentos, trêmulo, sacudindo a lanterna. Henry e Crumley vieram atrás, resmungando e soprando o ar.

Outro lance de escadas se fundiu com a tampa do sarcófago e nos levou mais uns três metros catacumba adentro. Quando Crumley, o último, desceu, a tampa deu um sussurro alto e se fechou com um baque. Espremi os olhos na direção do teto fechado e vi um contrapeso suspenso a meia-luz. Um grande anel de ferro estava pendurado ao pé da escada sumida. Por baixo, você podia agarrar, usar seu peso e puxar a escada para baixo.

Tudo isso num estalar de dedos.

— Odiei este lugar! — disse Henry.

— Como é que *você* sabe? — disse Crumley.

Henry disse:

— Mesmo não vendo eu não gosto. Escutem!

No andar de cima, o vento ou outra coisa estremecia a porta externa.

Crumley agarrou a lanterna e girou ao redor. — Agora *eu* odiei este lugar.

Havia uma porta na parede a uns três metros. Crumley deu um puxão e um resmungo. Ela se abriu. Com Henry entre nós, passamos com pressa. A porta bateu atrás. Corremos.

Pra longe, pensei, ou pra perto da Fera?!

— Não olhem! — Crumley berrou.

— Como assim, não *olhem*? — Henry golpeou o ar com sua bengala, bateu no piso de pedra com os sapatos, ricocheteando entre nós. Crumley, à frente, gritou:

— Só *não olhem*, é isso!

Meu eu havia visto enquanto corríamos, colidindo com as paredes, cruzando um território de pilhas de ossos e pirâmides de crânios, caixões quebrados, coroas de flores atiradas nos cantos; um campo de batalha da morte; urnas de incenso rachadas, fragmentos de estátuas, ícones demolidos, como se um longo desfile da perdição houvesse largado seus estilhaços no meio do festejo

CEMITÉRIO DE LUNÁTICOS 299

para sair voando, enquanto corríamos com uma luz que ressaltava em tetos de musgo e cutucava furos quadrados onde a pele havia sumido e dentes sorriam.

Não olhem!?, pensei. Não, não parem! Praticamente derrubei o Henry, embriagado de medo. Ele me açoitou com a bengala para me devolver à minha posição e continuou correndo como um demônio dotado de visão.

Fomos tropeçando de um país a outro, de uma fila de ossos a uma fila de latas, de criptas de mármore a criptas de concreto, e de repente estávamos no território do velho-preto-e-branco-mudo. Os nomes passavam como títulos de filmes em latas de película empilhadas.

— Em que lugar dos infernos a gente veio parar? — Crumley perguntou, ofegante.

— Rattigan! — me ouvi arfar. — Botwin! Meu Deus! Estamos na... Maximus Films! Passamos por baixo do muro!

E estávamos mesmo no porão de filmes de Botwin e no submundo de Rattigan, paisagens fotográficas mal iluminadas que haviam percorrido em 1920 e 22 e 25. Não jazigos de ossos, mas os velhos jazigos de filmes de que Constance havia falado enquanto divagávamos. Olhei para trás no escuro e vi corpos de verdade desvanecerem enquanto os fantasmas do cinema apareciam. Os títulos fluíam: *Amor de índio, O misterioso dr. Fu Manchu, O pirata negro.* Não só filmes da Maximus, mas filmes de outros estúdios, emprestados ou roubados.

Eu estava dividido. Metade de mim queria deixar o solo escuro para trás. Metade queria esticar a mão, tocar, ver estes antigos fantasmas das sombras que haviam reinado sobre a minha infância e me refugiado nas matinês eternas.

Cristo! Gritei, mas não gritei. Não vão embora! Chaney! Fairbanks! O homem naquela maldita máscara de ferro! Nemo debaixo do mar! D'Artagnan! Me esperem! Eu volto. Se eu viver, no caso! Em breve!

Tudo isso num balbucio de susto e frustração, uma explosão de amor instantâneo e medo instantâneo para sufocar o balbucio estúpido.

Não fique olhando as belezocas, pensei. Lembre-se do escuro. Corra.

E, pelo bom Deus, não pare!

Nossos ecos nos alcançaram numa onda tripla de pânico. Todos gritamos e corremos como uma massa sólida pelos últimos trinta metros ou algo assim, Crumley se agitando como um macaco maluco com sua lanterna, o Cego Henry e eu desabando com ele em uma última porta.

— Deus, está trancada!

Agarramos.

Congelei, lembrando de filmes antigos. Abra a porta: um dilúvio afunda Nova York, te engole em marés salgadas que descem pelas cisternas. Abra a porta e o fogo do inferno te explode em pedacinhos mumificados. Abra a porta e todos os monstros do tempo te agarram com garras nucleares e te jogam em um poço sem fim. Você cai para sempre, gritando.

Deixei a maçaneta da porta toda suada. Guanajuato rumorejava atrás da madeira. Aquele longo túnel no México esperava onde eu já havia enfrentado um corredor de horrores, os cento e dez homens, mulheres e crianças, múmias que pareciam tabaco seco arrancadas de seus túmulos para fazer fila e esperar pelos turistas e o dia do juízo final.

Guanajuato aqui?! Pensei. Não!

Empurrei. A porta deslizou nas dobradiças absolutamente silenciosas e lubrificadas.

Um instante de choque.

Entramos, aos tropeços, arfando, e batemos a porta.

Nos viramos.

Havia uma cadeira grande por perto.

E uma mesa vazia.

Com um telefone branco no meio dela.

— Onde nós estamos? — Crumley perguntou.

— Pelo jeito como ele está respirando, a criança sabe — Henry disse.

A lanterna de Crumley passeou pela sala.

— Santa Mãe de Deus, César e Cristo — suspirei.

Eu estava diante...

Da cadeira de Manny Leiber.

Da mesa de Manny Leiber.

Do telefone de Manny Leiber.

Do escritório de Manny Leiber.

Me virei para ver o espelho que escondia a porta, agora invisível.

Quase embriagado de exaustão, fiquei me olhando naquele vidro gelado.

E de repente era...

Mil novecentos e vinte e seis. A cantora de ópera no camarim e uma voz por trás do espelho incentivando, ensinando, instigando, desejando que ela passasse pelo vidro, uma Alice temível... dissolvida em imagens, derretendo para descer ao submundo, guiada pelo homem no manto escuro e máscara branca até uma gôndola que flutuava nas águas escuras do canal rumo a um palácio enterrado e uma cama em forma de caixão.

O espelho do fantasma.

A passagem do fantasma a partir da terra dos mortos.

E agora...

A cadeira dele, a mesa dele, o escritório dele.

Mas não o fantasma. A Fera.

Chutei a cadeira.

A Fera... vinha ver Manny Leiber?

Tropecei e recuei.

Manny, pensei. Ele que nunca deu ordens de verdade, só as recebia. Uma sombra, não uma substância. Uma atração secundária, não a principal. Comandar um estúdio!? Não. Ser uma linha telefônica pela qual as vozes passavam? Sim. Um garotinho de recados. Um garoto que vai buscar champanhe e cigarros, claro! Mas que senta naquela cadeira? Ele nunca havia sentado ali. Por quê...?

Crumley empurrou Henry.

— Anda!

— O quê? — falei, amortecido.

— Alguém vai passar a toda por aquele espelho a qualquer minuto!

— Espelho!? — gritei.

Estiquei a mão.

— Não! — disse Crumley.

— O que ele está aprontando? — Henry perguntou.

— Olhando para trás — falei.

Abri toda a porta do espelho.

Encarei o túnel comprido, espantado com o quanto havíamos corrido, de país a país, de mistério a mistério, de vinte anos até agora, de Dia das Bruxas a Dia das Bruxas. O túnel mergulhava pelos depósitos de filmes em lata e pelos relicários dos anônimos. Teria eu conseguido correr aquele caminho todo sem Crumley e Henry para afastar as sombras enquanto meu fôlego batia nas paredes?

Fiquei na escuta.

Bem ao longe, teriam portas sido abertas e batidas? Haveria um exército sombrio ou uma simples Fera nos perseguindo? Será que uma arma mortífera em breve descarregaria crânios, estouraria o túnel, me empurraria pra longe do espelho? Será que...

— Maldição! — disse Crumley. — Idiota! *Sai!*

Ele bateu na minha mão. O espelho se fechou.

Peguei o telefone e disquei.

— Constance! — gritei. — Green Town.

Constance gritou de volta.

— O que foi que ela disse? — Crumley olhou no meu rosto. — Deixa pra lá — acrescentou —, porque...

O espelho sacudiu. Corremos.

55.

O ESTÚDIO ESTAVA TÃO escuro e vazio quanto o cemitério atrás do muro.

As duas cidades se olhavam no ar noturno e fingiam mortes parecidas. Éramos as únicas coisas com calor próprio que andavam pelas ruas. Em algum lugar, quem sabe, Fritz rodava filmes noturnos da Galileia e braseiros e Cristos sugestivos e pegadas soprando ao vento da alvorada. Em algum lugar, Maggie Botwin se agachava sobre seu telescópio vendo as entranhas da China. Em algum lugar, a Fera ansiava para seguir, ou se escondia.

— Calma lá! — disse Crumley.

— Não tem ninguém nos seguindo — disse Henry. — Ouçam, o cego está falando! Aonde vamos?

— À casa dos meus avós.

— Olha, parece legal — disse Henry.

Fomos sussurrando, apressados:

— Meu bom Deus, será que alguém no estúdio sabe dessa passagem?

— Se sabiam, nunca disseram.

— Pense, pelo Senhor. Se ninguém sabia, e a Fera vinha toda noite ou todo dia, e escutava atrás da parede, depois de um tempo ela ia saber tudo. Todos os acordos, todos os pormenores, toda aquela besteirada das ações, todas as mulheres. Se guardar os dados por tempo suficiente, você tem tudo pra descontar o cheque. Sacode o Guy pra eles, pega a grana e debanda.

— O Guy?

— O boneco do Guy Fawkes, o manequim dos fogos de artifício, o Guy que jogam na fogueira todo dia de Guy Fawkes na Inglaterra, 5 de novembro. Tipo o nosso Dia das Bruxas, mas tem a ver com política e religião. Fawkes quase explodiu o Parlamento. Prenderam e enforcaram ele. O que tem aqui é uma coisa parecida. A Fera quer explodir o Maximus. Não literalmente, mas detonar o estúdio com desconfiança. Assustar todo mundo. Sacudir um boneco na cara deles. De repente é ele que está sacudindo o bolso dessa gente há anos. E ninguém se liga. É um investidor usando informação privilegiada.

— Uou! — Crumley disse. — Isso tá muito arrumadinho. Eu não gostei. Você acha que ninguém sabe da Fera atrás do muro, atrás do espelho?

— Arrã.

— Então como é que o estúdio, ou uma parte do estúdio, o seu chefe, Manny, teve um faniquito quando viu o molde em argila que o Roy fez da Fera?

— Olha…

— Manny sabe que a Fera existe e tem medo dela? A Fera entrou no estúdio à noite, viu o trabalho de Roy e destruiu tudo num acesso de fúria? E agora Manny tem medo que Roy vá chantagear ele, porque Roy sabe que a Fera existe e ninguém mais sabe? O quê, o quê, o quê? Responda, rápido!

— Pelo amor de Deus, Crumley, fecha a matraca!

— Fecha a matraca! Que grosseria é *essa*?

— Estou pensando.

— Posso ouvir as engrenagens girando. Qual é que *é*? Todo mundo é ignorante quanto a quem se esconde atrás do espelho e fica ouvindo? E por isso temem o desconhecido? Ou eles sabem e têm medo em dobro porque a Fera juntou tanta sujeira ao longo dos anos que pode ir aonde bem entende, pegar a grana e voltar correndo por baixo do muro? Ninguém se atreve a irritar a Fera. Ela provavelmente tem cartas que algum advogado vai mandar no dia que acontecer alguma coisa com ela. Já viu os ataques de pânico do Manny, pendurando suas cuecas no varal dez vezes por dia? Então? Qual vai *ser*? Ou você tem uma terceira versão?

— Não me deixe nervoso. Vou entrar em pânico.

— Poxa, garoto, é a última coisa que eu queria — disse Crumley, com uma boca encrespada de chupar limão. — Desculpe te enfiar esse pânico tamanho família, mas odeio ficar perdendo tempo com suas deduções de meia-tigela. Acabei de correr por um túnel, perseguido por um ninho de vespas bandidas que você chutou. A gente mexeu num vespeiro da Máfia ou só com um único maníaco acrobata? Promessas, só promessas! Cadê o Roy, cadê o Clarence, cadê a Fera? Me mostra um, só *um* corpo! E aí?

— Espere. — Parei, dei meia-volta, saí andando.

— Aonde você vai? — Crumley resmungou.

Crumley me seguiu morrinho acima.

— Onde diabos nós estamos?

Ele espiou a noite em volta.

— No Calvário.

— O que tem lá em cima?

— *Três* cruzes. Você reclamou que não tinha corpos?

— E daí?

— Estou com uma sensação terrível.

Estiquei a mão para tocar a base da cruz. Ela ficou pegajosa e cheirando a uma coisa tão crua como a vida.

Crumley fez a mesma coisa. Cheirou as pontas dos dedos e assentiu, percebendo o que era.

Erguemos o olhar para a cruz no céu.

Depois de um tempo, nossos olhos se acostumaram às trevas.

— Não tem corpo lá — Crumley disse.

— Sim, mas...

— Faz sentido — disse Crumley, e saiu correndo para Green Town.

— J. C.? — sussurrei. — J. C.

Crumley gritou do pé do morro. — Não fique aí parado!

— Não estou parado!

Contei até dez, devagar, enxuguei os olhos com os punhos fechados, assoei o nariz e caí morro abaixo.

LEVEI HENRY E CRUMLEY pelo caminho até a casa dos meus avós.

— Sinto cheiro de gerânios e lilases. — Henry ergueu o rosto.

— Sim.

— E grama cortada e lustra-móveis e muitos gatos.

— O estúdio precisa de caça-ratos. Degraus, Henry, aqui: oito de subir.

Paramos na varanda, respirando fundo.

— Meu Deus. — Olhei para os morros de Jerusalém além de Green Town e o mar da Galileia, além do Brooklyn. — Eu devia ter me dado *conta* depois de tanto tempo. A Fera não ia ao *cemitério,* ela estava entrando no *estúdio*! Que armação. Usando um túnel que ninguém suspeita para espionar as vítimas que chantageia. Para ver o tamanho do susto que conseguiu dar com aquele corpo no muro, pegar o dinheiro, assustar de novo e pegar mais!

— Se — disse Crumley — era *isso* que ela estava fazendo.

Inspirei o ar tremulamente, bem fundo, e enfim botei para fora.

— Tem mais um corpo que não entreguei para você.

— Prefiro não saber — disse Crumley.

— O de Arbuthnot.

— Arre, é mesmo!

— Alguém roubou — falei. — Há muito tempo.

— Não, meu senhor — disse o Cego Henry. — *Nunca* esteve lá. Aquele túmulo gelado estava limpinho.

— Então onde o corpo de Arbuthnot esteve esse tempo todo? — Crumley perguntou.

— Você que é o detetive. Detecte!

— Ok — disse Crumley —, que tal *assim*? Festa no Dia das Bruxas. Muita birita. Alguém batiza a birita. Dá para o Arbuthnot no último segundo, quando ele tá saindo. Arbuthnot morre no volante, detona o outro carro, joga pra fora da pista. Acobertam. A autópsia mostra que o corpo dele tinha birita para derrubar um elefante. Antes do funeral, em vez de enterrar as provas, queimam. Arbuthnot vira um fumacê, sai pela chaminé. Então seu sarcófago vazio fica no mausoléu, onde o Cego Henry aqui nos conta tudo.

— Eu *fiz* isso tudo, não fiz? — Henry concordou.

— A Fera, sabendo que o túmulo está vazio e talvez o motivo pra isso, usa ele de base, iça o sósia de Arbuthnot escada acima e assiste às formigas escaldadas saírem correndo num piquenique do terror do outro lado do muro. Ok?

— Isso ainda não nos dá o paradeiro de Roy, J. C., Clarence ou a Fera — falei.

— Deus me *livre* desse cara! — Crumley implorou para o céu.

Crumley foi livrado.

Ouviu-se um barulho temível nos becos do estúdio, alguns estouros no escapamento, buzinas e um grito.

— É a Constance Rattigan — Henry observou.

Constance estacionou na frente da casa antiga e desligou o motor.

— Mesmo quando ela desliga a ignição — disse Henry —, ainda ouço o motor dela rodando.

Nos encontramos na porta da frente.

— Constance! — falei. — Como você passou pelo vigia?

— Fácil. — Ela riu. — Era da velha guarda. Lembrei que uma vez avancei pra cima dele no ginásio masculino. Enquanto ele corava, passei zunindo! Mas que diabos, se não é o maior cego do mundo!

— Você continua trabalhando no farol, orientando os navios? — Henry perguntou.

— Me dá um abraço.

— Você está macia.

— E Elmo Crumley, seu velhão f. d. p.!

— Ela nunca se engana — disse Crumley, enquanto ela quebrava todas as costelas dele.

— Vamos dar o fora daqui — disse Constance. — Henry? Mostre o caminho!

— Já *fui!* — disse Henry.

Na saída do estúdio, balbuciei:

— O Calvário.

Constance diminuiu enquanto passávamos pelo morro primevo.

Era trevas total. Nada de lua. Nada de estrelas. Uma dessas noites em que a neblina vem cedo do mar e cobre toda Los Angeles até uma altura de uns cento e cinquenta metros. Os aviões ficam tapados e os aeroportos fecham.

Fiquei olhando fixamente para o morrinho, torcendo para encontrar Cristo em uma turnê de despedida ébria da Ascensão.

— J. C.! — falei baixinho.

Mas as nuvens se moveram. Eu via que as cruzes estavam vazias.

Três a menos, pensei. Clarence afogado em papel, o doutor Phillips carregado pra meia-noite da Notre Dame ao meio-dia, deixando um sapato pra trás. E agora…?

— Viu alguma coisa? — Crumley perguntou.

— Talvez amanhã.

Quando eu rolar a Pedra para o lado. Se eu tiver coragem.

Houve um silêncio de todos no carro, de aguardo.

— Vamos — Crumley sugeriu.

Eu falei baixinho:

— Vamos.

No portão da frente, Constance gritou alguma coisa obscena para o guarda, que recuou.

Fomos na direção do mar e da casa de Crumley.

56.

Paramos na minha casa. Enquanto eu corria para pegar meu projetor de oito milímetros, o telefone tocou.

Depois de uma dúzia de toques, tirei do gancho.

— Como é? — disse Peg. — Como que você ficou aí parado doze toques, com a mão no telefone?

— Meu Deus, a intuição feminina.

— O que foi? Quem *sumiu*? Quem está dormindo na cama da Mamãe Ursa? Você não me telefona. Se eu estivesse aí, te expulsava de casa. É difícil fazer isso a longa distância, mas cai fora!

— Tá bem.

Aquilo atingiu ela no peito.

— Espere — ela disse, alarmada.

— Você falou: Cai fora!

— Sim, mas...

— O Crumley está esperando ali na frente.

— Crumley! — ela berrou. — Pelas tripas de Cristo! O Crumley!?

— Ele vai me proteger, Peg.

— Dos seus pânicos? Ele tem como fazer boca a boca? Ele tem como garantir que você coma café da manhã, almoço ou jantar? Trancar o refrigerador quando você ficar rechonchudo? Ele faz você trocar a cueca!?

— Peg!

E nós dois rimos, só um pouco.

— Você está saindo de casa agora? Mamãe vai chegar no voo 67 da Pan Am, sexta-feira. Esteja lá! Com todos os assassinatos resolvidos, os corpos enterrados e as gananciosas chutadas escada abaixo! Se você não conseguir aparecer no aeroporto, só esteja na cama quando a mamãe bater a porta. Você não disse eu te amo.

— Peg. Eu te amo.

— E uma última coisa... na última hora: quem *morreu*?

Na frente, no meio-fio, Henry, Crumley e Constance aguardavam.

— Minha esposa não quer que eu seja visto com vocês — falei.

— *Entra.* — Crumley deu um suspiro.

57.

No CAMINHO PARA O oeste, passando por um bulevar vazio que não tinha nem um fantasma de carro à vista, deixamos Henry contar o que havia acontecido no muro, abaixo do muro, passando o muro e saindo do muro. Por algum motivo, era bom ouvir nossa fuga descrita por um cego que enunciava com a cabeça enquanto seu nariz negro inalava fundo e seus dedos negros rabiscavam o vento, desenhando Crumley aqui, ele mesmo ali, eu abaixo e a Fera atrás. Ou alguma coisa que havia ficado apoiada na porta da tumba como um deslizamento de microrganismos para travar nossa fuga. Foi nada! Mas, enquanto Henry contava, sentimos frio e fechamos as janelas. Não adiantou. O carro não tinha capota.

— E foi por isso — declarou Henry, tirando seus óculos escuros para o *finale* — que chamamos você, dama louca de Venice, para nos salvar. — Constance ficou olhando pelo retrovisor, nervosa. — Inferno, estamos muito devagar!

Ela afundou o pé no freio. Nossas cabeças chicotearam pra frente.

Crumley destrancou a porta.

— Ok. Espalhem-se! — ele resmungou. — Que horas *são*?

— Tarde — disse Henry. — A dama-da-noite perde o controle por volta dessa hora.

— É verdade isso? — Crumley gritou.

— Não, mas é legal de contar. — Henry abriu um sorrisão para um público que não se via. — Pegue a cerveja.

Crumley distribuiu as cervejas.

— É bom que tenha gim aqui — disse Constance. — Ô inferno. *Tem!*

Conectei meu projetor, denteei o filme de Roy Holdstrom e desligamos as luzes.

— Ok? — Cliquei o botão do projetor. — Agora.

O filme começou.

Imagens piscaram na parede de Crumley. Havia apenas trinta segundos de filme, e bem irregulares, como se Roy houvesse animado seu busto de argila em apenas algumas horas em vez dos muitos dias que costumava levar para posicionar uma criatura, tirar sua foto, reposicionar e registrar mais um frame, um de cada vez.

— Jesus amado — Crumley sussurrou.

Sentamos todos, atordoados pelo que saltou no muro de Crumley.

Era a amiga de Bela, a coisa do Brown Derby.

— Eu não consigo olhar — Constance disse. Mas ela olhou.

Dei uma espiada no Crumley e senti como eu me sentia quando criança, com meu irmão, sentado no cinema escuro quando o Fantasma ou o Corcunda ou o Morcego assomavam na tela. O rosto de Crumley era o rosto do meu irmão, trinta anos atrás, fascinado e horrorizado ao mesmo tempo, curiosidade e repulsa, o tipo de olhar que as pessoas têm quando veem mas não querem ver um acidente de trânsito.

Pois, no alto do muro, real e imediato, estava A Fera. Cada contorção do rosto, cada movimento das sobrancelhas, cada dilatação das narinas, cada movimento dos lábios, estava lá, perfeito como os desenhos que Doré fazia quando voltava de uma longa caminhada noturna pelas travessas cheias de cinzas escuras das chaminés de Londres, com tudo que é grotesco guardado atrás de suas pálpebras, seus dedos vazios se coçando para pegar pena, nanquim, papel e *começar*! Assim como Doré, com memória perfeita, havia rabiscado rostos, a mente interna de Roy havia fotografado a Fera para lembrar o mínimo pelo se movendo nas narinas, o mínimo cílio ao piscar, a orelha flexionada e a boca infernal em salivação eterna. E quando a Fera olhou para fora da tela, Crumley e eu recuamos. Ela nos viu. Ela nos desafiou a gritar. Ela vinha para matar.

A parede da sala ficou escura.

Ouvi um som borbulhar nos meus lábios.

— Os olhos — cochichei.

Tateei no escuro, rebobinei o rolo, recomecei o filme.

— Veja, veja, oh, veja! — gritei.

A imagem da câmera se fechou no rosto.

Os olhos insanos estavam fixados numa loucura convulsiva.

— Isso não é um busto de argila!

— Não? — disse Crumley.

— É o Roy!

— O Roy!?

— De maquiagem, *fingindo* que é a Fera!

— Não!

O rosto olhou de soslaio, os olhos vivos giraram.

— Roy...

E a parede escureceu pela última vez.

Do mesmo jeito que a Fera, encontrada nas alturas da Notre Dame, com os mesmos olhos, recuou e fugiu...

— Jesus — disse Crumley por fim, olhando aquela parede. — Então é isso que está à solta no cemitério nessas noites!

— Ou o Roy, à solta.

— Isso é loucura! Por que ele ia fazer isso?!

— Foi a Fera que meteu ele nessa encrenca toda, que fez ele ser demitido, quase fez ele morrer. Quer coisa melhor do que imitá-lo, ser ele, caso alguém visse? Roy Holdstrom não *existe* se ele coloca a maquiagem e se esconde.

— Ainda é loucura!

— Louco a vida toda, com certeza — falei. — Mas agora? Pra valer!

— O que ele ganha com isso?

— Vingança.

— Vingança?!

— Que a Fera mate a Fera — falei.

— Não, não. — Crumley fez que não com a cabeça. — Pro inferno com isso. Rode o filme de novo!

Rodei. As imagens correram pelos nossos rostos, subindo e descendo.

— Não é o Roy! — disse Crumley. — É um busto de argila, animado!

— Não. — Desliguei o filme.

Ficamos parados no escuro.

Constance fez sons estranhos.

— Ora — disse Henry —, sabe o que *é* isso? Choro.

58.

— ESTOU COM MEDO de ir para casa — disse Constance.

— Quem disse que você tinha que ir? — Crumley perguntou.

— Pegue uma cabana, qualquer quarto no complexo da selva.

— Não — Constance balbuciou. — Essa é a casa *dele*.

Todos olhamos para a parede vazia onde apenas uma imagem retiniana da Fera desvanecia.

— Ele não nos seguiu — disse Crumley.

— Talvez siga. — Constance assoou o nariz. — Esta noite eu não vou ficar sozinha numa maldita casa vazia do lado de um maldito oceano cheio de monstros. Estou ficando velha. Daqui a pouco eu peço pra um babaca casar comigo, Deus o ajude.

Ela olhou para a selva de Crumley e o vento da noite remexendo as folhas das palmeiras e a grama alta. — Ele está ali.

— Corta essa — disse Crumley. — Nós não sabemos se fomos seguidos pelo túnel do cemitério até aquele escritório. Nem quem bateu a porta da tumba. Pode ter sido o vento.

— Sempre é... — Constance tremia como alguém chocando a doença de um longo inverno. — E agora a gente faz o quê? — Ela afundou na cadeira de novo, estremecendo, agarrando os cotovelos.

— Toma.

Crumley dispôs uma série de fotocópias de jornais na mesa do jantar. Três dúzias de itens, grandes e pequenos, do último dia de outubro e da primeira semana de novembro de 1934.

"ARBUTHNOT, MAGNATA DOS ESTÚDIOS, MORTO EM ACIDENTE DE CARRO" era o primeiro. "C. Peck Sloane, produtor associado no estúdio Maximus, e sua esposa, Emily, mortos no mesmo acidente."

Crumley bateu com o dedo no terceiro artigo. — Os Sloane foram enterrados no mesmo dia que Arbuthnot. Velórios na mesma igreja, em frente ao cemitério. Todos enterrados no mesmo cemitério, do outro lado do muro.

— Onde aconteceu o acidente?

— Três da manhã. Gower com o Santa Monica!

— Meu Deus! A esquina do cemitério! E dando a volta no quarteirão você está no estúdio!

— Muito conveniente, não?

— Poupou viagem. Morra na frente de um necrotério, aí é só te empurrarem num carrinho.

Crumley fez cara feia para outra coluna. — Parece que rolou uma festa de Dia das Bruxas de arromba.

— E Sloane e Arbuthnot não estavam?

— O doutor Phillips, diz aqui, se ofereceu para dar carona, eles estavam bebendo e recusaram. O doutor veio dirigindo o próprio carro à frente dos outros dois, para abrir caminho, e cruzou um sinal amarelo. Arbuthnot e Sloane foram atrás, cruzando o vermelho. Um carro desconhecido quase bateu neles. O *único* carro na rua às três da manhã! Os carros de Arbuthnot e Sloane desviaram, perderam o controle, bateram em um poste. O doutor Phillips estava lá com seu kit médico. Não adiantou. Todos mortos. Levaram os corpos para o necrotério a cem metros de distância.

— Santo Deus — falei. — É asseado demais!

— Pois é — refletiu Crumley. — Uma responsabilidade dos diabos para o nosso doutor distribuidor de pílulas. Coincidência, ele na cena. Ele de encarregado do setor médico do estúdio *e* da polícia do estúdio! Ele entregando os corpos no necrotério. Ele preparando os corpos para o enterro como agente funerário? É sério? Ele tinha participação no cemitério. Ajudou a cavar as primeiras covas no início dos anos 20. Cuidava das idas e vindas e de tudo no meio.

A pele formiga de verdade, pensei, tocando meus antebraços.

— Foi o doutor Phillips quem assinou as certidões de óbito?

— Achei que você nunca fosse perguntar. — Crumley fez que sim.

Constance, que havia ficado congelada num canto, encarando os recortes de jornal da sua cadeira, finalmente falou, por lábios que mal se mexiam:

— Cadê aquela cama?

Eu a levei até o quarto ao lado e a sentei na cama. Ela segurou minhas mãos como se fossem uma Bíblia aberta e respirou fundo.

— Garoto, alguém já lhe disse que seu corpo cheira a flocos de milho e que seu hálito cheira a mel?

— Foi o H. G. Wells. Levava as mulheres à loucura.

— Tarde demais para loucuras. Meu Deus, como sua mulher deu sorte, toda noite vai pra cama com comida saudável.

Ela se deitou com um suspiro. Sentei no chão, esperando ela fechar os olhos.

— Como é que — ela balbuciou — você não envelheceu em três anos? E eu? Mil. — Ela riu em silêncio. Uma lágrima grande correu de seu olho direito e se desfez no travesseiro.

— Ah, merda — ela resmungou.

— Me *conte* — estimulei. — Diga. O que foi?

— Eu tava lá — Constance balbuciou. — Vinte anos atrás. No estúdio. Na noite do Dia das Bruxas.

Tranquei a respiração. Atrás de mim, uma sombra andou até a entrada, Crumley ali, quieto, ouvindo.

Constance olhou além de mim para outro ano e outra noite.

— Foi a festa mais louca que eu já vi. Todo mundo de máscara, ninguém sabendo quem ou o que estava bebendo qual ou por quê. Tinha birita em todos os galpões e uivos nos becos, e se tivessem construído Tara e Atlanta naquela noite, elas teriam pegado fogo. Devia ter duzentos vestidos e trezentos figurantes sem roupa, passando a birita para lá e para cá pelo túnel do cemitério, como se a Lei Seca estivesse a toda. Mesmo com a bebida legalizada, acho que é difícil abandonar a diversão, né? Passagens secretas entre os túmulos e os presuntos, como os fracassos de bilheteria apodrecendo nos depósitos? Mal sabiam eles que iam cimentar todo o maldito túnel, uma semana mais tarde, depois do acidente.

O acidente do ano, pensei. Arbuthnot morto, e o estúdio baleado e desabando como uma manada de elefantes.

— Não foi acidente — Constance sussurrou.

Constance concentrou uma escuridão particular por trás de seu rosto pálido.

— Assassinato — ela disse. — Suicídio.

A pulsação disparou na minha mão. Ela a segurou, forte.

— É — ela concordou. — Suicídio e assassinato. Nunca descobrimos como, por que ou o quê. Você viu nos jornais. Dois carros na Gower com o Santa Monica, tarde da noite, e ninguém para ver. Todos os mascarados fugiram com as máscaras. Os becos do estúdio pareciam aqueles canais venezianos à alvorada, todas as gôndolas vazias, e as docas cheias de brincos e roupas íntimas. Eu também corri. Depois, a boataria foi de que Sloane tinha encontrado Arbuthnot com a sua esposa nos fundos ou do outro lado do muro. Ou quem sabe Arbuthnot encontrou Sloane com a própria esposa. Meu Deus, se você ama a esposa de outro homem e ela faz amor com o próprio marido numa festa de lunáticos, isso não ia te deixar doido?! Aí um carro anda colado ao outro em altíssima velocidade. Arbuthnot atrás dos Sloane a cento e trinta por hora. Bateu na traseira deles na Gower, enfiou eles num poste. A notícia chegou à festa! O doutor Phillips, Manny e Groc saíram correndo. Levaram as vítimas à igreja católica que ficava perto. A igreja de Arbuthnot. Onde ele botou dinheiro como sua saída de emergência, sua escapatória do inferno, ele dizia. Mas era tarde demais. Eles morreram e foram levados para o outro lado da rua, para o necrotério. Eu já tinha ido embora há tempos. No estúdio, no dia seguinte, o doutor e Groc pareciam carregadores de caixão em seus próprios funerais. Ao meio-dia terminei a última cena do último filme que já fiz. O estúdio fechou por uma semana. Penduraram crepes em todos os galpões e borrifaram nuvens falsas de neblina e bruma por todas as ruas, ou será que não? As manchetes disseram que os três estavam bêbados e contentes, indo para casa. Não. Era a vingança correndo para matar o amor. Os pobres machos canalhas e a pobre vaca apaixonada foram enterrados do outro lado do muro onde a cachaça tinha corrido solta, dois dias mais tarde. O túnel do cemitério foi cimentado e... inferno — ela suspirou —, achei que tudo tinha acabado. Mas hoje, com o túnel aberto, e o corpo falso de Arbuthnot naquele muro, e aquele homem terrível dos olhos tristes e loucos no seu filme, começou de novo. O que tudo isso quer dizer?

O relógio dela parou, a voz dela baixou, estava prestes a dormir. Sua boca se contorceu. Fantasmas de palavras saíram, aos pedacinhos.

— Pobre homem sagrado. Bocó...

— Qual homem sagrado bocó? — perguntei.

Crumley se inclinou para a frente na entrada.

Constance, lá no fundo, se afogando, respondeu:

— ...padre. Pobre velho. Maltratado. O estúdio invadindo. Sangue no batistério. Corpos, meu Deus, corpos por todo lado. Pobre bocó...

— St. Sebastian? *Aquele* pobre bocó?

— Claro, claro. Pobre ele. Pobre todo mundo — balbuciou Constance. — Pobre Arby, aquele gênio triste e burro. Pobre Sloane. Pobre esposa. Emily Sloane. O que foi que ela disse naquela noite? Indo viver para sempre. Caramba! Que surpresa não acordar em lugar nenhum. Pobre Emily. Pobre Lar Hollyhock. Pobre de mim.

— Pobre lar o quê?

— Hol... — A voz de Constance saiu arrastada. — ... ly... hock...

E ela dormiu.

— Lar Hollyhock? Não conheço filme com esse nome — murmurei.

— Não — disse Crumley, entrando no quarto. — Não é um filme. Aqui.

Ele alcançou a lista telefônica sob a mesa de cabeceira e folheou as páginas. Correu o dedo e leu em voz alta:

— Sanatório Lar Hollyhock. Fica a meia quadra pra frente e meia quadra ao norte da igreja católica St. Sebastian, não é?

Crumley se inclinou para perto do ouvido dela.

— Constance — disse. — Lar Hollyhock. Quem está lá?

Constance gemeu, cobriu os olhos e se virou. Para a parede, ela deu algumas últimas palavras sobre uma noite de muito tempo atrás.

— ... indo viver para sempre... mal sabia ela... pobre todo mundo... pobre Arby... pobre padre... pobre bocó...

Crumley se levantou, resmungando. — Diabo. Porcaria. Claro. Lar Hollyhock. A poucos passos de distância da...

— St. Sebastian — completei. — Por que — acrescentei — estou com a sensação de que você vai me levar lá?

59.

— Você — Crumley falou pra mim no café da manhã — parece a morte requentada. Você — apontou sua torrada com manteiga para Constance — parece a Justiça sem a Piedade.

— E *eu* pareço o quê? — Henry perguntou.

— Não consigo te ver.

— Imagino — disse o cego.

— Todo mundo sem roupa — disse Constance, zonza, como uma pessoa lendo de um cartaz lá na frente. — Hora de nadar. Minha casa!

Fomos à casa de Constance.

Fritz telefonou.

— Já tem o meio do meu filme — ele berrou —, ou era o início? Agora precisamos refazer o Sermão da Montanha!

— *Precisa* refazer ele? — quase gritei.

— Você deu uma olhada nele recentemente? — Fritz, ao telefone, fez sua imitação de Crumley arrancando seus últimos fios de cabelo. — Faça! Depois escreva uma narração para o filme inteiro, cacete, para cobrir os outros dez mil caroços, espinhas e cascas de ferida do nosso épico. Você leu a Bíblia *inteira*, recentemente?

— Não exatamente.

Fritz arrancou mais cabelo. — Passe os olhos!

— Passar os olhos!?

— Pule umas páginas. Chegue ao estúdio às cinco da tarde com um sermão de arrepiar e uma narração que faça Orson Welles se cagar nas botas! Seu *Unterseeboot Kapitän* diz: *Vai fundo*!

Ele submergiu e foi embora.

— Todo mundo sem roupa — disse Constance, ainda meio dormindo. — Todo mundo pra dentro!

Nadamos. Acompanhei Constance o mais longe que consegui na rebentação. Aí as focas a receberam e saíram a nado com ela.

— Meu Senhor — disse Henry, sentado até a cintura na água. — Primeiro banho que tomo em anos!

Matamos cinco garrafas de champanhe antes das duas e de repente estávamos quase felizes.

Aí, de algum modo, eu sentei, escrevi o *meu* Sermão da Montanha, e li em voz alta ao som das ondas.

Quando terminei, Constance falou baixinho:

— Onde me inscrevo pra catequese?

— Jesus — disse o Cego Henry — sentiria orgulho.

— Eu te proclamo — Crumley serviu champanhe na minha orelha — gênio.

— Inferno — falei, com modéstia.

Voltei pra casa e, por segurança, levei José e Maria até Belém, alinhei os Reis Magos, posicionei o Bebê numa manjedoura de feno enquanto os bichos assistiam com olhos incrédulos, e no meio de caravanas de camelo à meia-noite, estrelas esquisitas e nascimentos milagrosos, ouvi Crumley atrás de mim dizer:

— Pobre homem santo bocó.

Ele ligou pra telefonista.

— Hollywood? — perguntou. — Igreja St. Sebastian?

60.

Às três e meia, Crumley me largou na St. Sebastian.

Ele analisou meu rosto e viu não só meu crânio, mas o que se sacudia lá dentro.

— Pare! — ele mandou. — Você está com aquela cara de burro convencido grudada na boca como um panfleto de circo. Quer dizer que você tropeça, mas *eu* que caio da escada!

— Crumley!

— Bom, Jesus amado, e quanto àquela disparada por baixo das ossadas e cruzando o muro ontem à noite, e o Roy em esconderijo permanente, e o Cego Henry bengalando o ar, lutando com fantasmas, e a Constance que hoje pode se assustar de novo e aparecer para arrancar meus curativos à noite? Foi ideia *minha* te trazer aqui! Mas agora você fica aí parado que nem um palhaço de Q. I. alto, prestes a pular de um penhasco!

— Pobre homem santo. Pobre bocó. Pobre padre — respondi.

— Ah, não, não vai não!

E Crumley dirigiu pra longe.

61.

PERAMBULEI POR UMA IGREJA que era de dimensões pequenas, mas que compensava nos ornatos brilhantes. Parei para olhar um altar que deve ter consumido cinco milhões de dólares em ouro e prata. A figura do Cristo na frente, se derretida, podia comprar metade da Casa da Moeda dos EUA. Foi enquanto eu estava ali, atordoado com a luz que vinha da cruz, que ouvi o padre Kelly atrás de mim.

— É o roteirista que telefonou para avisar do problema? — ele falou baixinho, do outro lado dos bancos.

Fiquei analisando o altar incrivelmente iluminado. — O senhor deve ter tido uma paróquia muito rica, padre — falei.

Arbuthnot, pensei.

— Não, é uma igreja vazia em tempos vazios. — O padre Kelly veio arrastando os pés pela nave e esticou uma pata gigante. Ele era alto, um e noventa e cinco, com músculos de atleta. — Temos a sorte de contar com alguns paroquianos cujas consciências geram problemas constantes. Eles *obrigam* a igreja a receber o dinheiro.

— O senhor diz a verdade, padre.

— É bom que eu diga, oras, senão Deus vai me pegar. — Ele riu. — É difícil aceitar dinheiro de pecadores cheios de úlceras, mas é melhor do que ver eles torrando nos cavalos. Aqui eles têm mais chance de ganhar, porque eu *boto* o medo de Jesus neles. Enquanto os psiquiatras ficam só conversando, eu dou um berro dos infernos, que arranca as calças de metade da minha paróquia e faz a outra metade vestir elas de volta. Venha se sentar. Gosta de uísque? Costumo me perguntar: se Cristo vivesse hoje, será que ele serviria isso e será que daríamos bola? Essa é a lógica irlandesa. Venha comigo.

No seu escritório, ele serviu dois cálices.

— Vejo nos seus olhos que você odeia essas coisas — observou o padre. — Deixe pra lá. Veio falar daquele filme de bobo que estão terminando lá no estúdio? Fritz Wong é louco como dizem que é?

— E bom como dizem que é.

— É bom ouvir um roteirista elogiar o chefe. Eu raramente fazia.

— O senhor!? — exclamei.

O padre Kelly riu. — Quando eu era jovem, escrevi nove roteiros. Nenhum foi filmado. Ou *deveriam* ter sido filmados ao nascer do sol. Até os trinta e cinco anos, fiz o meu melhor pra vender, me vender, chegar lá, entrar. Aí mandei tudo pro inferno e entrei para o sacerdócio, tarde na vida. Foi difícil. A igreja não tira gente que nem eu da rua por nada. Mas passei pelo seminário em tempo recorde e com estilo, porque tinha trabalhado em um monte de documentários cristãos. E quanto a você?

Fiquei sentado e rindo.

— Qual é a graça? — perguntou o padre Kelly.

— Tenho essa percepção de que metade dos roteiristas do estúdio, quando souber dos seus anos de roteiro, pode entrar de fininho aqui, não pra se confessar, mas pra conseguir respostas! Como se escreve *esta* cena, como eu fecho *isso,* como eu edito, como...

— Você bateu o barco e afundou a tripulação! — O padre virou o uísque e reabasteceu, rindo, e depois divagamos como dois cascas grossas das telonas antigas a respeito do país dos roteiros de cinema. Contei a ele quem era meu Messias, ele me contou seu Cristo.

Depois ele disse:

— Parece que você se deu bem remendando esse roteiro. Mas aí os velhões, dois mil anos atrás, também remendaram. É só você ver a diferença entre Mateus e João.

Me remexi na cadeira com uma necessidade furiosa de tagarelar, mas não ousei jogar óleo fervendo em um padre enquanto ele distribuía água benta geladinha da fonte.

Me levantei. — Bom, agradeço, padre.

Ele olhou minha mão estendida. — Você carrega uma arma — ele disse, tranquilo —, mas não disparou. Bote o traseiro de volta nessa cadeira.

— Todos os padres falam assim?

— Na Irlanda, sim. Você dançou em volta daquela árvore, mas não fez nenhuma maçã cair. Sacuda.

— Acho que *vou* querer um pouco disso aí. — Peguei o cálice e provei. — Bom… Imagine que eu fosse católico…

— Estou imaginando.

— Precisando me confessar.

— Eles sempre precisam.

— E viesse aqui depois da meia-noite…

— Uma hora estranha. — Mas uma luz se acendeu em cada um dos seus olhos.

— E batesse na porta…

— Você *faria* uma coisa dessas? — Ele se inclinou de leve na minha direção. — Prossiga.

— O senhor me deixaria entrar? — perguntei.

Posso ter empurrado ele de volta na cadeira.

— Antigamente as igrejas não ficavam abertas o tempo todo? — arrisquei.

— Há muito tempo — ele disse, rápido demais.

— Então, padre, se eu viesse numa noite qualquer, com uma ânsia medonha, o senhor *não* ia atender?

— Por que eu não atenderia? — A luz das velas ardeu nos olhos dele, como se eu houvesse levantado o pavio para acelerar a chama.

— Para o pior pecador, quem sabe, na história do mundo, padre?

— Não existe essa *criatura*. — Tarde demais, sua língua congelou neste último substantivo pavoroso. Seus olhos giraram e piscaram. Ele revisou sua proclamação para uma nova rodada.

— Não existe *pessoa* assim.

— Mas — insisti —, e se a danação, Judas em pessoa, viesse implorando... — fiz uma pausa — tarde da noite?

— Iscariotes? Eu acordaria por ele, sim.

— E, padre, se este homem horrível e perdido, passando necessidade, batesse aqui não uma noite por semana, mas quase todas as noites do ano? O senhor ia acordar ou ia ignorar a batida?

Foi a gota d'água. O padre Kelly saltou como se eu tivesse puxado uma rolha gigante. A cor se apagou das suas bochechas e da pele na raiz do couro cabeludo.

— Você tem outro compromisso. Não vou tomar seu tempo.

— Não, padre. — Me esforcei para ser corajoso. — *O senhor* precisa que eu vá embora. Houve uma batida à sua porta... — persisti no erro — que faz vinte anos esta semana. Foi tarde da noite. O senhor estava dormindo e ouviu baterem na porta.

— Não, chega disso! Saia daqui!

Foi o grito apavorado de Starbuck, condenando a blasfêmia de Ahab e seu último mergulho atrás da grande carne branca.

— Para fora!

— Fora? O senhor *foi* lá fora, padre. — Meu coração deu um pulo e quase me virou na cadeira. — E deixou entrar o acidente e o ruído e o sangue. Talvez o senhor tenha ouvido a colisão dos carros. Depois os passos, depois a batida, depois as vozes berrando. Talvez o acidente tenha fugido do controle, se é que foi acidente. Talvez precisassem de uma testemunha adequada à meia-noite, alguém que visse, mas não contasse. O senhor deixou a verdade entrar e desde então a guarda.

Me levantei e quase desmaiei. Minha subida, como se estivéssemos em pesos e polias, afundou o padre de volta na cadeira, praticamente desossado.

— O senhor foi testemunha, padre. Não foi? Pois fica a poucos metros e, na noite de Dia das Bruxas, 1934, eles não trouxeram as vítimas aqui?

— Deus me ajude — lamentou o padre —, sim.

Em um instante repleto de ar ígneo, o padre Kelly enfim desistiu de seu fantasma inflamatório e afundou, dobra após dobra, carne sobre carne, em si.

— Estavam todos mortos quando a multidão os trouxe?

— Não todos — disse o padre, sob o choque da recordação.

— Obrigado, padre.

— Pelo quê? — Ele havia fechado os olhos com a dor de cabeça da lembrança e agora os reabria com dor renovada. — Você sabe no que se meteu?!

— Tenho medo de perguntar.

— Então vá pra casa, lave o rosto e, um conselho pecaminoso: se embebede!

— Já é tarde demais pra isso. Padre Kelly, o senhor deu a extrema-unção a algum ou todos?

O padre Kelly balançou a cabeça para a frente e para trás, agitando a cabeça como se quisesse afugentar os fantasmas.

— E se eu tiver dado?!

— O homem chamado Sloane?

— Tinha morrido. Eu o abençoei, mesmo assim.

— O outro homem...

— O grandão, o famoso, o todo-poderoso...?

— Arbuthnot — concluí.

— Ele, eu fiz o sinal da cruz, falei as palavras e toquei com a água. E aí ele morreu.

— Morto e gelado, o corpo esticado, para sempre, morto *mesmo*?

— Cristo, o jeito como você diz! — Ele sugou o ar e expeliu. — Tudo isso... *sim*!

— E a mulher? — perguntei.

— Era a pior! — ele gritou, uma nova palidez disparando a velha palidez nas bochechas. — Insana. Amalucada e pior do que amalucada. Fora de mente e corpo e sem ter como voltar. Encurralada entre os dois. Meu Deus, me lembrou das peças que eu tinha visto quando era moço. A neve caindo. Ofélia de repente vestida em um silêncio terrível e pálido quando entra na água e não se afoga, mas derrete numa loucura final, um silêncio tão gélido que você não teria como cortar com faca ou soar com um grito. Nem mesmo a morte poderia abalar o inverno que aquela mulher tinha acabado de encontrar. Já ouviu *essa*? Foi um psiquiatra que me disse isso uma vez! O inverno eterno. O país da neve do qual raros viajantes voltam. A mulher Sloane, presa entre os corpos, lá no presbitério, sem saber como escapar. Então ela só se virou para se afogar. Os corpos foram levados pela gente do estúdio que havia trazido eles para algum alívio.

Ele falava com a parede. Agora voltava o olhar para mim, acometido por alarmes e ódio crescente. — A coisa toda durou o quê? Uma hora? Mas me assombra há todos esses anos.

— Emily Sloane, *louca*...?

— Uma mulher a levou daqui. Uma atriz. Esqueci o nome dela. Emily Sloane não sabia que era levada. Ela morreu na semana seguinte ou na posterior, pelo que ouvi dizer.

— Não — falei. — Houve um enterro triplo três dias depois. Arbuthnot sozinho e os Sloane juntos, ou assim se conta.

O padre reorganizou sua história. — Não importa. Ela morreu.

— Isso importa muito. — Me curvei para a frente. — Onde ela morreu?

— Eu só sei que ela não foi para o necrotério do outro lado da rua.

— Para um hospital, então?

— Você sabe tudo que eu sei.

— Nem tudo, padre, mas *parte*...

Fui até a janela do presbitério para espiar o pátio calçado e a trilha que levava para dentro.

— Se algum dia eu voltar, o senhor me conta a mesma história?

— Eu não devia ter lhe contado nada! Eu rompi meus votos confessionais!

— Não, nada do que o senhor disse foi contado em privado. Simplesmente aconteceu. O senhor viu. E agora, finalmente, lhe fez bem confessar para mim.

— Vá embora. — O padre suspirou, serviu mais um drinque e emborcou. Não adiantou em nada para dar cor nas bochechas. Ele só afundou de um jeito mais torto na própria carne. — Estou muito cansado.

Abri a porta do presbitério e olhei pelo corredor para o altar iluminado com joias, prata e ouro.

— Como é que uma igreja tão pequena tem esse interior tão rico? — perguntei. — Só o batistério financiava um cardeal e elegia um papa.

— Em outra época — o padre Kelly fitou seu copo vazio —, talvez eu te despachasse sorrindo para o fogo do inferno.

O copo caiu de seus dedos. Ele não se mexeu para recolher os cacos. — Adeus — falei.

Saí à luz do sol.

Passando por dois terrenos baldios e um terceiro, partindo dos fundos da igreja na direção norte, havia ervas daninhas e grama alta e trevos silvestres e girassóis tardios balançando

CEMITÉRIO DE LUNÁTICOS 333

no vento cálido. Logo depois, havia um sobrado todo pintado de branco com o nome em neon não iluminado acima: LAR HOLLYHOCK — SANATÓRIO.

Vi dois fantasmas no caminho pela grama. Uma mulher levando outra, indo embora.

"Uma atriz", o padre Kelly havia dito. "Esqueci o nome."

As ervas daninhas sopravam pelo caminho com um sussurro seco.

Uma mulher fantasma voltou pela trilha sozinha, chorando.

— Constance...? — chamei, baixinho.

62.

DEI UMAS VOLTAS PELA Gower e além para olhar pelo portão do estúdio.

Hitler no bunker subterrâneo nos últimos dias do Terceiro Reich, pensei.

Roma queimando e Nero procurando mais tochas.

Marco Aurélio na sua banheira, cortando os pulsos, deixando a vida se esvair.

Só porque alguém, em algum lugar, estava berrando ordens, contratando pintores com tinta demais, homens com aspiradores gigantes para sugar a poeira suspeita.

Apenas um portão de todo o estúdio estava aberto, com três guardas alertas para deixar os pintores e faxineiros entrarem e saírem, conferindo os rostos.

E naquele momento Stanislau Groc rugiu até o portão em seu Morgan britânico vermelho-vivo, pisou no acelerador e gritou:

— Saindo!

— Não, senhor — disse o guarda, em voz baixa. — Ordens de cima. Ninguém sai do estúdio pelas próximas duas horas.

— Mas eu sou cidadão do município de Los Angeles, não desse ducado maldito!

— Isso quer dizer — falei pela grade — que, se eu entrar, não posso sair?

O guarda tocou a viseira do quepe e disse meu nome. — O senhor pode entrar *e* sair. Ordens.

— Que estranho — falei. — Por que eu?

— Cacete! — Groc começou a sair do carro.

Passei pela portinha da grade e abri a porta do carona no Morgan de Groc.

— Pode me largar na sala de edição de Maggie? Quando você voltar, provavelmente vão deixar você sair.

— Não. Estamos presos — disse Groc. — Este navio está afundando a semana toda e não tem bote salva-vidas. Corra, antes que afunde também!

— Ora, ora — disse o guarda, baixinho. — Sem paranoia.

— Ouçam ele! — O rosto de Groc estava pálido como giz. — O grande psiquiatra-guardinha do estúdio! Você, entre. É sua última carona!

Hesitei e olhei para um rosto que era um misto de emoções. Todas as partes da fronte normalmente corajosa e arrogante de Groc derretiam. Era como um padrão de teste numa tela de TV, borrada, clareando, depois se desfazendo. Entrei e bati a porta, o que impulsionou o carro num trajeto maníaco.

— Ei, qual é a pressa?

Passamos voando pelos galpões. Cada um estava amplamente aberto e arejado. Os exteriores de pelo menos seis estavam sendo repintados. Sets antigos estavam sendo detonados e levados à luz do sol.

— Em qualquer outro dia, querido! — Groc gritou para ser ouvido acima do motor. — Eu teria adorado. Caos é o meu negócio. Os mercados de ações desabaram? As barcas adernaram? Maravilha! Voltei a Dresden em 1946 só para ver os prédios destruídos e o povo traumatizado.

— Não pode ser.

— Você não gostaria de ter visto? Ou os incêndios de Londres em 1940. Toda vez que a humanidade se comporta de forma abominável, eu encontro a felicidade!

— As coisas *boas* não te deixam feliz? Gente artística, mulheres e homens criativos?

— Não, não. — Groc acelerou. — *Isso* é o que deprime. Uma calmaria entre as estupidezes. Só porque há alguns poucos imbecis ingênuos estragando a paisagem com suas artes de rosas cortadas e naturezas-mortas, isso só mostra com maior contraste os trogloditas, os vermes anões e as víboras sinuosas que lubrificam o maquinário subterrâneo e levam o mundo à ruína. Decidi há muitos anos, desde que os continentes eram vastos depósitos de lama, que eu ia comprar as botas do melhor tamanho e chafurdar nela como um bebê. Mas isso é ridículo, nós presos dentro de uma fábrica imbecil. Eu quero rir dela, não ser destruído por ela. Se segure! — Fizemos a curva no Calvário.

Eu quase berrei.

Pois o Calvário havia desaparecido.

Além dele, o incinerador soltava grandes nuvens de fumaça preta.

— Devem ser as três cruzes — falei.

— Ótimo! — Groc bufou. — Eu queria saber... o J. C. vai dormir no albergue da Midnight Mission hoje à noite?

Virei a cabeça para olhar pra ele.

— Conhece bem o J. C.?

— O Messias moscatel? *Eu* que *fiz* ele! Já que tinha feito as sobrancelhas e os peitos dos outros, por que não as mãos de Cristo? Removi a pele extra para seus dedos parecerem delicados: as mãos de um Salvador. Por que não? A religião não é piada? As pessoas acham que estão salvas. Sabemos que não estão. Mas o toque da coroa de espinhos, os estigmas! — Groc fechou os olhos depois de quase bater em um poste, desviou e parou.

— Eu achei que tinha sido você — falei, enfim.

— Se você se faz de Cristo, *seja* o Cristo! Eu falei a J. C.: vou te fazer marcas de prego para mostrar nas exposições renascentistas! Vou costurar os estigmas de Masaccio, da Vinci, Michelangelo! Da pele de mármore da *Pietà*! E, como vocês viram, em noites especiais...

— ...os estigmas sangram.

Abri a porta do carro com tudo. — Acho que vou caminhando o resto do caminho.

— Não, não — Groc pediu desculpas, com uma risada estridente. — Preciso de você. Que ironia! Para me ajudar a sair do portão da frente, depois. Vá conversar com Botwin, depois corremos que nem o diabo.

Deixei a porta semiaberta, sem me decidir. Groc parecia estar num pânico alegre, hilário ao ponto da histeria. Eu só podia fechar a porta. Groc seguiu em frente.

— Pergunte, pergunte — disse Groc.

— Ok — tentei. — E esses rostos que você deixou lindos?

Groc pisou no acelerador.

— Eu falei pra eles que iam durar pra sempre e os imbecis acreditaram. De qualquer modo, estou me aposentando, *se* eu conseguir sair pelo portão. Comprei passagem para um cruzeiro de volta ao mundo amanhã. Depois de trinta anos, minhas risadas viraram cuspe de cobra. Manny Leiber? Vai morrer a qualquer hora. O doutor? Você sabia? Ele se foi.

— Pra onde?

— Vai saber? — Mas os olhos de Groc deslizaram para o norte, na direção do muro entre cemitério e estúdio. — Foi excomungado?

Seguimos no carro. Groc apontou à frente. — Agora, de Maggie Botwin eu gosto. Ela é uma cirurgiã do perfeccionismo, assim como eu.

— Ela não se parece com você.

— Se parecesse, ia morrer. E você? Bom, a decepção leva um tempo. Você terá setenta anos antes de descobrir que cruzou campos minados berrando para uma tropa idiota: *Por aqui!* Seus filmes vão ser esquecidos.

— Não — falei.

338 *Ray Bradbury*

Groc olhou para o meu queixo firme e lábio superior teimoso.

— Não — ele admitiu. — Você tem a cara do verdadeiro tolo santo. Os *seus* filmes, não.

Dobramos outra esquina e acenei pros carpinteiros, os faxineiros, os pintores. — Quem mandou fazer tudo isso?

— O Manny, é claro.

— Quem mandou o Manny? Quem *realmente* dá as ordens por aqui? Tem alguém atrás do espelho? Alguém dentro da parede?

Groc brecou o carro muito rápido e olhou para a frente. Eu podia ver as marcas de ponto nas suas orelhas, claríssimas.

— Não há resposta.

— Não? — perguntei. — Eu olho em volta e vejo o quê? Um estúdio, no meio da produção de oito filmes. Um é gigante, nosso épico com Jesus, só mais dois dias de filmagem. E, de repente, por capricho, alguém diz: Fechem as portas. E começam a pintura e a faxina amalucada. É loucura fechar um estúdio com um orçamento que come pelo menos noventa a cem mil dólares por dia. Qual é o lance?

— O quê? — Groc falou baixinho.

— Bom, eu vejo o doutor e ele é uma água-viva, venenosa, mas sem espinha. Eu olho pro Manny e a bunda dele combina com as cadeironas. Você? Tem uma máscara por trás da máscara e mais uma por baixo. Nenhum de vocês tem os barris de dinamite nem o detonador para botar o estúdio inteiro abaixo. Ainda assim, é isso o que está acontecendo. Vejo um estúdio do tamanho de uma baleia branca. Voam os arpões. Então tem que haver um capitão maníaco de verdade.

— Então me diga — Groc falou —, *quem* é o Ahab?

— Um morto em cima de uma escada no cemitério, olhando tudo, dando ordens. E todos vocês saem correndo — falei.

Groc piscou três piscadas lentas de iguana com seus grandes olhos escuros.

— Eu não — ele disse, sorrindo.

— Não? Por que não?

CEMITÉRIO DE LUNÁTICOS 339

— Porque sim, seu tolo imbecil. — Groc abriu um sorriso largo, olhando para o céu. — Pense! Só tem dois gênios que são inteligentes a ponto de fabricar esse seu morto naquela escada na chuva para olhar por cima do muro e parar o coração dos outros!
— E aqui Groc foi levado por um paroxismo de riso que quase o matou. — Quem ia saber modelar um rosto que nem aquele?
— Roy Holdstrom!
— Sim! *E?*
— O maquiador... — gaguejei — o maquiador do Lenin? Stanislau Groc voltou toda a luz de seu sorriso para mim.
— Stanislau Groc — falei, entorpecido. — ...*Você.*
Ele fez uma reverência modesta.
Você!, pensei. Não a Fera escondida nos túmulos, subindo a escada para posicionar o espantalho Arbuthnot e parar o estúdio, não! E sim Groc, o homem que ri, o minúsculo Conrad Veidt com o sorriso eterno costurado em seu rosto!
— Por quê? — perguntei.
— Por quê? — Groc deu um sorriso de canto. — Meu Deus, para dar uma *mexida* nas coisas! Jesus, isso aqui está um tédio há anos! O doutor maníaco das agulhas. Manny se rasgando em dois. Eu mesmo, não conseguindo risadas suficientes nessa nau de tolos. Então vamos erguer os mortos! Mas você estragou tudo, encontrou o corpo e não contou pra ninguém. Eu esperava que fosse sair correndo pelas ruas. Em vez disso, no dia seguinte, você se fechou em copas. Tive que fazer algumas ligações anônimas para botar o estúdio no cemitério. E aí, tumulto! Pandemônio.
— Foi você quem mandou o outro bilhete para convencer eu e o Roy a irmos ao Brown Derby ver a Fera?
— Fui eu.
— E tudo isso — falei, entorpecido —, por uma *piada?*
— Não exatamente. O estúdio, como você notou, repousa sobre uma rachadura voraz conhecida como falha de San Andreas, propensa a terremotos. Eu os senti há meses. Então apoiei a escada e levantei os mortos. E aumentei minha paga, pode-se dizer.

"Chantagem", Crumley sussurrou nos fundos da minha cabeça.

Groc se contorceu de alegria com sua própria história:

— Assustar Manny, o doutor, J. C., todo mundo, incluindo a Fera!

— A Fera? Você queria assustar a *Fera*?!

— Por que não? A multidão! A turba! Botar todo mundo para pagar, desde que não descobrissem que era eu por trás de tudo. Faça o motim, pegue a bufunfa, corra pra saída!

— Isso quer dizer, por Deus — falei —, que você devia saber de tudo do passado de Arbuthnot, da morte dele. Ele foi envenenado? Foi *isso*?

— Ah — disse Groc —, teorias, especulações.

— Quantas pessoas sabem que você comprou essa passagem de volta ao mundo?

— Só você, meu pobre garoto triste, querido e condenado. Mas acho que alguém pescou. Por que outro motivo o portão estaria trancado e eu preso?

— Sim — falei. — Acabaram de jogar o túmulo de Cristo fora com todo o madeiramento. Precisam de um corpo para ir junto.

— Eu — disse Groc, de repente desolado.

Uma viatura do estúdio havia parado ao nosso lado.

Um guarda se inclinou para fora.

— Manny Leiber quer ver o senhor.

Groc afundou. A pele entrou no sangue, o sangue na alma, a alma no nada.

— É isso — sussurrou Groc.

Pensei no escritório de Manny e no espelho por trás da mesa e nas catacumbas atrás do espelho.

— Fuja e suma — falei.

— Imbecil — disse Groc. — Até onde eu conseguiria chegar? — Groc deu um tapinha na minha mão com dedos trêmulos. — Você é um canalha, mas é um canalha do bem. Não, daqui em diante, quem for visto comigo desce junto no turbilhão quando puxarem a descarga. Veja.

CEMITÉRIO DE LUNÁTICOS *341*

Ele jogou sua maleta no assento, abriu e fechou de novo. Tive o vislumbre de notas de cem dólares em maços.

— Pegue — disse Groc. — Agora não me serve de nada. Esconda, depressa. Dá pra viver montado na grana pelo resto da vida.

— Não, obrigado.

Ele a empurrou de novo contra minha perna. Recuei, como se uma adaga de gelo houvesse apunhalado meu joelho.

— Canalha — ele disse. — Mas um canalha do bem.

Saí do carro.

A viatura, avançando sorrateiramente, o motor resfolegando, soou a buzina baixinho, só uma vez. Groc ficou olhando para ela e depois para mim. Conferiu minhas orelhas, minhas sobrancelhas, meu queixo.

— Sua pele não vai precisar de conserto por uns, hã, trinta anos. Um a mais, um a menos.

Sua boca estava grossa de catarro. Ele girou os olhos, apertou o volante com dedos firmes, fincados, e saiu dirigindo.

A viatura dobrou a esquina, o carro dele foi atrás, um pequeno cortejo fúnebre na direção do muro nos fundos do estúdio.

63.

SUBI A ESCADA DO palácio dos répteis de Maggie Botwin. Que se chamava assim por causa de todas as cenas abandonadas, as bobinas serpenteantes de película na lixeira ou se esgueirando pelo chão.

A salinha estava vazia. Os velhos fantasmas haviam fugido. As cobras haviam ido se esconder em outro lugar.

Parei no meio das prateleiras vazias, olhando em volta até encontrar um bilhete colado no alto da Moviola em silêncio dela.

CARO GÊNIO. TENTEI TE LIGAR DURANTE AS DUAS ÚLTIMAS HORAS. ABANDONAMOS A BATALHA DE JERICÓ E FUGIMOS, VAMOS LUTAR A BATALHA FINAL NO MEU BUNKER NA ENCOSTA DO MORRO. LIGUE. VENHA! SIEG HEIL, FRITZ E JACQUELINE, A ESTRIPADORA.

Dobrei o bilhete para enfiar no meu diário e ler na minha velhice. Desci os degraus e saí do estúdio.

Não havia tropas de assalto à vista.

64.

CAMINHANDO PELA COSTA, CONTEI a Crumley sobre o padre e a trilha pelas ervas daninhas e as duas mulheres que tinham caminhado lá muito tempo atrás.

Encontramos Constance Rattigan na praia. Foi a primeira vez que a vi deitada na areia. Antes, sempre estava na piscina ou no mar. Agora estava deitada no meio do caminho, como se não tivesse força para entrar na água ou voltar para casa. Ela estava tão ancorada, tão ilhada, tão pálida que doía de ver.

Nos agachamos na areia ao seu lado e esperamos ela nos sentir ali, de olhos fechados.

— Você andou mentindo — Crumley disse.

Os globos oculares dela giraram por baixo das pálpebras. — De qual mentira você está falando?

— De você sair correndo no meio daquela festa da meia-noite, vinte anos atrás. Você sabe que ficou até o final.

— O que eu fiz? — Ela virou a cabeça. Não conseguíamos ver se ela estava olhando para o mar cinzento, onde uma neblina de início de tarde chegava para estragar o momento.

— *Eles* trouxeram você à cena do acidente. Uma amiga sua precisou de ajuda.

— Nunca tive amigas.

— Qual é, Constance — disse Crumley. — Eu sei os fatos. Andei recolhendo os fatos. Os jornais dizem que teve três funerais no mesmo dia. O padre Kelly, naquela igreja perto de onde o acidente aconteceu de verdade, diz que Emily Sloane morreu *depois* dos funerais. E se eu conseguisse um mandado para abrir a tumba dos Sloane? Eu ia encontrar um ou dois corpos? Um, eu acho. E onde foi parar a Emily? Quem levou ela? Você? Por ordem de quem?

O corpo de Constance Rattigan tremeu. Eu não sabia dizer se era uma mágoa antiga que aflorou por causa do choque ou só a neblina agora se movendo ao nosso redor.

— Para um detetive burro, até que você é bem inteligente — ela disse.

— Não, é só que tem dias em que caio num cesto de ovos e não quebro nenhum. O padre Kelly disse ao nosso amigo roteirista aqui que Emily perdeu os parafusos. Então ela teve que ser conduzida. Você que foi a encarregada?

— Deus me ajude — Constance Rattigan sussurrou. Uma onda bateu na praia. Uma neblina mais densa chegou à rebentação. — Sim...

Crumley assentiu baixinho e disse:

— Deve ter havido um acobertamento grande, terrível, vai saber, descomunal, na mesma hora. Alguém encheu a caixinha de doações? Eu quero dizer o seguinte: o estúdio prometeu, putz, sei lá, redecorar o altar, financiar a vida de viúvas e órfãos pra sempre? Entregar ao padre uma fortuna fora da realidade toda semana se ele esquecesse que você *saiu* andando com a Emily Sloane de lá?

— Isso... — balbuciou Constance, de olhos arregalados, agora sentada, vasculhando o horizonte — foi uma parte.

— E mais dinheiro na caixinha de doações, cada vez mais, se o padre dissesse que o acidente aconteceu não na frente da igreja, mas descendo a rua uns cem metros, de forma que ele *não* tivesse visto Arbuthnot bater no outro carro, matar seu inimigo, nem a esposa do inimigo que despirocou com a morte dos dois. Isso?

346 *Ray Bradbury*

— Isso... — balbuciou Constance Rattigan, perdida em outro ano — é quase isso.

— E você tirou Emily Sloane da igreja uma hora depois e, praticamente morta, você a guiou por um terreno baldio cheio de girassóis e placas de VENDE-SE...

— Tudo era tão perto, tão conveniente, que dava vontade de rir — lembrou Constance, sem rir, o rosto cinzento. — O cemitério, a casa funerária, a igreja para fazer alguns velórios rápidos, o terreno baldio, a trilha... E a Emily? Ah, que inferno. Ela já tinha ido na frente, pelo menos na cabeça dela. Só tive que orientar.

— E, Constance — Crumley perguntou —, Emily Sloane ainda está viva?

Constance virou o rosto, um frame por vez, como um boneco em stop-motion, levando uns dez segundos para se mexer frame a frame até que estivesse olhando através de mim, com olhos ajustados no foco errado.

— Quando — eu disse — foi a última vez que você levou flores de presente a uma escultura de mármore? A uma estátua que nunca viu flores, nunca viu você, mas vivia dentro do mármore, dentro de todo aquele silêncio. Quando foi a última vez?

Uma só lágrima escorreu do olho direito de Constance Rattigan.

— Eu costumava ir toda semana. Sempre esperando que ela saísse da água como um iceberg e derretesse. Mas no fim não consegui aguentar o silêncio sem receber nem um obrigado. Ela fazia eu me sentir morta.

A cabeça dela se mexeu frame a frame, voltando à outra direção, rumo à memória do ano passado ou de um ano anterior.

— Eu acho — Crumley disse — que é hora de mais flores. Sim?

— Não sei.

— Sabe sim. Que tal... Lar Hollyhock?

Constance Rattigan rapidamente se ergueu num pulo, olhou para o mar, correu para as ondas e mergulhou.

— Não! — eu berrei.

Pois de repente fiquei com medo. Mesmo no caso de bons nadadores, o mar podia tomar e não devolver.

Corri até a linha da rebentação e comecei a chutar meus sapatos, quando Constance, espirrando água como uma foca e se sacudindo como um cachorro, explodiu das ondas e saiu andando penosamente. Quando atingiu a areia dura e molhada, parou e vomitou. Aquilo irrompeu da sua boca como uma rolha. Ela se levantou, com as mãos na cintura, olhando para a coisa na linha da rebentação conforme a maré a levava embora.

— Caralho — disse, curiosamente. — Essa bola de pelo devia estar aqui dentro desde aquela época!

Ela se virou para me olhar de cima a baixo, a cor voltando às suas bochechas. Deu um peteleco na minha direção, jogando chuva do mar no meu rosto, como se para me refrescar.

— Nadar — apontei o oceano — *sempre* te faz bem?

— O dia em que não fizer eu nunca mais saio de lá — ela falou baixinho. — Uma nadada rápida ou uma transa rápida funcionam. Não tenho como ajudar Arbuthnot nem Sloane, eles estão mortos e enterrados. Nem Emily Wickes...

Ela congelou, depois mudou o nome. — Emily *Sloane*.

— Wickes é o nome *atual* dela, o desses últimos vinte anos, lá no Lar Hollyhock? — Crumley perguntou.

— Agora que botei a bola de pelo pra fora, preciso virar um champanhe. Venham.

Ela abriu uma garrafa ao lado de sua piscina de azulejos azuis e serviu nossos copos até a boca.

— Vocês vão ser imbecis de tentar salvar Emily Wickes Sloane, viva ou morta, a essa altura do campeonato?

— Quem vai nos impedir? — Crumley perguntou.

— O estúdio inteiro! Não, talvez três pessoas que sabem que ela está lá. Vocês vão precisar que alguém os apresente. Ninguém entra no Lar Hollyhock sem Constance Rattigan. Não me olhem assim. Eu ajudo.

Crumley bebeu seu champanhe e disse:

— Uma última coisa. Quem assumiu o comando naquela noite, vinte anos atrás? Deve ter sido ruim. Quem...

348 *Ray Bradbury*

— Dirigiu tudo? Precisou de direção, com certeza. As pessoas estavam se atropelando, aos berros. Era *Crime e castigo*, *Guerra e paz*. Alguém tinha que gritar: *Assim*, não, *assim*! No meio da noite, com tantos gritos e sangue, graças a Deus, ele salvou a cena, os atores, o estúdio, tudo sem filme na câmera. O maior diretor alemão vivo.

— Fritz Wong? — explodi.

— Fritz — disse Constance Rattigan — Wong.

65.

O NINHO DE FRITZ, a meio caminho entre o hotel Beverly Hills e a estrada Mulholland, tinha uma vista de algo como dez milhões de luzes sobre o vasto assoalho de Los Angeles. De uma varanda de mármore comprida e elegante na frente do seu casarão, dava para ver os aviões a pouco mais de vinte quilômetros de distância chegando para o pouso, tochas brilhantes, meteoros lentos no céu, um por minuto.

Fritz Wong escancarou a porta de sua casa, olhou para fora e piscou, fingindo que não me via.

Entreguei seu monóculo, que estava no meu bolso. Ele o pegou e guardou.

— Arrogante filho da puta. — O monóculo cintilou de seu olho direito como uma lâmina de guilhotina. — Então! É *você*! A promessa-que-chega aparece para pentelhar o já-de-saída. O rei em ascensão derruba o príncipe de outrora. O roteirista que fala aos leões o que dizer a Daniel visita o domador que lhes fala o que *fazer*. O que está fazendo aqui? O filme está *kaput*!

— Aqui estão as páginas. — Entrei na casa. — Maggie? Você está *bem*?

Maggie, em um canto distante da sala, assentiu, pálida, mas, via-se, recuperada.

— Ignore o Fritz — ela disse. — Ele está que é só jumentice e asneira.

— Vá se sentar com a Retalhadora e cale a boca — disse Fritz, deixando seu monóculo queimar buracos nas minhas páginas.

— Sim... — Olhei o retrato de Hitler na parede e bati os calcanhares. — ...senhor!

Fritz olhou para cima, irritado. — Burro! Aquele retrato do pintorzinho maníaco está ali para me lembrar dos grandes canalhas de quem fugi para poder chegar aos pequenos. Meu Deus, a fachada da Maximus Films é um clone do Portão de Brandemburgo! Senta a sua *Sitzfleisch*!*

Sentei minha *Sitzfleisch* e fiquei boquiaberto.

Pois logo atrás de Maggie Botwin havia o altar religioso mais incrível que eu já tinha visto. Era mais iluminado, maior, mais formoso do que o de prata e ouro na St. Sebastian.

— Fritz — exclamei.

Pois aquele altar deslumbrante tinha prateleiras de *crèmes de menthe*, brandes, uísques, conhaques, vinhos do Porto, Borgonha e Bordeaux, armazenados em camadas de cristal e tubulação de vidro brilhante. Cintilava como uma gruta submarina da qual podiam enxamear cardumes de garrafas luminosas. Acima e em torno, pendia uma infinidade de finos cristais lapidados suecos, bem como da Lalique e da Waterford. Era um trono comemorativo, o lugar onde nasceu Luís XIV, a tumba de um rei Sol egípcio, o estrado da Coroação de Napoleão como imperador. Era uma vitrine de loja de brinquedos à meia-noite na véspera de Natal. Era...

— Como você sabe — falei —, eu raramente bebo...

O monóculo de Fritz caiu. Ele o pegou e replantou.

— O que vai querer? — ladrou.

Evitei seu desprezo lembrando de um vinho que havia ouvido ele citar.

— Corton — falei. — 1938.

---

* Palavra alemã que é, neste contexto, uma gíria para bunda. (N. E.)

— Você espera mesmo que eu abra meu melhor vinho para alguém que nem você?

Engoli em seco e fiz que sim.

Ele recuou e ergueu o punho para o teto como se fosse me martelar contra o chão. Então o punho desceu, delicadamente, e abriu a tampa de um armário para tirar uma garrafa.

Corton, 1938.

Ele manejou o saca-rolhas, rangendo os dentes e me olhando.

— Eu vou observar cada gole — rosnou. — Se você sugerir, pela mínima expressão, que não gostou... ssst!

Ele puxou a rolha com destreza e assentou a garrafa para respirar.

— Agora — suspirou —, embora o filme esteja duplamente morto, vamos ver como o menino prodígio se saiu! — Ele afundou na cadeira e folheou minhas novas páginas. — Deixe-me ler seu texto insuportável. Mas por que devíamos fingir que vamos voltar ao abatedouro, sabe lá Deus! — Ele fechou o olho esquerdo e deixou o direito, por trás do vidro brilhante, saltar, e saltar de novo. Ao terminar, jogou as páginas no chão e fez sinal, irritado, para que Maggie as pegasse. Ele observou o rosto dela enquanto servia o vinho. — Então? — gritou, impaciente.

Maggie colocou as páginas no colo e botou as mãos em cima, como se fossem o evangelho.

— Sou capaz de chorar. E? *Estou* chorando.

— Chega de comédia! — Fritz deu uma golada no vinho, depois parou, furioso comigo por fazê-lo beber tão depressa. — Não tem como você ter escrito isso em algumas horas!

— Desculpe — pedi desculpas, tímido. — Só o que é rápido é bom. Se faz devagar, você *pensa* no que está fazendo e fica ruim.

— Pensar é fatal, é? — Fritz quis saber. — Tipo, você *abafa* seu cérebro enquanto datilografa?

— Sei lá. Ei, esse vinho não é *ruim*.

— Não é ruim! — Fritz esbravejou com o teto. — Um Corton 1938 e ele diz que não é ruim! Melhor que todas aquelas malditas barrinhas de chocolate que vejo você mastigando pelo estúdio. Melhor que todas as mulheres no mundo. Quase.

— Este vinho — falei rápido — é quase tão bom quanto seus filmes.

— Excelente. — Fritz, alisado no ego, sorriu. — Você quase podia ser húngaro.

Fritz tornou a encher meu copo e me devolveu minha medalha de honra, seu monóculo.

— Jovem enólogo, por que mais você veio aqui?

Era a hora. — Fritz — falei —, em 31 de outubro de 1934, você dirigiu, fotografou e montou um filme chamado *Festa de arromba*.

Fritz estava jogado em sua cadeira, com as pernas esticadas, a taça de vinho na mão direita. Sua mão esquerda rastejou na direção do bolso onde o monóculo devia estar.

A boca de Fritz abriu-se preguiçosa, calmamente. — Como é?

— Noite de Dia das Bruxas, 1934...

— Mais. — Fritz, de olhos fechados, estendeu a taça.

Servi.

— Se você derramar uma gota, eu te jogo escada abaixo. — O rosto de Fritz apontava para o teto. Quando sentiu o peso do vinho na taça, ele fez um meneio e recuei para encher a minha.

— Onde — a boca de Fritz funcionava como se fosse separada do resto do seu rosto impassível — você ouviu falar de um filme tão bobo com esse título imbecil?

— Ele foi filmado sem película na câmera. Você o dirigiu por umas duas horas. É para eu lhe dizer quem eram os atores daquela noite?

Fritz abriu um olho e tentou focar o outro lado da sala sem seu monóculo.

— Constance Rattigan — elenquei —, J. C., o doutor Phillips, Manny Leiber, Stanislau Groc, mais Arbuthnot, Sloane e sua esposa, Emily Sloane.

— Cacete, que elenco — disse Fritz.

— Quer me contar por quê?

Fritz sentou-se devagar, praguejou, bebeu seu vinho, depois sentou-se curvado sobre a taça, olhando dentro dela por muito tempo. Depois, piscou e disse:

— Então finalmente eu posso contar. Venho esperando para vomitar esses anos todos. Bom... *alguém* tinha que dirigir. Não havia roteiro. Loucura total. Fui convocado de última hora.

— Quanto do filme — perguntei — você improvisou?

— A maior parte, não, *tudo* — disse Fritz. — Havia corpos por todo lado. Bom, não eram corpos. Pessoas e muito sangue. Eu tinha levado minha câmera para a noite, sabe. Numa festa como essa você gosta de pegar as pessoas de surpresa. Eu gostava, pelo menos. A primeira parte da noite foi boa. Gente gritando e correndo para lá e para cá pelo estúdio e pelo túnel, dançando no cemitério com uma banda de jazz. Foi louco, louco mesmo, e foi fantástico. Até que saiu dos trilhos. O acidente, no caso. A essa altura, você tem razão, não havia mais película na minha câmera dezesseis milímetros. Então eu dei ordens. Corra aqui. Corra ali. *Não* chame a polícia. Pegue os carros. Encha a caixinha de doações.

— Isso eu adivinhei.

— Calado! O pobre padre canalha, tal como a dama, estava pirando. O estúdio sempre mantinha bastante dinheiro à mão para emergências. Enchemos a fonte batismal como se fosse um banquete de Ação de Graças, bem na frente do padre. Eu nunca soube, naquela noite, se ele chegou a *ver* o que fizemos, dado o estado de choque em que estava. Mandei tirarem a Sloane de lá. Uma figurante a levou.

— Não uma figurante — falei. — Uma estrela.

— É!? Ela foi. Enquanto juntávamos os pedacinhos e cobríamos nossos rastros. Era mais fácil naquela época. Os estúdios, afinal, mandavam na cidade. Tínhamos um corpo, o de Sloane, para exibir, e outro, o de Arbuthnot, no necrotério, dissemos, e o doutor para assinar as certidões de óbito. Ninguém chegou a pedir para ver *todos* os corpos. Pagamos o legista para tirar uma licença de um ano. Foi assim que foi feito.

Fritz dobrou as pernas, aninhou sua bebida em cima da virilha e vasculhou o ar atrás do meu rosto.

— Por sorte, por causa da festa no estúdio, J. C., o doutor Phillips, Groc, Manny e todos os paus-mandados estavam lá. Berrei: tragam os guardas. Tragam os carros. Isolem o acidente. Tem gente saindo de casa pra ver? Berrem nos megafones que voltem pra dentro! Mais uma vez: naquela rua, poucas casas e o posto de gasolina fechado. O resto? Firmas de advocacia, todas no escuro. Quando uma multidão de verdade chegou das outras quadras, de pijama, eu já havia partido o mar Vermelho, reenterrado Lázaro, conseguido empregos novos para os Tomés Incrédulos em lugares distantes! Delicioso, maravilhoso, soberbo! Mais uma bebida?

— O que é *isso*?

— Brande Napoleon. Cem anos. Você vai odiar!

Ele serviu. — Se fizer cara feia, eu te mato.

— E os corpos? — perguntei.

— Havia só um morto no começo: Sloane. Arbuthnot foi esmagado até virar polpa, mas continuava vivo. Meu Jesus. Eu fiz o que podia, puxei ele pela rua até os recintos da casa funerária; e fui embora. Arbuthnot morreu mais tarde. Tanto o doutor Phillips quanto Groc deram duro para salvá-lo naquele lugar em que embalsamam os corpos, e que agora é um pronto-socorro. Irônico, não? Dois dias depois, dirigi o funeral. Mais uma vez, soberbo!

— E Emily Sloane? O Lar Hollyhock?

— Da última vez que a vi, ela estava sendo levada por aquele terreno baldio cheio de flores selvagens, até aquele sanatório particular. Morreu no dia seguinte. É tudo que eu sei. Fui só um diretor convocado para socorrer o *Hindenburg* enquanto pegava fogo, ou para ser o controlador de tráfego do terremoto de São Francisco. Esses são meus créditos. Agora, por que, por que, por que você pergunta?

Respirei fundo, engoli um pouco do brande Napoleon, senti meus olhos torneirarem com água quente e falei:

— Arbuthnot voltou.

Fritz se endireitou na poltrona e gritou:

— Ficou *louco*?!

— Ou a imagem dele — falei, quase guinchando. — Foi Groc. Pela piada, ele disse. Ou pelo dinheiro. Fez um boneco de papel machê e cera. Armou para assustar Manny e os outros, talvez com os mesmos fatos que você conhece, mas nunca revelou.

Fritz Wong levantou-se para andar num círculo, batendo no tapete com as botas. Então ficou balançando para a frente e para trás, sacudindo a cabeçorra, diante de Maggie.

— Você sabia disso!?

— Nosso júnior aqui disse algo...

— Por que você não me *contou*?

— Porque, Fritz — Maggie argumentou —, quando você está dirigindo, nunca quer saber de qualquer notícia, seja boa ou ruim, de quem quer que seja!

— Então é isso que está acontecendo? — Fritz perguntou. — O doutor Phillips bêbado no almoço três dias corridos. A voz de Manny Leiber parecendo um LP arrastado que toca em velocidade dupla. Jesus, achei que era eu fazendo tudo certinho, o que *sempre* deixa ele incomodado! Não! Jesus amado, Deus, ah, maldito seja aquele canalha do Groc. — Ele parou para se fixar em mim. — Quem traz más notícias ao rei é executado! — ele gritou. — Mas, antes de morrer, conte-nos mais!

— A tumba de Arbuthnot está vazia.

— E o corpo...? Roubaram?

— Ele nunca esteve *dentro* da tumba, nunca.

— Quem diz? — ele gritou.

— Um cego.

— Cego! — Fritz fechou os punhos de novo. Fiquei pensando se em todos aqueles anos ele havia guiado seus atores como bichos entorpecidos com aqueles punhos. — Um cego!?

O *Hindenburg* afundou nele com um incêndio final e terrível. Depois disso... cinzas.

— Um cego... — Fritz ficou vagando lentamente pelo recinto, ignorando nós dois, bebericando seu brande. — Conte.

Contei tudo que eu havia contado a Crumley até então.

Quando terminei, Fritz pegou o telefone e, segurando-o a cinco centímetros dos olhos, semicerrando-os, discou um número.

— Alô, Grace? Fritz Wong. Me consiga voos para Nova York, Paris, Berlim. *Quando?* Hoje à noite! Vou esperar na linha!

Ele virou-se para olhar pelas janelas, pelos quilômetros até Hollywood.

— Cristo, senti o terremoto a semana inteira e achei que fosse Jesus morrendo por conta de um roteiro fraco. Agora está tudo morto. Nunca voltaremos. Nosso filme vai ser reciclado e virar colarinhos de celuloide para padres irlandeses. Diga à Constance para fugir. E compre uma passagem para você.

— Para onde? — perguntei.

— Você deve ter um lugar para onde ir! — berrou Fritz.

No meio desta grande explosão de bomba, uma válvula em algum ponto de Fritz estourou. Não foi ar quente, e sim frio que se esvaiu do seu corpo. Seu olho ruim ganhou um tique que ficou descomunal.

— Grace — ele gritou no telefone —, não ouça esse idiota que acabou de ligar. Cancele Nova York. Me consiga Laguna! O quê? Na costa, sua songamonga. Uma casa de frente para o Pacífico, para que eu possa entrar na água como Norman Maine ao pôr do sol, caso o Apocalipse em si bata à porta. O quê? Para me esconder. De que me adianta Paris; os maníacos aqui iam saber. Mas nunca esperariam que um *Unterseeboot Kapitän* burro que odeia a luz do sol fosse parar em Sol City, no sul de Laguna, com aquele monte de vagabundos pelados e desmiolados. Mande uma limusine pra cá agora! Espero que você tenha uma casa me aguardando quando eu chegar ao restaurante de Victor Hugo às nove. Ande! — Fritz bateu o telefone para olhar feio para Maggie. — Você vem?

358 *Ray Bradbury*

Maggie Botwin era uma bela travessa de sorvete de baunilha que não derrete. — Caro Fritz — ela disse. — Nasci em Glendale em 1900. Eu podia voltar lá e morrer de tédio ou podia me esconder em Laguna, mas todos aqueles *vagabundos*, como você diz, fazem minha cinta arrepiar. De qualquer modo, Fritz, e você, meu caro jovem: eu estava aqui toda noite às três da madrugada naquele ano, pedalando minha máquina de costura Singer, costurando pesadelos para fazê-los parecer sonhos que dessem um pouquinho menos de vergonha, limpando o sorrisinho malicioso da boca de garotinhas safadas e largando-o nas lixeiras atrás das camas dobráveis superamassadas do ginásio masculino. Nunca gostei de festas, fossem coquetéis no domingo à tarde ou lutas de sumô no sábado à noite. Seja lá o que aconteceu naquela noite de Dia das Bruxas, eu estava esperando que alguém, qualquer um, viesse me entregar película. Nunca chegou. Se um acidente de carro aconteceu além do muro, eu não ouvi. Se houve um ou mil funerais na semana seguinte, recusei todos os convites e cortei as flores murchas, aqui. Eu não descia para ver Arbuthnot quando ele estava vivo, por que ia fazer isso quando estava morto? Ele gostava de subir aqui e ficar atrás da porta de tela. Eu olhava para ele, alto na luz do sol, e dizia: Você está precisando de uma montagenzinha! E ele ria e nunca entrava, só dizia para a moça da costura e alfaiataria como queria o rosto de tal e tal pessoa, perto ou longe, dentro ou fora, e ia embora. Como é que eu conseguia ficar sozinha no estúdio? Era um negócio novo e só tinha uma alfaiate na cidade, eu. O resto era passador de roupa, gente atrás de emprego, cigano, roteirista vidente que não sabia ler nem folha de chá. Teve um Natal em que o Arby me mandou uma roca com um fuso afiado e uma placa de latão no pedal: "PROTEJA ISSO PARA QUE A BELA ADORMECIDA NÃO FURE OS DEDOS E NÃO DURMA", dizia. Eu queria tê-lo conhecido, mas ele foi só mais uma sombra na frente da minha porta de tela e eu já tinha sombras de sobra *lá dentro*. Vi apenas as multidões no seu passeio memorial de despedida por aqui e ao redor do quarteirão rumo à quinta do consolo inútil. Como tudo mais nesta vida, incluindo este sermão, aquilo precisava de edição. — Ela olhou para o seu peito, segurando continhas invisíveis, penduradas ali para seus dedos inquietos.

Depois de um longo silêncio, Fritz disse:

— Agora, Maggie Botwin vai ficar um ano em silêncio!

— Não. — Maggie Botwin me fixou com seu olhar. — Você tem alguma última observação sobre os copiões que vimos nos últimos dias? Nunca se sabe: amanhã podem recontratar todos aqui a um terço do salário.

— Não — falei, sem jeito.

— Que vá pro inferno — disse Fritz. — Estou fazendo as malas!

Meu táxi continuava esperando, o taxímetro marcando uma soma astronômica. Fritz encarou ele com desprezo. — Por que você não aprende a dirigir, imbecil?

— E massacro gente nas ruas, estilo Fritz Wong? Isso é um adeus, Rommel?

— Só até os Aliados tomarem a Normandia.

Entrei no táxi, depois sondei o bolso do meu casaco. — E esse monóculo?

— Mostre no próximo Oscar. Vai lhe render um assento no camarote. Está esperando o quê, um abraço? Pronto! — Ele lutou comigo, irritado. — *Outen zee ass!*

Enquanto eu ia embora, Fritz berrou:

— Sempre me esqueço de lhe dizer o quanto te odeio!

— Mentiroso — gritei.

— Sim — Fritz assentiu e ergueu a mão em uma saudação lenta, cansada — ...eu minto.

66.

— Eu venho pensando no Lar Hollyhock — disse Crumley —, e na sua amiga Emily Sloane.

— Não é minha amiga, mas continue.

— Gente insana me dá esperança.

— O quê? — Quase deixei minha cerveja cair.

— Os insanos são os que decidiram ficar — Crumley disse.

— Eles amam tanto a vida que, em vez de destruí-la, eles ficam atrás de um muro que eles mesmos fizeram para se esconder. Eles fingem que não ouvem, mas *ouvem*. Fingem que não veem, mas veem. A insanidade diz: odeio viver, mas amo a vida. Odeio as regras, mas *gosto* de *mim*. Então, em vez de me jogar na cova, eu me escondo. Não no álcool, nem debaixo dos lençóis, nem no pico de uma agulha ou em fungadas de pó branco, mas na loucura. Na minha própria prateleira, nas minhas próprias vigas, sob meu próprio telhado silencioso. Então, sim, gente insana me dá esperança. Coragem para continuar sendo são e vivo, sempre com a cura à mão, caso eu me canse e precise dela. Da loucura.

— Me *dê* essa cerveja! — Eu a agarrei. — Quantas dessas você tomou?

— Só oito.

— Cristo. — Eu a enfiei de volta na mão dele. — Isso tudo vai fazer parte do seu romance quando você lançar?

— Pode ser. — Crumley deu um arroto dos bons, tranquilo, de autossatisfação, depois prosseguiu. — Se você pudesse escolher entre um bilhão de anos de trevas, nunca mais ver o sol, você não escolheria a catatonia? Você ainda poderia curtir a grama verde e o ar que cheira a melancia cortada. Ainda poderia tocar seu joelho quando não tivesse ninguém olhando. E o tempo todo você finge que não se importa. Mas você se importa *tanto* que constrói um caixão de cristal e fecha sobre si.

— Meu Deus! Prossiga.

— Eu pergunto: por que escolher a loucura? Para não morrer, digo eu. O amor é a resposta. Todos os nossos sentidos são amores. Amamos a vida, mas tememos o que ela faz com a gente. Então? Por que não dar uma chance à loucura?

Depois de um silêncio comprido, eu falei:

— Onde diabos essa conversa vai nos levar?

— Ao hospício — Crumley disse.

— Para falar com uma catatônica?

— Deu certo uma vez, não foi, uns dois anos atrás, quando te hipnotizei e você quase lembrou de um assassino?

— Sim, mas eu não era doido!

— Quem disse?

Fechei a boca e Crumley abriu a dele.

— Bom — ele disse. — E se levássemos Emily Sloane à igreja?

— Inferno!

— Não me venha com *inferno*. Todos ouvimos falar das beneficências que ela fazia todo ano para a igreja Nossa Senhora no bulevar Sunset. De como ela distribuiu duzentos crucifixos de prata duas Páscoas seguidas. Uma vez católica, sempre católica.

— Mesmo que esteja louca?

— Mas *ela* estaria ciente. Dentro, atrás do muro, ela ia sentir que estava na missa e ia… falar.

— Delirar, quem sabe…

— Talvez. Mas ela sabe de tudo. Por isso que ela ficou louca, para que não pudesse pensar nem falar daquilo. Ela é a única que sobrou, os outros morreram, ou se esconderam bem na nossa frente, com bocas fechadas em troca do soldo.

— E você acha que ela ia sentir a ponto, perceber a ponto de distinguir e lembrar? E se nós a deixarmos ainda mais louca?

— Nossa, não sei. É a última pista que temos. Ninguém mais vai abrir o bico. Você tem metade da história pela Constance, mais um quarto do Fritz, depois o padre. Um quebra-cabeças, e Emily Sloane é a moldura. Acenda as velas e o incenso. Soe o sino do altar. Talvez ela acorde depois de sete mil dias e fale.

Crumley ficou sentado um minuto inteiro, bebendo devagar e bastante. Então ele se curvou para a frente e disse:

— Mas como a gente *tira* ela de lá?

67.

NÃO LEVAMOS EMILY SLOANE à igreja.

Levamos a igreja à Emily Sloane.

Constance organizou tudo.

Crumley e eu levamos velas, incenso e um sino de latão feito na Índia. Dispomos e acendemos as velas em uma sala às escuras no Sanatório Lar Hollyhock Campos Elísios. Prendi alguns panos de algodão em volta dos joelhos.

— Pra que diabos é *isso*? — Crumley se queixou.

— Efeitos sonoros. Fica roçando. Como a saia do padre.

— Jesus! — disse Crumley.

— Mais ou menos isso.

Então, com as velas acesas, e Crumley e eu parados bem longe do caminho em uma alcova, abanamos o incenso e testamos o sino. Saiu um som fino e claro.

Crumley chamou baixinho. — Constance? *Agora*.

E Emily Sloane chegou.

Ela não se mexia por vontade própria. Ela não caminhava, tampouco sua cabeça virava ou seus olhos se flexionavam ou se movimentavam naquele rosto esculpido em mármore. O perfil primeiro saiu das trevas sobre um corpo rígido e mãos dobradas em serenidade lapidar sobre um colo tornado virgem pelo tempo. Ela foi empurrada, por trás, em sua cadeira de rodas, por uma diretora de palco quase invisível, Constance Rattigan, vestida de preto como se fosse o ensaio de um funeral antigo. Enquanto o rosto branco e terrivelmente calmo de Emily Sloane emergia do saguão, houve uma movimentação de pássaros alçando voo. Abanamos a fumaça do incenso e soamos o sino.

Soltei um pigarro.

— Shh, ela *está ouvindo*! — Crumley cochichou.

E era verdade.

Quando Emily Sloane entrou à luz suave, viu-se um tênue movimento, a mínima contração de seus olhos sob as pálpebras, conforme a batida imperceptível das chamas da vela convocava silêncio e sombras esguias.

Abanei o ar.

Soei o sino.

Com isto, o próprio corpo de Emily Sloane… flutuou. Como uma pipa sem peso, transportada em um vento invisível, ela se mexeu como se sua pele houvesse derretido.

O sino soou de novo e a fumaça do incenso fez suas narinas tremerem.

Constance recuou às sombras.

A cabeça de Emily Sloane virou-se para a luz.

— Ahmeudeus — sussurrei.

É ela, pensei.

A cega que havia chegado no Brown Derby e partido com a Fera naquela noite, parecia que mil noites atrás.

E ela não era cega.

Apenas catatônica.

Mas não era uma catatônica comum.

Saída do túmulo e do outro lado do recinto no cheiro e na fumaça do incenso e no soar do sino.

Emily Sloane.

Emily ficou dez minutos sentada sem dizer nada. Contamos nossas batidas do coração. Assistimos às chamas queimarem as velas conforme a fumaça do incenso esvanecia.

E então, por fim, o lindo momento em que a cabeça dela se inclinou e seus olhos dilataram.

Ela deve ter ficado sentada outros dez minutos, absorvendo coisas lembradas de muito antes da colisão que a haviam deixada ilhada na costa da Califórnia.

Vi a boca dela se mover quando sua língua se mexeu atrás dos lábios.

Ela escreveu coisas no interior de suas pálpebras, depois lhes deu tradução:

— Ninguém... — ela murmurou — en... tende...

E depois:

— Nunca... enten... deram.

Silêncio.

— Ele foi... — ela finalmente disse, e parou.

O incenso esfumaçava. O sino emitiu um pequeno som.

— ...o... es... túdio... ele... amava...

Mordi as costas da minha mão, esperando.

— ... lugar... para... brincar. Brinquê...

Silêncio. Seus olhos tremiam, lembrando.

— Brin... quedos... ferro... ramas. De me... nino. Dez... — Ela respirou fundo. — Onze... anos.

As chamas da vela tremeluziram.

— ...ele... sempre... disse... Natal... sempre... nunca... longe. Ele... morreria... se... não é Natal... bobinho. Mas... doze... ele fez... pai e mãe... devolverem... meias... gravatas... suéteres. No Natal. Comprar brinquedos. Ou ele não falava.

Sua voz se apagou.

Olhei para Crumley. Os olhos dele se esbugalharam, querendo ouvir mais, mais. O incenso soprou. Soei o sino.

— E...? — ele sussurrou pela primeira vez. — E...?

— E... — ela fez eco. Ela lia as frases no interior das pálpebras. — É assim que... ele... dirigia... estúdio.

Os ossos tinham ressurgido no corpo de Emily. Ela estava se recompondo na cadeira, como se sua lembrança puxasse as cordinhas, e as forças antigas e a vida perdida e a substância dela fossem assentadas no lugar. Até os ossos no seu rosto pareciam reestruturar suas bochechas e queixo. Ela passou a falar mais rápido. E, por fim, deixou tudo sair.

— Brincava. Sim. Não trabalhar... brincar. O estúdio. Quando o pai... morreu.

E, enquanto ela falava, as palavras começaram a sair em três e quatro, e por fim em rajadas, finalmente em corridas, estirões, gorjeios. A cor tocou suas bochechas e incendiou seus olhos. Ela começou a ascender. Como um elevador subindo por um túnel negro rumo à luz, sua alma se elevou e ela foi junto, pondo-se de pé.

Lembrou-me daquelas noites em 1925, 1926, quando música ou vozes em lugares distantes tocavam ou cantavam na estática e você tentava girar e fixar sete ou oito botões no seu rádio super-heteródino para ouvir a distante Schenectady, onde uns babacas tocavam música que você não queria ouvir, mas você ficava sintonizando até que, um a um, você travava os dígitos e a estática derretia e as vozes brotavam do grande alto-falante em forma de disco e você sorria com triunfo mesmo que tudo que quisesse fosse o som, não o sentido. Foi assim naquela noite, naquele lugar, com o incenso e o sino e os fogos das velas invocando Emily Sloane a levantar e levantar rumo à luz. E ela era pura lembrança e nada de carne, então escute, escute, o sino, o sino, e a voz, a voz, e Constance atrás da estátua branca pronta para pegá-la caso caísse, e a estátua disse:

— O estúdio. Era novo em folha, Natal. Todo dia. Ele estava sempre. Aqui às sete. Manhã. Ansioso. Impaciente. Se via gente. De boca fechada. Ele dizia. Abra! Ria. Nunca entendia. Qualquer um deprimido. Quando havia vida. Para viver. Muito a fazer...

Ela se desorientou de novo, perdida, como se esta longa rajada a houvesse exaurido. Ela circulou seu sangue por uma dúzia de pulsações, encheu os pulmões e seguiu adiante, como se perseguida:

— Eu... mesmo ano, com ele. Vinte e cinco, recém-chegada, Illinois. Louca por cinema. Ele viu que eu era louca. Me deixou... por perto.

Silêncio. Depois:

— Maravilhoso. Todos os anos, primeiros... O estúdio cresceu. Ele construiu. Plantas baixas. Se dizia. Explorador. Cartógrafo. Aos trinta e cinco. Ele disse. Queria o mundo dentro... dos muros. Sem viajar. Odiava trens. Carros. Carros mataram seu pai. Grande amor. Então, veja, viveu em um mundo pequeno. Ficou menor, quanto mais cidades, países ele construía no pátio cenográfico. A Gália! Dele. Depois... o México. Ilhas da África. Depois... a África! Ele dizia. Não precisa viajar. É só se trancar lá dentro. Convidar gente. Viu Nairóbi? *Aqui!* Londres? Paris? *Ali.* Construir salas especiais em cada set para durar. Da noite para o dia: Nova York. Fins de semana: *Rive Gauche...* Acordar nas Ruínas Romanas. Colocar flores. A tumba de Cleópatra. Atrás das fachadas de cada cidade colocavam tapetes, camas, água encanada. Gente do estúdio ria dele. Não se importava. Jovens, tolos. Continuou construindo. 1929, 1930! 31, 32!

Do outro lado do recinto, Crumley levantou suas sobrancelhas para mim. Senhor! Eu pensei que havia bolado uma coisa nova, viver e escrever na casa dos meus avós em Green Town!

— Até um lugar — balbuciou Emily Sloane — como Notre Dame. Saco de dormir. Tão alto sobre Paris. Acordar cedo, ao sol. Louco? Não. Ele ria. Deixava *você* rir. Não louco... foi só depois...

Ela afundou.

Por um longo tempo achamos que havia se afogado de vez.

Mas então soei o sino de novo e ela apanhou seu tricô invisível para costurar com os dedos, olhando para o padrão que desenhou no peito.

— Depois... ficou... louco... mesmo.

"Eu casei com Sloane. Deixei de ser secretária. Nunca perdoou. Ele continuou brincando com brinquedos grandes... disse

CEMITÉRIO DE LUNÁTICOS 369

que ainda me amava. E aí naquela noite... acidente. Aco. Aco. Aconteceu.

"E então... eu morri."

Crumley e eu aguardamos um minuto comprido. Uma das velas se apagou.

— Ele vem me visitar, sabiam — ela disse, enfim, para o som evanescente de mais velas piscando até apagar.

— Ele? — ousei sussurrar.

— Sim. Ah, duas... três... vezes... por ano. Você sabe quantos anos se passaram?, eu me perguntei.

— Me leva para sair, me leva — ela suspirou.

— Vocês conversam? — sussurrei.

— Ele sim. Eu só rio. *Ele* diz... Ele diz.

— O quê?

— Depois de todo esse tempo, ele me ama.

— Você diz?

— Nada. Não é certo. Eu fiz... encrenca.

— Você o vê com clareza?

— Ah, não. Ele fica fora da luz. Ou fica atrás da minha cadeira, diz amor. Bela voz. A mesma. Mesmo que tenha morrido e eu esteja morta.

— E de quem é essa voz, Emily?

— Ora... — Ela hesitou. Depois seu rosto se iluminou. — Do Arby, é claro.

— Arby...?

— Arby — ela disse, e oscilou, encarando a última vela acesa.

— Arby. Superou. Ou acho. Tanto para viver. O estúdio. Os brinquedos. Não importava eu ausente. Ele viveu para voltar ao único lugar que amava. Então o incrementou até depois do cemitério. O martelo. O sangue. Ah, Deus! Eu morri. *Eu!* — Ela deu um grito agudo e se afundou na cadeira.

Seus olhos e lábios se fecharam. Ela havia acabado, travado e voltado a ser uma estátua eterna. Nenhum sino, nenhum incenso ia mover aquela máscara. Chamei o nome dela, delicadamente.

Mas agora ela havia construído um novo caixão de vidro e fechado a tampa.

— Deus — disse Crumley. — O que fizemos?

— Provamos dois assassinatos, quem sabe três — falei.

Crumley disse:

— Vamos para casa.

Mas Emily não ouviu. Ela gostava exatamente de onde estava.

68.

E FINALMENTE AS DUAS cidades eram a mesma.

Se havia mais luz na cidade das trevas, então havia mais trevas na cidade da luz.

A neblina e a bruma se derramaram sobre os muros altos do necrotério. As lápides se mexeram como placas continentais. Os túneis de leito seco da catacumba encanaram ventos frios. A memória em si invadiu os depósitos territoriais dos filmes. Os vermes e os cupins que haviam prevalecido nos pomares de pedra agora solapavam os pomares das macieiras de Illinois, as cerejeiras de Washington e os arbustos matematicamente podados dos *château* franceses. Um a um, os grandes galpões, aspirados, lacrados. As casas de ripas, as cabanas de toras e as mansões da Louisiana deixavam cair suas telhas, escancaravam suas portas, tremiam com pragas e desabavam.

À noite, duzentos carros antigos no pátio cenográfico aceleraram os motores, soltaram fumaça pelo escapamento e levantaram poeira de cascalho em algum trajeto cego até o filão de Detroit.

Prédio a prédio, piso a piso, as luzes se apagaram, os ares-condicionados sufocaram, as últimas togas foram de caminhão como fantasmas romanos de volta à Western Costume, a uma quadra desta Via Ápia, conforme capitães e reis partiam com os últimos guardas do portão.

Estávamos sendo empurrados ao mar.

Os parâmetros, dia a dia, imaginei, estavam se fechando.

Mais coisas, ouvimos, derreteram e sumiram. Depois das cidades em miniatura e dos animais pré-históricos, foram as casas geminadas de tijolinhos vermelhos e os arranha-céus, e com a cruz do Calvário há muito levada, a tumba da alvorada do Messias a seguiu na fornalha.

A qualquer momento, o cemitério em si podia se romper. Seus moradores desgrenhados, despejados, sem teto à meia-noite, procurando novos imóveis do outro lado da cidade em Forest Lawn, iam embarcar em ônibus às duas da manhã para apavorar motoristas conforme os últimos portões se fechavam com um estrondo e o túnel da catacumba-depósito de uísque-filme transbordava com neve ártica semiderretida e avermelhada em seu fluxo enquanto a igreja do outro lado da rua pregava as portas e o padre bêbado fugia para encontrar o maître do Brown Derby perto do letreiro de Hollywood nos morros escuros, enquanto a guerra invisível e o exército inaparente nos empurravam cada vez mais a oeste, para fora da minha casa, para fora da clareira de Crumley na selva, até que enfim, aqui, no complexo árabe com comida escassa, mas champanhe em excesso, faríamos nossa última barricada quando a Fera e seu exército de esqueletos viessem guinchando pelas areias para nos lançar de almoço às focas de Constance Rattigan, e chocaríamos o fantasma de Aimee Semple McPherson subindo a rebentação ao contrário, estupefatos mas renascidos na alvorada cristã.

Foi isso.

Com uma metáfora a mais ou a menos.

69.

CRUMLEY CHEGOU AO MEIO-DIA e me viu sentado ao lado do telefone.

— Estou ligando para marcar uma hora no estúdio — falei.

— Com quem?

— Qualquer um que estiver no escritório de Manny Leiber quando aquele telefone branco na mesona tocar.

— E depois?

— Vou me entregar.

Crumley olhou para a rebentação gelada lá fora.

— Vai molhar a cabeça — ele disse.

— O que vamos fazer? — exclamei. — Ficar sentados, esperando eles derrubarem a porta ou saírem do mar? Não aguento a espera. Prefiro morrer.

— *Me dá* isso aqui!

Crumley agarrou o telefone e discou.

Quando atenderam, ele teve que controlar o berro:

— Estou muito bem. Cancele minha licença médica. Estarei aí hoje à noite!

— Bem quando preciso de você — falei. — Covarde.

— Covarde o cacete! — Ele bateu o telefone. — Estribeiro!

— Estri o *quê*?

— Foi só isso que eu fiz esta semana. Esperando você ser enfiado por uma chaminé ou jogado escada abaixo. Um estribeiro. Esse era o cara que segurava as rédeas quando o general Grant caiu do cavalo. Investigar obituário e ler notícia antiga é como trepar com uma sereia. Hora de ajudar meu legista.

— Você sabia que a palavra *legista* significa apenas *especialista em leis*? Um cara que decorava as regras? Lex. Legis. Legista. Médico-legista.

— Caramba! Tenho que ligar pras agências de notícias. Me dá esse telefone!

O telefone tocou. Nós dois pulamos.

— Não atenda — Crumley disse.

Deixei tocar oito vezes e depois dez. Não aguentei. Atendi.

De início havia apenas o som de uma onda elétrica em algum lugar do outro lado da cidade, onde chuvas inaparentes tocavam lápides implacáveis. E aí...

Ouvi uma respiração pesada. Era como uma grande levedura negra, a quilômetros de distância, chupando o ar.

— Olá! — falei.

Silêncio.

Por fim aquela voz grossa, fermentada, uma voz alojada dentro das carnes do pesadelo, disse:

— Por que você não está aqui?

— Ninguém me falou — eu disse, com a voz trêmula.

Houve a respiração submersa, pesada, como alguém se afogando na sua própria carne terrível.

— Hoje à noite — a voz se apagou. — Sete horas. Você sabe onde?

Fiz que sim com a cabeça. Burro! Eu *fiz que sim com a cabeça!*

— Bom... — se arrastou a voz profunda e perdida — faz muito tempo, um longo caminho... uma volta... então.... — A voz lamentou. — Antes que eu desista para sempre, devemos, hã, devemos... conversar...

A voz chupou o ar e se foi.

Sentei, agarrando o telefone, os olhos firmes.

— Que diabo foi *isso?* — disse Crumley, atrás de mim.

— Eu não liguei para ele — senti minha boca se mexer. — Ele *me* ligou!

— *Me dá* isso!

Crumley discou.

— Quanto à licença médica... — ele disse.

70.

O ESTÚDIO ESTAVA COMPLETAMENTE fechado, esvaziado, escuro e morto.

Pela primeira vez em trinta e cinco anos, havia apenas um guarda no portão. Não havia luzes em nenhum dos prédios. Apenas algumas luzes solitárias nas interseções de becos que levavam à Notre Dame, se ainda estivesse lá, passando o Calvário, que havia sumido para sempre, e seguiam na direção do muro do cemitério.

Caro Jesus, pensei, minhas duas cidades. Mas, agora, ambas no escuro, ambas frias, sem diferença entre elas. Lado a lado, cidades gêmeas, uma governada pela grama e pelo mármore gelado, a outra, aqui, governada por um homem tão sombrio, tão implacável, tão desdenhoso quanto a própria Morte. Mantendo domínio sobre prefeitos e xerifes, a polícia e seus cães da noite e as redes de telefonia para o Leste banqueiro.

Eu seria a única coisa quente e móvel a caminho, com medo, de uma cidade dos mortos à outra.

Toquei no portão.

— Pelo amor de Deus — disse Crumley, atrás de mim —, não!

— Eu preciso — falei. — Agora a Fera sabe onde está todo mundo. Ele poderia aparecer e destruir sua casa, ou a da Constance, ou a do Henry. No caso, eu não acho que vá. Alguém fez o último rastreamento por ele. E não tem jeito de detê-lo, tem? Nenhuma prova. Nenhuma lei que o prenda. Nenhum tribunal que ouça. E nenhuma cadeia que aceite. Mas eu não quero ser detonado na rua nem levar uma martelada na cama. Deus, Crumley, eu ia odiar ter que esperar e esperar. E de qualquer modo, você devia ter ouvido a voz dele. Não acho que vá a lugar algum a não ser morto. Está se sentindo pressionado por alguma coisa terrível e precisa falar.

— Falar! — Crumley gritou. — Algo como: fique parado enquanto eu te espanco!?

— Falar — eu disse.

Parei no portão, olhando a rua comprida à frente.

A Via Crúcis:

O muro do qual eu tinha corrido na véspera do Dia de Todos os Santos.

Green Town, onde Roy e eu havíamos vivido de verdade.

O Galpão 13, onde a Fera foi modelada e destruída.

A oficina de carpintaria, onde o caixão foi escondido para ser queimado.

A casa de Maggie Botwin, onde as sombras de Arbuthnot tocavam a parede.

A cantina, onde os apóstolos do cinema partiram pão dormido e beberam o vinho de J. C.

O monte do Calvário, sumido, e as estrelas girando acima, e Cristo há muito levado a uma segunda tumba, e nenhum milagre dos peixes possível.

— Ah, que vá pro diabo — Crumley se mexeu atrás de mim. — Eu vou junto.

Eu fiz que não. — Não. Você quer passar semanas ou meses esperando, tentando encontrar a Fera? Ele ia se esconder de *você*. Ele se abriu para mim agora, talvez para contar tudo sobre as pessoas que sumiram. Você vai conseguir mandados para abrir cem

380   *Ray Bradbury*

covas do outro lado do muro? Acha que o município vai te dar uma pá para cavar até encontrar J. C., Clarence, Groc, o doutor Phillips? Nunca veremos esses aí de novo a não ser que a Fera nos mostre. Então vá esperar no portão da frente do cemitério. Dê oito ou dez voltas na quadra. Provavelmente vou sair gritando por uma saída ou pela outra. Ou só caminhando.

A voz de Crumley estava sombria.

— Ok. Então *vá* se matar! — ele suspirou. — Não. Droga. Toma.

— Uma arma? — gritei. — Eu tenho medo de armas!

— Leve. Bote a pistola num bolso, as balas no outro.

— Não!

— Leve! — Crumley me empurrou.

Levei.

— Volte inteiro!

— Sim, *senhor* — eu disse.

Entrei. O estúdio sentiu meu peso. Senti ele afundar na noite. A qualquer momento, todos os últimos prédios, alvejados como elefantes, iam cair de joelhos, virar carniça para os cães e ossos para os pássaros noturnos.

Desci a rua, esperando que Crumley fosse me chamar de volta. Silêncio.

No terceiro beco, parei. Queria dar uma olhada pro lado, na direção de Green Town, Illinois. Não olhei. Se as escavadeiras tinham demolido e os cupins comido as cúpulas, as janelas salientes, os sótãos de brinquedo e as adegas de vinhos, eu me recusava a ver.

No prédio da administração, uma única luzinha externa brilhava.

A porta estava destrancada.

Respirei fundo e adentrei.

Tonto. Imbecil. Burro. Babaca.

Resmunguei a litania enquanto subia.

Testei a maçaneta. A porta estava trancada.

— Graças a Deus! — Estava prestes a correr quando...

CEMITÉRIO DE LUNÁTICOS 381

Os ferrolhos estalaram.

A porta do escritório abriu.

A pistola, pensei. Tateei a pistola em um bolso, as balas no outro.

Dei um passo para dentro.

O escritório era iluminado apenas por uma luz sobre um quadro na parede oeste do outro lado. Segui pelo piso, em silêncio.

Havia o monte de sofás vazios, poltronas vazias e a grande mesa vazia com apenas um telefone em cima.

E a grande cadeira, que não estava vazia.

Eu podia ouvir sua respiração, longa e lenta e pesada, como a de um animal de grande porte no escuro.

Distingui vagamente a forma gigante do homem alojada naquela cadeira.

Tropecei numa poltrona. O choque quase fez meu coração parar.

Espiei a forma do outro lado do recinto e não vi nada. A cabeça estava baixa, o rosto obscuro, os braços grandes como patas esticadas para se apoiar na mesa. Um suspiro. Inspiração, expiração.

A cabeça e o rosto da Fera se ergueram na luz.

Os olhos me fitaram, penetrantes.

Ele se mexeu como uma grande levedura preta se acomodando.

A cadeira imensa gemeu com o girar da forma.

Tentei alcançar o interruptor.

A ferida-que-era-uma-boca se escancarou.

— Não! — A sombra vasta mexeu um braço comprido.

Ouvi o disco do telefone uma vez, duas. Um zumbido, clique. Mexi no interruptor. Nada de luz. As trancas na porta se encaixaram.

Silêncio. E depois:

Uma grande sucção de ar, uma grande exalação:

— Veio… pela vaga?

A *o quê*?!, pensei.

A sombra imensa inclinou-se no escuro. Eu era encarado, mas não via olhos.

— Você veio — suspirou a voz — dirigir o estúdio?

Eu!, pensei. E a voz soou sílaba por sílaba:

— ...Ninguém agora é certo para a vaga. Um mundo a dominar. Tudo em poucos hectares. Outrora havia laranjeiras, limoeiros, gado. O gado continua aqui. Mas sem problema. É seu. Eu lhe dou...

Loucura.

— Venha ver tudo que será seu! — Seu braço comprido fez um gesto. Ele tocou um disco invisível. O espelho atrás da parede deslizou com folga para um vento subterrâneo e um túnel que levava aos depósitos.

— Por aqui! — sussurrou a voz.

A forma se alongou, girando. A cadeira rodou e rangeu e de repente não havia sombra na frente ou atrás da cadeira. A mesa continuava tão vazia quanto o convés de um navio dos grandes. O espelho inquieto se mexeu, fechando. Pulei para a frente, com medo de que, quando batesse, as luzes fracas se apagassem e eu me afogasse no ar escuro.

O espelho deslizou. Meu rosto, em pânico, brilhou no vidro.

— Não posso seguir! — gritei. — Tenho medo!

O espelho congelou.

— Na semana passada, sim, devia ter — ele murmurou. — Hoje à noite? Escolha um túmulo. É meu.

E sua voz agora parecia a voz do meu pai, derretendo naquele leito de enfermo, desejando a dádiva da morte, mas levando meses para morrer.

— Passe por aqui — a voz disse baixinho.

Meu Deus, pensei, eu conheço isso de quando tinha seis anos. O fantasma acenando para mim por trás do vidro. O cantor, a mulher, curiosa com sua voz suave, ousando escutar e tocar o espelho, e a mão dele aparecendo para levá-la às masmorras e a uma gôndola fúnebre em um canal negro com a Morte no remo. O espelho, o sussurro e a casa de ópera vazia e a cantoria no final.

— Não consigo me mexer — falei. Era verdade. — Tenho medo. — Minha boca se encheu de pó. — Você morreu há muito tempo...

Por trás do vidro, sua silhueta assentiu. — Não é fácil... estar morto, mas vivo sob os depósitos dos filmes, saindo pelos túmulos. Mantendo o número de pessoas que *realmente* sabem pequeno, pagando-as bem, matando-as quando fracassam. Morte à tarde no Galpão 13. Ou Morte em uma noite insone atrás do muro. Ou neste escritório em que eu costumava dormir na cadeirona. Agora...

O espelho tremeu; se foi obra do fôlego dele ou da sua mão, eu não saberia dizer. Meus batimentos cardíacos pulsavam nos ouvidos. Minha voz ecoou do vidro, uma voz de garoto:

— Não podemos conversar *aqui*?

De novo, a risada melancólica, meio suspirada. — Não. O *grand tour*. Você precisa saber de tudo se vai tomar o meu lugar.

— Eu não *quero*! Quem foi que *disse*?

— *Eu* disse. Eu *digo*. Ouça, estou praticamente morto.

Um vento úmido soprou, cheirando a nitrato dos filmes antigos e terra crua dos túmulos.

O espelho deslizou de novo. Passos se afastaram silenciosamente.

Encarei o túnel meio iluminado por meras luzinhas vaga-lume no teto.

A imensa sombra da Fera se deslocava pela rampa que descia, quando ele se virou.

Me fitou firme com seus olhos incrivelmente ferozes, incrivelmente tristes.

Acenou com a cabeça para o declive nas trevas. — Bom, se você não consegue caminhar, então corra — murmurou.

— Do *quê*?

A boca mastigou barulhentamente a própria saliva e por fim declarou:

— De mim! Eu corri a vida inteira! Você acha que não consigo correr atrás? Deus! Finja! Finja que ainda sou forte, que ainda tenho poder. Que posso te matar. *Finja* que tem medo!

— Mas tenho!

— Então *corra*! Maldito!

Ele levantou um punho para derrubar as sombras das paredes. Corri.

Ele foi atrás.

71.

FOI UMA TERRÍVEL PERSEGUIÇÃO de faz de conta pelos depósitos onde ficavam todos os rolos de filme, na direção das criptas de pedra onde se escondiam todas as estrelas destes filmes, debaixo do muro e passando o muro, que de repente tinha ficado para trás, e fui de ricochete pelas catacumbas com a Fera inundando sua carne em meu encalço na direção da tumba onde J. C. Arbuthnot nunca havia jazido.

E eu soube, enquanto corria, que não era uma excursão, meu bom Jesus, mas um destino. Eu não estava sendo perseguido, mas sim guiado. Ao quê?

O fundo da catacumba onde Crumley e o Cego Henry e eu havíamos ficado há mil anos. De repente parei.

Os degraus da plataforma do sarcófago aguardavam, vazios, no lugar.

Atrás de mim, senti o túnel escuro agitar-se com passadas e o rugir do fogo da perseguição.

Saltei nos degraus, me esticando todo para escalar. Escorregando, chorando orações insípidas, gemi até o topo, gritei de alívio e saí do sarcófago aos berros, pisando no chão.

Bati na porta da tumba. Ela se escancarou. Caí no cemitério e fiquei olhando desvairadamente através das pedras para o bulevar, a quilômetros de distância e vazio.

— Crumley! — berrei.

Não havia trânsito, nenhum carro estacionado.

— Meu Deus — lamentei. — Crumley! *Onde?*

Atrás de mim havia uma baderna de pés golpeando a entrada da tumba. Eu girei.

A Besta parou no portal.

Ele estava emoldurado pelo luar. Parado como uma estátua mortuária erigida em louvor a ele mesmo, sob seu nome entalhado. Por um instante pareceu o fantasma de um lorde inglês qualquer posando no portal da casa de guarda de seu antigo solar, pronto para ser capturado pela película e imerso nas águas ácidas da sala escura para erguer-se como fantasma enquanto o filme era revelado em brumas, uma mão na dobradiça da porta à sua direita, a outra erguida como se fosse lançar o Apocalipse pelo jardim de caça de mármore frio. Acima da porta de mármore frio, eu vi de novo:

ARBUTHNOT.

Devo ter meio que gritado aquele nome.

Com isso ele caiu para a frente como se alguém houvesse disparado uma pistola de largada. Seu grito fez eu girar para abrir caminho à força até o portão. Fui rechaçado por várias lápides, espalhei arranjos florais e corri, gritando, numa pista dupla. Metade de mim via aquilo como caçada, a outra como comédia pastelão da Keystone. Uma imagem era as águas de um dique arrebentado lambendo um corredor solitário. A outra era elefantes em debandada atrás de Charlie Chase. Sem poder escolher entre risadas maníacas e desesperos, consegui avançar pelas trilhas de tijolo entre os túmulos até encontrar:

Nada de Crumley. Um bulevar vazio.

Do outro lado da rua, a St. Sebastian estava aberta, com as luzes acesas, as portas escancaradas.

J. C., pensei, se pelo menos *você* estivesse aí!

Dei um salto. Sentindo gosto de sangue, corri. Ouvi o grande baque de sapatos desajeitados atrás de mim, e a respiração ofegante de um homem terrível e meio cego.

Alcancei a porta.

Santuário!

Mas a igreja estava vazia.

Velas estavam acesas no altar dourado. Velas queimavam nas grutas onde Cristo se escondia como se para deixar Maria no centro do palco em meio ao gotejamento reluzente do amor.

As portas para o confessionário estavam abertas.

Um trovão de passos.

Saltei para dentro do confessionário, bati a porta e afundei, tremendo de um jeito horrendo, no poço escuro.

O trovão de passos...

Parou como uma tempestade. Como uma tempestade, ficaram calmos e então, com uma mudança meteorológica, se aproximaram.

Senti a Fera tatear a porta com a pata. Não estava trancada.

Mas eu era o padre, não era?

Quem quer que estivesse trancado aqui era muitíssimo sagrado, alguém a quem prestar consideração, a quem dirigir a palavra para ficar... *a salvo?*

Ouvi um gemido ímpio de exaustão e autocondenação vindo de fora. Estremeci. Quebrei os dentes com oração pelas coisas pequenas. Mais uma hora com Peg. Deixar um filho ou filha. Ninharias. Coisas maiores que a meia-noite, ou tão grandes quanto alguma alvorada possível...

O doce cheiro da vida devia ter fugido das minhas narinas. Ele surgiu com minhas orações.

Um último gemido e...

Deus!

A Fera tropeçou para dentro da outra metade da cabine!

Os trancos e a constrição da sua ira perdida para se fazer caber naquele cubículo me estremeceram ainda mais, como se eu temesse que seu hálito terrível pudesse queimar através da treliça e me cegar. Mas todo aquele volume imenso mergulhou para se acomodar como um grande fole de fornalha num suspiro final percorrendo suas pregas e válvulas.

E eu soube que a estranha perseguição havia terminado, e começara a hora final.

Ouvi a Fera sugar o ar uma vez, duas, três, como que se desafiando a falar, ou temendo falar, ainda querendo matar, mas cansado, ah, Deus, finalmente cansado.

E finalmente ele sussurrou um sussurro imenso, como um vasto suspiro descendo uma chaminé:

— Abençoe-me, padre, pois pequei!

Senhor, pensei, caro Deus, o que os padres diziam em todos aqueles filmes antigos de meia-vida atrás? Estúpida memória, vamos, o quê!? Tive este desejo louco de me atirar para fora e correr pelo meio do nada com a Fera em uma nova fuga.

Mas, enquanto recobrava minha respiração, ele deixou sair um sussurro temível:

— Abençoe-me, Pai...

— Eu não sou seu pai — gritei.

— Não — sussurrou a Fera.

E depois de um instante perdido, completou:

— Você é meu filho.

Dei um pulo e ouvi meu coração despencar por um túnel gelado rumo às trevas.

A Fera se remexeu.

— Quem... — pausa — ...você pensa que... — pausa — ... te *contratou*?

Bom Deus!

— Fui — disse o rosto perdido atrás da grade — eu.

Não foi o Groc? Pensei.

E a Fera começou a recitar um terrível rosário de contas escuras, e só consegui me afundar devagar no meu lugar, cada vez mais, até minha cabeça descansar nos painéis da cabine, e virei minha cabeça e murmurei:

— Por que você não me matou?

— Nunca foi minha vontade. Seu amigo esbarrou em mim. Ele fez aquele busto. Loucura. Eu o teria matado, sim, mas ele se matou primeiro. Ou fez parecer. Ele está vivo, esperando você...

Onde!?, eu queria gritar. Em vez disso, falei:

— Por que você me salvou?

— Porque... Um dia eu queria que minha história fosse contada. Você era o único — ele pausou — ...que podia contar, e contar... direito. Não há nada dentro do estúdio que eu não conheça, ou lá fora no mundo que não conheça. Eu li a noite inteira e dormi por breves períodos e li mais e depois sussurrei através do muro, ora, não faz tantas semanas assim: seu nome. Ele vai dar conta, falei. Tragam ele. Este é meu historiador. E meu filho. E assim foi.

Seu sussurro, por trás de um espelho, havia me nomeado.

E o sussurro estava aqui, agora, a menos de quarenta centímetros, e sua respiração pulsava o ar como um fole, entre nós.

— Montes brancos feito ossos da doce Jerusalém — disse a voz pálida. — Eu contratei e demiti, todos e todo mundo, por milhares de dias. Quem mais poderia? O que mais eu teria a fazer fora ser feio e querer morrer? Foi o meu trabalho que me manteve vivo. Contratar você foi uma estranha subsistência.

Eu devia agradecer?, me perguntei.

Logo, ele quase sussurrou. Depois:

— Eu chefiei o estúdio de início, indiretamente, por trás do espelho. Inundei os tímpanos de Leiber com minha voz, previsões sobre mercados, edição de roteiros, analisados nas tumbas e repassados às suas bochechas quando ele se encostava contra a parede às duas da manhã. Que reuniões! Que gêmeos! Ego e superego. A trompa e o trompetista. O pequeno dançarino. Mas eu, o coreógrafo sob o vidro. Meu Deus, dividimos este escritório. Ele fazendo caras e fingindo tomar grandes decisões, eu esperando toda noite para sair do esconderijo e sentar na cadeira à mesa vazia com o único telefone e ditar a Leiber, meu secretário.

— Eu sei — cochichei.

— Como saberia?

— Eu *adivinhei*.

— Adivinhou!? O quê? Toda essa maldita coisa maluca? Dia das Bruxas? Vinte, meu Deus, vinte anos atrás?!

Ele respirou pesado, aguardando.

— Sim — cochichei.

— Ora, ora. — A Fera lembrou. — A Lei Seca tinha acabado, mas trazíamos a birita de Santa Monica, pela tumba, descendo o túnel, só pela pirraça, rindo. Metade da festa nos túmulos, metade nos depósitos dos filmes, Senhor! Cinco galpões de gravação cheios de homens, mulheres, estrelas e figurantes berrando. Só tenho meia-lembrança daquela meia-noite. Você já pensou em quanta gente, louca, faz amor nos cemitérios? O silêncio! Pense!

Esperei enquanto ele fazia suas memórias retrocederem anos. Disse:

— Ele nos pegou. Jesus, ali, entre os túmulos. O martelo do zelador do cemitério, bateu na minha cabeça, minha cara, meu olho! Bateu! Fugiu com ela. Corri atrás, aos gritos. Entraram no carro. Entrei no meu, Deus. E a colisão e, e...

Ele deu um suspiro, esperando o coração desacelerar.

— Eu lembro do doutor me carregando até a igreja, primeiro! E o padre em um frenesi de medo, e depois ao necrotério. Melhorar nas tumbas! Recuperar-se nas covas! E na cama ao lado no necrotério, Sloane, o maldito, morto! E Groc! Tentando consertar o que não tinha conserto. Groc, pobre canalha. Lenin teve mais sorte! Minha boca se mexendo para dizer: abafem, *escondam*! Tarde. Ruas vazias. Mintam! Digam que eu morri! Meu Deus, meu rosto! Não tem conserto! Meu rosto! Então digam que eu morri! Emily? O quê? Louca? Escondam Emily! Acobertem. Dinheiro, claro. Muito dinheiro. Que pareça verdade. Quem vai adivinhar? E um funeral com caixão fechado, eu por perto, praticamente morto no necrotério, o doutor me tratando por semanas a fio! Meu Deus, que loucura. Eu tateando meu rosto, minha cabeça, conseguindo berrar *Fritz* quando o vi. *Você! Assuma!* Fritz assim fez! Um maníaco em ação. Sloane, morto, tire ele daqui! Emily, pobre, perdida, louca. Constance! E Constance a levou até os Campos Elísios. Como eles chamavam aquela fileira de sanatórios de bêbados/loucos/viciados convalescentes, onde nunca convalesciam e não havia nada de sanatório, mas era para lá que iam, Emily indo a lugar nenhum e eu delirando. Fritz disse calem a boca, e eles chorando, todos olhando meu rosto como se fosse uma coisa saída do moedor de carne. Eu podia ver o *meu* terror nos olhos deles. Os olhares que diziam *vai morrer*, e eu dizia *vou, o inferno!* E lá estavam o doutor, o açougueiro, e Groc, o esteticista, tentando consertar, e J. C. e Fritz. Finalmente disseram: *Chega! Fiz tudo que é possível. Chamem um padre!* E gritei: *Chamem, o inferno! Podem fazer um funeral, mas eu* não *estarei lá!* E os rostos ficaram brancos! Eles sabiam que era sério. Da boca, desta ruína: um plano insano. E pensaram: Se *ele* morrer, *nós* morremos. Pois veja só, Jesus Todo--Poderoso, para nós aquele foi o maior ano do cinema na história. No meio da Grande Depressão, mas ainda assim tínhamos feito duzentos milhões e depois trezentos milhões, mais do que todos os outros estúdios de cinema combinados. Eles *não podiam* me deixar morrer. Eu estava nadando de braçada. Onde iam achar um substituto? No meio de todos os imbecis e canalhas, idiotas e parasitas? Você *salva* ele, eu *conserto* ele! Groc disse ao açougueiro, o doutor Phillips. Eles fizeram meu parto, me fizeram renascer, longe do sol, para sempre!

Ouvindo, lembrei das palavras de J. C.: "A Fera? Eu estava lá na noite em que ela nasceu!"

— Então o doutor me salvou e Groc me costurou. Meu Deus! Mas quanto mais rápido ele me remendava, mais rápido eu estourava as costuras, enquanto todos pensavam: Se *ele* morrer, nós afundamos. E agora eu *querendo* morrer de todo coração! Mas deitado ali, debaixo de toda a pasta de tomate e osso rasgado, aquela velha coceira que dá na virilha quando se anseia o poder venceu. E depois de algumas horas caindo no fosso da morte e escalando de volta, com medo de tocar no meu rosto de novo algum dia, falei:

"Anunciem um velório. Declarem que eu *morri*! Me escondam aqui, façam eu ficar *bem*! Deixem o túnel aberto, enterrem Sloane! Me enterrem *com* ele, *in absentia*, com as manchetes. Segunda-feira de manhã, Deus, segunda-feira eu me apresento para o trabalho. O quê? E toda segunda de agora em diante. E ninguém vai saber! Não quero ser visto. Um assassino com a cara detonada? E arrumem um escritório e uma mesa e uma cadeira e, devagar, devagar, com o passar dos meses, eu chego mais perto, enquanto alguém senta ali, sozinho, e ouve o espelho e, Manny, cadê o Manny? Você *me escute*! Vou falar pelas vigas, sussurrar pelas rachaduras, ser a sombra no espelho, e você abre a boca e vou falar pelos seus ouvidos, pela sua cabeça, e saio. *Entendeu? Entendeu!* Chamem os jornais. Assinem as certidões de óbito. Sloane no túmulo. Me botem na sala mortuária, descansando, dormindo, melhorando. Manny. Sim? Arrume o escritório. Vá!

"E nos dias antes do meu funeral, eu gritei e minha pequena equipe ouviu e ficou quieta e assentiu e disse sim.

"E foi assim que o doutor Phillips salvou minha vida, Groc consertou um rosto que não tinha conserto, Manny chefiou o estúdio, mas com minhas ordens, e J. C., simplesmente porque estava lá naquela noite e foi o primeiro a me encontrar sangrando, foi quem rearranjou os carros e fez a batida parecer acidental. Só quatro pessoas sabiam. Fritz? Constance? Encarregados da faxina, mas nunca dissemos a eles que sobrevivi. Os outros quatro receberam cinco mil por semana para todo o sempre. Pense só! Cinco mil por *semana*, em 1934! O salário médio na época era quinze míseras pratas. Então o doutor e Manny e J. C. e Groc ficaram ricos, não? Dinheiro, por Deus, compra tudo *sim*! Anos de silêncio! Então ficou tudo bem, tudo ótimo. Os filmes, o estúdio, dali em diante, os lucros crescendo e eu escondido, e sem ninguém saber. Os preços das ações subindo e o povo de Nova York feliz, até que..."

Ele fez uma pausa e deu um grande gemido de aflição.

— Alguém descobriu alguma coisa.

Silêncio.

— Quem? — ousei perguntar no escuro.

— O doutor. O bom e velho médico-chefe, o doutor. Minha hora tinha chegado.

Outra pausa e então:

— Câncer.

Esperei e deixei-o falar quando ele conseguiu recompor suas forças.

— Câncer. A quem o doutor contou, entre os outros, vai saber. Um deles queria fugir. Pegar a grana e desaparecer. Então começaram os sustos. Assustar todo mundo com a verdade. Depois... chantagem... depois, pedir dinheiro.

Groc, pensei, mas disse:

— Você sabe quem foi?

E depois perguntei:

— Quem botou o corpo na escada? Quem escreveu a carta para que eu fosse ao cemitério? Quem disse a Clarence para esperar na frente do Brown Derby para que pudesse ver você? Quem inspirou Roy Holdstrom a fazer o busto do monstro possível para o filme impossível? Quem deu a J. C. overdoses de uísque, torcendo para que ele enlouquecesse e contasse tudo? Quem?

A cada pergunta, a grande massa do outro lado da fina treliça do confessionário se mexia, tremia, respirava grandes murmúrios de ar, soprava, como se cada respiração fosse uma esperança de sobrevivência, cada exalação uma admissão de desespero.

Fez-se um silêncio e depois ele disse:

— Quando tudo começou, com o corpo no muro, suspeitei de todos. Piorou. Fiquei enlouquecido. O doutor, pensei, não. Um covarde, óbvio demais. Ele que tinha, afinal de contas, descoberto e me contado sobre a doença. J. C.? Pior que um covarde, escondido na garrafa toda noite. J. C. *não*.

— Onde está o J. C. hoje?

— Enterrado por aí. Eu teria enterrado eu mesmo. Decidi enterrar todo mundo, um a um, me livrar de qualquer pessoa que tentasse me ferir. Eu teria sufocado J. C. como fiz com Clarence. Matado ele como teria matado Roy, que, pensei, havia se matado. Roy estava vivo. *Ele* matou e enterrou J. C.

— Não! — gritei.

— Há muitas tumbas. Roy o escondeu em alguma. Pobre e triste Jesus.

— Não foi o Roy!

— Por que não? Se tivéssemos oportunidade, todos mataríamos. Assassinato é tudo com que sonhamos, mas nunca fazemos. Está tarde, deixe eu encerrar. O doutor, J. C., Manny, pensei, *qual* deles ia tentar me prejudicar e depois fugir? Manny Leiber? Não. Um disco de fonógrafo que eu podia tocar a qualquer momento e ouvir a mesma música. Bom, então, por fim... Groc! Ele contratou Roy, mas *eu* pensei em trazer você para a grande busca. Como eu saberia que a busca final seria por mim!? Que eu ia acabar na argila! Eu fiquei, bem, deveras insano. Mas agora... acabou.

"Correndo, gritando, louco, de repente pensei: é demais. Cansado, danado de cansado depois de anos demais, sangue demais, morte demais, e tudo se foi e agora câncer. E então encontrei a outra Fera no túnel perto das tumbas."

— A outra Fera?

— Sim — ele suspirou, sua cabeça tocando a lateral do confessionário. — Vá atrás dele. Você não achou que era só *eu*, achou?

— Outra...?

— Seu amigo. Aquele cujo busto destruí quando vi que ele havia pegado meu rosto, sim. Aquele cujas cidades pisoteei. Aquele cujos dinossauros estripei... *Ele* está dirigindo o estúdio!

— Isso... isso não é possível!

— Idiota! Nos enganou. Enganou você. Quando ele viu o que eu havia feito com suas feras, suas cidades, o busto de argila, *ele* foi à loucura. Se transformou no horror ambulante. Aquela máscara terrível...

— Máscara... — Minha boca tremeu.

Eu havia suposto, mas neguei a suposição. Vi a cara filmada da Fera na parede de Crumley. Não um busto de argila animado, frame a frame, mas... Roy, maquiado para lembrar o pai da destruição, a criança do caos, o genuíno filho da aniquilação. Roy no cinema, atuando como a Fera.

— Seu amigo — ofegou o homem por trás da grade, repetidas vezes. — Deus, que atuação. A voz: minha. Falou pela parede atrás da mesa de Manny e...

— Fez eu ser recontratado — me ouvi dizer. — Fez ele ser recontratado!?

— Sim! Que delicioso! Um Oscar pra ele!

Minha mão arranhou a treliça.

— Como que ele...

— Tomou conta? Onde estava a costura, o vinco, o limite? Encontrei ele sob o muro, entre os depósitos, cara a cara! Ah, maldito seja aquele filho da puta brilhante. Eu não via um espelho há anos. De repente lá estava eu, parado no meu caminho! Sorrindo! Investi para destruir o espelho! Pensei: ilusão. Um fantasma de luz em um vidro. Berrei e bati, desequilibrado. O *espelho* ergueu o *próprio* punho e bateu. Acordei nas tumbas, delirando, atrás de grades, posto em uma cripta, e ele ali, assistindo. *Quem é você?*, gritei. Mas eu sabia. Doce vingança! Eu havia matado suas criaturas, esmagado suas cidades, tentado esmagá-lo. Agora, doce triunfo! Ele correu, berrando para mim, lá atrás: *Me ouça. Eu vou me recontratar! E sim! Vou me dar um aumento!* Ele vinha duas vezes por dia com chocolate para alimentar um moribundo. Até que viu que eu estava morrendo de verdade e acabou a diversão para ele assim como acabou para mim. Talvez tenha descoberto que o poder não se mantém poder, não se mantém grande, bom e divertido. Talvez tenha se assustado, talvez tenha se entediado. Algumas horas atrás, ele abriu a tranca das minhas grades e me levou lá em cima para fazer aquela ligação para você. Me deixou esperando por você. Não precisava me dizer o que fazer. Só apontou o túnel na direção da igreja. Hora da confissão, ele disse. Genial. Agora está esperando por você em um último lugar.

— Onde?

— Ah, maldição dos infernos! Onde é o *único* lugar para alguém como eu, e para alguém como o que ele se tornou?

— Ah, sim — assenti, meus olhos marejando. — Eu estive lá.

A Fera se abaixou no confessionário.

— É isso — suspirou. — Nesta última semana eu machuquei muita gente. Matei algumas e seu amigo matou o resto. Pergunte a ele. Ele ficou tão louco quanto eu. Quando isso acabar, quando a polícia perguntar, bote toda a culpa em mim. Não há necessidade de duas Feras quando uma dá conta. Sim?

Fiquei em silêncio.

— Fale mais alto!

— Sim.

— Ótimo. Quando ele viu que eu estava morrendo, morrendo de verdade na tumba e que ele estava morrendo do câncer que eu lhe havia passado, e que o jogo não valia a pena, teve a decência de me deixar ir. O estúdio que *ele* havia chefiado, que *eu* havia chefiado, de repente tinha sofrido uma parada abrupta. Nós dois tínhamos que colocá-lo para funcionar novamente. Agora, na semana que vem, gire todas as manivelas. Retome *Os mortos pisam fundo*.

— Não — balbuciei.

— Maldição dos infernos! Com meu último fôlego, eu vou aí esganar a vida de você. Vai acontecer. *Diga!*

— Vai — falei enfim — acontecer.

— E agora, a última coisa. O que eu disse antes. A oferta. É seu, se quiser. O estúdio.

— Não...

— Não tem outra pessoa. Não recuse com tanta pressa. A maioria dos homens morreria para herdar...

— Morreria, isso mesmo. Eu estaria morto em um mês, um desastre, bebendo e morto.

— Você não entende. Você é o único filho que eu tenho.

— Lamento que isso seja verdade. Por que eu?

— Porque você é um verdadeiro sábio idiota, o mais genuíno que há. Um bobo de verdade, não um falso. Alguém que fala demais, mas que, quando paramos para conferir as palavras, elas estão certas. Você não consegue se controlar. Coisas boas saem da sua mão e viram palavras.

— Sim, mas não me encostei no espelho e ouvi você durante anos, como o Manny.

— Ele fala, mas as palavras dele não significam nada.

— Mas aprendeu. Ele deve saber como comandar tudo a essa altura. Deixe eu trabalhar pra ele!

— Última chance? Última proposta? — Sua voz estava se apagando.

— E eu desisto da minha mulher, da minha escrita e da minha vida?

— Ah — sussurrou a voz. E um último: — Sim... — Acrescentando: — Agora, enfim. Me abençoe, padre, pois pequei de verdade.

— Não posso.

— Sim, pode. E perdoe. É a função de um padre. Perdoe e me abençoe. Em um instante será tarde demais. Não me mande para o inferno eterno!

Fechei os olhos e falei:

— Eu te abençoo.

E depois falei:

— Eu te perdoo, mas, por Deus, não te entendo!

— Quem já entendeu? — ele arfou. — Eu, não. — Sua cabeça tombou contra o painel. — Muito obrigado. — Seus olhos se fecharam no espaço sideral, onde não há som. Entrei com a minha própria trilha. O som de um grande portão se fechando no esquecimento, portas de tumba batendo e fechando.

— Eu te perdoo!

Gritei para a máscara temível do homem.

— Eu te perdoo...

Minha voz ecoou lá no alto da igreja vazia.

A rua estava vazia.

Crumley, pensei, *cadê* você?

Corri.

72.

HAVIA UM ÚLTIMO LUGAR aonde eu precisava ir.

Escalei o interior escuro da Notre Dame.

Vi a forma afixada perto da borda superior da torre esquerda, com uma gárgula não muito distante dela, seu queixo bestial repousando nas patas calejadas, vistoriando uma Paris que nunca existiu.

Me aproximei, respirei fundo e chamei:

— Você...?

E tive que parar.

A figura sentada ali, com o rosto nas sombras, não se mexeu.

Respirei de novo e falei:

— *Aqui.*

A figura se endireitou. A cabeça, o rosto, surgiram no brilho fraco da cidade.

Inspirei pela última vez e chamei, com a voz baixa:

— Roy?

A Fera me devolveu o olhar, uma duplicata perfeita daquele que havia tombado no confessionário há questão de minutos.

A careta terrível se fixou em mim, os olhos delirantes e terríveis congelaram meu sangue. A ferida horrenda que era a boca descolou e serpenteou, sugou e deturpou uma só palavra:

— ...Simmmmmmmm.

— Acabou tudo — falei, minha voz se perdendo. — Meu Deus, Roy. Desça daí.

A Fera assentiu com a cabeça. Sua mão direita ergueu-se para rasgar o rosto e descascar a cera, a maquiagem, a máscara de terror e espanto atordoante. Ele mexeu no seu rosto dos pesadelos com um puxão de garra para baixo usando os dedos. De debaixo dos destroços, meu velho camarada de colégio me devolveu o olhar.

— Fiquei parecido com ele? — Roy perguntou.

— Meu Deus, Roy. — Eu mal conseguia vê-lo devido às lágrimas nos meus olhos. — Sim!

— Pois é — Roy resmungou. — Foi meio o que eu pensei.

— Deus, Roy — arquejei —, tire *tudo*! Eu tenho essa sensação terrível de que, se você deixar, vai grudar e nunca mais vou te *ver*!

A mão direita de Roy impulsivamente voou para cima para arrancar a bochecha horrenda.

— Engraçado — ele sussurrou —, acho a mesma coisa.

— Como você conseguiu deixar seu rosto desse jeito?

— Duas confissões? Você ouviu uma. Quer outra?

— Quero.

— Então você virou padre, é?

— Estou começando a me sentir padre. Você quer ser excomungado?

— Do quê?

— Da nossa amizade?

Seus olhos aceleraram para me observar.

— Você *não* faria uma coisa dessas!

— Talvez faça.

— Amigos não chantageiam os amigos quanto à amizade.

— Mais motivo ainda para falar. Comece.

Dentro de sua máscara semiarrancada, com muita calma, Roy disse:

— Meus animais foram a gota d'água. Nunca alguém havia tocado nos meus queridos, meus amados, nunca. Dei a vida para imaginar, moldar cada um. Eram perfeitos. Eu era Deus. O que *mais* eu tinha? Cheguei a namorar com a ginasta e líder de torcida da turma? Fiquei com alguma mulher nesses anos todos? Fiquei nada, inferno. Eu ia pra cama com meu brontossauro. Eu voava à noite com meus pterodáctilos. Então imagine como me senti quando alguém massacrou meus inocentes, destruiu meu mundo, matou meus primevos colegas de quarto. Não fiquei só irritado. Fiquei insano.

Roy fez uma pausa por trás da sua pele pavorosa. Depois disse:

— Inferno, era tudo tão simples. As peças se encaixaram quase de saída, mas não falei. A noite em que segui a Fera cemitério adentro? Eu estava tão apaixonado por aquele monstro danado. Eu tinha medo de que você fosse estragar a diversão. Diversão!? E gente morta por causa dessa diversão! Então quando vi ele entrar na própria tumba e não sair, não falei nada. Eu sabia que você ia tentar me fazer desistir e precisava ter aquele rosto, meu Deus, aquela grande máscara terrível, para nossa obra-prima épica! Então fechei a matraca e fiz o busto de argila. Depois? Você quase foi demitido. Eu? Banido do estúdio! Aí pisaram nos meus dinossauros, pisotearam meus sets, martelaram minha escultura horrenda da Fera até virar caquinhos. Entrei em fúria assassina. Mas então me ocorreu: havia apenas *uma* pessoa que *podia* ter destruído tudo. Não Manny, nem ninguém que conhecíamos. A própria Fera! O cara do Brown Derby. Mas como ele ia *saber* do meu busto de argila? Alguém *contou* pra ele? Não! Lembrei da noite em que o segui até o cemitério, perto do estúdio. Senhor, *tinha* que ser! Tumba adentro e, sei lá como, muro abaixo, entrando tarde da noite no estúdio, onde, por Deus, ele *viu* minha réplica de argila do seu próprio rosto e explodiu.

"Naquele momento *eu* planejei muita coisa insana. Meu Deus. Sabia que se a Fera me descobrisse eu estava morto. Então me *matei*! Despistei ele. Se estivesse supostamente morto, eu sabia que podia procurar, encontrar a Fera, conseguir me vingar! Então enforquei minha efígie. Você a encontrou. Depois *eles* a encontraram e queimaram, e naquela noite passei para o lado de lá do muro. Você sabe o que descobri. Verifiquei a tumba no cemitério, encontrei a porta destrancada e entrei e desci e ouvi atrás do espelho no escritório de Manny! Fiquei pasmo! Era tudo tão lindo. A Fera comandava o estúdio, sem ser vista. Então não mate o filho da puta, só espere e tome o poder dele. Não mate a Fera, mas *seja* a Fera, *viva* a Fera! E depois, meu Deus, mande em vinte e sete, vinte e oito países, no mundo inteiro. Aí, na hora certa, é claro, apareça, renasça, diga que tinha vagado por aí com amnésia ou qualquer outra lorota imbecil, sei lá, em *alguma coisa* eu ia pensar... e a Fera estava nas últimas, de qualquer maneira. Eu vi que estava. Morrendo em pé. Me escondi e observei e ouvi e depois dei uma chapuletada nele nos depósitos dos filmes sob o estúdio, a meio caminho das tumbas. A maquiagem! Quando ele me viu lá parado nos depósitos, ficou tão chocado que foi minha chance de derrubá-lo, de trancá-lo em uma cripta. Então subi para testar o velho poder, *minha* voz por trás do vidro. Eu tinha ouvido a Fera falar, dentro e fora do Brown Derby, e depois no túnel e atrás da parede do escritório. Sussurrei, murmurei, e, poxa!, *Os mortos pisam fundo* voltou à programação. Você e eu recontratados! Estava pronto para arrancar a maquiagem e voltar como eu mesmo, quando aconteceu uma coisa."

— O quê?

— Descobri que *gostava* do poder.

— O quê?!

— Do poder. Eu *amava* o poder. Os corretores da bolsa, os grandes empresários, essa bosta toda. Era incrível. Fiquei *embriagado*! Adorei comandar o estúdio, tomar decisões, e tudo sem qualquer reunião de comitê. Tudo com espelhos, ecos, sombras. Fazer todos os filmes que deviam ter sido feitos há anos, mas nunca *fizeram*! *Me* reconstruir, meu universo! Reinventar, recriar meus amigos, minhas criaturas. Fazer o estúdio pagar em dinheiro, mas também em carne e vidas e sangue. Descobrir quem tinha sido o maior responsável por jogar minha vida no lixo e depois, um a um, esmagar os debiloides, triturar as panelinhas de ignorantes e paus-mandados. O estúdio havia me comandado; agora *eu* comandava o estúdio. Meu Deus, não é à toa que Louis B. Mayer era insuportável, que os irmãos Warner injetavam clipes de filmes em pó nas veias toda noite. Até você comandar um estúdio, campeão, você não sabe o que é poder. Você não só comanda uma cidade, um país, mas o mundo além desse mundo. Você diz *câmera lenta*: as pessoas correm devagar. Você diz *acelerem*: as pessoas saltam os Himalaias, se debatem nos túmulos. Tudo porque você picou as cenas, manejou os atores, falou os inícios, adivinhou os finais. Uma vez que entrei, eu estava no alto da Notre Dame toda noite, rindo dos camponeses, desdenhando dos nanicos-gigantes que haviam machucado meus colegas e matado o giroscópio que vivia girando no meu peito. Mas agora o giroscópio tinha voltado a girar, torto e louco, saindo do eixo. Veja lá, o que eu fiz, quase tudo derrubado. A Fera começou, mas terminei. Eu sabia que, se não parasse, ia ser carregado para uma dessas fazendas de gente louca para ordenharem a paranoia de mim. Isso, e a Fera morrendo, implorando por uma última chance com o padre e os sinos e velas e confessionários e: perdão. Eu tive que lhe devolver o estúdio, para ele poder devolver a você.

Roy baixou o ritmo, lambeu os lábios terríveis e ficou em silêncio.

— Tem uma coisa, várias coisas, que não estão claras… — falei.

— Pode elencar.

— Quanta gente Arbuthnot matou nos últimos dias. E quantas pessoas… — tive que parar, porque não conseguia dizer.

Roy disse por mim:

— Quantos Roy Holdstrom, a Fera Número 2, matou?

Fiz um meneio.

— Não matei Clarence, se é disso que você tem medo.

— Graças a Deus.

Engoli em seco e finalmente falei:

— Em que momento… ah, Deus… quando…?

— Quando o quê?

— A que hora... em que dia... que Arbuthnot parou... e *você* assumiu?

Agora era a vez de Roy, por trás do rosto assassinado, engolir em seco.

— Foi Clarence, claro. Nas catacumbas, ouvia vozes nos sistemas telefônicos, em cada interseção de tumbas. Vozes *nos* próprios túneis. De um jeito ou de outro, erguendo os fones do gancho, ou escondido e alerta, recuava ou seguia as sombras que estavam a caminho de enterrar tudo. Eu sabia que Clarence estava condenado a um enterro, cinco minutos depois do desvario da Fera na casinha dele. Eu vi e ouvi, de longe, o doutor correndo pelos túneis, levando Clarence para alguma maldita cripta perdida. Soube então que logo iam descobrir que eu estava vivo, se é que já não suspeitavam. Me perguntei: será que conferiram o incinerador para encontrar não meus ossos de verdade, mas meu protótipo de esqueleto? E logo depois: *você*! *Você* conhecia o Clarence. Podiam ter te visto na casa dele, ou no meu apartamento. Se fizessem as contas, teriam enterrado você vivo. Então, *veja bem*, eu tive que assumir. Eu tive que me tornar a Fera.

"Não só isso. Fechei o estúdio, para testar meu poder, para ver se pulavam quando eu mandava, faziam o que eu dizia. Com o estúdio se esvaziando, ficou mais fácil matar os vilões, cuidar dos meus possíveis assassinos."

— Stanislau Groc? — perguntei.

— Groc...? Sim. Foi quem nos meteu nessa, para começar. Ele que me contratou lá no início, porque eu sabia renovar criaturas, assim como ele deu uma remendada no velho Lenin. Botou a minhoca na cabeça do Arbuthnot para te contratar, de repente. Então fez o corpo que estava escorado no muro para assustar o pessoal do estúdio *e* Arbuthnot, depois nos convidou ao Brown Derby para a revelação bestial. Depois, quando fiz a Fera de argila e assustei todo mundo, ele os extorquiu.

— Você matou o Groc, então?

— Não exatamente. Eu fiz ele ser preso no portão. Quando o levaram ao escritório vazio do Manny e o deixaram sozinho e o espelho se abriu, ele simplesmente bateu as botas assim que me viu lá. Agora o doutor Phillips. Me pergunte.

— O doutor Phillips?

— Afinal de contas, ele que se livrou do meu dito "corpo", não foi? Ele e seus eternos limpa-bostas. O encontrei na Notre Dame. Nem tentou correr. Eu o puxei com os sinos. Só queria dar um susto. Botar ele lá no alto e dar uma sacudida até que, tal como Groc, seu coração parasse. Homicídio culposo, não assassinato. Mas, quando ele foi puxado, se enroscou, ficou nervoso, praticamente se enforcou sozinho. Fui eu? Eu sou o culpado?

Sim, pensei. E depois: não.

— J. C.? — perguntei, e tranquei a respiração.

— Não, não. Ele subiu na cruz há duas noites e as feridas não fechavam. A vida escorreu pelos pulsos. Ele morreu na cruz, pobre homem, o pobre velho e bêbado J. C. Que Deus o tenha. Eu o encontrei e lhe dei um lugar de descanso adequado.

— Onde estão todos eles? Groc, o doutor Phillips, J. C.

— Em algum lugar. Qualquer lugar. Importa? São só corpos por aí, um milhão deles. Fico feliz que um deles não seja... — ele hesitou — ...você.

— Eu?

— Foi o que finalmente me fez parar, desistir. Por volta de doze horas atrás, descobri que você estava na minha lista.

— O quê?

— Me peguei pensando: Se ele ficar no meu caminho, vai morrer. Foi isso que pôs um ponto final em tudo.

— Jesus, assim espero!

— Pensei: Peraí, ele não teve nada a ver com esse show de burrice. Ele não botou os cavalos doidos no carrossel. Ele é seu chapa, seu amigo, seu camarada. Ele é tudo que sobrou da vida. Essa foi a reviravolta. A rota para voltar da loucura é saber que você é louco. A rota de volta significa que não tem mais rodovia, e você só pode dar meia-volta. Eu te amava. Eu te amo. Então voltei. E abri a tumba e deixei a Besta de verdade sair.

Roy girou a cabeça e olhou para mim. Seu olhar dizia: Você vai me denunciar? Você vai me machucar pelo que eu machuquei? Ainda somos amigos? O que fez eu fazer o que quer que eu tenha feito? A polícia tem que saber? E quem vai contar pra eles? Eu tenho que ser punido? Os insanos merecem punição? Não é tudo uma loucura? Sets malucos, falas malucas, atores malucos? A peça acabou? Ou acabou de começar? Agora vamos rir ou chorar? Pelo quê?

Seu rosto dizia: Não vai demorar para o sol subir, as duas cidades vão se levantar, uma mais viva do que a outra. Os mortos vão continuar mortos, sim, mas os vivos vão repetir as falas que ainda diziam agorinha mesmo, ontem. Deixamos eles falarem? Ou vamos reescrevê-las juntos? Eu faço a Morte que pisa fundo e, quando ela abrir a boca, suas palavras estarão lá?

O que...?

Roy ficou esperando.

— Você está de volta mesmo? Comigo? — perguntei.

Respirei fundo e continuei:

— Você voltou a ser Roy Holdstrom de novo e será que pode continuar assim e não ser nada além de meu amigo, de agora em diante, sim? Roy?

A cabeça de Roy estava abaixada. Ele finalmente estendeu a mão.

Eu a peguei como se pudesse balançar e cair nas ruas da Paris da Fera, ali embaixo.

Seguramos firme.

Com a mão livre, Roy lidou com o resto da máscara. Arrancou a cera e o pó e o céladon da cicatriz, enrolou a substância no punho e a jogou do alto da Notre Dame. Não ouvimos tocar o chão. Mas uma voz, assustada, se elevou.

— *Cacete!* Ei!

Olhamos para baixo.

Era Crumley, um mero camponês no pórtico da Notre Dame.

— Acabou minha gasolina — gritou. — Fiquei dando voltas na quadra. E aí: sem gasolina. Que merda — ele tapou os olhos — tá *acontecendo* aí em cima?

73.

Arbuthnot foi enterrado dois dias depois.

Ou melhor: reenterrado. Ou melhor: colocado na tumba, carregado até lá antes da alvorada por alguns amigos da igreja que não sabiam quem carregavam ou por quê ou para quê.

O padre Kelly presidiu o funeral de uma criança natimorta, sem nome e batizada há muito, muito tempo.

Eu estava lá com Crumley e Constance e Henry e Fritz e Maggie. Roy ficou bem atrás de todos nós.

— O que estamos fazendo aqui? — resmunguei.

— Só garantindo que ele seja enterrado *para sempre* — observou Crumley.

— Perdoando o pobre filho da puta — Constance disse, baixinho.

— Ah, se as pessoas lá fora soubessem o que está acontecendo aqui — eu disse —, pense nas multidões que poderiam aparecer para ver que enfim acabou. A despedida de Napoleão.

— De Napoleão ele não tinha nada — disse Constance.

— Não?

Olhei através do muro do cemitério, onde as cidades do mundo estavam pisoteadas, e não havia lugar para Kong agarrar os biplanos, não havia sepulcro branco empoeirado para o Cristo que perdeu a tumba, nem cruz para pendurar alguma fé ou futuro, e nenhum...

Não, pensei, talvez não Napoleão, mas Barnum, Gandhi e Jesus. Herodes, Edison e Griffith. Mussolini, Gengis Khan e Tom Mix. Bertrand Russell, O homem que fazia milagres e O homem invisível. Frankenstein, Pequeno Tim e Drác...

Devo ter dito uma parte disso em voz alta.

— Quieto — disse Crumley, *sotto voce*.

E a porta da tumba de Arbuthnot, com flores dentro, e o corpo da Fera, se fechou com um estrondo.

74.

Fui ver Manny Leiber.

Ele ainda estava sentado, como uma gárgula em miniatura, na beira da mesa. Olhei dele para a grande cadeira atrás dele.

— Bom — ele disse. — *César e Cristo* acabou. Maggie está montando aquela porqueira.

Ele me olhou como se quisesse dar um aperto de mão, mas não sabia como. Então dei a volta, recolhi as almofadas do sofá e, como nos velhos tempos, empilhei e sentei em cima.

Manny Leiber teve que rir. — Você *nunca* desiste?

— Se eu desistisse, vocês me comeriam vivo.

Olhei para a parede atrás dele. — O túnel fechou?

Manny deslizou pela mesa, foi caminhando até lá e ergueu o espelho dos ganchos. Atrás dele, onde antes havia a porta, havia reboco fresco e uma nova demão de tinta.

— É difícil acreditar que um monstro passou por ali todo dia durante anos — falei.

— Ele não era monstro — disse Manny. — E ele chefiava esse lugar. Teria afundado há muito tempo sem ele. Foi só no final que ele ficou louco. No resto do tempo ele foi Deus atrás do espelho.

— Ele nunca se acostumou às pessoas olhando pra ele?

— E *você* se acostumaria? O que é tão incomum em ele se esconder, sair do túnel tarde da noite, sentar naquela cadeira? Não é mais imbecil nem brilhante do que a ideia de filmes pulando pra fora das telas de cinema para comandar o mundo. Cada cidadezinha da Europa está começando a se parecer conosco, os loucos americanos, a se vestir, a parecer, a conversar, a dançar como nós. Por causa dos filmes, ganhamos o mundo. E somos muito burros para nos darmos conta. Sendo tudo isso verdade, o que, digo eu, há de tão incomum na criatividade específica de um homem que se perdeu na própria fuga?!

Eu o ajudei a pendurar o espelho sobre o reboco fresco.

— Logo, quando as coisas acalmarem — disse Manny —, vamos chamar você e Roy de volta para construir Marte.

— Mas nada de Feras.

Manny hesitou. — Depois conversamos sobre isso.

— Uhn-*uhn* — eu disse.

Olhei a cadeira. — Vai mudar isso aí?

Manny ponderou. — Vou engordar meu traseiro para encaixar. Ando empurrando com a barriga. Acho que este é o ano.

— Um traseiro grande o bastante para lidar com a diretoria em Nova York?

— Se eu botar meu cérebro no lugar da minha bunda, com certeza. Com ele morto, só tenho a crescer. Quer *experimentar*?

Olhei a cadeira por um longo instante.

— Nem.

— Tem medo de sentar e nunca mais se levantar? Se manda daqui. Volte em quatro semanas.

— Quando você vai precisar de um *novo* final para *Jesus e Pilatos* ou *Cristo e Constantino* ou...

Antes que pudesse recuar, apertei sua mão.

— Boa sorte.

— Acho que ele falou *sério* — Manny disse ao teto. — Inferno.

Ele se virou e foi sentar na cadeira.

— Como é a sensação? — perguntei.

— Nada mal. — De olhos fechados, ele sentiu seu corpo inteiro se afundar no assento. — De repente a pessoa se acostuma.

Na porta, olhei para trás e vi sua pequenez congelada em tanta gigantez.

— Você ainda me odeia? — ele perguntou, de olhos fechados.

— Sim — eu disse. — E você me odeia?

— Sim — ele disse.

Saí e fechei a porta.

75.

ATRAVESSEI A RUA DO cortiço, Henry me acompanhando, guiado pelo som de meus passos e o solavanco da sua valise na minha mão.

— Trouxemos tudo, Henry? — falei.

— Minha vida inteira em uma maleta? Claro.

No meio-fio do outro lado, nos viramos.

Alguém, em algum lugar, disparou um canhão invisível e sem som. Metade do cortiço, alvejado, caiu.

— Parece o píer de Venice sendo derrubado — disse Henry.

— É.

— Parece a montanha-russa se desmontando.

— É.

— Ou o dia que arrancaram os trilhos do grande bonde vermelho.

— É.

O resto do cortiço caiu.

— Venha, Henry — falei. — Vamos para casa.

— Casa — o Cego Henry disse, e assentiu, contente. — Nunca tive uma dessas. Parece legal.

76.

Recebi Crumley, Roy, Fritz, Maggie e Constance para uma última rodada antes dos parentes de Henry chegarem para levá-lo de volta a Nova Orleans.

A música estava alta, a cerveja era abundante, o Cego Henry estava contando a descoberta da tumba vazia pela décima quarta vez e Constance, quase bêbada e quase sem roupa, estava mordendo minha orelha quando a porta da minha casinha se abriu de forma brusca.

Uma voz berrou:

— Consegui um voo mais cedo! O trânsito estava horrível. *Olha* aí você! E eu conheço você, você e *você*.

Peg parou na porta, apontando.

— Mas quem — ela berrou — é essa *mulher seminua*?

NOTA SOBRE O AUTOR

AUTOR DE MAIS DE trinta livros, Roy Bradbury foi um dos escritores de ficção mais festejados dos nossos tempos. Entre suas obras mais conhecidas estão *Fahrenheit 451, As crônicas marcianas, O homem ilustrado* e *A cidade inteira dorme e outros contos*. Bradbury recebeu a Medalha de Distinta Contribuição às Letras Estadunidenses da National Book Foundation em 2000. Escreveu para teatro e cinema, incluindo o roteiro para a clássica adaptação de *Moby Dick* pelo diretor John Huston, e foi indicado a um Oscar. Adaptou sessenta e cinco de seus contos para o programa de TV *The Ray Bradbury Theater* e venceu um Emmy pelo roteiro do filme animado para a televisão *The Halloween Tree*. Nascido em Waukegan, Illinois, residiu a maior parte da vida em Los Angeles e foi casado por 56 anos com Marguerite McClure (1922–2003). Faleceu em 2012, aos 91 anos.

Este livro foi composto na fonte Fairfield LT Std,
e impresso em papel Lux Cream 60g/m² na Coan.
Tubarão, Brasil, fevereiro de 2024.